W0353820

BETTINA BRÖMME

Weißwurst für Elfen

VOM BLITZ GETROFFEN Natascha, Ende zwanzig und ziemlich dick, fristet ihr Dasein in einer angesagten Eventagentur, wo sie hoffnungslos ihren Chef Wim anschmachtet. Doch dann erfüllt sich für die Münchnerin ein Traum: Durch einen Blitzschlag tauscht sie den Körper mit ihrer schlanken, attraktiven – und ziemlich verhassten – Kollegin Li. Aller Gewichtsprobleme entledigt macht sich Natascha auf, endlich den charmanten Wim zu erobern. Der sich als Problem erweist. Genauso wie die Aufgabe, die neu gewonnene Traumfigur zu hegen und zu pflegen. Wie kombiniert man nur all die modischen Kleider, Accessoires, Cremes, Parfums und Sportgeräte? Und wie wird man all die lästigen Verehrer los, um die man nie gebeten hat? Aber auch Li fühlt sich in ihrer neuen Haut alles andere als wohl. Lieber würde sie für immer ins Koma fallen, als mit diesem Körper vor die Tür zu gehen! Doch auch sie muss sich in die Situation fügen und merkt, dass es nicht nur auf Äußerlichkeiten ankommt …

Bettina Brömme kam 1965 in Karlsruhe schon sehr pummelig zur Welt (knapp 4,5 Kilo schwer!) und kämpft seit ihrer Teenagerzeit mit den Pfunden – vielleicht weil sie lieber am Schreibtisch sitzt und schreibt, als draußen Sport zu treiben. Auch das Volontariat bei einer Frauenzeitschrift, das Studium der Germanistik, Journalistik und Kunstgeschichte in Bamberg und ihre Arbeit vor allem für das Bayerische Fernsehen zogen eher sitzende Tätigkeiten nach sich. Immerhin hält sie ihr kleiner Sohn inzwischen auf Trab, doch für diesen Stress belohnt sie sich nach wie vor gerne mit einem schönen Stück Schokolade.

Nach zahlreichen Kurzgeschichten, Hörspielen und Romanen, darunter dem Bestseller »So toll kann doch kein Mann sein«, gibt sie mit »Weißwurst für Elfen« ihr Debüt im Gmeiner-Verlag.

BETTINA BRÖMME

Weißwurst für Elfen

Roman

Original

GMEINER

Ausgewählt von
Claudia Senghaas

Besuchen Sie uns im Internet:
www.gmeiner-verlag.de

© 2011 – Gmeiner-Verlag GmbH
Im Ehnried 5, 88605 Meßkirch
Telefon 07575/2095-0
info@gmeiner-verlag.de
Alle Rechte vorbehalten
1. Auflage 2011

Lektorat: Claudia Senghaas, Kirchardt
Herstellung/Korrekturen: Julia Franze/René Stein
Umschlaggestaltung: U.O.R.G. Lutz Eberle, Stuttgart
unter Verwendung der Fotos von © Irum / sxc.hu und
»rote pumps high heels« von © Kramografie / fotolia.de
Druck: Fuldaer Verlagsanstalt, Fulda
Printed in Germany
ISBN 978-3-8392-1151-9

Personen und Handlung sind frei erfunden.
Ähnlichkeiten mit lebenden oder toten Personen
sind rein zufällig und nicht beabsichtigt.

I. Hassen

Verbrauch: 987 Kalorien

Sie war schön. Wunderschön. So richtig wunderschön. Ich wusste sofort, ich würde sie hassen.

Meine Finger krampften sich um die Butterbrezel und ich bemerkte nicht, wie hunderte kleiner Salzkörnchen für immer zwischen den Ritzen meiner Computertastatur versanken.

Die Frau, von der ich mir wünschte, dass sie mir bis zum Ende meines Lebens vollkommen unbekannt geblieben wäre, sah angeekelt auf meine mit Butter verschmierten Hände.

Feierlich sagte nun Wim: »Natascha, darf ich dir deine neue Kollegin vorstellen: Das ist Elisabeth Kraska, sie arbeitet ab heute mit uns. Also, herzlich willkommen, Elisabeth!«

Die Brezel entglitt meiner Hand, während Wim diese Neuzeit-Aphrodite an den Schreibtisch geleitete, der meinem direkt gegenüberstand.

Ich würde sie nicht nur kennenlernen, ich würde sie den ganzen Tag anschauen müssen.

Mechanisch nahm ich das Kauen meines etwas verknitterten Laugengebäckstücks wieder auf, während ich fischstumm beobachtete, was weiter geschah.

Aphrodite setzte sich mit einer eleganten Bewegung auf den Bürostuhl und sah demütig zu Wim hinauf. Sie öffnete den Mund – vielleicht hatte sie die krächzende

Stimme eines Raben? – und flötete engelsgleich: »Danke schön. Sagt doch bitte ›Li‹ zu mir. So nennen mich alle meine Freunde.«

Beinahe wäre mir die Butterbrezel wieder hoch gekommen. Ich hustete wild und fuchtelte mit den Armen, wobei ich den Kakao-Tetrapak neben meiner Computertastatur gefährlich zum Schwanken brachte. In letzter Sekunde erwischte ich ihn und begann, hektisch am Strohhalm zu ziehen. Wim schmunzelte.

»Natascha gehört hier quasi schon zum Inventar«, erklärte er Aphrodit-Li nun nonchalant. »Gell, Natascha?« Am liebsten hätte ich mit »Wuff« geantwortet, nickte aber nur und zog erneut am Strohhalm, was ein gurgelndes Schmatzen verursachte.

Wim ließ sich auf Lis Schreibtischkante nieder und sein Blick glitt so unverhohlen in ihr Dekolleté, dass ich rot anlief. Li dagegen blickte ihm sphinxhaft schweigend ins Gesicht. Wim räusperte sich.

»Also, wenn du Fragen hast – wende dich an Natascha, sie kennt den Laden und wird dir sicher gerne weiterhelfen. Oder, Natascha?«

Sein kurzer Blick zu mir hinüber war gemein. Hundsgemein. Dieses ganz leichte, schelmische Lächeln, das kleine feine Fältchen neben seine Mundwinkel zauberte, das markante Kinn noch markanter erscheinen ließ und die grauen Augen zum Leuchten brachte, sodass er wie ein Siebenjähriger aussah, der heimlich den Schokopudding aufgegessen hat und dem man so gerne eine Standpauke halten würde, es aber einfach nicht hin bekommt: dieser »Wim-macht-Natascha-schwach«-Blick. Montagmorgens war ich diesem Blick besonders hilflos ausgeliefert, weil ich ihn ja ein ganzes ödes Wochenende lang entbehrt hatte.

»Gut.« Wim stand vom Schreibtisch auf, tätschelte Lis Oberarm und nickte hoffnungsfroh. »Und du, Natascha, denkst daran, dass die Einladungen an die Bäcker-Bagage heute raus müssen.« Nun war es an mir, mein schönstes Lächeln aufzusetzen, an einer Haarlocke zu drehen und unbefangen zu erwidern: »Das ist bereits am Freitag passiert. Ich hab schon die ersten Zusagen.«

»Brav«, nickte Wim und nun wurde auch mir ein Oberarm-Tätscheln zuteil, das meinen Körper gleichzeitig zum Schaudern und Erhitzen anregte. Dann verließ er das Zimmer und ich war allein. Allein mit dieser Frau.

Die nächsten Minuten blieben wir beide stumm. Li sah sich interessiert in unserem Büro um, das mit seinen vielleicht 15 Quadratmetern nicht allzu viel zum Schauen hergab. Regalwände voller Ordner, ein Kühlschrank mit einer Kaffeemaschine darauf, ein paar Plakate von glanzvollen Events unserer Agentur. Das Schönste war vielleicht der Blick aus dem Fenster. Wir thronten im obersten Stockwerk eines Jahrhundertwende-Altbaus, der erst vor zwei Jahren komplett saniert worden war. Durch die bodentiefen Fenster erkannte man – wenn man sich die Nase an der Scheibe platt drückte – eine Ecke des Gärtnerplatzes. Man konnte aber auch sehr viel Himmel sehen, eine echte Rarität in der Münchner Innenstadt.

Während ich vorgab, dringende E-Mails beantworten zu müssen, beobachtete ich Li beim Beobachten. Sie war wirklich erstaunlich schön. Ihr längliches, schmales Gesicht wurde von feinen Wangenknochen gleichmäßig moduliert. Die großen, saphirblauen Augen, umrahmt von passendem Mascara und Kajal, leuchteten unter dunklen, aber nicht zu dominanten Augenbrauen. Die schmale Nase war griechischen Göttinnen abgeschaut und die Lippen waren voll, ohne künstlich aufgepumpt zu wirken. Ober- und Unterlippe bildeten in der Mitte eine ganz kleine Lücke, die ihr etwas kindliches geben würde, wäre es nicht so sexy. Ihr Gesicht strahlte eine absolute Ebenmäßigkeit und Harmonie aus. Allerdings auch viel Kühle. Arktische Kühle. Antarktische Kälte gar, wobei ich mir zugegebenermaßen unsicher war, ob es in der Antarktis noch kälter ist als in der Arktis. Jedenfalls verwunderte es mich, dass die Spitzen ihrer dunkelblonden Haare, etwas unterhalb des Kinns fedrig abgeschnitten, nicht zu Eiskristallen gefroren waren.

Dass sie groß und sehr, sehr schlank war – muss ich es noch erwähnen? Ihr Alter ließ sich nicht ganz einfach schätzen. Etwas älter als ich, vielleicht. Zweite Hälfte der 20er. Ende zweiter Hälfte, hoffentlich.

In dem figurbetonten, fliederfarbenen Hosenanzug mit den dezenten Nadelstreifen und dem vorsichtig hervorlugendem, beinahe durchsichtigem, weißen Top darunter, hätte Wim sie zu jeder Präsentation, zu jedem Abendevent und na ja – zu sich nach Hause mitnehmen können. Und sicher auch wollen. Ich bemerkte, wie mein Blick vom Beobachtungsmodus wieder in den Hass-Modus wechselte. Und wie sie mich nun anstarrte. Schnell griff ich nach meiner Tasche und …

… zog einen Marsriegel hervor. Einen Marsriegel!! Diese Frau tat den ganzen Vormittag nichts anderes als essen. Wie wollte sie einen Event organisieren, wenn sie ständig nur aß? Vielleicht war sie ja aber auch fürs Catering zuständig und testete immer und immerzu, ob die Qualität der Lieferanten (Bäckereien, Süßigkeitenhersteller, Milchmischgetränkemixer etc.) konstant blieb. So wie sie diesen Wim vorhin angehimmelt hatte, hatte sie sicher selbstlos ihren Körper zur Verfügung gestellt, um diese Aufgabe zu bewältigen. Eine musste es ja tun, warum nicht sie? Immerhin schien es ihren ureigensten Interessen sehr nahe zu kommen.

Während sie scheinbar geschäftig auf ihren Computerbildschirm starrte, musste ich mich von dem kleinen, gelblich-braunen Karamell-Fädchen losreißen, das zwischen ihrem Mundwinkel und dem hängenden Schweinebäckchen eingeklemmt war und mir Brechreiz verursachte. Ihre ganze Erscheinung war dermaßen … – mir fehlten die Worte! Mir! Grisselige Haare, leicht verfettet und strähnig, hingen über ihre Schultern, bis über ihre Ellenbogen und verschwanden irgendwo zwischen den Falten ihres Bauches. Die Farbe erinnerte an verschrumpelte Blutorangen und harmonierte aufs Widerwärtigste mit der senfgelben Klein-Mädchen-Haarspange, die knapp überm Ohr die Masse zurückhalten sollte. So konnte man leider ihr Gesicht besonders gut sehen. Der Begriff ›flächige Wangen‹ beschrieb die Ausmaße ihrer Backen nur unzureichend. Zwischen diesen teigigen Fladen versteckte sich eine winzige Nase, die man nur aufgrund des Knubbels an der Spitze und der großen Nasenlöcher wahrnahm, die leicht gen Himmel strebten. Darüber standen eng zusammen kleine, missgünstige Augen, verwaschen braun und matt. Weil sie ständig die Stirn in Falten zog, rutschten die Augen noch dichter aneinander, so dass sie beinahe wie ein Zyklop aussah. Irgendwo weiter unten, über einem weiteren dicken Knubbel, der wohl das obere der beiden Kinne darstellen sollte, saß ein spitzes, rundes Mündchen in blassem Rosa, mit dem sie in einem fort gleichmütig ihr

Essen zermahlte. Sie musste alle hässlichen Gene ihrer Vorfahren von Jahrhunderten an sich gerissen haben! Glücklicherweise sah ich nur ihren dicken Kopf und ein senfgelbes T-Shirt, das ihren Hals unschön einklemmte. Der Blick auf den unteren Teil ihres Körpers blieb mir erspart. Vielleicht, hoffte ich, war sie mit ihrem Bürostuhl so verwachsen, dass sie immer und ewig dort säße. Eine Sekretärinnenpuppe, die mit Süßigkeitengaben künstlich am Leben erhalten wurde.

Was tat ich nur hier? Ich saß einer fetten Schlampe gegenüber, die sich einen Dreck um mich scherte. Sie fraß den ganzen Tag und war nicht in der Lage, mir irgendwie zu erklären, was meine Aufgabe in dieser Bude sein sollte. Zugegeben, der Blick aus dem Fenster war ganz hübsch, aber beileibe nicht tagfüllend. Ich sah – hoffentlich gelassen wirkend – auf meine Fingernägel. Dank aufwendiger Arbeiten am Vorabend schimmerten sie dezent mattgrau. Da entdeckte ich, dass sich die Farbe am kleinen, linken Finger schon wieder gelöst hatte. Mistzeug. Ob es stören würde, wenn ich diesen Makel ganz kurz ausbessern würde? Ich wüsste nicht wen. Die dicke Tippse interessierte sich sowieso nur für ihre Naschereien und ihren Computer, und sonst war hier ja niemand.

Aus meiner frisch auf eBay ersteigerten Jimmy-Hendrix-Bag kramte ich unauffällig meinen Nagellack hervor und ging ans Werk. Das – garantiert unmusikalische – Body-Double von Beth Ditto bekam solche Stielaugen, dass ihr schokoladenhaltiges Kakaogetränk nun endgültig umfiel, als sie sich unauffällig zu mir hinüber beugen wollte. Leider war es leer und ›wie war doch gleich wieder ihr Name?‹ warf das Päckchen in den Abfalleimer unter ihrem Schreibtisch.

Noch immer war kein Wort zwischen uns gewechselt worden. Dafür öffnete sich die Tür und Wim trat ins Zimmer, einen Stapel mit Mappen unter dem Arm. Erstaunt sah er zunächst auf das kleine grau-triefende Nagellackpinselchen in meiner Hand, dann auf – ja, ich musste sie ab heute so nennen – meine Kollegin.

»Och, Natascha«, maulte Wim. Mir wurde klar, warum ich mir ihren Namen einfach nicht hatte merken können. Natascha – das klang nach braunäugigem Reh. Die Namensträgerin dagegen sah eher nach braunäugiger, trächtiger Hirschkuh aus.

»Natascha, gib der Li doch ein bisschen was zu tun. Zeig ihr, wie dein Gästelistenmanagement funktioniert oder wie die üblichen Einladungskarten hergestellt werden. Hm?«

»Sie schien nicht daran interessiert«, konterte die Hirschkuh gar nicht mal unschlagfertig, und ich beschloss, einen Schmollmund zu ziehen.

»Du hattest auch mal deinen ersten Tag hier und warst froh, dass dich Annette unter ihre Fittiche genommen hat«, stauchte Wim sie zusammen. XL-Bambi murmelte etwas Unverständliches (vielleicht hatte sie schon wieder etwas im Mund?). Wim legte mir den Stapel Mappen vor.

»Hier, Li. Das sind Konzepte, Produktionshandbücher, Wordings und so Sachen unserer letzten Events. Lies dir das mal in Ruhe durch. Du bist ja Kommunikationsprofi. Heute Nachmittag stelle ich dich dann dem restlichen Team vor, okay?« Er zwinkerte jovial. Gerade noch rechtzeitig zog ich den Arm weg, bevor er ihn erneut tätscheln konnte.

Big Wim hielt sich für eine ganz heiße Nummer, das hatte ich sofort gemerkt. Sicher, er sah nicht schlecht aus. Groß, markantes Gesicht, graue Schläfen – aber irgendwie ein bisschen schäbig teddybärenhaft. Und ein Schwätzer war er obendrein.

Als mein Vater vor zwei Wochen angekommen war und erklärt hatte, er hätte jetzt ein Vorstellungsgespräch bei der Eventagentur wow für mich vereinbart, dachte ich, er mache einen Witz. Agentur – okay. Aber wow? Wie albern!

»wow« stehe für »we organize whatever« hatte mir Wim Otto Werner, der Inhaber der Agentur, ein paar Tage später erklärt. Und wie sehr er sich freuen würde, mich im Team begrüßen zu dürfen. Zu diesem Zeitpunkt wusste er gerade mal mein Alter, dass ich Kommunikationswissenschaften und Marketing studiert hatte und meine Promotion nicht so gelaufen war, wie sie hätte sollen. Offen gesagt, hatte ich sie nach eineinhalb Jahren Rumgequäle einfach abgebrochen.

Mein Aussehen schien ihm als Referenz zu genügen, was mich allerdings nicht weiter erstaunte. Ich hatte bisher jeden Job bekommen, den ich wollte. Okay, allzu viele hatte ich bisher nicht gewollt. Jos Großzügigkeit und gelegentliche Modeljobs hatten mich bisher vor den Niederungen der Arbeitswelt verschont. Aber mit 31 Jahren, so mein Vater, sollte ich doch mal auf eigenen Beinen stehen – lang genug seien sie ja, wie er gerne kalauerte. Ja, er hatte ja recht, den ganzen Tag mit Powerpilates, Thai-Boxen und Bhangra-Aerobic zu vertun, war auf Dauer nicht ausfüllend. Und nach Mann und Kindern stand mir nun auch nicht gerade der Sinn. Kinder? Die gehörten bei mir in die Kategorie ›uuhhhh‹. Sicher war es viel lustiger, große Abendveranstaltungen aufzumischen und Champagner kredenzt zu bekommen.

Ich schielte kurz auf die Uhr. Halb elf erst. Noch zu früh für mein mittägliches Mango-Lassi. So schnappte ich mir geschäftig die Produktionshandbücher und war froh, mich von den mahlenden Unterkieferbewegungen meiner Kollegin ablenken zu können, die schon wieder an irgendeinem Dreck knabberte.

Erneut vergingen quälend lange Minuten der Stille, bis ich vor Schreck zusammenzuckte. Dabei war es nur das Telefon, das klingelte. Die Dicke warf ihre hüftlange Lockenpracht nach hinten und hob ab: »Agentur wow, Teamassistenz. Natascha Döpke, grüß Gott. Was kann ich für Sie tun?« ›Döpke‹ – wie passend! Ich grinste ihr frech ins Gesicht und sie warf mir prompt …

… einen bösen Blick zu. Konnte ich was dafür, dass meine niedersächsische Mutter für romantische russische Literatur geschwärmt hatte, als sie mit mir schwanger war?

Ich versuchte, dem Anrufer – trotz des Bananenstückchens in meiner linken Wangentasche – deutlich zu antworten. Nur mit Deutlichkeit wurde man diese Art Anrufer nämlich wieder los.

Er: »Hi, meine Name ist Arthur Mändler, ich bin Schauspieler und wollte mal fragen …«

Ich: »Hi, Arthur, danke für Ihren Anruf. Wenn Sie sich bewerben wollen, schicken Sie uns doch mal unverbindlich Ihre Setkarte, eine DVD und so Sachen.«

Er: »Ja, hm, gerne, das mit der DVD ist grad ein bisschen schwierig, mein Gerät, das ist, äh, kann ich nicht lieber mal vorbei kommen? Das ist doch auch für Sie ein ganz anderer Eindruck, wenn ich so in echt …«

Ich: »Ja, schon, klar. Aber wissen Sie, wir müssen leider auf eine DVD bestehen.«

Er: »Schon klar, klar. Weiß ich alles. Aber, verstehen Sie …«

Und so geht das dann endlos und der ach so tolle Schauspieler meint, wir haben den lieben langen Tag nur darauf gewartet, dass er sich bei uns vorstellt, um als großer Moderator oder Entertainer in die Analen der Eventgeschichte einzugehen. Klingt die Stimme nett, mache ich ihm gleich klar, dass es verlorene Liebesmüh ist, unsere knackevolle Kartei noch mehr zu strapazieren. Klingt er grausam, ermuntere ich ihn, einfach mal die Setkarte zu schicken, um zu sehen, was für ein Schnulli hinter dieser Stimme steckt. Man braucht ja auch mal ein bisschen Freude im Alltag.

Es ist nicht so, dass mir mein Job keinen Spaß macht. Er macht schon Spaß. Auch nach beinahe drei Jahren noch. Die Stimmung in der Agentur ist meist ganz gut, außer wenn wir kurz vor einem Hyper-Event stehen, dann liegen alle Nerven blank. Das ist etwa ein Mal im Monat so. Und während die Herren und Damen Senior Project Manager eine kreative Idee nach der anderen in ihre Konzepte knallen, darf die Teamassistentin für die Umsetzung geradestehen. Telefonieren, E-Mails schreiben, recherchieren, kopieren, den Zeitplan im Visier behalten und überall einspringen, wo's gerade brennt. Und dafür hatte ich meinen Bachelor in Eventmanagement gemacht. Was hatte ich mich auf einen abwechslungsreichen Job gefreut. Na ja, inzwischen hatte ich erkannt, dass mein Büroschreibtisch immer derselbe war. Ob ich nun abhakte, ob der Vorstandsvorsitzende von BMW zum Incentive kommt, oder – wie aktuell – Bäckermeister Knust die Jahrestagung der Bäckerinnung wahrnimmt – das gab sich nicht viel.

Die Kollegen dagegen fahren oft mit raus, vor Ort. Zu Sportturnieren und Incentives mit Bergwanderung oder

Paragliding (worum ich sie ehrlich gesagt nicht allzu sehr beneide), zu Seminaren, Präsentationen und Galadinners (um die ich sie schon deutlicher beneide).

Aber wer weiß, vielleicht könnte ich in Zukunft ja meiner neuen Kollegin die eine oder andere Fleißarbeit übertragen. Sie musste ja noch lernen. Vielleicht beging sie weitere Nagellack-Fauxpas und würde erst richtig beweisen müssen, dass sie etwas anderes konnte, als hübsch aus der Wäsche zu gucken.

»Als was bist du denn eingestellt worden?«, richtete ich nun das erste Mal direkt das Wort an sie. Sie sah erschrocken vom siebten Produktionshandbuch hoch, in das sie vertieft war.

»Als Praktikantin?«

Ihr Lächeln enthüllte eine selbstverständlich tadellose Reihe weißer Zähne. »Na, Wim sagte, wenn es gut mit uns hier klappt, könnte ich als Junior Project Managerin einsteigen.« Nicht blass werden, dachte ich. Unterkiefer oben halten. Ich schob mir ein grünes Haribo-Ungeheuer in den Mund und tat so, als erinnerte ich mich wieder.

»Ach, stimmt, der neue Praktikant soll ja erst Mitte des Monats anfangen«, tat ich gelassen und wandte mich wieder meinem Bildschirm zu.

2. Mango-Lassi

44 Kalorien

»Will jemand mit zum Essen?«, rief Susan Meyer, die wie immer ohne zu klopfen die Tür aufriss. »Wir wollten mal wieder ins Zappeforster.« Ich schüttelte den Kopf und wies auf Li.

»Aber unsere neue Kollegin geht sicher gerne mit«, beeilte ich mich zu sagen. Eine Stunde ohne sie – was für eine Aussicht! Doch Li zierte sich, natürlich.

»Ach, danke. Ich bin nicht so die Mittagesserin.«

Natürlich nicht.

»Da kann man auch nur was trinken.«

»Ich hab was dabei. Beim nächsten Mal. Danke.«

»Dich muss ich ja eh nicht fragen, Natascha«, schmunzelte Susan und schloss die Tür wieder.

Ich muss das erklären. Ich esse nicht so gerne Hauptmahlzeiten, wenn mir Menschen dabei zusehen. Ich komme mir dabei so nackt vor. Als würden alle bei jedem Bissen, den ich mir in den Mund schiebe, sagen: »Reicht das nicht? Du hast doch schon genug! Schau dich doch an.« Genau das will ich aber nicht, mich ansehen. Ich will essen und in Ruhe gelassen werden. Beziehungsweise, eigentlich will ich überhaupt nicht essen. Aber weil das ja nicht so geht wie mit dem Rauchen – aufhören und sich nie wieder damit beschäftigen –, muss ich essen. Ich will mich ja nicht zu Tode hungern. Ach, das Essen und ich – das ist eine komplizierte Beziehung. Am besten hat es funktioniert, als ich noch klein war. Da konnte ich futtern, was ich wollte, und alle sagten, süß, die Kleine mit ihrem Babyspeck. Als ich aber in die Pubertät kam und mein Bruder sagte, normalerweise bekämen Mädchen ab 12, 13 Brüste und keine Doppelkinne, war mein Verhältnis zum Essen erstmalig gestört. Meine Mutter – auch nicht gerade eine zierliche Elfe – schleppte sofort die Brigitte-Diät an und ich wurde im Kalorienzählen angelernt. Daheim beim Essen zählte ich also, wie wahnsinnig wenig Paprika-Kalorien und Salat-Kalorien und Hühnchen-Kalorien ich doch so zu mir nahm, aber kaum war meine Zimmertür zu, hörte ich auf mit dem Zählen und begann zu essen. Richtig zu essen. Da ich in meinem Zimmer schlecht kochen konnte, fiel die Auswahl etwas einseitig aus: Süßigkeiten und Knabbereien brachten mich durch die Schule und jenseits der 70-Kilo-Grenze. Vielleicht stammt aus dieser Zeit mein Bedürfnis, heimlich und unbeobachtet zu essen.

Jedenfalls zog ich es vor, über Mittag allein in der Agentur zu bleiben. Ich begründete es meist damit, dass ich für alle das Telefon übernehmen könne. Die Kollegen dachten nicht weiter darüber nach und überließen mich meinem Schicksal.

Ich liebte diese eine, kurze Stunde allein in der Agentur. Die Telefone ließ ich klingeln, stattdessen schob ich mir ein leckeres Fertigmenü in die Mikrowelle. Ich brauchte mittags einfach etwas Warmes, nichts Aufwendiges, eine Lasagne, ein Fischfilet in Kräuterrahmsoße, ein asiatisches Reisgericht mit Kokosmilch. Und einen Nachtisch. Den besorgte ich mir meist wochenweise und hortete ihn in meinem Schreibtisch: Kleinigkeiten, einen Schokoriegel, ein paar Prinzenrollen-Kekse oder – mein Favorit – eine Tüte mit Malteser-Kugeln. Ohhh! Erst waren sie so schön schokoladig süß, dann krachten sie zart-verführerisch, wenn man in sie hineinbiss. Gerne saß ich dabei in der Sonne auf unserer kleinen Dachterrasse, die durch den Umbau vor zwei Jahren entstanden war. Kein Mensch sah einen, man selbst hörte aber die halbe Stadt. Kinder, die auf der Straße lärmten, gelegentlich Musikproben aus dem benachbarten Gärtnerplatztheater, Männer, die Politessen anschrien, der ganze großstädtische Geräuschekanon eben.

Die Dachterrasse war in den letzten zwei Jahren für jeden von uns eine Art Fluchtpunkt geworden. Wo man einfach Mensch sein konnte. Ich saß hier zu meinen einsamen, genussvollen Mittagessen. Wim führte Kunden bei überhitzten Vertragsdiskussionen zum Abkühlen und für »Unter-vier-Männeraugen«-Gespräche hierher. Jan und Karin heckten die besten Ideen für besonders schwierige Events unter diesem Stück des Münchner Himmels aus. Tracy und Reinhard dagegen stritten dort lautstark, wenn sie mal wieder meinte, er würde planlos das Budget überziehen oder er ihre Akkuratesse als Kreativitätskiller verschrie.

Und nun sollte ich diesen Claudia-Schiffer-Verschnitt dorthin zum Mittagessen mitnehmen? Sie zusehen lassen, was und wie ich aß? Nachher wollte sie auch noch etwas abhaben! Nie und nimmer! Ich würde Erledigungen vorschieben, ganz einfach. Mir in der Nähe des Viktualienmarktes, der ja nur einen Steinwurf entfernt lag, ein leckeres Sub-Sandwich mit Thunfischcreme holen und dazu einen gesunden, frisch gepressten Saft.

»Natascha, bist du so gut …« Wims edles Profil erschien in der Tür und ein schalkhaftes Lächeln ließ meine Knie weich werden. »Sei so lieb, du meine Beste, kümmer dich um unsere Li, damit sie nicht ganz alleine hier sitzen bleiben muss. Vielleicht könnt ihr euch ja zusammen den Kopierer vorknöpfen, der zickt schon wieder.« Er winkte lässig und zog mit den anderen Damen und Herren gen Zappeforster davon.

»Du brauchst dich nicht um mich zu kümmern«, sagte nun die kühle Blonde. »Ich muss eh noch ein paar Erledigungen machen. Sag mal, wie lange hockt ihr denn abends hier immer so?« Hm, gute Frage. Ich lächelte vermeintlich gutmütig.

»Na ja, heute wird's wohl ein normaler Tag, also so bis sieben, halb acht. Gegen Ende der Woche wird es natürlich immer hektischer. Gerade Galas finden ja gerne mal am Freitagabend statt. Gelegentlich musst du dir auch mal ein Wochenende frei halten, für eine Sportveranstaltung oder so. Mit Minimum 50 Stunden pro Woche musst du schon rechnen, aber das war dir sicher klar, oder?«

Die Schöne zog wieder ihr Schnütchen, bestaunte den reparierten Fingernagel und tat, als sei dies alles kein Problem.

»Weißt du«, warum sah sie mich eigentlich nicht an, wenn sie mit mir sprach – oder sprach sie vielleicht zu ihrem Fingernagel? »Lange Tage finde ich völlig okay. Bei meinem letzten Job hatten wir manchmal zwei Shootings an einem Tag – gleich morgens bei Sonnenaufgang, da kommt der Teint besonders gut, und für die Bademodenkollektion haben wir den Hotelpool genutzt und eine abendliche Poolparty gestellt. Da fragt auch keiner, wie lange man schon auf den Beinen ist …«

»Warst du da als … wie sagt man, warst du fürs Make-up zuständig? Weil du dich so gut mit Nagellack auskennst.« Ich lächelte scheinheilig. Sie zuckte nicht einmal.

»Nein, nein. Ich war das Model. Schon mal gehört?

Eine von denen, die fotografiert werden. Egal, ich wollte nur wissen, wann ich hier raus komme, damit ich mein Training darauf einstellen kann.«

Ich hätte nicht gedacht, dass sie tatsächlich so lange an einem Stück reden konnte. Und dabei so viel Information weitergab, die ich garantiert nicht gewollt hatte.

»Schön«, sagte ich, stand auf und ging in Richtung Zimmertür, wobei mir leider mein Mülleimer in die Quere kam. Quer segelte er durch den Raum …

… und eine Lawine von leer gegessenen Tüten, Bananenschalen und Kakaotetrapaks begrub das Parkett unter sich. Ich zwängte mich an dieser Mensch gewordenen Dampfwalze vorbei und eilte an die frische Luft. Sollte sie doch allein in ihrem Chaos ersticken.

Glücklicherweise befand sich gleich um die Ecke das »Slips«, eine meiner Lieblingsboutiquen. Dort konnte ich mich für diesen grauenhaften Morgen sicher ein wenig entschädigen. Nicht, dass ich wirklich etwas gebraucht hätte, aber warum nicht mal nach diesem Sugar Body Polish schauen, von dem diese Jasmin, oder wie sie hieß, neulich in der Umkleidekabine so geschwärmt hatte. An den Ellenbogen fühlte sich meine Haut unangenehm rau an. Ich musste dringend etwas tun. Zuerst zog ich jedoch mein Mango-Lassi aus meiner Bag. So warm, wie es inzwischen geworden war, warf ich es aber nach zwei Schlucken weg. Pah, ekelhaft süß das Zeug, wenn es nicht eiskalt war. Egal, für heute Abend hatte mich mein Vater zum Essen eingeladen, und da musste ich etwas bestellen, auch wenn ich nicht den geringsten Appetit haben würde.

Ich spazierte also zu »Slips«, schnupperte am Sugar Body

Polish, blieb dann aber an einem entzückenden Schlüsselring aus echtem Silber hängen. An dem baumelte ein etwas schwerfällig wirkendes Herz, das die Handwerkskunst irgendwie besonders authentisch hervortreten ließ. Ich kaufte es kurz entschlossen und trat wieder auf den sonnigen Platz. Nebenan holte ich mir in der San Francisco Coffee Company einen Espresso und ein Wasser und setzte mich. Während ich beinahe schon wieder meine Fingernägel ruinierte bei dem Versuch, meine neueste Errungenschaft an meinem Schlüsselbund zu befestigen, hauchte mir eine tiefe Stimme ins Ohr: »Na, schöne Frau, so ganz allein?«

»Nein, mein Espresso unterhält mich prächtig, danke«, fauchte ich. Trotzdem kam der Mund, der zu der Stimme gehörte, immer näher. Leicht spröde Lippen drückten sich auf meine Wange.

»Franz«, rief ich aus. »Lass das, ich kann es nicht leiden, wenn du dich so von hinten anschleichst!«

»Nicht?«, fragte er aufreizend, ließ sich auf den Stuhl neben mir fallen und die Beine über eine der Armlehnen baumeln. »Wieso bist du um diese Uhrzeit nicht in deinem Fitnessstudio?«

Ich verdrehte die Augen und erzählte ihm von dem Gefängnis, in dem ich seit heute Morgen eingesperrt war, bewacht von einer drei Zentner schweren Zerbera mit Wallelocken und Schweinchennase. Franz' Mitleid war schlecht gespielt. Er sah es glücklicherweise schnell ein und ruckelte stattdessen näher an mich heran.

»Wann sehen wir uns denn mal wieder?«, zischelte er und stellte die Füße zurück auf den Boden.

»Na, ich seh dich gerade ganz gut«, erwiderte ich schmunzelnd. Er rieb seine Stirn an meinem Oberarm.

»Du weißt, was ich meine.« Sein Gesichtsausdruck

bekam etwas hündisches. Irgendwo zwischen Welpe und Rottweiler.

»Ach, Franzl.«

»Ach, Li.«

Ich wiegte den Kopf und sah weit hinaus über den Gärtnerplatz bis ans andere Ende der Stadt. Ich würde ihm sagen müssen, dass ich nichts mehr mit ihm zu tun haben wollte. Im Bett. Außerhalb hatten wir eh nie viel miteinander zu tun gehabt. Ich hätte nie gedacht, dass gerade er so anhänglich sein würde.

»Schau mal, das wird doch eh nix mit uns«, versuchte ich es.

»Was soll denn auch werden?«, fragte er leicht unwirsch. »Ich will dich doch nur ein klein wenig mit meiner überbordenden Zärtlichkeit verwöhnen. Da kannst du doch nichts dagegen haben. Oder suchst du plötzlich einen Prinzen, der dir hundert Kinder macht?« Ich schüttelte lachend den Kopf.

»Findest du es nicht ein wenig langweilig, wenn man sich immer nur für das eine trifft?«

Jetzt schüttelte er den Kopf und seine entzückenden Kräusellöckchen schüttelten sich mit. Ich vergrub meine Finger darin. Er packte meinen Unterarm und zog mich dicht an sich heran. Er roch ein kleines bisschen nach Schweiß. Was ich seltsamerweise sehr mochte.

»Heute Abend habe ich keine Zeit, muss mit dem Alten essen gehen«, sagte ich. Mir war klar, dass ich schon verloren hatte.

»Dann morgen«, grinste er und ich spürte das Kitzeln meiner Haarspitzen am Kinn, als ich nickte. Er hauchte einen Abschiedskuss auf meine Stirn und trollte sich.

Franz Greitner. Ein Name, der längst nicht so sexy klang,

wie sein Träger tatsächlich war. Ich kannte ihn seit ein paar Jahren, irgendwas zwischen zwei und vier, so genau wusste ich das schon gar nicht mehr. Am Anfang hatte ich gedacht, es könnte was Ernstes werden zwischen uns. Wie so oft blieb es bei der Bettgeschichte. Körperlich verstanden wir uns prächtig. Als Mensch war er mir fremd. Mit seinen kurzen braunen Haaren und den großen ebenso braunen Augen entsprach er schon meinem Beuteschema. Er war kaum älter als ich. Die scharfen Längsfalten neben seinen Mundwinkeln gaben ihm etwas Dominant-männliches und es machte mir großen Spaß zu sehen, wie er in meinem Bett dankbar für jede Zärtlichkeit war, die ich ihm gnädig zuteilwerden ließ. Da war alles Machohafte gewichen.

Im restlichen Leben war er mir zu großtuerisch. Er wirkte so überzeugt von sich, er war so mit sich selbst beschäftigt, dass ich nicht glaubte, dass er sich für mich – oder jede andere – ernsthaft interessieren konnte. Aber immerhin war er unterhaltsam und ein guter Liebhaber. Und das war ja auch schon eine Menge. Dieses Pärchen-Getue ging mir eh auf den Zeiger. Ständig musste man sich abstimmen, ständig Rücksicht nehmen. Etwa begründen, warum man lieber allein zum Sport ging, als einen lahmarschigen Bummel durch den hoffnungslos überfüllten Englischen Garten zu machen.

»Darf ich die neue Frau Kollegin mit zurück ins Büro nehmen?«, riss mich eine ältliche, schon recht grauhaarige Frau mit rosa Hamsterbäckchen aus meinen Überlegungen. »Wim hat es nicht gern, wenn wir die Pause zu lange ausdehnen.« Ein wenig wie ertappt stand ich auf und folgte ihr in Richtung Büro.

»Ich bin Annette Bleibtreu«, erklärte sie. »Wenn's ums Geld geht – bei mir bist du richtig.«

»Druckst du es selbst oder überfällst du Banken?«, fragte ich. Annette grinste.

»Wenn du brav bist und gut schweigen kannst, überweis' ich sogar was auf dein Konto.«

Na, anscheinend gab es auch ein paar ganz patente Menschen in der Agentur. Jetzt war ich auf die restlichen neuen Kollegen doch gespannt.

Wims »Montags-Meeting« bot mir reichlich Gelegenheit, die Leute, mit denen ich nun den Großteil meiner Tage verbringen sollte, näher in Augenschein zu nehmen. Nachdem er alle mit einem Glas Prosecco auf eine gute Zusammenarbeit mit der neuen Kollegin hatte anstoßen lassen, ging es an die Wochenplanung. Die Senior Projekt Manager referierten den Stand der Dinge, was die Events betraf, die sie gerade betreuten.

Zunächst erklärte ein Reinhard Gienger völlig humorfrei den Ablauf der Jahrestagung der Bäckerinnung am kommenden Freitag. Emotionslos ratterte er die einzelnen Punkte der Veranstaltung herunter: Empfang mit Aperitif, Eröffnungsrede durch den Landesinnungsmeister, diverse Referenten, Durchführung der Wahlen, Abendessen, Showakt mit Balletteinlage und gemeinsames Verzieren einer Riesentorte zur Steigerung des Zusammengehörigkeitsgefühls, anschließendes Versteigern der Tortenstücke für einen guten Zweck (Kinder!) und Ausklang mit Feuerwerk. Klang ja spannend.

Ob ich vorschlagen sollte, dass man einen Streit zwischen Innungsvorstand und einfachen Mitgliedern provozieren sollte? Dann könnten sich alle bei einer zünftigen Tortenschlacht wieder versöhnen. So würde eine solche Veranstaltung sicher Jahrzehnte im Gedächtnis bleiben.

Ich entschied mich für weiteres stilles Zuhören und interessiertes in die Runde Blicken. Annette verdrehte die Augen während Reinhards Vortrag und tuschelte abwechselnd mit einer etwas spießig wirkenden Karin auf der einen Seite und mit Miss Piggy auf der anderen. Die war wohl fürs Protokoll zuständig, denn sie kritzelte eifrig etwas auf ihren Block. Gelegentlich legte sie pikiert den Zeigefinger vor den Mund, um die Buchhalterin neben sich zum Schweigen zu bringen. Sicher war sie in der Schule vor allem durch ihre fiese Figur und das Strebertum aufgefallen. Sie hatte garantiert zu diesen Spaßbremsen gehört, die durch die ganze Klasse »pscht« zischten, wenn ein Klassenclown den langweiligen Unterricht störte. Bestimmt hatte man sie oft gequält und ihr ihre Süßigkeiten weggenommen. Vielleicht hatte sie aber auch als dralle Elfjährige ihre sprießenden Brustknospen gegen eine Tafel Schokolade den Jungs aus der Parallelklasse gezeigt, die sie dann im Konfirmationsunterricht Jahre später damit lächerlich gemacht hatten.

Ich stieg wieder ein, als Susan Meyer, die mich vorhin zum Mittagessen hatte mitnehmen wollen, die Menüfolge für die Bäcker erläuterte. Sie schwelgte in Sößchen an irgendwelchen Gemüschen und Spanferkelchen vom offenen Grillfeuerchen mit Dauphin-Kartöffelchen. Ich hatte den lebhaften Tagtraum, Natascha würde gleich geifernd und sabbernd ihr Protokollblättchen von sich werfen, vor ihr in die Knie gehen und um Essen betteln. Stattdessen schob sie vermeintlich unauffällig ein Schokobonbon in den Mund, schrieb brav mit und …

… träumte vom Abendessen, während sich Tracy und Reinhard gerade mal wieder in die Haare bekamen, ob es moralisch und vom Budget her zu vertreten sei, Reste der Riesentorte wegzuwerfen, falls nicht alle Stücke versteigert werden sollten. Reinhard meinte salopp: »Weg mit dem Plunder«, Tracy konterte: »… aber dann bekommst du die Reste auf den Schreibtisch gekippt« und plötzlich hörte man den ersten Beitrag von Li. Ich glaubte, nicht recht verstanden zu haben. Nicht nur, weil sie so leise sprach: »… vielleicht sind die Reste bei Natascha besser aufgehoben?«

Kurzes betretenes Schweigen. Ich spürte, wie mein Kopf rot anlief. Hochrot. Flammend rot. Sag was, dachte ich und konnte nur empört japsen.

Reinhard dagegen ließ seinen Bass vernehmen. Er lachte die ganze Tonleiter rauf und runter. Susan fiel ein. Dann sogar Tracy. Wim hob die Hände wie ein Dirigent, der den letzten Schlussakkord ankündigt.

»Mal wieder ernst«, befahl er. Ich dankte ihm still mit einem ergebenen Blick und fixierte dann wieder mein Protokoll vor mir.

»Da wird schon nichts übrig bleiben, die Bäcker wollen schließlich nicht als Geizkrägen dastehen«, beendete er die Diskussion. »Nächster Punkt. Karin, wie sieht es denn mit eurem Konzept für das Bergincentive in drei Wochen für Jaspers aus?«

So ging es noch eineinhalb Stunden und rasch hatte ich sechs Seiten Protokoll zusammengeschrieben. Als sich das Meeting auflöste, huschte ich in mein Büro, das nun unser Büro war – das von mir und der Pest. Ich hackte wie verrückt auf meiner Computertastatur rum und sprach – wenn jemand anrief – betont fröhlich in den Hörer. Die Pest mir gegenüber würdigte ich keines Blickes. Von mir sollte die etwas lernen? Hassen – das konnte sie von mir lernen!

3. Auto fahren

Verbrauch: 23 Kalorien

Als endlich der Feierabend eingeläutet wurde – ich durfte immer erst gehen, wenn mir Wim persönlich erklärte, es gäbe für seine Lieblingsteamassistentin (Wirklich! So nannte er mich! Nur mich!) für heute nichts mehr zu tun –, brauste ich mit der angestauten Wut des Tages in meinem mellow yellow Mini-Cooper aus der Tiefgarage heraus. Immerhin hatte ich Glück: Die Einfahrt war heute nicht zugeparkt (was sie an drei von fünf Werktagen war). Stattdessen krachte ich beinahe in ein neonorangefarbenes Rennrad, das gerade die Ausfahrt querte. Vor Schreck drückte ich auch noch auf die Hupe, woraufhin mir die Fahrradfahrerin den ausgestreckten Mittelfinger zeigte. Unter dem windschnittigen schneeweißen Fahrradhelm hatte ich sie beinahe nicht erkannt. Mist! So leicht hätte ich die Pest aus der Welt schaffen können, und diese schöne Chance war nun auf immer vertan. Nur wegen meiner verdammten Zurückhaltung, Menschlichkeit und ein paar Sekunden, die ich zu früh gebremst hatte. Dabei wusste ich doch, dass Fahrradfahrer das personifizierte Böse waren. Nicht nur, weil sie grundsätzlich bei Rot vor einem über die Kreuzung huschten, sich in Einbahnstraßen entgegen der Fahrtrichtung an einem vorbei drängten, weil sie neben dem Fahrradweg auf der Straße fuhren und zwar so, dass man sie nicht überholen konnte – nein, vor allem weil jeder ihrer kraftvollen Pedaltritte ein Tritt in meinen dicken Hintern war:

»Fau-le-Sau-fau-le-Sau-fau-le-Sau« schien ihr rhythmisches Treten mir sagen zu wollen. Ich wunderte mich keineswegs, dass die Pest zur Rasse der Fahrradfahrer gehörte. Umso mehr wunderte ich mich, wie sie ihren Hosenanzug unzerknittert und ihre Achselhöhlen schweißfrei ins Büro gebracht hatte. Vielleicht war der Hosenanzug aus bügelfreiem Material und sie selbst eine ebenso schweiß- wie charakterlose Schaufensterpuppe.

Ich fuhr durch die Klenzestraße in Richtung Fraunhofer, um dann an der Isar entlang Richtung Passauer Autobahn endlich meiner Wohnung näher zu kommen. Kurz nachdem ich bei der Agentur angefangen hatte, war ich aus der WG mit Christine ausgezogen und von der Au in die Messestadt Riem gezogen. Der Weg zur Arbeit war damit zwar drastisch länger, aber dort konnte ich mir wenigstens eine etwas größere Zweizimmerwohnung für mich ganz alleine leisten und hatte für meinen Mini-Schnuckel – ein Geschenk meiner Großmutter zum Studienabschluss – einen Tiefgaragenstellplatz.

Trotz gewisser Vorbehalte, die ich gehabt hatte, in die Vorstadt zu ziehen, muss ich sagen, dass ich mich dort ganz wohl fühlte. Es war ein wenig anonym und niemand beobachtete, was ich tat und vor allem was nicht – zum Beispiel sonntags morgens um halb neun im kurzen Hemdchen die Isar entlang joggen. Der Park zwei Querstraßen weiter lud zu gemächlichen Spaziergängen ein, den See hatte man mit wenigen Zügen durchschwommen und an seinem Strand wurde kein Model-Contest abgehalten, wie am Eisbach oder in den Isarauen. Familien und Rentner wohnten hier, Migranten und Akademiker und sogar so ein paar Singles wie ich. Außerdem hatte ich Maja dort kennengelernt – eine echte Freundin und gleichzeitig meine Nachbarin, alleinerziehende Mutter von Klein-Natalie. Manchmal hatte ich zwar ein ganz klein wenig den Eindruck, Maja schätzte meine Freundschaft vor allem deshalb, weil ich mich immer wieder breitschlagen ließ, auf Klein-Natalie aufzupassen. Aber ich musste sie doch irgendwie unterstützen, wenn sie sich mal wieder hoffnungsfroh mit einem Kandidaten für ihr persönliches Casting »Maja sucht den Super-Papi« treffen wollte. Und dass sie gelegentlich sonntagmorgens um kurz nach sieben Natalie zu mir schickte, weil sie wenigstens einmal – einmal in der Woche – ausschlafen wollte, wer konnte ihr das verübeln? Außerdem war Natalie ja auch ein süßer Fratz und es störte mich nicht einmal, dass sie bei unseren gemeinsamen Frühstücken im Bett meine weiße Satin-Bettwäsche mit Nutella verschmierte. Ihr Geschrei, wenn sie ihr Nutella-Brot nicht im Bett hätte essen dürfen, hätte nur sämtliche Nachbarn geweckt und deren Gemecker wäre sicher noch viel unangenehmer geworden.

Während ich im abendlichen Stau parallel zur Isar in Richtung Ludwigsbrücke schlich, das Fenster weit runtergekurbelt, eine CD mit Musik von Burt Bacharach laut gedreht, bemerkte ich im Rückspiegel, wie der smarte Herr im Wagen hinter mir zu mir nach vorne grinste. Erst dachte ich, er würde vielleicht telefonieren und über einen Witz seines Gesprächspartners lachen. Aber nein – kein Handy oder Headset zu entdecken. Ich wusste, er konnte nur meine Augen und meine Haare sehen und ich stellte den Spiegel ein wenig schief, damit er erkennen könnte, dass ich zurücklächelte. Nun winkte er sogar lässig mit den Fingern, die über das Lenkrad lugten. Die Ampel schaltete auf Grün und ich kam endlich wieder ein Stück vorwärts. Mit einem halsbrecherischen Manöver zwang sich mein Hintermann auf die linke Fahrspur und holte auf, bis er auf meiner Höhe war. Vorsichtshalber nahm ich den im Fensterrahmen abgestützten Arm herunter – nicht, dass er als Erstes schwabbelndes Fleisch sah. An der Kreuzung musste ich rechts abbiegen und ich fuhr so langsam, dass die Ampel prompt auf Rot schaltete. Kaum waren wir zum Stehen gekommen, wagte ich den Blick nach links. Ich strich meine Haare nach hinten und lächelte. Ganz sanft. Burt Bacharach ließ »what the world needs now, is love sweet love …« singen und mein Herz klopfte ein wenig. Ich bemerkte durch all die Abgase sogar, wie betörend süßlich die Lindenbäume dufteten, die am Gehweg nebenan die Isar säumten.

Mein Nachbar fing mein Lächeln auf. Doch als er es sah, knüllte er es zusammen und warf es achtlos zurück. »Vergiss es, Fetti«, hörte ich ihn zischen und dann ging die Scheibe seines Beifahrerfensters nach oben. Laut dröhnte ein fieser Rap aus seiner Richtung. Hinter mir hupte es. Ruckartig gab ich Gas. So ein Arsch. Was bildete der … schwungvoll nahm ich die Kurve auf die Ludwigsbrücke. Bremsen quietschten. Ich trat auf meine. Sanft wurde mein kleines Auto durchgerüttelt, als eine Faust auf sein Dach schlug. Verwirrt blickte ich hinaus.

Heute war nicht mein Tag. Schon wieder ein Fahrradfahrer. Und ich hatte ihm beim Abbiegen die Vorfahrt genommen. In München kam das noch vor den sieben Todsünden. Der wutentbrannte Fahrer beugte sich zu mir hinunter: »Hast du keine Augen im Kopf? Mann!« Er musste kurz nach Luft schnappen. Seine Stimme kam mir bekannt vor.

»Was?«, stotterte ich, einerseits allerallerschuldbewusstigst, andererseits in der Hoffnung, diese Stimme noch einmal zu hören.

»Nicht nur du hattest Grün – ich auch!«, schrie er. Ich versuchte mir vorzustellen, wie er redete, wenn er nicht so zornig wäre.

»Entschuldigung«, sagte ich und es klang sehr zerknirscht. »Ich war abgelenkt. Mich hat grad …« Am liebsten wäre ich in Tränen ausgebrochen, hätte ihm erzählt, dass ich heute den ganzen Tag nur beleidigt worden war, dass sich alle über mich lustig gemacht hatten und er hätte mir beruhigend seine Hand auf den Kopf gelegt und gesagt: »Kleine Hanna, alles wird gut.« Genau! Daher kannte ich seine Stimme. Es war tatsächlich DIESE STIMME!! Fassungslos sah ich ihm das erste Mal bewusst ins Gesicht. Ein großer Mann, Anfang 30 vielleicht, klare, blaue Augen und ein theoretisch gutmütiges, sympathisches Gesicht.

»Ja, ja, schon gut«, brummelte er nun mürrisch, klopfte noch einmal auf mein Autodach und war fort.

Vorsichtig gliederte ich mich wieder in den fließenden Verkehr ein. Ich hatte fast Klein-Hannas Vater vom Fahrrad geschossen. Klein-Hanna, die in jeder Siebenminutenfolge vor oder manchmal auch nach dem Sandmännchen mit ihrem zärtlichen, fürsorglichen, verständnisvollen, warmherzigen, klugen und überhaupt sehr sympathischen Vater kleine Zeichentrick-Kinderabenteuer bestand. Und dieser Fahrradfahrer gerade eben – das musste der Sprecher des Vaters gewesen sein, der Grund für meine »Klein-Hanna«-Schwärmerei.

Es ist nicht so, dass ich im Fernsehen ständig Kika anschaue. Aber wenn ich auf Klein-Natalie aufpasse, na, dann hilft mir schon manchmal der Fernseher dabei. Und unsere Lieblingsserie ist eben »Klein-Hanna«, weswegen ich auch immer »Klein-Natalie« sage, die ja selbst gar keinen Vater hat, zumindest keinen, der anwesend wäre, was in ihrem Fall sicher auch besser so ist. Jedenfalls lieben Natalie und ich diese schnuckelige kleine Zeichentrickserie – jede von uns aus anderen Gründen – und ich habe sogar zwei DVDs mit den Abenteuern von Klein-Hanna und ihrem Papa. Die schaue ich aber nur an, wenn es mir so richtig dreckig geht. Wenn ich nur noch auf dem Sofa vor dem Fernseher liegen kann, abwechselnd Schokolade und Chips in mich reinfuttere und einfach verrückt werde bei dem Gedanken, dass mein Leben manchmal so schaurig leer und wund ist. Dann verschmelzen die Stimme von Hannas Papa und das Gesicht von Wim, und je mehr ich mich danach sehne, von diesem so völlig fantastischen Prinzen in den Arm genommen zu werden, um so mehr wächst die Überzeugung, dass dies niemals geschehen kann und wird. Und ich habe die böse Vorahnung, dass genau heute Abend wieder ein solcher Drecksabend bevorsteht.

Dann werde ich mich in Selbstvorwürfen aalen und mit mir schimpfen, weil ich ganz allein an dieser grausam bemitleidenswerten Lage schuld bin. Jede andere Frau hätte längst eine Diät angefangen, sich in einem Sportstudio angemeldet, den Fernseher rausgeschmissen und ein Trimm-dich-Fahrrad an seine Stelle gestellt, hätte den Kühlschrank und den Vorratsschrank vernagelt und sich den Magen verkleinern lassen. Nur ich schaffte das alles nicht. Nicht mal eine einzige Sache davon. Dabei wusste ich doch genau wie's geht. Na, sagen wir, ich wusste wie Diät geht. Man konnte mich aus dem Tiefschlaf reißen und ich hätte ohne Schwierigkeiten heruntergebetet, was die Vorteile der Brigitte-Diät gegenüber der Trennkost wären, dass die FDH-Methode heutzutage einfach nicht mehr funktionierte und wie die Auswirkungen der Kohlsuppe auf Magen, Darm und Hosenbund waren. Ich hätte alphabetisch alle Kalorienmengen aller Lebensmittel aufsagen können, ohne ins Stocken zu geraten, und dem gegenübergestellt, wie viele Kalorien welche Sportart verbrauchte. Kurzum: Ich kannte mich aus mit Diäten. Womit ich mich weniger auskannte war, was man tun sollte, wenn man nicht auf Diät war und auch nicht wieder drauf kommen wollte. Dieses Gequatsche von wegen seine Ernährungsmethode umstellen und die kleinen dummen Angewohnheiten aufgeben und sich eben einfach disziplinieren – das führte bei mir höchstens zu einer spontanen Bulimie. Wenn ich nicht Diät machte, nahm ich zu. So einfach war das. Entweder ich habe Hunger oder mir ist schlecht – ich kann einfach nicht einen Teller, der beispielsweise mit köstlicher, duftender Lasagne gefüllt ist, nach der Hälfte stehen lassen und sagen: »So, ich bin jetzt satt.« Ich muss sie aufessen. Dafür liegt sie doch auf meinem Teller.

An meinen guten Tagen sagte ich mir, die Welt wäre langweilig, wenn alle Menschen dünn wären. An meinen schlechten Tagen sagte ich mir, ich wäre eine langweilige, fette, disziplinlose Kuh, die nur zu dumm und faul zum Abnehmen war und die nichts Besseres verdient hatte, als so ein beschissenes, einsames Leben zu führen. Die schlechten Tage waren deutlich in der Überzahl.

Als ich den Mini gefühllos in der Tiefgarage abwürgte, quiekte er ziemlich …

… empört über so viel Unverschämtheit. Statt sich mit mir direkt auseinanderzusetzen, hatte Miss Piggy versucht, mich zu überfahren. Sie war nicht nur fett, sie war auch noch dreist! Wütend nahm ich die Post aus dem Briefkasten und stieg durch das Treppenhaus in den fünften Stock hoch. Heute erschien es mir besonders schäbig. Im Gehen riss ich den Brief des neuen Hausbesitzers auf. Gleich die nächste Frechheit! Nachdem er vor zwei Wochen eine Mieterhöhung geschickt hatte, kündigte er jetzt die Renovierung des Hauses an – die auch dringend nötig war – und legte eine Aufstellung bei, was ich anschließend mehr an Miete zahlen sollte. Ich überschlug es kurz im Kopf. Hatte der eine Meise? Das waren über 40 Prozent mehr! Der gerade eben erst erhöhten Miete! So ein Hai! Es war ja nicht so, dass ich hier Preise wie auf dem Zeltplatz zahlte. Auch 12 Euro kalt pro Quadratmeter waren für eine unrenovierte Altbauwohnung kein Almosen. Zumal es durch jedes Fenster zog und die olivgrünen Kacheln im Badezimmer morgendliche Übelkeit verursachten. Der Grundriss war auch nicht ›Schöner wohnen‹-tauglich: Der sehr schmale Flur mit seinen 11,40 Metern Länge war der größte Raum der gesamten Wohnung.

Nach dem Umbau würde ich immerhin neue Schallschutzfenster haben, einen Lift – für den ich im fünften Stock anteilig am meisten zahlen würde –, einen Balkon und einen komplett neuen Grundriss meiner Wohnung. Immerhin blieb wohl die Adresse dieselbe.

Ich fegte einen Berg Klamotten vom Sofa und ließ mich in die Kissen fallen. Das klang alles sehr nach Nervenabrieb. Sicher würden monatelanger Lärm, Dreck und unnötiger Aufwand auf mich zukommen. Schmierige Handwerker würden sich durch das Haus schieben und mich blöd angaffen. Und wenn alles fertig war, würde in die riesige neu ausgebaute Dachgeschosswohnung über mir, von der im Brief ebenfalls die Rede war, eine

Familie mit sieben Kindern einziehen und mich endgültig zu Tode quälen.

Am liebsten hätte ich mich jetzt in meine Sportsachen gepackt und wäre die große Runde über Wittelsbacherbrücke bis zur Zoobrücke und zurück in die Dreimühlenstraße gejoggt. Stattdessen musste ich mich beeilen, damit ich pünktlich zum Essen mit meinem Vater kommen würde. Glücklicherweise war er von Monsieur Hu sehr begeistert, dessen vietnamesisches Restaurant nur ein paar Häuser von meinem entfernt war.

Mit vorgeschobener Unterlippe stand ich vor dem Kleiderschrank. Was sollte ich bloß anziehen? Es sah alles einfach langweilig aus. Der Laden von Monsieur Hu war in chilirot und gelbgolden schimmerndem, hellem Holz gehalten. Es war recht schummrig, nur ein tunnelartiger Gang, der von Lichtstäben spacig beleuchtet wurde, spendete Helligkeit.

Mir fiel ein, dass ich irgendwann mal ein seidiges Hängerkleid im Neckholderschnitt gekauft hatte, auf dem sich burgunderrote und safrangelbe Lianen in asiatischer Manier umeinander schlangen. Hatte ich das bei Rot oder Gelb eingeordnet? Ach, richtig, es hing bei bunt. Dazu meine silbergrauen Satin Peep-Toes, die klasse zum Nagellack passten. Jimmy Hendrix in seinem ugly-braun müsste daheimbleiben, aber für abends würde mir die kleine graue Clutch ja auch genügen. Mein Vater hasste es sowieso, wenn ich zu viel Zeug mit mir rumschleppte und zwischen Kosmetika aller Art und Kaugummis nach meinem Handy wühlte, das irgendeinen – in seinen Ohren schrillen – Ton von sich gab.

4. Sommerrollen
0 Kalorien

»Schatz, du siehst bezaubernd aus«, begrüßte er mich 20 Minuten später, ohne großartig von seiner Speisekarte aufzuschauen. Ich ließ mich auf die Bank unter der großen, scherenschnittartigen Silhouette einer Asiatin fallen, die auf die Wand gepinselt war.

»Ich werde erst die Hühnerspießchen vom Hibachi-Feuer mit der Erdnusssoße nehmen und dann diese köstliche knusprige Ente. Wie geht's dir?«

Ich nickte und konzentrierte mich auf die Speisekarte. Dabei wusste ich längst, was ich nehmen würde. Monsieur Hu hatte mein Herz gewonnen, weil es bei ihm nicht nur diese fetttriefenden Frühlingsrollen gab, sondern auch etwas Anständiges: Sommerrollen. Diese bestanden aus einem labbrigen, unfrittierten Stück Reispapier und waren mit netten grünen Kräutern, Salatblättern und ein paar Garnelenstückchen bepackt. Die Soße kam extra und ich musste sie nicht essen.

Dazu nahm ich 0,1 von einem duftigen Grünen Veltliner und ein großes stilles Wasser. Wenn es nach mir gegangen wäre, hätten wir dieses Essen nach zehn Minuten beenden können. Aber mein Vater würde sich garantiert noch zu einem Bananenklebreiskuchen als Nachtisch hinreißen lassen.

Mein Vater war trotz allem, was er aß, kein dicker Mann. Er hatte noch immer einen guten Stoffwechsel und nahm einfach nicht zu. Er war stattlich und für sein Alter sehr gut aussehend. Sein silbriges Haar war noch voll, die blauen Augen hatte ich von ihm. Ansonsten sah ich meiner Mutter ähnlich, die in jungen Jahren die »reinste Augenweide« war, wie mein Vater gelegentlich formulierte. Sonst echauffierte er sich lieber über ihr überzogenes und unbotmäßiges Verhalten, aufgrund dessen sie uns vor 17 Jahren verlassen hatte. Meine Mutter hatte mir – neben ebenmäßigen Gesichtszügen, für die ich ihr dankbar war – einen schlechten Stoffwechsel vererbt, der mich zur ständigen Gewichtskontrolle zwang. Für den hätte ich sie als Teenager sowieso gerne aus dem Haus gejagt. Aber sie war ja aus freien Stücken gegangen, wofür ich sie einige Jahre genauso gehasst hatte wie für den Stoffwechsel. Inzwischen hatten wir etwa zwei Mal im Jahr Kontakt: an meinem Geburtstag Anfang Oktober und an einem der Weihnachtsfeiertage. Wir gingen höflich distanziert miteinander um und zu mancher Nachbarin hatte ich ein herzlicheres Verhältnis.

»Wie war der erste Tag?«, fuhr mein Vater fort, seinen Fragenkatalog für diesen Abend abzuarbeiten.

»Okay«, sagte ich und sah mich um. Viel Jungvolk war inzwischen aufgelaufen. Selbst für einen Montagabend war es ziemlich voll. Sogar im bambusgrünen Lounge-Bereich am Ende des Raums saßen Leute und balancierten neben ihren Cocktails auch Vorspeisenteller auf den kleinen Tischchen. »Und bei dir? Was macht die Kunst?« Was keine ganz überflüssige Frage an einen Galeristen war.

»O-k-a-y. Lenk doch nicht ab«, sagte mein Vater und hielt sein bereits knackig braunes Hühnerspießchen über die kleine, blaue Flamme des Hibachi-Feuers. Eine ziemlich überflüssige Art der Essenszubereitung, wie ich fand. Die

Erdnusssoße sah köstlich aus, nicht zu dickflüssig und mit ein paar frischen Korianderblättchen verziert. Ich kaute auf einer meiner beiden Sommerrollen und gab vor, deshalb nicht antworten zu können. Ich war froh, dass mein Vater schlechte Laune bekommen hätte, wenn ich mein Reispapier in seine Erdnusssoße getunkt hätte. So widerstand ich der Versuchung.

»Ach, Jo, was soll ich denn sagen?«, fragte ich. Ich nannte meinen Vater meist beim Vornamen. Was er sehr schätzte. Er behauptete, wir würden dann mehr auf Augenhöhe miteinander sprechen. In Wahrheit fand er, es mache ihn jünger.

»Am ersten Tag passiert ja noch nicht so viel. Ich hab mich erst mal eingelesen und …«, plötzlich wurde es sehr feucht. Außerdem schepperte es und mein Teller war mit Glasscherben übersät. Hatte Miss Piggy einen Terroranschlag gegen mich in Auftrag gegeben, nachdem ihr Auto-Attentat vor der Agentur gescheitert war? Die Bedienung stieß spitze Schreie aus, die sowohl Entsetzen ausdrückten als auch der Entschuldigung dienten. Neben ihr sah ich nun einen sehr schuldbewusst dreinblickenden Mann stehen, der hochrot angelaufen war. Zumindest wirkte es so, da er von Natur aus eine eher dunkle Hauttönung hatte.

»Um Gottes willen, entschuldigen Sie vielmals«, kam er nun auf mich zu und betupfte mich mit einer Serviette. Mein Kleid blieb so nass, wie es war, und die gelbe und rote Farbe der Lianen umschlangen sich nicht nur, nein, sie liefen sogar ineinander. Was hatte ich denn da gekauft? Der Volltrottel starrte irritiert auf mein stark changierendes Kleid und plötzlich wurde ihm bewusst – und mir auch –, dass seine Hand mit der Serviette ziemlich dicht an meinen Brüsten lag. Schnell zog er die Hand zurück und rammte dabei der zierlichen Bedienung den Ellenbogen ins Brustbein. Kurzzeitig blieb ihr die Luft weg und sie ließ Handkehrer und Besen fallen, die sie zwecks Reinigung unseres Tisches gebracht hatte. Der Schadenverursacher, der irgendwo in seiner näheren Verwandtschaft einen aristokratischen Inder haben musste, begann nun auch noch, sich wortreich bei der Bedienung zu entschuldigen. Gerade als er sich mir wieder zuwenden wollte, klingelte sein Handy. »Ja?«, fragte er genervt. Dann hörte er mit vor Schmerz, Verwunderung oder Entsetzen zusammengezogenen Brauen zu, die so dicht waren, dass er viel zum Zusammenziehen hatte. Schließlich murmelte er »bis gleich«, schob das Handy in die Tasche seines dezent grau-silbernen Jacketts, fuhr sich durch die glänzend schwarzen, kurzen Haare, von denen ein paar Strähnchen die Stirn durchkreuzten, zuckte hilflos die Schultern, drehte sich um und war weg.

»Hallo?«, rief ich ihm nach. »Und mein Kleid? Das ist doch komplett ...« – »... ruiniert« schien die zufallende Restauranttür zu quietschen. Ich sah meinen Vater fassungslos an. Ihm stand der Mund offen. Ich sprang auf, bahnte mir einen Weg durch die Menge und rannte auf die Straße. Von dem Flüchtigen war nicht die geringste Spur zu sehen.

»Komm«, sagte mein Vater, der mit meiner Clutch in der Hand neben mich auf die Straße getreten war. »Wir essen noch ein Eis bei Tomaso. Mir ist der Appetit auf Asiatisches vergangen.« Berechnet hatte man ihm für das verunglückte Essen wohl nichts. Auch wenn das Restaurant für den Vorfall nichts konnte, war mein Vater so erzürnt, dass er nicht bleiben wollte. Typisch für ihn. Und er hatte ja auch recht, Himmeldonnerwetter.

Er hielt mich davon ab, kurz nach Hause zu gehen und mich umzuziehen. Er müsse sich sowieso beeilen, seine Parkuhr laufe bald ab. Und gleich lamentierte er wie jedes Mal über diese Münchener Unsitte, in den profansten Wohngebieten Münzparkautomaten aufzustellen, um den Bürgern noch den letzten Groschen aus der Tasche zu ziehen. Nun hätte ein Strafzettel meinen Vater nicht ernsthaft an den Rand des Ruins gebracht – aber er hasste Strafzettel noch mehr als Münzparkautomaten. Meist fuhr daher ich meinen Vater in Schwabing besuchen. Mit dem Fahrrad kannte man selten Parkprobleme.

Bei Tomaso hatten wir Glück. Wir setzten uns an einen freien Tisch gleich an der Hauswand. Stoisch freundlich wie immer servierte Tomaso unsere zwei Espressi, mein Vater aß seine vier Kugeln Eis mit Sahne und ich versuchte, die Clutch so vor meine Brust zu halten, dass niemand die Flecken sah.

»Wenn mir der Kerl noch mal zwischen die Finger kommt«, knurrte Jo zwischen Limetta und Schoko-Chili. »Haben alle kein Benehmen mehr die Kerle. Aber sag, wann bekommst du den ersten Event übertragen, den du organisieren darfst?«

»Keine Ahnung, Jo. Morgen sicher noch nicht. Vielleicht übermorgen.«

Am nächsten Morgen empfing mich Wim mit einem breiten Grinsen.

»Zauberhaft siehst du wieder aus – eine wahre Zierde für unsere Agentur«, sagte er und ich versuchte, es zu überhören. »Pass auf, Tracy ist krank und du musst gleich für sie einspringen. Reinhard sagt dir, worum es geht, ansonsten hilft dir auch Natascha weiter. Alles klar?« Ich nickte und spürte ein leichtes Magenkribbeln. Vielleicht hätte ich mir doch die fünf Rosinen in meinem Magermilchjoghurt heute Morgen gönnen sollen. Aber nach den Yoga-Übungen und dem Work-out, das ich nach dem Aufstehen eine Dreiviertelstunde lang absolvierte, hatte ich einfach keinen Hunger. Wim brachte mich direkt zu Reinhard, der mir fest die Hand drückte und tief in die Augen sah.

»Ich freu mich«, sagte er und dirigierte mich in Richtung einer kleinen Sitzgruppe. »Wir können bestimmt super miteinander.« Zehn Minuten lang erklärte er mir alles über die Jahrestagung der Bäckerinnung am kommenden Freitag und was ich ab sofort damit zu tun haben würde. Eine ganze Menge. Und vor allem eine ganze Menge Dinge, die ich vorher noch nie getan hatte. Ich kritzelte ein paar Notizen mit und betete, dass ich sie auch später noch verstehen würde. Reinhard drückte mir das aktuelle Wording in die Hand und winkte mich aus dem Zimmer, als sein Telefon klingelte.

Immerhin verstand ich, nachdem ich das Arbeitspapier drei Mal durchgelesen hatte, dass es sich bei diesem Wording wohl um die schriftlich fixierten Abmachungen handelte, an denen nicht zu rütteln war.

Ich entschied, mir zunächst mal eine To-do-Liste zu machen, so wie ich es in der Uni früher auch immer getan hatte. Ich musste mindestens ein Dutzend Leute anrufen, um irgendwelche Details zu klären, die mir vollkommen lächerlich vorkamen. Warum war es wichtig, ob der Landesinnungsmeister der Bäcker auf dem Parkplatz vor dem Saal oder hinter dem Saal parkte? Warum musste darüber diskutiert werden, ob die Blumensträuße, die an den Vorstand verteilt werden sollten, orange oder rot waren? Nachdem ich etwa 15 weitere Punkte zusammengeschrieben hatte, strich ich die eine oder andere Frage. Manches ging doch ein bisschen zu weit.

Gerade als ich nach dem Telefonhörer greifen wollte,

kam Natascha herein. Wir hatten uns heute Morgen noch nicht gesehen, weil sie irgendetwas hatte besorgen müssen. Sie brummelte »Morgen«, als sie an mir vorbei ging, und versuchte, mich möglichst nicht anzuschauen. Ihr gestriges Beinahe-Attentat schien ihr peinlich zu sein. Sie verschanzte sich hinter ihrem Bildschirm und zog eine Butterbrezel aus ihrer Tasche. Hatte die kein Zuhause, wo sie frühstücken konnte? Im Kauen rief sie diese Buchhaltungs-Annette an und beratschlagte ausgiebig mit ihr, wo Annette wohl die besten Rinderrouladen kaufen konnte, wenn am Wochenende ihr ältester Sohn zum Essen kam. Ein leises »ja, ja, wird schon gehen. Nee, kümmer ich mich einfach nicht drum« am Ende des Gesprächs bewies mir, dass Natascha sich garantiert schon bei Annette wegen ihrer bösen, neuen Kollegin ausgeheult hatte. Ich war ja auch so gemein! Hatte ich ihr die Tortenreste auf den Schreibtisch gewünscht ... Apropos Torte. Reinhard wollte unbedingt die genauen Mengenangaben für die Bäckertorte wissen, damit der Moderator des Events genügend Stichpunkte für ein paar nette Gags hätte. Ich telefonierte mich von der Geschäftsstelle der Bäckerinnung, die von gar nichts wusste, über drei verschiedene Konditoreien endlich zu jemandem durch, der zumindest meinte, schon mal gehört zu haben, dass es bei der Jahrestagung irgendeine Torte geben sollte. Der Chef, so wurde mir beschieden, sei aber erst am späten Nachmittag wieder da. Ich kündigte an, mich wieder zu melden.

Der nächste Punkt war völlig mysteriös. Warum sollte ich wegen der Balletteinlage das Jugendamt anrufen? Und dann hatte ich auch noch 22 Uhr unterstrichen. Ich konnte doch unmöglich um 22 Uhr das Jugendamt anrufen. Und die Ballettschule doch sicher auch nicht. Ich hätte Natascha fragen können, aber das verbot sich von selbst. Reinhard war nicht da. Er war nach Großhadern ins Waldheim gefahren, wo die Tagung stattfinden sollte und wo er noch Details bezüglich des Saals zu klären hatte.

Gut. Ich würde später darüber nachdenken. Der nächste Punkt schien einfach. Einladungsliste durchsehen, Zusagen und Absagen eintragen. Der Haken war nur – Natascha musste mir die Einladungsliste mailen. Vielleicht könnte ich sie mir beschaffen, während Natascha beim Mittagessen war. Die nächste halbe Stunde widmete ich mich lieber dem Punkt »Zusammenstellung der Handouts für die Mitgliederversammlung«. Während ich versuchte, eine sinnvolle Ordnung in das Papierchaos zu bringen, merkte ich, wie meine Gedanken immer wieder abschweiften. Irgendwie war dieses Rumgesitze hier nichts für mich. Eigentlich war das Sitzenmüssen auch der Grund, warum es mit meiner Promotion nicht geklappt hatte. Ich war einfach viel zu hibbelig für so etwas. Warum hatte ich mich meinem Vater gegenüber nicht durchgesetzt und war Fitnesstrainerin geworden, wie es immer mein Traum gewesen war? Antwort: Weil ich mich praktisch nie gegen meinen Vater durchsetzte. Ich – Tochter, er – Chef. Na ja. Wenigstens in meinen Beziehungen zu anderen Menschen war meist ich tonangebend. Vielleicht würde ich es ja bei ihm auch noch lernen. Das Klingeln meines Telefons ließ mich zusammenzucken. »Kraska«, meldete ich mich.

»Das heißt ›Agentur wow, mein Name ist Elisabeth Kraska, was kann ich für Sie tun?‹«, blaffte mich Reinhard an. »Am Telefon kannst du mit deinem Aussehen nicht alle Scharten auswetzen, weißt du!« Danke schön. So lernt man gerne.

»Was kann ich für dich tun?«, säuselte ich leicht sarkastisch.

»Ich treff jetzt gleich den Moderator, schick mir mal das Rezept auf meinen Blackberry, dann kann ich es mit ihm durchgehen.«

»Ich hab es noch nicht«, stotterte ich nun wirklich verunsichert.

»Wie kommt das?« Reinhard hatte nicht so ausgesehen, als ob er als Richter und Staatsanwalt in einer Person hätte auftreten können. Der Hörer in meiner Hand wurde regelrecht kalt.

»Der Chef, der das Rezept hat, ist unterwegs.«

»Und hat kein Handy?«

»Äh. Weiß nicht«, stotterte ich.

»Find's raus und in zehn Minuten hab ich das Rezept auf meinem Palm. Roger.« Das Tuten stach mir ins Ohr. Oh, lala. Es schien, als ob meine Schonfrist bereits am zweiten Tag …

… vorbei war's mit ihrem hochnäsigen Getue. Der gute alte Reinhard schien die Zügel kräftig anzuziehen. Ich kicherte fröhlich in meinen Strohhalm und machte absichtlich laute Schlürfgeräusche mit dem Kakao. Wenn sie jetzt meine Hilfe wollte – ich hätte für nichts garantiert. Ich war wirklich kein Kollegenschwein, aber so wie sich dieses Modepüppchen mit den schönen Augen aufführte – nee, musste ich nicht haben. Wirklich nicht. Na ja, mir konnte es ja recht sein, dass sie so ein Totalausfall war. Da würde Wim sie garantiert nicht zur Junior Project Managerin machen. Vielleicht würde er stattdessen gar mich … und die Pest würde meine Teamassistentin werden. Freigegeben zum … Eine herrliche Vorstellung!

Obwohl, noch besser wäre es, sie würde die Agentur ganz verlassen und hier würde wieder Ruhe einkehren.

»Liebste Natascha!« Ich zuckte zusammen. Ohne dass ich es gemerkt hatte, war Wim in unser Zimmer gekommen und hatte mir die Hand auf die Schulter gelegt. »Ich habe eine kleine Sonderaufgabe für dich.« Das verhieß wenig Gutes. Das klang nach Überstunden.

»Komm doch mal mit!«

Er führte mich, den Arm um meine Schulter gelegt als würden wir die Leopoldstraße entlang schlendern, zu dem kleinen Vorraum vor der Dachterrasse, der als Kopier- und Lagerraum diente.

»Schau dich hier mal um«, ließ er mich nun Rätsel raten. Ich nickte.

»Da hinten geht's zur Dachterrasse.«

»Bald nicht mehr, wenn's hier so weiter geht. Ich hätte gerne, dass du dir den Raum mal vorknöpfst, aussortierst, was weg kann, und veranlasst, dass ein paar neue Regalbretter an die Wände kommen. Lass dir ruhig was einfallen. Sozusagen dein erstes kleines eigenes Projekt – mach einen Event draus und wir werden weiter sehen.« Er zwinkerte und knautschte meine Schulter fest zusammen. Dann ließ er mich allein.

Er hatte ja recht. In dem Raum herrschte das reinste Chaos. Jeder stellte hier irgendwelches übrig gebliebenes oder ungebrauchtes Dekomaterial ab, die Dokumentation der Projekte von acht Jahren füllte den Raum bis unter die Decke und neue Mappen stapelten sich kreuz und quer in jeder kleinen Lücke. Zum Kopierer, der gleich rechts der Dachterrassentür stand, kam man nur durch, wenn man über Kartons voller Kopierpapier und anderes Büromaterial stieg. Auch den schiefen Stapel mit den ausgelesenen Tageszeitungen hätte längst mal wieder jemand entsorgen müssen. Einerseits war es beinahe bedrohlich, sich diesem Papierdschungel auszuliefern, andererseits – so wie Wim geredet hatte – wartete hier vielleicht meine Chance. Sollte dieser Wildwuchs, den ich roden musste, um ihn in eine paradiesische Landschaft zu verwandeln, etwa die Keimzelle meiner Agenturkarriere werden?

Ich stürzte mich in die Arbeit. Als Erstes scheuchte ich den Hausmeister auf und bat ihn, das Altpapier zu entsorgen. Dann lieh ich mir von ihm einen Zollstock und nahm die Maße des Raums auf. Die großen Wandregale sollten bleiben, wo sie waren, – aber den Kopierer, den konnte man noch gut mit weiteren Regalmetern umbauen. Die Wand, an der er stand, war ansonsten nackt und bloß. Über dem Kopierer wären ein paar große Fächer für das Kopierpapier ganz praktisch, rechts davon könnte die Dokumentation der neueren Projekte ein Plätzchen finden und in der ganz rechten Ecke könnte das Regal mit tieferen Brettern sowie Türen ausgestattet werden und alle unhandlichen Staubfänger wären verschwunden. Vielleicht würde sogar noch eine kleine kuschelige Sitzgruppe vor das Regal passen, damit man es sich auch bei schlechtem Wetter irgendwo gemütlich machen konnte. Noch vor dem Mittagessen hatte ich den Plan fertig und präsentierte ihn stolz Wim.

Der besah alles ruhig, gab ihn mir zurück und sagte knapp: »Mach das so. Sehr gut. Budget spielt keine Rolle – na ja, sagen wir: 1500 Euro für alles, einverstanden?« Ich war begeistert. Ich würde gleich zur Holzconnection in die Häberlstraße rüberdüsen und was Schönes aussuchen. Sie fertigten Regale und Schränke nach Maß, waren nicht zu teuer und recht flott. Je schneller die Regale kamen, umso besser.

Ich raunte der Pest nicht einmal ein »Ciao« hinüber, als ich mich auf den Weg machte. Aber sie saß sowieso mit vor Anstrengung hochrotem Schädel da und tippte nicht gerade rasant irgendwelche Texte in den Computer. Neben ihr sah ich eine lange, handgeschriebene Liste liegen, auf der noch nicht allzu viel abgehakt war. Sah verdächtig nach den ersten Überstunden aus. Unkonzentriert meldete sie sich wieder nur mit ihrem Namen, als sie das klingelnde Telefon abhob. Als ich schon auf dem Flur war, hörte ich sie schreien: »Aber so hat mir der Bäcker das Rezept gesagt. Kann ich doch nichts dafür, dass da nur sechs Eier rein sollen.« Ich kicherte fröhlich. Wahrscheinlich hatte ihr keiner gesagt, dass sie das Rezept für die Versteigerungstorte auf die 220 Teilnehmer der Veranstaltung hätte hochrechnen müssen. Wieder was gelernt, Frau Kraska.

Der Verkäufer der Holzconnection machte aus meinem Tag einen regelrechten Glückstag – und ich bescherte ihm ebenfalls einen. Normalerweise hätte es drei bis vier Wochen gedauert, bis er die maßgefertigten Regale geliefert hätte. Aber kurz bevor ich kam, hatte ein Kunde angerufen und wohl ziemlich zerknirscht einen Auftrag storniert, der schon beinahe fertig ausgeführt war. Und siehe da: Das Regal, das der Mann bestellt hatte, würde mit ein paar kleinen Änderungen genau an unsere Wand passen. Der Schrank mit den Türen würde dann noch ein wenig auf sich warten lassen, aber ich war froh, dass der erste Teil schon auf den Weg gebracht war.

»Wie wäre es mit Einbau am Freitag um zehn?«, schlug der Verkäufer vor. Er grinste von einem Ohr zum anderen und am liebsten hätte ich ihm meine Hand zu einem »High five« hingehalten. Na, das war doch mal bombig gelaufen. Ich ärgerte mich nicht einmal, dass ich unsere sonst so segensreiche Tiefgarage wieder nicht nutzen konnte, weil die Einfahrt dreist zugestellt war. Ich fand einen Parkplatz in der Reichenbachstraße, würde vom Büro aus die Polizei zwecks Abschleppmaßnahmen anrufen und später umparken.

Frohgemut schlenderte ich in Richtung Büro, biss in den Döner, den ich mir noch schnell am Goetheplatz besorgt hatte, und stieß einen Freudenschrei aus, als ich ins Schaufenster der ›Leselotte‹ blickte, einem kleinen, aber sehr feinen Kinderbuchladen. Dort lag nämlich tatsächlich eine neue DVD von »Klein-Hanna«! Schnell futterte ich die Reste des gefüllten Teigfladens in mich hinein und trat, mit leicht fettglänzendem Kinn, in den Laden, wo ich umgehend die DVD erstand. Sie versprach acht neue Abenteuer von »Klein-Hanna« und ihrem Papa (Sprecher: Annegret Isnig und Oskar Semmler). Oskar Semmler. Der Mann, dem ich beinahe den Tod durch Überfahren gebracht hätte. Wieso war ich eigentlich noch nie auf die Idee gekommen, auf meinen anderen DVDs einmal nachzuschauen, wie der Mensch hieß, dessen Stimme mich so in Verzückung brachte? Eine Eifersuchtsattacke von Wim war wohl eher nicht zu erwarten, so viel Realitätssinn hatte ich dann doch noch.

Ich weiß, irgendwie klingt es nach Klischee – die Tippse, die unsterblich und unerwidert in ihren Chef verliebt ist. Ich glaube, eigentlich brauchte ich nur jemanden zum Schwärmen. Damit ich mich lebendiger fühlte. Damit ich spürte, dass ich das Gefühl von Liebe, die Sehnsucht nach Zärtlichkeit, den Wunsch nach einem Menschen, der zu mir gehört, irgendwo in meinem Inneren tatsächlich noch hatte. Wenn einer käme, der mich tatsächlich haben wollte – ich würde ihn nehmen und Wim ganz schnell vergessen – außer natürlich, Wim käme. Aber der … Es ist sicher einfach zu sagen, mich will keiner, weil ich, nun ja, nicht die tollen Modelmaße meiner neuen Kollegin besitze, nicht ihren reinen Teint, nicht ihren guten Geschmack, nicht ihr selbstbewusstes Auftreten habe, weil ich fett wie ein Nilpferd bin, eine platte Nase und zu kleine Knopfaugen habe. Meine Lippen sind schmal und ich habe mit 26 schon ein Doppelkinn. Ich überlegte hin und her – seit Jahren! Es war so einfach. Männer wollen Lis. Jeder eine für sich, egal wie sie selbst aussehen. Und jeder meint, er hätte so eine verdient, den Hauptgewinn, was sonst. Eine Niete wie mich – fort damit. Schon als ich 16 war, den ersten festen Freund hatte und locker 25 Kilo weniger wog als heutzutage, wurde mir von ihm ständig klargemacht, dass er sich meiner nur erbarmte, weil er so ein guter Junge war. Und dass auch er mich eigentlich zu dick fände. Einmal gestand er mir sogar, seine Freunde würden ihn wegen mir aufziehen. Ob er beim Flaschendrehen den Trostpreis bekommen hätte. Er selbst war natürlich dürr wie eine Zaunlatte und konnte essen, was und so viel er wollte. Immerhin zwei Jahre waren wir zusammen gewesen, bis er meinen Bauchspeck doch nicht mehr ertragen konnte und sich in ein Schneewittchen aus der Parallelklasse verliebte. Ein wenig Genugtuung wurde mir zuteil, als ich ihn letztes Jahr Weihnachten auf der Straße in dem Kaff unweit von Goslar traf, in dem meine Eltern noch heute leben. Er schob einen Zwillingskinderwagen, hatte Bartstoppeln, dunkle Ringe unter den Augen und trug einen flusigen Trainingsanzug, unter dem ganz eindeutig eine beginnende Wampe sichtbar war. Er hatte keine Lust gehabt, den maroden Bauernhof seines Vaters zu übernehmen, lebte von Harz vier – und das im Haus seiner Schwiegereltern. Beinahe tat er mir leid. Dann aber fiel mir ein, dass ich nach ihm nie wieder eine feste Beziehung hatte eingehen können – immer blieb mir das Wort »Trostpreis« im Hinterkopf. Ich nickte ihm nur kurz zu und bog schnell in die Straße ein, in der mein Elternhaus stand.

Da schwärmte ich doch wirklich lieber für einen unerreichbaren Chef und die Stimme eines Phantoms, als mich von echten Männern im echten Leben echt fertigmachen zu lassen.

5. Sich stressen lassen

Verbrauch: 413 Kalorien

Auf Lis Platz stand ein halb voller Becher mit Mango-Lassi und die Pest selbst schien beinahe in ihren Computerbildschirm hineinzukriechen. Mir war es recht, wenn sie sich nicht weiter um mich kümmerte. »Mahlzeit« raunte ich höflichkeitshalber und ließ mich auf den Schreibtischstuhl fallen. Ich gab das Passwort ein, öffnete den Posteingang und meine Excel-Tabelle mit der Einladungsliste für die Bäckertagung, die ich gleich aktualisieren wollte. Was war das? Wieso stand kein einziger Name mehr in der Liste? Ich klickte irritiert im Programm herum. Hatte ich vielleicht aus Versehen die Option »Daten verbergen« angewählt? Hatte ich nicht. Ich schloss die Datei, ohne sie zu speichern, und öffnete sie wieder. Alle Eintragungen waren fort. »Scheiße«, fluchte ich laut und die Pest sah kurz zu mir hoch. Sehr kurz. Mir kam eine Idee. Eine Idee, an die ich nicht wirklich glauben wollte. Ich ging in mein E-Mail-Programm und besah mir die versendeten Mails. Nichts Verdächtiges. Die Pest arbeitete fieberhaft. Ich klickte auf den Papierkorb. Und da sah ich es. Meine Einladungsliste war an »Dornröschen79« versendet worden.

»Warst du an meinem Computer?«, schrie ich quer durch den Raum. Die Pest zuckte tatsächlich kurz zusammen. Sie zog wieder diese dämliche Schnute, auf die ich ihr jetzt am liebsten draufgehauen hätte, dann straffte sie die Schultern und sagte zuckersüß: »Wir mussten dringend an deinen Computer. Reinhard brauchte unbedingt die Einladungsliste. Und auf dem Handy habe ich dich nicht erwischt!«

»Wer hat dir mein Passwort gegeben?«

»Wim. Er war so lieb«, sagte sie. »Ich hab die Liste gleich fertig, ich kann sie dir gerne mailen.«

»Und warum hast du meine Liste gelöscht?«

»Damit du nicht durcheinander kommst, wenn ich dir jetzt die aktuelle Liste zurückschicke.«

»Okay.« Langsam hatte ich mich wieder unter Kontrolle. »Aber ich entscheide gerne selbst, was ich auf meinem Computer lösche und was nicht. Alles klar?« Sie nickte und ihr Köpfchen verschwand wieder. Ich atmete tief durch. So eine intrigante Schlange!

Meine gute Laune war auf einen Schlag futsch.

Wie ich es am Montag bereits geahnt hatte, wurde jeder weitere Tag der Woche immer hektischer. Zumal Tracy für längere Zeit krankgeschrieben war und neben der Bäcker-Tagung auch noch ein Incentive am Tegernsee für Samstag anstand, mit dem ich jedoch nicht viel zu tun hatte. Mittwoch verließ ich die Agentur um halb neun, Donnerstag war es halb zehn. Immerhin bekam ich alles vom Tisch, wobei ich zugegebenermaßen den ein oder anderen Auftrag auf den Schreibtisch der Pest weiterschob, wenn sie gerade mal nicht im Zimmer war. Sie schöpfte keinen Verdacht.

Freitag würde ich mich jedenfalls in Ruhe meiner Event-Rumpelkammer widmen können. Ich schlief, aß oder arbeitete, zu mehr blieb keine Zeit. Der Pest ging es nicht besser, im Gegenteil – weil sie auch nicht aß, wurde ihr Nervenkostüm immer dünner. Außer ihrem kleinen

Trinkjoghurt hatte ich sie noch nie irgendetwas zu sich nehmen sehen. Wie machte sie das? Vielleicht schwelgte sie abends daheim in Tafelfreuden oder begann den Tag mit einem opulenten Frühstück? Außerdem konnte sie kaum auf ihrem Stuhl ruhig sitzen, sprang ständig raus, verließ das Zimmer wegen jeder Kleinigkeit. Konnte ADHS auch noch Frauen um die 30 erwischen? Vielleicht sollte ich ihr etwas Baldrian in ihr Mango-Lassi kippen.

Dann kam der Freitag. Es war der 4. Juni. Eine gleißende Frühsommersonne stach von einem bayerisch-blauen Himmel herunter. Ich erwachte voller Tatendrang, weil ja heute »meine« Regale geliefert werden sollten. Da es sicher ein hektischer Tag werden würde, genehmigte ich mir ein besonders nervenstärkendes Frühstück mit Frühstücksei und Käsebrot, Müsli und Nutella-Toast. Und für die Mittagspause nahm ich mir auch ein bisschen mehr mit. Die Vorstellung, irgendwo nicht wegzukommen und deshalb vielleicht Hunger zu kriegen, fand ich grauenhaft. Und wenn ich nur schnell einen Schokoriegel einpackte – das gab mir so ein gutes Gefühl der Sicherheit und des Versorgtseins. Hatte ich mal nichts dabei, musste ich mich immer umschauen, wo es in der nächsten Umgebung irgendetwas Essbares zu kaufen geben könnte. Hatte ich etwas entdeckt, entspannte ich mich und konnte sogar manchmal auf einen Leckerbissen verzichten.

Die Tasche voller Lebensretter machte ich mich also auf den Weg in die Agentur. Gähnend. Denn obwohl ich gestern so spät heimgekommen war, hatte ich mir meine neue »Klein-Hanna«-DVD nicht verkneifen können. Eigentlich wollte ich nur eine Folge schauen, aber dann wurden es doch alle acht. Er hatte einfach eine wunderbare, warmherzige Stimme, die einen vollkommen umfing, einen wiegte und streichelte. Über das zugegebenermaßen etwas schlichte Zeichentrickgesicht hatte sich nun sogar SEIN Gesicht geschoben. Oskar Semmler. Ich war ihm leibhaftig begegnet. Mitten in München. Hey! Mit einem Mal war ich hellwach. Der Mann lebte mit mir in der gleichen Stadt. Da müsste er doch wieder zu finden sein! Vielleicht sollte ich öfter rasant um die Kurve beim Deutschen Museum fahren, und wenn ich ihn dann noch einmal auf meiner Kühlerhaube aufspießte, dann könnte ich vom Fahrersitz hüpfen, um seine Wunden zu pflegen, um mich unverzichtbar zu machen, um ihm zu zeigen… was? Dass ich eine begehrenswerte und wunderbare Frau war? Ein guter Fang? Wenn man einen Kutter hatte und Wale fangen wollte vielleicht.

Während ich auf den Aufzug wartete, sprang die Pest an mir vorbei die Treppe hinauf. Hektisch. Kein Wunder, schließlich durfte sie das erste Mal an einem Event teilnehmen. Sie wirkte schon um zehn Minuten vor neun hochnervös. Ich war wirklich gespannt, wie sie sich machen würde – und was Wim sagen würde.

Die Bäckertagung hatte sich als ein wenig komplizierter herausgestellt, als wir bis vorgestern noch angenommen hatten. Der Innungsmeister hatte ständig neue Wünsche angemeldet, war mit irgendwelchen seltsamen Ideen angerannt, die unbedingt noch verwirklicht werden sollten, und schien extrem angespannt. Offenbar hatte er Angst, dass er bei der anstehenden Neuwahl des Vorstands nicht wieder zum Vorsitzenden gewählt werden würde. Einige Mitglieder waren mit seinem wohl etwas majestätischen Gehabe und Führungsstil nicht einverstanden, was ihn wiederum auf die Palme brachte. Freiwillig würde er sein Konditorenzepter sicher nicht abgeben. Das hatte ich zumindest aus den Gesprächen geschlossen, die ich ungewollt mit angehört hatte. Nein, ich hatte nicht an der Tür gelauscht, ich war in Reinhards Büro gesessen und hatte seine Regale entrümpelt. Alles, was er nicht ständig an Ordnern und Mappen brauchte, sollte in mein neues kombiniertes Kopier- und Archivzimmer hinüber wandern.

Ich kam ganz schön ins Schwitzen, als ich die schweren Stapel nun von seinem Büro in das Kopierzimmer schleppte. Meine apfelgrüne Tunika zeigte schnell Schweißränder unter den Armen. Gut, dass bald alle die Agentur verlassen, ins Waldheim zur Tagung fahren würden und ich hier allein vor mich hinschwitzen konnte.

Ich hatte ja auch ein paar Träger-Tops im Kleiderschrank, aber – wie nannte man die Dinger? Tank-Tops? – in denen fühlte ich mich wie ein gestrandeter Supertanker.

Um halb zehn rief mein Regalbauer an und verkündete, er schaffe es leider nicht vor 12 Uhr vorbeizukommen, um die Regale aufzubauen und anzudübeln. Nicht so schlimm, dachte ich und ackerte weiter im Kopierzimmer. Uralte Konzepte, die nie verwirklicht werden konnten, noch mehr alte Zeitschriften und viel von all dem Dekogerümpel, das irgendwann mal liegen geblieben war, gingen nun den Weg alles Irdischen: durch den Schredder respektive direktemang in den Müll. Irgendwie war das sehr befreiend.

Gegen 10 Uhr fuhren Reinhard und Li, bepackt mit Kartons voller dicker Stapel Papier, los und ich hatte endlich meine Ruhe …

… vor diesem dämlichen, wissenden Grinsen meiner tollen Kollegin. In den letzten drei Tagen hatte sie an Maulfäulnis gelitten. Nicht einen Tipp hatte sie mir gegeben, nicht eine Arbeit abgenommen. Ich hatte sie natürlich auch nicht darum gebeten, aber eigentlich hätte sie das von sich aus anbieten können.

Nun war ich natürlich megaaufgeregt. Heute würde ich also bei meinem ersten Event dabei sein. Ich hatte beschlossen, in jedem Fall eine blendende Figur zu machen. Eigentlich hatte ich ein ganz gutes Gefühl, was meine Vorbereitungen betraf. Ich war leider nicht mehr großartig dazu gekommen, mich mit Reinhard kurzzuschließen, weil er ständig unterwegs gewesen war. Aber im Prinzip war mir ja klar, was zu tun war, und ich verließ mich auf meinen Charme und mein Improvisationstalent. Das hatte mir bei den Modeljobs auch immer weiter geholfen. Sogar die Verabredung mit Franz hatte ich sausen lassen. Ich war schließlich noch in der Probezeit und da war die Arbeit wichtiger als das Privatleben.

Kurz bevor wir zum Waldheim fahren wollten, verschwand ich in der Toilette, um mich umzuziehen. Reinhard hatte mir geraten, etwas Dezentes zu tragen. Schließlich würden ja die Bäcker und nicht wir im Mittelpunkt der Veranstaltung stehen. Schade.

Ich hatte mich also für ein schlichtes schwarzes Satin-Etuikleid mit Cutout-Schulterdetails und einem tiefen V-Ausschnitt entschieden. Dazu konnte ich endlich meine neuen mit silbermetallicfarbenem Leder drapierten Sandalen von Proenza Schouler anziehen, deren witziger skulpturaler 10-Zentimeter-Absatz mich bei den Bäckern sicher zum Hingucker des Abends machen würde. Ich hoffte nur, dass ich all den Kram, den ich mitschleppen musste (»Du musst quasi das ganze Büro dabei haben«, hatte mir Reinhard gesagt. »Ständig braucht man irgendwelches Kleinzeug, Tesa, Schere, Locher und so weiter. Und das ist dann deine Stunde!«), in meine nudefarbene Lackleder Sac Zip bekommen würde.

Ich fletschte meinem Spiegelbild die Zähne – kein Lippenstift darauf –, fuhr noch einmal durch mein Haar und holte tief Luft. Jetzt konnte es losgehen.

Reinhard nickte mir zustimmend zu und in seinem schwarzen Cayenne brausten wir in Richtung Waldheim davon. An den Comer See wäre mir zwar lieber gewesen, aber dann hätte Reinhard aussteigen und mir den Wagen allein überlassen müssen. Und das wäre dann auch wieder ein Problem gewesen, denn was macht man mit einer solchen Karre, wenn man gar keinen Führerschein hat?

Das Waldheim wirkte von außen wie ein Försterhaus in Nobelaufmachung. In Maria-Theresia-Gelb war es gestrichen und den Flair des Rustikalen vermittelte ein wenig Holzfachwerk am Giebel. Ich ahnte, dass es für die Bäcker genau das richtige Ambiente war: ein wenig rustikal, dabei jedoch gediegen und in jedem Fall typisch bayerisch.

Im Biergarten, wo zwanglos der Aperitif eingenommen werden sollte, hatte sich schon der Spanferkel-Grillmeister aufgebaut. Vier der bemitleidenswerten Schweinchen drehten ihre Runden überm offenen Feuer. Der Geruch, der durch den Garten wehte und sich mit dem Duft der blühenden Lindenbäume und Kastanien ringsherum vermischte, verursachte mir Übelkeit.

»Hm, das riecht doch schon mal köstlich«, freute sich Reinhard und man sah ihm an, dass er sich bereits jetzt auf eine dicke Scheibe Schwein freute.

Zunächst inspizierten wir die Räumlichkeiten, begleitet von einem kleinem Wicht, der hier wohl der Chef war. Er ärgerte sich offensichtlich, dass er heute nicht seine Plateau-Sohlen angezogen hatte, um mir besser in den Ausschnitt starren zu können. Ich beschloss, ihn zu ignorieren.

Die Tagungsteilnehmer würden in etwa zwei Stunden eintreffen. Der Innungsmeister hatte das Treffen kurzfristig früher anberaumt als vorgesehen. Für mich hatte das bedeutet, die Mitglieder darüber zu informieren. Ich war erstaunt, wie viele Bäckereien in Oberbayern über keinen E-Mail-Anschluss verfügten. Der Vorsitzende erwartete wohl schwere Kämpfe und hitzige Diskussionen und so wurde vor das Abendessen noch ein Kaffeetrinken gelegt. Ein voller Magen diskutierte einfach nicht so gerne, und das konnte dem Chef wohl nur recht sein.

Die Kaffeetafel im großen Saal wirkte einladend und freundlich. Hier war alles perfekt vorbereitet. Auch auf der Bühne waren schon Tische und Stühle für den Vorstand aufgebaut. Alle Namenskärtchen waren richtig verteilt, stilles Wasser stand bereit.

»Hier tanzen dann nachher auch die Ballettküken«, sagte Reinhard. »Hast du die Genehmigungen vom Jugendamt dabei?«

Ich erstarrte. Es hatte keine fünf Minuten gedauert, seit ich hier war, und schon wurde ich zur Salzsäule.

»Die Genehmigungen?«, fragte ich vorsichtig. »Für die Balletteinlage?«

»Genau«, sagte Reinhard, noch ruhig. »Hast du sie dabei?«

Vielleicht sollte ich in dem Cayenne meine geschätzte 46. Fahrstunde nehmen und doch an den Comer See fahren. Allein. Und nie wiederkehren.

Reinhard trat näher an mich heran. Ich konnte sein Parfum riechen. Etwas zu süßlich nach meinem Geschmack.

»Es ist nicht so, wie ich denke, dass es ist, oder?«, sagte er. Ich zog mein Kleid glatt.

»Ich wusste nicht, dass man für eine Ballettvorführung eine Genehmigung braucht«, gestand ich nun leise.

»Für eine Ballettvorführung, in der lauter Kinder tanzen – darunter die Enkelin des Schatzmeisters – braucht man schon eine Genehmigung.« Er blieb bewundernswert leise.

Ich nickte tapfer.

»Was machen wir jetzt?«, fragte er dann. Immer noch ruhig.

»Ich weiß nicht.« Klang meine Stimme nur in meinen Ohren so quietschig?

»Dann lass dir was einfallen, und zwar schnell!« Das war jetzt schon recht laut gesprochen.

Ich überschlug meine Chancen nur ganz kurz: Es war Freitag Mittag, kurz vor zwölf. Ich wollte etwas von einem Amt. Von einem Amtsschimmel, vermutlich. Er würde mich – wenn ich ihn überhaupt traf – sicher nur verächtlich anwiehern. Aber Reinhard war das egal.

»Bis 14 Uhr bist du wieder hier. Die Liste mit den Namen der Kinder und den notwendigen Unterlagen liegen vermutlich – sag du's mir!«

»Auf deinem Schreibtisch?«

»Nein. Auf deinem! Dort habe ich sie zumindest am Dienstagabend hingelegt. Ich hoffe, du hast sie nicht als Kosmetiktüchlein verwendet. Denn dann brauchst du gar nicht erst wieder zu kommen. Obwohl – wenn ich's mir recht überlege. Dann könntest du die Balletteinlage übernehmen. Könnte ja auch ganz hübsch sein.«

Er drehte sich um und verschwand in Richtung Küche. Der Saal drehte sich um mich. Was bloß tat …

… der Mann da? Besser: das Jüngelchen. Sein Meister war zum Auto gegangen, um irgendwelches Werkzeug zu holen, und nun dokterte der Knabe an der Wand herum. Dabei sollte er doch eigentlich nur ein erstes Loch bohren, damit das Regal aufgehängt werden konnte. Um kurz nach zwölf waren die beiden Handwerker endlich eingetrudelt, versprachen aber, dass das Regal bis spätestens 16 Uhr an der Wand hängen würde.

Wenn es allerdings so weiterginge wie bisher, würden sie morgen die Sportschau verpassen. Genaues Ausmessen hatte ergeben, dass das Regal stärker eingepasst werden musste als vorher angenommen. Meine Zeichnung war wohl doch nicht ganz so perfekt gewesen. Der Meister war entsprechend griesgrämig. Der Azubi-Bub, der wohl seine erste Woche absolvierte, stellte sich nicht sehr geschickt an, was der Meisterlaune noch mehr zu schaffen machte. Gut, dass es draußen so warm war – im Kopierraum herrschte atmosphärisch Eisblumen-Temperatur. Der Meister brummelte vor sich hin, der Azubi glotzte blöd und ich stand im Weg rum (sagte man mir zumindest). Also versteckte ich mich hinter meinem Schreibtisch, bis ich den Meister die Tür der Agentur zuknallen hörte und mich wieder in den Kopierraum traute.

Der Azubi hantierte auf der Leiter stehend mit dem Zollstock, während er gleichzeitig versuchte, die Wasserwaage in Anschlag zu bringen, ohne dass die Bohrmaschine, die er sich unter den Arm geklemmt hatte, herunterfiele. Als dies dennoch geschah, eilte ich ihm zu Hilfe und fing die Bohrmaschine kurz über dem Boden am Kabel auf. Der Azubi sah mich aus seinen wässrig blauen Augen dankbar an. Als er seine Markierung endlich eingezeichnet hatte, reichte ich ihm die Bohrmaschine und er legte los. Ich glaube, er war selbst erstaunt, wie glatt der Bohrer in die Wand fuhr. Um so erstaunter waren wir allerdings beide, wie schnell die Bohrmaschine dann ihren Geist aufgab und gar nichts mehr tat.

»Huch«, entfuhr es ihm und er zupfte irritiert sein rotes Stoppelhaar.

»Was ist denn jetzt schon wieder?«, schrie der zurückgekehrte Meister nicht ganz vorverurteilungsfrei und zerrte den Azubi von der Leiter. Er nahm ihm die Bohrmaschine aus der Hand und drückte auf den Getriebeschalter, ohne Erfolg.

»Sacklzement«, fluchte er charmant und riss das Kabel aus der Steckdose. Sein Blick wanderte an der Wand hinauf. Ahnend. Wissend. »Wehe«, knurrte er, bahnte sich den Weg durch die Kisten und Stapel, fand nicht, was er suchte, und steckte das Kabel im Büro gegenüber wieder ein. Brav surrte die Bohrmaschine los.

»Du Depp, du damischer«, brüllte der Meister nun und der Azubi, hochrot im Gesicht, sank immer mehr in sich zusammen. »Jetzt hat der Kerl die Elektroleitung durchbohrt. Keine zwei Sekunden kann man dich allein lassen, Herrschaftszeiten nochmal!«

»Wie wär's mit einem Kaffee?«, versuchte ich die Situation zu entspannen, denn wenn ich jetzt auch noch lospoltern würde, wäre keinem geholfen. Der Meister sah mich aus seinen kleinen, von Falten umknitterten Augen an, als käme er aus einer weit entfernten Galaxie zurück in die Wirklichkeit.

»Kaffee, ja«, nuschelte er. »Und dann fährst zurück, holst Schrumpfmuffen – aber lass dir ja die richtigen geben – und kommst wieder, aber schick di!« Gesenkten Hauptes zog der Jüngling von dannen.

»Wie der zu seim Quali gekommen ist, tät ich gern wissen«, gab der Meister hinterher. »Tut mir sehr leid. Ich fürcht', da müss ma jetzt die Wand aufstemmen. Des wird a bisserl laut. Ham's noch einen andern Platz für den Kopierer? Weil staubig wird's auch.« Der Raum war so zugestellt, dass es keinen Platz für den Kopierer gab. Davon abgesehen hätten wir ihn ohne größeren Aufwand niemals durch die Tür in den Gang schieben können. Dachterrasse, entschied ich kurzerhand. Das Wetter war ja noch immer prächtig. Die paar Wolken sahen harmlos aus. Gemeinsam wuchteten wir das Ungetüm nach draußen und ich entschwand, um Kaffee zu …

… kochen war auch keine Lösung. Ich versuchte, ganz ruhig zu bleiben und anmutig zu lächeln.

»Da müssen Sie aber eine gute Ausrede parat haben, warum Sie die Genehmigung so plötzlich brauchen«, sagte der grau melierte Mann mit dem teigigen Gesicht. Er ruckelte an seiner randlosen Brille und lehnte sich zurück. Ich holte tief Luft. Bis hierher hatte ich es immerhin geschafft. Hatte ihn vom Nachhauseweg zurückgeholt, in dem ich ihm hinterher gejoggt war. Barfuß natürlich. Wieso ging der Typ auch nicht brav wie jeder andere Beamte in die Kantine, schließlich war es kurz vor eins. Immerhin hatte ihn sein »leider nicht zuständig«-Kollege so treffend beschrieben, dass ich ihn schon von hinten erkannt hatte. Ich wusste schon gar nicht mehr, was ich ihm in meiner Aufregung alles vorgeplappert hatte, damit er umkehrte. Immerhin tat er es. Ich spitzte die Lippen und entschied, die Wahrheit zu sagen.

»Wenn Sie mir nicht helfen, verliere ich meinen Job!«, begann ich ganz ernst. »Und das nach fünf Tagen.«

»Vielleicht sind Sie nicht geeignet für Ihren Job«, antwortete er und lächelte. Ihm schien es zu gefallen, dass ich mich so erniedrigte. Aber da war er bei mir an der Falschen.

»Ich eigne mich genauso, wie Sie sich für Ihren Job eignen. Wenn man mir allerdings keine Informationen gibt, was zu tun ist, kann ich wenig machen. Und dass man für eine Ballettaufführung mit Kindern eine Genehmigung braucht – tja, es stand meinem Chef nicht auf der Stirn geschrieben. Und die kranke Kollegin, für die ich eingesprungen bin, die hat mir auch nichts verraten.« Der fleischige Beamte hinterm Tisch begann zu lächeln. Jetzt setzte ein Phänomen ein, das ich nur zu gut kannte.

»Geben Sie mir mal Ihre Liste da«, sagte er und streckte mir seine weißwurstartigen Finger entgegen. Ich reichte ihm meine Zettel, die ich auf dem Weg hierher noch schnell in der Agentur geholt hatte. Sie waren tatsächlich auf meinem Schreibtisch gelegen. Verdeckt von vielen anderen Zetteln, die garantiert nicht ich dahin gelegt hatte.

Er betrachtete meine Auflistung wohlwollend. Ihm wurde klar, dass er der Retter einer schönen Frau werden konnte.

»Na, das sieht ja ganz ordentlich aus«, konstatierte er. »Namen, Adressen, Geburtsdaten, ärztliche und schulische Atteste – alles da!« Er grinste erneut. Ich lächelte so anmutig es ging. Was tat man nicht alles für seinen Job. Außerdem wollte ich Reinhard beweisen, dass ich es hinbekam. Der Beamte fingerte in seiner Schreibtischschublade herum, zog einen Stempel hervor und knallte ihn auf ein Blatt Papier, das er zuvor aus einer Ablageschale hervorgezogen hatte. Er schob mir die Genehmigung zu.

»Und nächstes Mal bitte zehn Tage vorher antanzen, okay?«

Ich nickte noch einmal demutsvoll und sah ihm tief in die Augen. »Gerne. Und tausend Dank. Sie haben mein Leben gerettet.«

Als ich aufstand und mich zur Tür umdrehte, spürte ich seinen brennenden Blick auf meinem Hintern.

»Und wenn Sie mich das nächste Mal auf der Straße ansprechen«, rief er mir nach. »Dann hoffe ich einfach, dass Sie mich vielleicht doch zu einem Kaffee einladen wollen.« Ich zwinkerte ihm über die Schulter zu.

»Schaun wir mal«, sagte ich und winkte ihm zum Abschied zu.

Ich schwebte durch die Flure nach draußen. Es war halb zwei und ich hatte meine Genehmigung. Jetzt konnte nichts mehr schiefgehen. Ein Taxi stand wie bestellt direkt vor der Tür und keine 20 Minuten später hielt ich Reinhard die Genehmigung unter die Nase. Ohne sie oder mich eines Blickes zu würdigen, steckte er sie ein.

»Okay«, sagte er. »In gut einer Stunde werden die Ersten eintrudeln. Am besten, du machst dich dran, die Umschläge zu verteilen. Hmm, ich überlege gerade: Vielleicht legen wir sie nicht auf die Platzteller, sondern auf die Stühle. Dann wird die schöne Kaffeetafel nicht so zugemüllt mit dem Zeug. Alles klar?« Ich nickte und mit einem »Ich geh mal nach der Torte sehen« entschwand er gen Küche.

Ich zerrte die Kiste unter dem Techniktisch neben der Bühne hervor und öffnete sie. Die Umschläge waren cremegelb und mit fotografisch echt wirkenden ausgestanzten Torten bedruckt. Auf der Rückseite konnte man lesen, was man alles in den Umschlägen finden würde: Handouts, rote und grüne Karten für die Abstimmung, den Menüplan und das Rezept für die Torte. Außerdem Tütchen mit eingeschweißten, dünnen Plastik-Wegwerf-Schürzen für die Verzieraktion. Für diesen Haufen Zeug fühlten sich die Umschläge ziemlich dünn an. Beängstigend dünn. Mit zitternden Fingern öffnete ich den Erstbesten. Er war leer. Ich fühlte mich ebenso. Trotz meines engen Kleides kauerte ich mich auf den Boden. Ich würde 220 Umschläge befüllen müssen? In einer Stunde? Wie sollte das gehen?

Vielleicht sollte ich Reinhard einfach die Umschläge vor die Füße werfen, mich auf meinen 10-Zentimeter-Absätzen umdrehen und so würdevoll wie möglich den Raum verlassen. Einfach losmarschieren, bis zum Comer See, bis an die Adria, einfach ins Meer hinein, bis mich die Fischlein fräßen und ich als Meerjungfrau wiedergeboren werden würde. Ich schloss kurz die Augen in der Hoffnung, die Wiedergeburt wäre schon vonstattengegangen. Aber um mich herum wurde es allmählich schwül-heiß und der gähnend leere Umschlag knisterte vorwurfsvoll in meiner Hand.

Neben der Kiste mit den Umschlägen standen weitere, die all die Dinge enthielten, die dort hinein sollten. Glücklicherweise lag auch ein Zettel dabei, der mir 100 Delegierte ankündigte – der Rest der Besucher benötigte keinen Umschlag und war nur Begleitung. Ich atmete tief durch. Jetzt hatte ich noch knapp eine Stunde – 30 Sekunden pro Umschlag inklusive verteilen mussten ausreichen. Ich öffnete die übrigen Kisten und begann: Stimmkarten, Menüfolge, Schürzentütchen, Rezept, Handout. Mist. In welchem Karton waren die Handouts?

Verdammt! Wer hatte die Handouts kopiert? Hatte das nicht die dicke Tippse gemacht? Wäre das nicht ihr Job gewesen? Garantiert! Ich sah, wie die Flügeltüren der Küche aufschwangen und Reinhard auf mich zukam. Ich musste ihn ablenken.

»Der Chef hat dich gesucht«, rief ich ihm entgegen. Wehe, er käme näher. »Er ist in Richtung Biergarten gegangen.« Reinhard nickte vertrauensvoll und schwenkte ab. Gut so. Ich grub mein Handy aus der Sac Zip und wählte.

Es dauerte, bis Miss Piggy endlich ans Telefon ging. Sie klang etwas atemlos. Wahrscheinlich hatte sie rasend schnell irgendwelche Essenshappen aus ihren Schweinebacken kauen müssen.

»Wo sind die Kopien vom Handout?«, schrie ich.

»Keine Ahnung«, sagte Natascha schlicht. Ihrer Stimme war keine Aufregung anzuhören. Schuldbewusstsein erst recht nicht.

»Du hättest sie kopieren müssen!« Ich wurde noch lauter.

»Nein, werte Frau Kollegin. Wer die Einladungslisten bearbeitet, der kopiert auch die Handouts«, antwortete sie mit einer völlig undurchsichtigen Logik. »Und du hast ja die Liste von meinem Computer gestohlen.«

Wäre sie vor mir gestanden, ich hätte ihr ... ich weiß nicht was ... in die Nase gebissen? Ihr die verdammten Löckchen vom Kopf gerissen? Ihr das Büroinventar in den Rachen gestopft? Bloß: Es hätte nichts geholfen. Langsam und tief floss der Atem, ganz tief in meinen Bauch und ich versuchte mir für eine Millisekunde vorzustellen, ich würde meine Yoga-Übung machen.

»Okay. Sei so nett und kopier mir das Handout 100 Mal. Ich schicke irgendwen vorbei, der die Kopien abholt.«

»Der Kopierer ist grad nicht im Einsatz. Er ist abgebaut. Steht auf der Dachterrasse«, sagte sie so ruhig, als ob ihr Leben eine einzige Yoga-Übung sei. »Komm und schau's dir an, wenn du mir nicht glaubst.«

»Dann geh in einen verdammten Kopierladen«, brüllte ich. Keine gute Strategie.

»Ich hab keine Zeit«, sagte Natascha und ich hörte nur noch das Tuten des Telefons.

6. Gewitterziegen bändigen

Verbrauch: 3957 Kalorien

Hätte heulen geholfen? Sich auf den Boden werfen und mit den Beinen strampeln? Die Haare ausreißen? Man hätte mich in die Psychiatrie nach Haar gebracht, wo ich bis zum Ende meines Lebens mit verschmiertem Make-up lallend und wippend in einer Ecke gekauert hätte. Keine wirkliche Alternative zum Meerjungfrauen-Dasein.

Als es hinter mir kicherte, drehte ich mich genervt um. Hinter dem Bühnenvorhang standen zwei junge Bedienungen im üblichen sehr unvorteilhaften weiß-schwarzen Rüschenblusen-Röckchen-Ensemble, an den Füßen klobige MBT-Schuhe, und tauschten sich über ihre neuesten Eroberungen aus. Die kamen mir gerade recht.

»Hey, Mädels«, rief ich sie herbei. »Wollt ihr euch ein dickes Trinkgeld verdienen?« Natürlich nickten sie. Ich ging zu ihnen hinter den Vorhang und erläuterte, was zu tun war. Und in welcher Zeit.

»Schafft ihr das?«

Sie nickten einhellig.

»Aber diskret das Ganze, bitte« ermahnte ich sie.

Sie nickten erneut, wie kleine Hühnchen auf der Suche nach Futter.

»Ich bin in 40 Minuten wieder da, dann packen wir noch ein paar Zettel dazu und ihr verteilt die Umschläge auf den Stühlen. Alles klar? Ein 50er ist euch sicher!«

»Für jede von uns?«, fragte die Jüngere der beiden keck.

Nun nickte ich. Was tat man nicht alles für die Karriere. Beamte anflirten, Bedienungen kaufen. Vielleicht würde ich als Nächstes für einen Taxifahrer strippen müssen, damit er mich schnell genug fuhr. Egal. Hauptsache, ich verlor mein Gesicht nicht.

Mit strahlendem Lächeln ging ich an Reinhard vorbei, der aus dem Biergarten zurückkam.

»Hast du den Chef noch mal gesehen?«, fragte er irritiert. »Ich hoffe übrigens, das Wetter hält noch, bis wir den Aperitif haben. Ganz schön schwül da draußen.«

»Der Chef ist grade in den Keller gegangen«, sagte ich und gab mir große Mühe unbeschwert zu wirken. »Wird schon halten, das Wetter.«

Reinhard beachtete mich nicht weiter und ich ging hinaus. Glücklicherweise war vor dem Lokal ein Taxistand. Ich wies den Fahrer an, alle Verkehrszeichen zu missachten, die man missachten konnte, ohne die Todesstrafe zu riskieren. Er verstand, was ich meinte, und raste los. Bis zum Luise-Kiesselbach-Platz ging es blendend. Dann kam der Stau. München leistete sich einen weiteren Tunnel.

»Fliegen kann i' leider net«, sagte der Taxifahrer und trommelte mit den Fingern einen nervösen Takt auf die Außenseite seiner Fahrertür. »Des gibt gewiss noch a Gewitter heut'. Da braut sich schon was z'sammen da droben. Deshalb san heut' alle so gereizt, die Autofahrer, schon den ganzen Tag.« Wie zur Bestätigung hupte es hinter uns, was den Verkehr jedoch nicht wirklich voranbrachte.

Ich stöhnte. Noch einmal quer durch die Stadt rennen wie heute Mittag – dafür war die Strecke nun doch zu weit.

»Und wenn wir über den Grünstreifen da abkürzen und uns querfeldein durchschlagen?« Ich wusste nicht einmal selbst, ob ich den Vorschlag ernst nahm. Mein Taxifahrer war begeistert.

Kurz darauf sprengten wir ein paar Radfahrer vom Weg und drängelten uns zwischen zwei Kinderwagen durch. Nachdem ich einen Bauzaun kurzerhand aus dem Weg geschoben hatte, erreichten wir die Gegenfahrbahn, von der aus wir in Richtung Albert-Roßhaupter-Straße weiter fahren konnten. Ich war gerettet. Dass mein Kleid von schlierigem Zementstaub verseucht war, versuchte ich für den Augenblick zu verdrängen.

Es war zwanzig nach zwei als ich in der Agentur ankam. Zehn Minuten kopieren, dann zurück – der Taxifahrer war so nett und wartete unten – spätestens um kurz vor drei wäre ich wieder im Waldheim. Dann würden die Bäckerjungs sicher noch ihren Aperitif zwitschern und ich konnte mit meinen beiden Handlangerinnen die Umschläge endgültig fertig machen. Es würde alles gut gehen. Irgendwie. Vielleicht.

So schnell war ich noch nie in den fünften Stock hinauf geklettert, ein Exemplar des Handouts kopierbereit untern Arm geklemmt.

Außer Miss Piggy war niemand da. Im Kopierraum herrschte grausames Chaos und ein Silhouetten-Vetter von Miss Piggy im Blaumann schrie seinen Azubi an. Das skelettartige Gerüst eines Regals hing an der Wand.

»Wo ist der Kopierer?«, rief ich Miss Piggy zu.

»Hab ich doch gesagt«, antwortete sie ruhig. »Auf der Dachterrasse. Und die Steckdose im Kopierraum ist eh hin. Durchgebohrt.« Ich stöhnte. Das war der Dolchstoß. Eine Fahrt in den Copyshop wäre mein Todesurteil. Die Zeit arbeitete schneller als ich.

Ich wuselte mich durch das Gerümpel im Kopierraum,

schlängelte mich an den zwei Leitern vorbei, von denen Meister und Azubi gleichermaßen vor lauter Stielaugen beinahe zu fallen schienen, als sie mich sahen, und betrat die Dachterrasse. Der Blick über die Stadt war im Normalfall wirklich spektakulär. Vor allem bei dieser Lichtstimmung. Die Wolken hatten inzwischen eine dunkelgraue Farbe angenommen und sahen drohend aus wie eine geballte Faust. Die Sonne versteckte sich geflissentlich dahinter. Es windete mit einem Mal heftig.

An der Betoneinfassung, hinter der die Blumen eingepflanzt waren, entdeckte ich plötzlich eine kleine, weiße Klappe. Mit einem Satz war ich dort – tatsächlich, eine Steckdose. Vielleicht war die ja funktionstüchtig. Ich rannte zum Kopierer, bekam sein Stromkabel zu fassen, aber es war nicht lang genug. Die Handwerker, die ich um Hilfe bitten wollte, waren plötzlich verschwunden. Stattdessen stand Miss Piggy in der Tür.

»Was machst du da?«, fragte sie.

»Wo sind die Handwerker?«

»Machen eine Kaffeepause beim Bäcker nebenan.«

Ehe ich weiter nachdachte, packte ich sie am Oberarm und …

… schleppte mich zum Kopierer. Ich sollte ihr beim Schieben helfen, damit sie ihn hier draußen einstöpseln konnte.

»Hast du mal zum Himmel geschaut?«, fragte ich. »Das gibt gleich so was von einem Gewitter! Ich glaub, du spinnst!«

»Egal«, fauchte sie. »Wenn wir uns beeilen, können wir es noch schaffen.«

Wir – sie hatte wir gesagt! Ich wollte mich umdrehen und nach drinnen gehen. Die Pest drückte und ruckelte an dem schweren Kopiergerät herum und endlich ließ er sich ein Stück rollen. Natürlich hätte ich ihr verraten können, dass es im Kopierraum eine Verlängerungsschnur gab. Ich tat es nicht.

»Du bist mir was schuldig«, sagte sie plötzlich, während sie den Stecker in die Dose schob. Das rote Aufwärm-Lämpchen sprang an.

»Ich dir was schuldig? Das wüsst' ich aber«, konterte ich. Was bildete die sich denn ein?

»Du weißt genau, dass es DEIN Job gewesen wäre, die verdammten Handouts zu kopieren«, fing sie an. »Und wenn du keine Zeit dafür hattest, hättest du mir sagen können, dass ich es tun muss. Außerdem hast du mir das mit der Kindergenehmigung nicht gesagt.« Wovon redete sie? Der Wind wurde heftiger. Sie umklammerte ihr Handout wie einen Rettungsring.

»Fragen kostet nichts«, schrie ich sie nun an. »Aber dafür bist du dir ja zu fein!« Die ersten Tropfen fielen. München verfinsterte sich. Li trommelte nervös auf dem Fotokopierer herum. Endlich leuchtete seine Start-Anzeige grün.

»Ich mir zu fein?«, fauchte sie. »Du behandelst mich wie ein Stück Scheiße um deinen eigenen Minderwertigkeitskomplex zu übertünchen, du …«

»Ach, Quatsch. Ich kann nur arrogante Zicken nicht leiden, denen ihr Kleidersaum wichtiger ist als ein vernünftiges Büroklima.« Woher ich plötzlich so deutliche Worte nahm, war mir selbst nicht ganz klar. Vielleicht die aufgeheizte Atmosphäre, nicht nur am Himmel.

Der erste Blitz zuckte, ein Donnerschlag kam erschreckend schnell hinterher.

»Und jetzt lass uns diesen verdammten Kopierer wieder nach drinnen befördern«, rief ich und versuchte, ihn ein Stück in Richtung Terrassentür zu ziehen. Die Pest hielt ihn von der anderen Seite fest. Die ersten Blätter wurden ausgespuckt und sofort vom Wind erfasst.

»Du weißt ja gar nicht, was Büroklima ist«, geiferte Li. »Du denkst doch den ganzen Tag nur ans Fressen.«

»Und du, du Klappergestell«, gab ich zurück. »Für dich sind normale Leute doch alle …

Ein weiterer Donnerschlag schnitt …

… ihr das Wort ab. Wir zerrten nun beide an dem Kopierer, der Seite für Seite ausspuckte. Sie würde mir meine Rettungsaktion nicht in letzter Sekunde kaputt machen. Die Regentropfen auf den Kopien würden schon wieder trocknen.

»Ich hätte dich niemals eingestellt, du Pest!«, schrie Miss Piggy nun und beinahe wäre es ihr gelungen, den Kopierer aus der Steckdose zu ziehen. Kraft hatte sie ja. Aber ich war wendiger. Ich riss ihn wieder zurück, sodass sie sich beinahe mit Händen und Füßen an ihn geklammert hätte.

»Fette Sau!« Ich konnte mich nicht länger beherrschen.

»Dumme …«

Und dann wurde es ganz hell …

… und laut. So unbeschreiblich laut …

… und leise. Ganz leise …

… und dämmrig, erst. Dann plötzlich …

… dunkel. Absolute Dunkelheit. Vielleicht nur in meinem …

... Kopf. Es fühlte sich sogar dunkel an, wie immer das gehen mag. Ich mochte das Dunkel nicht. Ganz langsam ...

... öffnete ich die Augen. Schlafen, dachte ich. Einfach schlafen. Und nur nicht die Augen schließen. Lieber nicht. Ich war tatsächlich noch ...

... auf der Dachterrasse. Regen fiel mir ins Gesicht und der Knall dröhnte noch immer in meinen Ohren. Gott, wie das schmerzte. Ich ...

... richtete mich langsam auf. Trotz der Feuchtigkeit stieg eine Rauchsäule aus dem Kopiergerät auf. Überall lagen vom Regen verschmierte Blätter. Oh Gott! Meine Kopien! Wie viel Zeit mochte wohl ...

... vergangen sein? Ich setzte mich und betastete vorsichtig den Boden. Er schien mich zu tragen. Ich sah um mich. Und erschrak. Als ob mich der Blitz gleich ein zweites Mal treffen würde. Wer war diese dicke ...

... wunderschöne Frau dort drüben? Und wieso trug sie meine Sandalen? Mein Kleid? Mir schwindelte. Ich ...

... sprang entsetzt auf und wich zurück. Jemand, den ich noch nie gesehen hatte und der mir doch bekannt vorkam, kroch auf mich zu. Sie war ziemlich dick.

»Li«, schrie ich. »Wo bist du?« Mein Blick fiel auf ein schwarzes Häufchen neben dem Kopierer, sollte sie vielleicht ...? Quatsch, schimpfte ich mich und plötzlich sah ich meine Schuhspitzen. Sie waren silbern. Wackel mit den Zehenspitzen, gab ich meinem Gehirn den Befehl und beobachtete, wie die Zehen, die aus dem Silbernen heraus lugten, leicht wackelten. Diese Zehen gehörten also tatsächlich zu mir. Und die daran hängenden Füße wohl auch.

Ich fasste in meine ...

... Haare, die rechts und links neben meinem Kopf den Boden wischten. Meine Haare: lockig und lang und schwer, so wie mein ganzer Körper sich mit einem Mal schwer anfühlte, sodass ich mich mühsam am Kopierer hochziehen musste.

»Autsch«, schrie ich, denn er war heiß und jetzt erst bemerkte ich, wie er seltsam deformiert war und das Plastik widerwärtig stank.

Ich hob den Kopf, die wunderschöne Frau streckte mir die Hand entgegen und half mir beim Aufstehen. War ich vielleicht doch tot und in einer Art Feenreich voller Zwillingswesen gelandet? Es war, als schaute ich in einen Spiegel. Die Frau sah mir zum Verwechseln ähnlich, sie trug sogar die gleichen Kleider wie ich. Nur mit meinen Haaren stimmt etwas nicht. Ich blickte an ihr herunter. Dann an mir. Ich riss den Kopf hoch und sah ihr ins Gesicht. Weit weg fuhr noch ein einsamer Blitz über den Himmel, rollte noch einmal der blasse Widerhall eines Donners.

»Du hast meine Kleider an«, war das Erste, was ich sagen konnte.

»Und du meinen Körper«, kam die Antwort aus einem Mund, der bis vor wenigen Minuten meiner gewesen war. Ich war ...

... fassungslos. Beide sanken wir zu Boden, saßen nebeneinander und fixierten die Betonplatten. Es konnte nicht anders sein: Uns hatte der Blitz getroffen. Besser: Der Kopierer war getroffen worden. Was dadurch ausgelöst worden war – ich wagte es nicht in Worte zu fassen. Ich räusperte mich.

»Kann es sein ...«, wie hell meine Stimme klang! »... dass wir ... äh ... ein Blitz ...« Ich brach ab. Li neben mir ging es nicht viel besser.

»Ich glaube ... ich weiß nicht ... der Blitz ... und dann ... vertauscht«, stammelte sie und ich dachte nur, so muss eine richtige Stimme klingen. Kein Wunder, dass ich gelegentlich am Telefon Komplimente für meine bekommen hatte. Ich sah sie verstohlen aus den Augenwinkeln an. Und sah schnell wieder weg. Ich saß da, direkt neben mir. Es war unglaublich.

»Kneif mich mal«, fiel mir nun ein. Eine zittrige, blasse, fleischige Hand bewegte sich auf den Oberarm zu, der jetzt wohl meiner war, und kniff kraftlos.

»Autsch«, sagte ich lahm. Immerhin, ich hatte ihre Berührung gespürt. Es war wie bei diesem Spiel, das ich als Kind so gerne hatte. Man legte die eigene Handfläche an die eines andern, faltete die Finger bis auf die Mittelfinger und strich mit der anderen Hand gleichzeitig über den eigenen und den anderen aufrecht stehenden Finger. Ein mehr als seltsames Gefühl. Eigen und doch fremd. Überall um mich herum war jetzt genau dieses Fremde. Ich kannte mich nicht. Ich spürte am Sitzbein, wie hart der Boden war. Dass man ein Sitzbein spüren konnte! Da war nichts Weiches mehr zwischen mir und dem Außen. Langsam versuchte ich, wieder aufzustehen. Es ging sehr leicht. Ich bildete mir ein, plötzlich mehr zu sehen, schärfer. Vielleicht weil ich nun gut zehn Zentimeter größer war als bisher.

Li hockte noch immer auf dem Boden und schien dumpf zu brüten.

»Alles okay mit dir, Li?«, fragte ich. Irgendwie war ich ein wenig besorgt. Nicht, dass es ihr – vor allem meinem Körper – schlecht ging. Sie nickte langsam, hob aber den Blick nicht und machte auch keine Anstalten aufzustehen.

Ich getraute mich endlich, sie richtig anzuschauen. Es war ein wenig wie bei Amateur-Videoaufnahmen, bei denen ich immer inständig betete, dass ich ja nicht ins Bild käme. Passierte es dann doch, besah ich mich aufs Kritischste, immer darauf bedacht, etwas zu finden, worauf ich sagen konnte: »Ach, so dick bin ich ja gar nicht.« Jemand mir Vergleichbares – eine andere Frau natürlich am liebsten, die mir selbst nicht dick erschien und die auf den Filmaufnahmen dicker aussah, als ich selbst. Das passierte aber leider nie. Und nun hockte da dieses Wesen vor mir und ich unterzog es einer genauen Analyse: Es wirkte als Erstes einmal plump und apathisch. Okay, das konnte natürlich vom Schock kommen. Wer weiß, wie ich gerade aussah – schockierend schön vielleicht?

Sie sah ein wenig aus wie ein kleines Mädchen, das in einem zu großen Körper steckte. Oder gar: sich darin versteckte. Die dreiviertel-lange Hose war unten viel zu eng, sodass die Waden leicht eingeschnitten waren und wie weißlicher, aufgequollener Hefeteig aussahen. Auf den breiten Oberschenkeln, die durch das Dunkelbraun der zu engen Hose wie mächtige Baumstämme wirkten, ruhte der Bauch. Er wölbte sich unter der Tunika hervor und kletterte bis an die großen Brüste hoch, die noch über den Bauch hingen. Mir wurde schlecht. So hatte ich bis vor wenigen Minuten ausgesehen? Das war ja ekelhaft! Okay, ich wusste und mir wurde es bei jedem Einkauf in einer dieser wie in einem Obduktionssaal hellen Umkleidekabinen bewusst, dass ich mit Kleidergröße 46 nicht mal mehr als Plus-Size-Modell durchging – aber dass es so schlimm war! Ich musste den Blick abwenden – die Kraft, nun auch noch mein Gesicht einer näheren Betrachtung zu unterziehen, hatte ich nicht.

»Durst«, sagte das Monstermädchen, das da unten kauerte. »Ich hab' so Durst!« Und nun spürte auch ich, wie ausgedörrt sich meine Kehle anfühlte. Sie streckte mir ihre Hand entgegen. Ich schluckte einmal trocken, ehe ich zupackte und sie hoch wuchtete. Ja, sie war schwer. Aber ich spürte, welche Kraft ich auf einmal in den Oberarmen hatte. Unauffällig betastete ich die straffe Haut mit den harten, aber wohlgeformten Muskeln darunter. Man konnte es nicht anders sagen: Es fühlte sich gut an.

Ich musste sie ein wenig stützen, als wir nach drinnen gingen. Durch das Chaos im Kopierzimmer schlängelten wir uns in die Teeküche hinüber. Zwei große Gläser Wasser stürzte jede von uns hinunter. Wir erschraken beide, als es plötzlich an der Tür läutete. Li sah mich panisch an.

»Oh Gott, der Taxifahrer steht noch immer unten«, jammerte sie.

»Das könnten aber auch die Handwerker sein«, fiel mir ein. »Los, du musst ihnen aufmachen.«

»Mach doch selbst auf!« Immerhin war sie noch genauso pampig wie vorher.

Ich stöckelte auf den gefühlten ein Meter 20 Absätzen zur Tür und öffnete. Die Handwerker sahen mich irritiert an.

»Alles okay bei Ihnen?«, fragte der Meister und ich beeilte mich zu nicken.

»Ja, ja. Machen Sie doch einfach weiter. Meine Kollegin fühlte sich mit einem Mal furchtbar unwohl. Sicher das Gewitter. Sie ist so wetterfühlig. Ich werde sie jetzt nach Hause bringen.«

Der Meister nickte und versprach, einfach die Tür zuzuziehen, sobald sie fertig wären. Ich stolperte zurück in die Küche, wo sich Li an den schmalen Küchentisch hatte sinken lassen. Sie stierte noch immer fassungslos vor sich hin wie ein Fisch auf dem Trockenen.

»Wir müssen zurück ins Waldheim«, sagte sie plötzlich. Ein Hauch Leben kehrte in sie zurück und sie lächelte grimmig. »Du musst zurück«, sagte sie dann und ihre Mundwinkel verzogen sich spöttisch. Mein Gott, was für Hamsterbacken!

»Wir gehen gemeinsam«, sagte ich und war verblüfft, wie energisch ich klingen konnte.

Wieder klingelte es, diesmal Sturm.

»Wird des heit' noch was da oben«, schrie eine aufgebrachte Männerstimme durch die Sprechanlage. »I' hob heuer noch mehr zum tun, als auf Eana zu warten.«

»Wir kommen«, flötete ich, rannte so gut es ging zurück in die Küche, zog Li vom Hocker und mit mir durch den Flur zum Lift.

»Ich nehm immer die Treppe«, meckerte sie und schwenkte um. Auch gut, dachte ich und lief ihr nach. Als wir unten angekommen waren, ...

... war ich völlig aus der Puste. Vom nach UNTEN laufen! Als steckte ich noch immer unter einer Glasglocke, ließ ich mich in die weichen Sitzpolster im Fond des Taxis fallen. Ich war froh, dass Natascha den Taxifahrer vom Beifahrersitz aus beruhigen musste. Es gelang ihr leicht.

Ich sah das Funkeln in seinen Augen, als sie ihm ein Lächeln schenkte. Mein Lächeln! Mein wunderschönes, großherzig bis in die Haarspitzen wirkendes Lächeln, das die Männer gefügig machte. Und nun gehörte ihr dieses Lächeln. Ich konnte es noch immer nicht fassen. Ich hatte versucht zu rekonstruieren, was da draußen auf der Dachterrasse geschehen sein mochte. Es gelang mir nur in Ansätzen und unter Zuhilfenahme von esoterischen Quatsch-Konstrukten, die ich normalerweise verachtete.

Der Blitz schien jedenfalls in den Kopierer eingeschlagen zu haben, um den wir gerade gerangelt hatten. Unsere Seelen – oder was auch immer – hatten schockiert protestierend unsere Körper verlassen. Kurz und vehement miteinander diskutiert, ob sie nun in den Himmel auffahren, in die Hölle hinabsinken oder einfach dort bleiben sollten, wo sie die letzten 31 beziehungsweise 26 Jahre verbracht hatten. Sich schließlich für Letzteres entschieden und in der Panik, nicht schnell genug an ihren Ursprungsort zurück krabbeln zu können, verhedderten sie sich und glitten verwirrt in den am nächsten liegenden Körper. Sie in meinen, ich in ihren. Was für Volldeppen! Unsere Seelen waren unzurechnungsfähige Hornochsen, degenerierte Neandertaler. Na ja, vor allem meine. Ich an Nataschas Stelle hätte mir auch meinen Körper ausgesucht! Wie konnte es sein, dass die Seele eines so behäbigen Menschen wie sie einer war, schneller sein konnte, als meine schöne Seele? Sicher war meine Seele abgelenkt gewesen und hatte kurz gezögert, weil ihr aufgefallen war, dass mit dem Satin-Kleid was nicht stimmte. Weil es vom Saum her bis fast den ganzen Oberschenkel hinauf eingerissen war. Verdammte Eitelkeit! Nataschas Seele fielen solche Details gar nicht auf. Wie sie jetzt sogar im Auto die Beine übereinanderschlug – im engen Auto – wo ich nicht einmal diese fetten Beine an den Knöcheln kreuzen konnte! Und wie der Taxifahrer ständig den Verkehr ignorierte, weil er es vorzog, auf diese meine Ex-Beine zu starren und an ganz anderen Verkehr zu denken. Es war degoutant! Am liebsten hätte ich geschrien, er solle bitte schön auf die Straße glotzen und nicht auf meine Beine, aber er hätte es womöglich nicht verstanden. Natascha dagegen schien sich prächtig von dem Vorfall zu erholen. Sie wurde immer munterer und plapperte mit meiner Allerbesten-Laune-Stimme den Taxifahrer voll. So viel hatte sie in einer Woche Büro nicht herausgebracht.

Je näher wir dem Waldheim kamen, umso ruhiger wurde jedoch auch ich. Schließlich war sie es jetzt, die für alle meine Fehler geradestehen musste. Ich kicherte sonor in mein Doppelkinn. Und da sah ich auch schon Reinhard in der Einfahrt stehen.

Während Natascha noch den Taxifahrer bezahlte und sich die Quittung ausschreiben ließ, deren Höhe ebenfalls sie zu erklären hätte, schälte ich mich aus dem Fond. Reinhard schien überrascht, mich zu sehen, stellte aber keine weiteren Fragen. Nun schwang Natascha die hübschen Beine aus dem Auto und streckte ganze 1,76 Meter plus zehn Zentimeter Absätze in die Höhe. Schon imposant. Reinhard fand das offensichtlich nicht.

»Wo warst du? Wo sind die Handouts? Hast du ’ne

Meise?«, bombardierte er sie. »Was meinst du, was hier los war, als das Gewitter mitten im Aperitif losging!«

Natascha schrumpfte zusammen. Sie wirkte unsicher und ihr würde garantiert keine Entschuldigung einfallen. Musste ich denn alles selber machen?

»Und jetzt hängen alle mehr oder minder durchnässt da drinnen rum«, meckerte er weiter. »Und suchen ihre Handouts …«

»Meine Schuld«, fiel ich Reinhard ins Wort, mir selbst einredend, dass meine Schuld Nataschas Schuld war, nur … ich ließ weiteres paralleles Nachdenken sein und konzentrierte mich aufs Sprechen.

»Es war ein Missverständnis. Ich dachte, Li kopiert, Nata… äh, Li dachte, ich kopiere. Wir hätten uns abstimmen müssen. Sorry.«

»Sorry«, äffte mich Reinhard nach. »Das kannst du dir in deine Rastalöckchen schmieren. Also, wo sind jetzt diese verdammten Kopien?«

»Der Kopierer ist kaputt. Es ging gar nichts mehr«, erwachte nun Natascha aus ihrer Schockstarre. »Ich hatte die Handwerker gebeten …«

»Welche Handwerker?«, blaffte Reinhard. »Ich will den ganzen Quatsch nicht hören. Vielleicht haben die Damen ja noch ein Exemplar von diesem blöden Handout und fragen mal hier im Büro nach, ob es einen Kopierer gibt. Da muss man doch nicht extra in die Agentur für fahren. Herrgott, wir sind doch nicht im Kindergarten!«

Aus dem Hintergrund näherte sich eine kleine, schmale Gestalt, die beinahe in Reinhard hineingelaufen wäre, weil sie Natascha fasziniert anstarrte.

»Äh, Herr Gienger, wir wären dann soweit«, sagte das Männlein, bei dem man mal wieder deutlich erkannte, dass

Ohren auch im Alter nicht zu wachsen aufhörten. »Wir würden gerne mit den ersten Referaten anfangen.«

»Aber gerne, selbstverständlich«, antwortete Reinhard vor väterlicher Güte sprühend und wandte sich von uns ab. »Der Innungsmeister«, zischte er noch. »Beeilt euch!«

»Ach, und Fräulein«, der Innungsmeister drehte sich noch einmal um und baute sich mit seinen geschätzten 1,60 Meter vor Natascha auf. »Beim nächsten Mal hätte ich dann gerne den Parkplatz hinterm Haus. Verstanden?« Natascha nickte irritiert.

»Es müssen sich nicht gleich alle Mitglieder auf dem Parkplatz auf mich werfen. Das hab ich gar nicht gern. Verstanden?« Mehr als eine gehauchte Entschuldigung fiel Natascha nicht ein und der Innungsmeister stapfte verärgert davon. Reinhard runzelte die Stirn und erweiterte seine innere Strafliste um einen weiteren Punkt. Dann ging auch er.

Ich entriss Natascha meinen wunderschönen Zip-Sac, fand tatsächlich noch ein leidlich verknittertes Exemplar des Handouts und gab ihr die Tasche zurück.

»Also los«, sagte ich und zerrte sie hinter mir her in Richtung Waldheim. Kaum hatten wir den Eingang passiert, stürmten die zwei jungen Bedienungen auf Natascha zu.

»Bekommen wir jetzt unsere 100 Euro?«, fragten sie. »Wir haben schon mal alle Umschläge verteilt, als Sie nicht kamen.« Natascha sah wortlos von der einen zur anderen.

»Äh, prima«, sagte sie matt. »Li, äh, Natascha hast du mal die 100 Euro für die Damen?« Überraschendes Tor!

Ich nickte freundlich. »Gerne«, antwortete ich und zog

Nataschas Geldbeutel aus ihrer fiesen gelbgrün-schwarz gestreiften Leinen-Umhängetasche, die noch immer über meiner Schulter hing. Ha! Eigentor!

Tatsächlich kauerten zwei 50 Euro-Scheine in einem der Fächer und die Mädels nahmen sie mir gerne ab. Sie schwirrten in Richtung Festsaal, nachdem sie uns gezeigt hatten, wo wir unsere Kopien anfertigen konnten. Hätte ich sie doch nur früher danach gefragt! Ich hätte mir in den dicken Hintern beißen können! Es lag so nahe und ich war nicht darauf gekommen! Verdammt, verdammt, verdammt! Was wäre mir alles erspart geblieben!

Als wir fertig waren – komplikationslos hatte der Kopierer seine 100 Exemplare ausgespuckt – verkündete ich: »Ich geh jetzt. Du machst den Rest schon. Krieg ich bitte meine Handtasche?«

»Du kannst mich doch hier nicht alleine lassen!« Nataschas Blick bekam etwas Flehendes.

»Wieso, du bist doch die alte Häsin und kennst dich aus.«

»Du gehst mit«, versuchte sie mich zu gängeln.

»Niemals! Mit dem Körper zeig ich mich doch nicht der Öffentlichkeit! Und jetzt meine Handtasche bitte!« Ich streckte meine Hand danach aus und bekam sie am Riemen zu fassen. Kurz rangelten wir darum, bis Reinhard hinter uns auftauchte und »Li, kommst du bitte« schrie, woraufhin Natascha endlich erschrocken die Tasche losließ und ich mich davon machen konnte.

Mit Entsetzen stellte ich fest, dass eine Gerüstbaufirma damit beschäftigt war, unser Haus hinter Gitter zu stecken. Das bedeutete, der Taxifahrer musste auf der gegenüberliegenden Straßenseite anhalten und ich würde diesen fürchterlichen Körper zehn Meter für jedermann sichtbar über die Straße wuchten.

Mir kamen schon wieder die Tränen. Im Taxi hatte ich möglichst lautlos vor mich hingeschnieft. Ich hätte wahrscheinlich auch laut plärren können, der Taxifahrer hatte mich die ganze Fahrt über sowieso nicht eines einzigen Blickes gewürdigt. Ich gab ihm kein Trinkgeld und stieg aus.

Schleichen oder rennen? Beim Schleichen wäre ich länger den gaffenden Blicken ausgesetzt, beim Rennen würde das Fett unschön schwabbeln. Ich entschied mich für ein Mittelding und ging eiligen Schrittes und mit gesenktem Kopf, dankbar für die Locken, die mir ins Gesicht fielen – deshalb hatte sie sie also! Irgendetwas scheuerte unangenehm innen an meinem Oberschenkel und ich brauchte einige Zeit, bis ich begriff, dass es der andere Oberschenkel war. Mir kamen gleich wieder die Tränen.

Wenigstens stand die Haustür offen und ich konnte hineinhuschen. Aber kaum bog ich über die kleine Stufe in Richtung Briefkästen und Treppenaufgang ab, prallte ich beinahe gegen einen großen Mann, der mitten im Weg stand. Ich war froh, dass ich noch bremsen konnte, sonst hätte ich ihn sicher platt gewalzt. Der Mann drehte sich um und sah mich freundlich an. Er hatte fein geschnittene Gesichtszüge, schwarzes Haar und kam mir bekannt vor.

»Grüß Gott«, formten seine schmalen, aber hübsch geschwungenen Lippen freundlich. »Wohnen Sie hier?«

»Äh«, stammelte ich. Ja. Nein. Vielleicht. Manchmal. Weiß nicht. Ich entschied mich für ein unentschiedenes Kopf-Schüttel-Nicken mit gleichzeitiger Bodenbetrachtung, was ihm völlig zu genügen schien.

»Ich wollte mich bei den Mietern hier gerne vorstellen.

Ich bin der Architekt, der die Umbaumaßnahmen leiten wird. Kiran Devi ist mein Name. Wenn Sie irgendwelche Fragen haben, können Sie mich gerne jederzeit ansprechen. Uns ist es wichtig, dass die Mieter so wenig wie möglich durch den Umbau beeinträchtigt werden. Ganz kann man das natürlich nicht ausschließen, das verstehen Sie sicher.«

Und du, du indischer Kiran Devi schuldest mir als erstes Mal die Reinigung meines Kleides, hätte ich am liebsten gesagt. Denn nun war mir klar geworden, woher ich ihn kannte: Ich kannte ihn von Monsieur Hu, wo ich mit meinem Vater – oh Gott, was sollte ich nur meinem Vater sagen? – essen gewesen war. Na, wenn er beim Häuser umbauen genauso professionell wie beim sich Entschuldigen war, stünden uns lustige Zeiten bevor.

»Ist Ihnen nicht gut?«, fragte der unverschämte Inder plötzlich fürsorglich, vermutlich, weil ich es noch immer vorzog, den Boden und nicht ihn anzuschauen.

»Geht schon«, nuschelte ich.

»Sicher hat Ihnen das Gewitter zu schaffen gemacht«, überlegte er und tätschelte meinen Oberarm. Wie es überhaupt jemand über sich bringen konnte diese lebende Fleischwurst anzufassen war mir schleierhaft. Endlich konnte ich mich wieder rühren und begann den Aufstieg auf den Himalaja. Zuvor drückte mir der indische Architekt noch seine Visitenkarte – »falls was is'« – in die Hand.

»Ich meld' mich dann die Tage mal bei Ihnen, dann können wir in Ruhe besprechen, wie die Umbauten in Ihrer Wohnung konkret stattfinden sollen«, rief er mir nach. Ich hob schlapp den Arm.

War ich früher – »früher«? Zwei Stunden zurück war

also schon »früher«! – die Treppe hinaufgesegelt wie ein Schwälbchen, kam ich mir jetzt vor wie ein Räumfahrzeug, das sich mühsam durchs Geröll bewegte. Jeder Schritt war eine Qual. Ich begann zu schnaufen und zu japsen. Der Schweiß brach mir aus und ich hätte mich am liebsten auf eine Treppenstufe zum Ausruhen gesetzt. Aber dann wäre bestimmt wieder der Inder aufgetaucht und hätte mich an den Fleischwürsten hochgezogen. Mühselig hievte ich mich also weiter am Geländer voran, bis ich endlich vor meiner Wohnungstür stand. Ich schloss auf, schmiss die Tür sehr geräuschvoll hinter mir zu und ließ mich aufs Sofa krachen. Dann flossen die …

… Tränen verkniff ich mir. Ich ließ Reinhards Strafpredigt einfach über mich ergehen, während drinnen im Saal das erste Referat gehalten wurde. Kurz bevor es losgegangen war, hatte ich mit den beiden Bedienungen noch schnell die Handouts an alle Bäckerinnungs-Mitglieder persönlich verteilt, und ich hatte den Eindruck, die meisten von ihnen – vor allem die Männer mittleren Alters – waren von diesem persönlichen Service sehr angetan. So viele entzückte Gesichter, strahlende Augen und charmantes Lächeln hatte ich in den letzten drei Jahren zusammen nicht auf mich gerichtet gesehen. Bei jedem Schritt fühlte ich mich auf diesen komischen Stilettos sicherer. Sollte Reinhard nun also seinen Frust ablassen. Es war ja Li, die den Job verlieren würde, nicht ich. Woran sich natürlich die Frage knüpfte: Würde unser »Zustand« längere Zeit so bleiben? Würde ich für immer in Lis Körper stecken bleiben? Oder gab es vielleicht einen Trick, um uns wieder dahin zurückzubringen, wo wir eigentlich hingehörten? Und wollte ich überhaupt zurück? Als mir der Chef des

Waldheims seine warme Hand aufs Schulterblatt legte, beschloss ich, nicht weiter darüber nachzudenken. Er hatte kurze, dunkle Haare, strahlend blaue Augen – ähnlich wie ich, musste ich schmunzeln! -, reichte mir gerade bis zur Nase und wirkte mit seinem leichten österreichischen Akzent sehr galant.

»Darf ich Ihnen nach all der Hektik nicht mal einen Kaffee bringen lassen?«, säuselte er in mein Ohr. Ich hörte mein Herz schneller schlagen und eh ich nachdenken konnte, hatte ich schon erwidert: »Ein Gläschen Prosecco würde es auch tun.« Er zog entzückt die Augenbrauen nach oben, verstärkte den Druck auf mein Schulterblatt und flüsterte: »Ihr Wunsch ist mir Befehl. Nicht weglaufen.«

Mit einem Mal fühlte ich mich herrlich! Wie neugeboren, was ja irgendwie auch stimmte. Ich beschloss, kurz auf die Toilette zu gehen und mich ein wenig frisch zu machen. Meine Leinentasche klemmte ich möglichst unauffällig unter den Arm – es war auch mir Modebanause klar, dass sie zu meinem Outfit so gar nicht passte.

Selbst in dem derangierten Zustand, in dem ich mich befand, sah ich entzückend aus. Oder vielleicht gerade deshalb. Ich kramte in meinem Beutel und fand tatsächlich die wenigen Kosmetika, die ich zwar mit mir rumschleppte, aber nur selten verwendete. Etwas Kajal, etwas Mascara, der letzte Rest eines schon leicht klumpigen Puders und mein Lippenstift – das musste genügen. Li hätte es sicher besser hinbekommen, aber für meine Verhältnisse hätte ich schon so bei jedem Modelcontest mitmachen können. Für die Bäckerinnung war es jedenfalls ausreichend. Ich verteilte noch ein Parfumpröbchen, das ich irgendwo mal geschenkt bekommen hatte, und zog das Kleid glatt. Jetzt erst bemerkte ich, dass es vom Saum bis zum Oberschenkel hinauf aufgerissen war. Darunter lugte zwar ein sehr gerader, sehr muskulöser und braun gebrannter Schenkel hervor, der sicher nicht wusste, wie man das Wort »Cellulite« buchstabierte, aber jeder Bäckerlehrling sollte ihn nun auch nicht zu sehen bekommen. In meinem schier unendlich tiefen Leinensack fand ich tatsächlich eine Sicherheitsnadel, die zumindest für den Moment ausreichen musste. Ich huschte zurück und sofort kam der Chef auf mich zu, das versprochene Glas Prosecco in der Hand. Ich dankte ihm mit einem weiteren koketten Augenaufschlag und trank – ihm zuprostend – einen Schluck dieses köstlich-kalten nervenberuhigenden Getränks. Herrlich! Dann nahm ich mir ein Herz und fragte, ob er womöglich Nadel und Faden zur Hand hätte – ein kleines Malheur mit dem Kleid. Langsam glitt sein Blick über meinen sanft gewölbten Ausschnitt und den vollkommen flachen Bauch bis zum Oberschenkel hinunter, der im schummrigen Licht hinter der Bühne verführerisch glänzte.

»Wir schauen mal«, schlug er vor und zog mich an der Hand in sein Büro. Er wühlte ein wenig in seinen Schreibtischschubladen, schüttelte dann aber bedauernd den Kopf.

»Nichts zu finden.«

Mir kam eine gute Idee: Ich griff mir den Tacker, der auf dem Schreibtisch stand, und hielt ihn erfreut hoch.

»Damit könnte es doch gehen«, beschloss ich und wollte anfangen, den Riss im Kleid einfach zusammen zu tackern. Der Chef – Martin, wie er sich mir inzwischen vorgestellt hatte, ohne jedoch hinzuzufügen, ob das sein Vor- oder Nachname war – Martin eilte zu Hilfe und zog das Kleid am unteren Ende straff. Sein Handrücken berührte ganz leicht mein Knie. Ich erschauerte und versuchte, mich auf das Tackern zu konzentrieren. Nicht ganz einfach. Zumal ich den Stoff ja irgendwie übereinander bekommen und gleichzeitig so zusammenschieben musste, dass der Tacker die richtige Stelle erwischte.

»Soll ich mal«, erbot sich Martin und nahm mir das Gerät aus der Hand. Ich lehnte mich an die Schreibtischkante und sah mit gleichzeitiger Überraschung und Verzückung, wie seine Hand immer höher wanderte und gleichzeitig von meinen Beinen immer enger umschlossen wurde und ... Ich bemühte mich, nicht laut zu japsen.

Plötzlich fiel der Tacker zu Boden, seine Hand griff übergangslos nach meinem Hals, umschloss ihn sanft und zog mein Gesicht an seines heran.

»Du bist mir heute Morgen schon aufgefallen«, raunte er und vergrub seinen Mund hinter meinem Ohr. »Da hast du mich aber keines Blickes gewürdigt.« Nadelstiche und Champagnerperlen prasselten wettkämpfend über meinen Körper.

Martin hauchte Küsse hinter mein Ohr, die Ansatzlinie der Haare entlang, an meinem Kinnknochen nach vorne bis seine Lippen meinen Mund erreicht hatte. Und seine Zunge gegen meine Zähne prallte. Ich erschrak. Und schob ihn weg.

Was tat ich hier eigentlich? Nicht nur mit einem wildfremden Mann, sondern auch noch mit einem wildfremden Körper. Mitten zur Arbeitszeit. Dafür würde ich garantiert gefeuert werden!

Er drängte sich wieder an mich und flüsterte: »Komm, hab dich doch nicht so« und versuchte, seine Hand in meinen Ausschnitt wandern zu lassen. Beinahe hätte ich »Hilfe« geschrien. Stattdessen drückte ich den kleinen Mann mit einem kräftigen Druck meiner straff-muskulösen Oberarme auf seinen Schreibtischstuhl herunter, warf ihm eine Kusshand zu, sagte: »Ich muss noch arbeiten, man sucht mich sicher schon« und rannte hinaus. Die drolligen Stilettos machten mit, erstaunlicherweise.

»Blöde Tussi«, hörte ich es hinter mir fluchen, aber da ließ ich auch schon die Bürotür zuschlagen.

7. Spanferkel
2356 Kalorien

Im Saal war man glücklicherweise noch immer mit Referaten beschäftigt und ich fand Reinhard in der Küche, wo er von einem Teller kleine Probierportiönchen des Menüs kosten durfte. Langsam bekam er eine ganz schöne Wampe, der gute Reinhard. Bisher war mir das noch nie aufgefallen.

»Hmmm, köstlich«, rief er mir entgegen. »Musst du unbedingt probieren! Aber so eine wie du isst wahrscheinlich eh nur einmal im Jahr. Jammerschade!«

Mein Magen knurrte entsetzlich. Ob er heute überhaupt schon irgendetwas bekommen hatte?

»Manchmal mache ich eine Ausnahme«, sagte ich und sah mich nach dem Küchenpersonal um. Reinhard strahlte.

»Schön, das freut mich«, sagte er und wirkte, als sei aller Unbill vergessen. Er nutzte seine guten Kontakte zum Koch und reichte mir ebenfalls einen Probierteller. Es sah köstlich aus!

Forellenmousse mit frischer Pfefferminze, etwas Entenleberpastete mit geschmorten Feigen, ein Häppchen vom Spanferkel mit einer Auberginen-Lasagne und Dauphinkartoffeln – köstlich. Von dem Muster hätte ich gerne eine Portion gehabt, aber ich hielt mich bedeckt. Vielleicht könnte ich ja nachher mal draußen nach den Spanferkelchen schauen und noch ein Scheibchen abbekommen – mit viel krosser Kruste.

»Na, jetzt läuft doch alles«, freute sich Reinhard, als Martin die Küche betrat. Der schaute ziemlich finster und ich machte, dass ich nach draußen kam.

»Ich muss mir mal die Spanferkel angucken«, beeilte ich mich und verschwand. Leise tippelte ich durch den Saal, wo alle den Ausführungen des Referenten über die Herausforderungen des Bäckerhandwerks im 21. Jahrhundert lauschten und froh waren, dass ein Blick auf mich sie kurzzeitig ablenkte. Ich wurde mit jedem Schritt größer, mein Gang majestätischer. Ja, ich war eine Königin.

Sogar dem König begegnete ich vor der Tür. Ich wollte gerade in Richtung Spanferkel abbiegen, als ich Wims Stimme hörte.

»Li«, rief er. »Na, wie läuft's? Wollte mal nach euch schauen kommen.«

Langsam drehte ich mich um und strahlte wie ein Honigkuchenpferd unterm Christbaum. Ein wunderschönes Honigkuchenpferd.

»Wim! Wie nett«, rief ich und eilte ihm entgegen. Einsatz der Streicher. Flirrende Herzchen, die in den grauen Himmel hinaufstoben. Daran hatte ich noch gar nicht gedacht!

Während Wim Natascha nur als braves, graues, dickhäutiges Arbeitstier wahrnahm, wäre es für Li sicher ein Leichtes, ihm den Kopf zu verdrehen. Und ich – ich WAR Li. Von der Zehenspitze bis zum Scheitel. Was innen drin war – das würde kein Mensch je erraten. Typischer Fall von mehr Verpackung als Inhalt, überlegte ich, was meinem Gesäusel Wim gegenüber jedoch keinen Abbruch tat.

»Ja, du«, hörte ich mich sagen. »Es macht so Spaß hier zu sein. Die Bäcker sind alle so nett. Und …«

»… und was ist mit dem Kopierer passiert?«, unterbrach mich Wim.

Oh. Obacht.

»Äh. Keine Ahnung«, antwortete ich und zog die Unterlippe genau so vor, wie sie es bisher immer gemacht hatte. Ich wusste jetzt auch warum: Weil das verdammt unschuldig und verdammt sexy gleichermaßen wirkte.

»Du warst doch aber noch mal zum Kopieren in der Agentur vorhin, oder?«

»Ja, aber da war er schon kaputt. Ich hab mich total gewundert, warum der Kopierer auf der Dachterrasse steht.« Ach, war das schön! Ich konnte alles auf Li schieben!

»Was?« Wim sah mich entgeistert an. »Wieso stand der Kopierer auf der Dachterrasse? Seid ihr plemplem?« Offenbar hatten ihn die Handwerker wieder an seinen ursprünglichen Platz gestellt, bevor Wim gekommen war. Wieder konnte ich nur besänftigend lächeln.

»Natascha hat gesagt, die Handwerker wären das gewesen. Die haben irgendwas mit der Wand angestellt … Ich weiß auch nicht. Jedenfalls habe ich ja dann hier kopieren können.«

»Für acht Cent pro Kopie. Ich weiß.«

Mir fiel wieder das Spanferkel ein. Vielleicht sollte ich meinen Plan, Wim zu erobern auf einen Tag verlegen, an dem er besser gelaunt wäre.

»Na, ist ja nicht meine Schuld, wenn Natascha den Kopierer hopsgehen lässt«, maulte ich und setzte ein Gesicht auf, von dem ich glaubte, dass es nach »ich bin eine verwöhnte Prinzessin und man schimpft nicht mit mir« aussah.

Wim kniff die Lippen zusammen und nickte. Dann zuckte er mit den Schultern.

»Du hast recht. Da wird Fat-Tascha am Montag für geradestehen müssen.«

Ich glaubte mich verhört zu haben.

»Fat-Tascha« – so nannte er mich also. Mir stiegen Tränen in die Augen. Mein Wim nannte mich Fat-Tascha. So ein Verräter!

»Mir ist was ins Auge geflogen«, log ich und rannte davon.

Ich stolperte über die Wurzeln der Kastanien im Biergarten und kauerte mich auf einer der Bänke zusammen. Was für ein Tag!

Ich erging mich in unglücklichen Betrachtungen darüber, wie gemein die Welt und vor allem die Männer schon immer zu der armen Natascha gewesen waren – sie nur auf ihren Körper zu reduzieren, war total gemein. Maja sagte immer, ich sei so ein freundlicher und herzensguter Mensch, aber das, das wollten Männer einfach nicht sehen. Die meisten Frauen auch nicht, fiel mir ein. Es war noch gar nicht lange her, beim Abschlussabend eines großen Events in einem Sterne-Lokal am Tegernsee. Ausnahmsweise hatten wir am Abendessen-Büffet teilnehmen dürfen. Beim ersten Mal hatte ich mir aus Schüchternheit nur wenig genommen. Als ich aufgegessen hatte, getraute ich mich nicht, noch ein zweites Mal zum Büffet zu gehen. Doch mir gegenüber saß eine Frau, die fast so schön und mindestens so schlank wie Li gewesen war. Im Unterschied zu dieser hatte sie mir nicht nur ein freundliches Lächeln geschenkt, sondern sich gar angeregt mit mir unterhalten. »Los, kommen Sie, wir holen uns noch etwas«, hatte sie mir schwesterlich zugeraunt und wir waren an die sich unter Köstlichkeiten biegenden Tische gegangen. Endlich mal eine Frau, die auch gerne aß, hatte ich gedacht. Im Gewimmel hatten wir uns aus den Augen verloren, und als ich endlich zurück an meinen Platz kam – den Teller randvoll mit Hummersalat und fetttriefendem ausgebackenem Gemüse und panierten Schnitzelchen und ich weiß nicht was noch für Leckereien – da saß sie bereits und verdrehte die Augen. »Köstlich«, sagte sie und schnitt eine Spargelstange in winzig kleine Häppchen. »Die muss ich mir gut einteilen«, erklärte sie. »Alles andere ist ja viel zu fett.« Und nach einem Blick auf meinen Teller fügte sie hinzu: »Meinen Sie nicht auch?« Den Rest des Abends hatte sie dann nicht mehr mit mir gesprochen.

Meine Laune besserte sich, als mir einfiel, dass mir so etwas nie wieder passieren konnte. Ich war ja jetzt schlank. Richtig schlank. Fast mager. Ich sollte zusehen, dass dieser dürre Körper ein klein wenig mehr auf die Rippen bekam. Tat man sich ja weh dran. Mit Begeisterung bemerkte ich, dass Bewegung an der Spanferkel-Front aufkam. Nachdem Wim im Waldheim verschwunden war, getraute ich mich aus meinem Versteck hervorzukommen und schlenderte unauffällig zur Grillstelle. Ich fühlte mich nicht mehr wirklich hungrig, aber der Duft …

Einer der Köche, die die Grills betreuten, bemerkte mich sofort. Ich blieb einfach stehen und lächelte. Das hatte ich ganz schnell gelernt: Dieser Körper kombiniert mit einem Lächeln wirkte auf Männer unwiderstehlich.

»Möchten Sie mal testen?«, fragte mich der Koch, der für seinen Beruf erstaunlich schlank war. Er hätte der größere Bruder des Handwerker-Azubis sein können, jedenfalls lugten unter seiner weißen Mütze ebenso rote Locken hervor. Ich nickte begeistert. Er nahm das Messer und wollte mir eine kleine Scheibe abschneiden.

»Mehr«, sagte ich frech. »Wissen Sie, vor lauter Organisiererei kommt unsereins den ganzen Tag nicht zum Essen.« Er nickte verstehend und das Messer wanderte ein gutes Stück weiter Richtung Schwein.

»Und so ein schönes Stück Kruste vielleicht noch?« Der Mann dachte mit! Herzlich dankend nahm ich ihm den Teller ab. Meine Laune war schon beinahe wieder perfekt. Wim würde ich es zeigen. Vielleicht würde ich ihm gehörig den Kopf verdrehen und ihn dann einfach fallen lassen wie eine heiße Kartoffel. Und Kartoffelbrei aus ihm machen.

Ich setzte mich so, dass mich nicht jeder sehen konnte. Mhh, war das köstlich! Das Fleisch war ungeheuer zart, dabei aber geschmackvoll und würzig. Die Kruste war weder wabbelig noch zu hart. Ich schwebte im siebten Spanferkelhimmel.

Allerdings hatte ich nach etwa fünf Happen das Gefühl, ich wäre pappsatt. Iss langsam, Kind, mahnte ich mich. Ich hatte auch viel zu wenig getrunken heute, fiel mir ein. Ich würde jetzt dieses Schwein vertilgen und mir dann drinnen viel Wasser holen. Am nächsten Bissen kaute ich noch schwerer. Die Kruste könnte ich ja übrig lassen. War vielleicht doch ein bisschen zu fett.

»Ach, hier bist du«, rief Reinhard und wedelte aufgeregt mit den Händen. »Na, du bist ja gut – ich strampel mich da drin ab und Madame machen Vesperpause.« Ich duckte mich ein wenig unter seinen Worten, schob schnell einen letzten Bissen in den Mund und betete mir vor: Li bekommt den Anschiss, Li fliegt raus ... ich bin nicht Li, ich sehe nur aus wie sie ...

»... Ballettkinder eingetroffen und müssen betreut werden«, bekam ich wieder mit und sprang schnell auf. Puh, lag mir der Braten schwer im Magen.

»Hopp, hopp, sie warten im Garderobenraum hinter der Bühne auf dich. Zwölf entzückende kleine Mädelchen zwischen 6 und 10.« Ich nickte, atmete tief durch und ging.

»Isst du das später noch auf?«, rief mir Reinhard hinterher. Ich schüttelte den Kopf.

»Dann nehm' ich's«, ließ er verlauten und ließ sich auf meinen Platz fallen, obwohl es erneut zu regnen begann.

In der Garderobe herrschte Kreischen, Kichern und wildes Getobe. Zwischen Tutus und Ballettschühchen hockte eine Ballettlehrerin, die man sofort am dunklen Dutt und daran erkannte, dass sie noch dünner war als ich. Sehr erstaunlich dieses »noch dünner«, bedenkt man, dass bis heute Mittag so ziemlich jede Frau dünner als ich gewesen war.

Die Lehrerin bemühte sich nicht einmal, die Meute zur Ruhe zu bringen. In aller Seelenruhe nähte sie ein abgerissenes Band an einen Spitzenschuh. Sicher würde man die Unruhe im Saal mitbekommen, wo gerade die Wahl des neuen – oder Wiederwahl des alten – Innungsmeisters stattfand. Ich räusperte mich ergebnislos und entschied mich für Händeklatschen.

Einige der kleinen Ballettratten sahen zu mir.

»Is' jetzt unser Auftritt?«, fragte ein vorwitziges Mädel ganz in Rosa. Auf ihren Augenlidern schimmerte sogar rosa Lidschatten. »Mein Opa hat gesagt, wir kommen als Erstes dran.« Ich lächelte ihr huldvoll zu, obwohl sie sich längst wieder ihrer Freundin zugewandt hatte und dieser nun die beiden langen, geflochtenen Zöpfe so verknotete und unter dem Kinn festzog, dass ich Angst bekam, die Kleine würde blau anlaufen und nach hinten überkippen.

»Lass das doch«, rief ich dem Ballettungeheuer zu und wollte sie von ihrer Freundin wegzerren, als ich merkte, dass ich furchtbar dringend auf die Toilette musste. Aber so was von dringend. Ich ließ Ballettkinder Ballettkinder sein und eilte durch die Gänge, bis ich endlich den Ort meiner Sehnsucht erreicht hatte.

Ich hatte den Eindruck, ein komplettes Spanferkel lief in flüssiger Form aus mir heraus. Der Gestank war atemberaubend. Ekelhaft – einerseits. Beruhigend andererseits, dass die Ausdünstungen von schönen Frauen ebenso stanken wie die von allen anderen auch.

Langsam schwanden meine letzten Kräfte. Dieser Tag hatte nun bestimmt schon 29 Stunden auf dem Buckel, so kam es mir zumindest vor. Ich würde jetzt hier irgendwie aufstehen und mich dann krankmelden. Vielleicht fiele der Rest der Veranstaltung ja eh ins Wasser, falls alle so auf das Spanferkel reagierten wie ich.

Ich torkelte beinahe in den Saal zurück, wo sich die Bäcker, offensichtlich sehr zufrieden über den Ausgang ihrer Wahlen, genussvoll über das Menü hermachten. Noch waren sie bei der Forellenmousse. Reinhard saß dem Innungsmeister gegenüber und spachtelte vergnügt.

»Ach, Li«, rief er mich. »Alles klar mit den Ballettmädels? Übrigens hat sich die Schriftführerin darüber beschwert, dass die orangenen Blumen, die sie überreicht bekommen hat, nicht zu ihrem rosa Kostüm passen. Sie meinte, da hätte es was Schriftliches drüber gegeben?« Ich zuckte nur hilflos die Schultern. Mir wurde beinahe übel angesichts der vollen Teller und der mahlenden Unterkieferbewegungen aller Menschen hier im Saal.

»Reinhard«, flüsterte ich. »Mir geht's gar nicht gut. Akute Magen-Darm-Geschichte. Kann ich nicht heimgehen?«

Er sah mich entsetzt an.

»Li, du kannst jetzt nicht schlapp machen. Reiß dich zusammen. So schlimm wird's nicht sein.«

»Es läuft wie …«

… Wasser in mein Gesicht tropfte. Entrüstet öffnete ich die Augen. Über mir an der Decke war ein riesiger Fleck zu sehen, der sich an einer Stelle verdichtete und von wo der hinterhältige Angriff stattfand. Ich richtete mich auf und da wurde mir schlagartig wieder bewusst, was geschehen war. Das Aufrichten war mehr ein Hochhieven, ich wollte mich schon nach einem Kran umsehen. Kein Wunder, dass ich mich in den Schlaf geflüchtet hatte. Ich wollte nicht diese Seeelefantenkuh sein, die ich nun war und aus deren Körper es keinen Ausgang gab. Ich war eingesperrt, eingeschlossen, im finstersten Kerker, ohne, dass ich ein Verbrechen begangen hatte, ohne dass mich ein Richter je dazu verurteilt hätte. Einfach nur so. Nur so.

Ich überlegte, ob ich mich mit einem Messer dieses Körpers würde entledigen können, ihn wegschälen, abstülpen, mich häuten wie eine Riesenschlange.

Da traf mich ein weiterer Wassertropfen im Nacken. Er rann mir kalt den Rücken hinunter, sodass ich endlich aufstand. Nicht nur meinen Körper hatte man mir geraubt. Vandalen begannen auch noch, meine Wohnung zu verwüsten. Ich stellte einen Eimer aufs Sofa, dann suchte ich nach der Visitenkarte des Architekten, die er mir vorhin gegeben hatte. Ich hätte nicht gedacht, dass tatsächlich so schnell »was wär'«. Natürlich sprang nur die Mailbox an und ich hinterließ in gepfefferten Worten die Nachricht, dass es hier einen Wasserschaden gäbe und er sich so schnell wie möglich blicken lassen sollte. Als ich das Telefon in seine Station steckte, fiel mein Blick auf die Spiegeltür meines Kleiderschranks. Ich erschrak beinahe zu Tode. Ich würde nur noch mit Zetteln, die ich unter der Wohnungstür nach draußen schob, mit meinen Mitmenschen kommunizieren. Oder per Telefon, dann müsste ich allerdings behaupten, ich hätte eine Kehlkopfentzündung oder irgend so einen Mist. Live und in Farbe würde mich keiner mehr zu sehen bekommen.

Komm, schau es dir genauer an, dieses Unfassbare, machte ich mir Mut. Ich war schließlich nicht schuld an dieser Figur. Ich hatte sie nicht gemacht – ich hatte sie nur übergestülpt bekommen. Ich schälte mich aus der klammen, verdreckten Hose, unter der eine cremeweiße Unterhose zum Vorschein kam, die über dem Bauch kräftig spannte und deren Beinausschnitte schon ziemlich ausgeleiert waren. Die verschwitzte Tunika streifte ich ebenfalls ab und erblickte einen verblichen gräulich-weißen BH, dessen Aufgabe mir nicht ganz klar war. Die Brüste hingen wie schlaffe Säcke bis auf den Bauch herunter. Auch ohne BH hätten sie nicht tiefer hängen können.

Euphemisten hätten die Oberschenkel als drall bezeichnet. Ich war wenig schönfärberisch veranlagt. Die Oberschenkel waren stark wie Baumstämme und beinahe so gefurcht wie die Baumrinde einer Eiche. Wie konnte ein Mensch so viel Cellulite haben? Noch dazu zog sie sich bis zu den Knien hinunter, die wie alles andere an diesem Körper schwabbelten. Langsam drehte ich mich. Die Seitenansicht war noch katastrophaler als die Vorderansicht. Gut, dass mein Spiegel so breit war. Sonst hätte ich die Ausmaße dieses exorbitanten Hinterns garantiert nicht auf einen Blick erfassen können. Die gute Frau hatte nicht nur viel Fett auf ihrem Gesäß gespeichert, sie hatte auch noch ein Hohlkreuz. Muss ich erwähnen, dass diverse Fettfalten den Rücken unschön strukturierten? Speckfalten hinten, der riesige Schwabbelbauch vorne, dann dieser voluminöse Arsch – einen anderen Namen hatte er nicht verdient –, monströse Oberschenkel, wabbelige Waden, aber immerhin grazile Knöchel. Ich verstand nicht ganz, wie es funktionieren konnte, aber die Knöchel trugen diese walartige Masse tatsächlich. Auch ihre Füße waren relativ schmal und knochig. Wäre sie ein Bauwerk, würde man dem Architekten vorwerfen, sie würde beim ersten starken Sturm einfach umknicken.

Langsam drehte ich mich wieder zurück, als es an der Tür klingelte. Ich eilte ins Bad und riss den seidenen violett schimmernden Morgenmantel, den mein Vater mir geschenkt hatte, vom Haken und wollte ihn überziehen. Nachdem mein linker Unterarm in der Ärmelöffnung verschwunden war, hörte ich ein hässliches »Ratsch« und der Ärmel hing in Fetzen herunter. Der Blick in den Badezimmerspiegel zeigte mir kein hässliches Schweinchengesicht, sondern ein verwirrtes, hässliches Schweinchengesicht. Ich schluckte. Es klingelte noch einmal. Kurzerhand zerrte ich das Saunatuch von der Handtuchstange und packte mich darin ein. Eigentlich wollte ich die Tür überhaupt nicht aufmachen, am liebsten hätte ich sie zugemauert. Aber dann bestünde vielleicht die Gefahr, dass aus meiner Wohnung ein Swimmingpool werden würde und so öffnete ich einen Spaltbreit. Das spitzbübisch-verlegene Grinsen des indischen Architekten weckte den Impuls, die Tür ganz zuzuwerfen. Ich öffnete sie.

»Entschuldigung, ich wollte gerade duschen gehen«, sagte ich leise und er wirkte überhaupt nicht verwundert. Er lächelte weiter so huldvoll, als hätte er eine Marienerscheinung. Mit seinem schlanken Körper wand er sich im schmalen Flur um mich herum und ging ins Wohnzimmer.

»Okay, verstehe«, sagte er sofort. »Das ist natürlich ärgerlich.« Er blickte in den Eimer, der schon zu etwa einem Viertel gefüllt war.

»Die Handwerker haben heute früh mit den Arbeiten für den Dachausbau angefangen. Anscheinend haben sie da eine undichte Stelle produziert.«

Und du provozierst mich dazu, dich wieder rauszuschmeißen, damit ich endlich diesen schrecklichen Handtuchlook ablegen könnte, dachte ich. Womit ich nach dem Duschen meine dralle Nacktheit verhüllen könnte, darüber wollte ich mir mein ehemals so hübsches Köpfchen noch nicht zerbrechen.

»Ich werde die Jungs bitten, noch einmal vorbeizukommen und alles mit einer Plastikplane abzudecken«, versprach der Architekt.

»Herr … ähm …«

»Devi«, lächelte er. »Oder sagen Sie einfach Kiran zu mir. Und Sie sind …?«

Mir brach der Schweiß aus. Tja, wer war ich? Ich beschloss, die Frage zu ignorieren.

»Wie lange werden die denn da oben zu Gange sein?«, stellte ich einfach die Gegenfrage.

Er lächelte nun leicht zerknirscht. Was ihm auch gut stand. Kein Thema.

»So drei bis vier Wochen kann das schon gehen.«

Eines wurde mir schlagartig klar: Natascha und ich müssten unsere Wohnungen tauschen. Drei bis vier Wochen würde ich garantiert nicht in dieser Bruchbude aushalten. Und für irgendwas müsste der elendige Körpertausch doch auch gut sein.

»Okay«, sagte ich gedehnt. »Da wird dann doch sicher Mietminderung fällig, oder?« Kiran wiegte den hübschen Kopf.

»Das müssen Sie mit dem neuen Hausbesitzer ausmachen«, zog er sich aus der Affäre. Er war nicht nur gut aussehend, er war auch aalglatt. »Meine Großmutter hatte übrigens bis ins hohe Alter so lange Haare wie Sie. Ich hab sie mir immer so gerne um den Finger gezwirbelt.« Sein Blick wanderte versonnen nach draußen, wo er schnell an das hässliche Gerüst und die Plane dahinter schepperte.

»Na ja«, er wandte sich in Richtung Tür. »Dann hoffe ich, Sie bleiben den Rest des Wochenendes vor weiteren Unannehmlichkeiten verschont.« Er streckte mir die Hand entgegen, die warm und weich die meine umschloss. Gerade noch konnte ich das Handtuch davon abhalten, zu Boden zu rutschen. Er starrte kurz irritiert auf meinen kolossalen Ausschnitt. Dann war er fort.

Vielleicht hätte ich sagen sollen: »Mein ganzes Leben ist eine einzige Unannehmlichkeit! Und zwar im Wortsinne!« Erschöpft lehnte ich mich an die Wohnungstür. Mein Magen knurrte unüberhörbar. Vielleicht war Duschen gar keine so schlechte …

… Alternative zum Auto war nur die U-Bahn, und die fuhr um diese Uhrzeit nicht mehr. Ich spähte unentschlossen von rechts nach links und wieder zurück. Reinhard hatte mich mit seinem Angeber-Cayenne gerade vor der Agentur abgesetzt und mir war in letzter Sekunde eingefallen zu sagen, dass ich noch mein Fahrrad holen müsse. Beinahe hätte ich »Auto« gesagt. Ich gähnte so lang anhaltend, dass eigentlich alle meine Lungenbläschen mit frischem Sauerstoff hätten versorgt sein müssen. Die Müdigkeit wurde noch größer. Okay, ich würde es wagen und mit dem Auto fahren. Es lag nicht am Alkohol, dass ich zögerte. Nach den paar Schlucken Prosecco von Martin hatte ich mich den Rest des Abends an großen Wassergläsern festgehalten. Was mir mehr Sorgen bereitete: Würde ich in eine Polizeikontrolle geraten, könnte ich schlecht meinen Führerschein vorzeigen. »Tja, Herr Wachtmeister, wissen Sie, ich komm gerade von einer Körpertausch-Party. Finden Sie nicht, ich hab einen guten Fang gemacht?« Wenig glaubhaft.

Ich beschloss, dass um diese Uhrzeit einfach keine Kontrollen mehr stattfanden und setzte mich ins Auto. Meine Beine passten gerade so rein. Ich musste den Sitz beinahe in die hinterste Arretierung schieben.

Trotz all der anfänglichen Aufregung, war die Jahrestagung der Bäckerinnung doch recht glatt über die Bühne gegangen, sah man einmal davon ab, dass eine der Ballettmäuse von der Bühne gefallen und sich einen Arm geprellt hatte, dass der Innungsmeister trotz der praktischen Plastik-Schürze seinen Anzug komplett mit Sahne und Schokoladenglasur versaut hatte und seine Frau so betrunken war, dass sie allen anderen, ebenfalls verkleckerten Herren die Schokoglasur von Anzug, Stirnglatze oder Krawatte schlecken wollte. Dass Martin, natürlich betrunken, seinerseits mir einen winzigen Tropfen Schokoladenglasur aus dem Dekolleté zu wischen versuchte und bei der Abwehr dieses Versuchs rückwärts umfiel und die seitlichen Bühnenvorhänge abriss. Von all diesen Ereignissen abgesehen, hatte uns der Innungsmeister am Ende fest an sein Herz gedrückt und leicht lallend beschieden, dies sei die schönste Jahrestagung seit Jahren gewesen. Und wegen des Parkplatzes würde er ein Auge zudrücken. Und wegen der roten Blumen zum orangenen Kleid oder war es rosa oder violett oder was auch immer – ab da verloren sich seine Worte völlig im Dämmer der nächtlichen Schwaden, die um das Waldheim waberten.

Auch Reinhard hatte auf der Heimfahrt glücklicherweise nicht noch einmal alle Fauxpas des Tages aufgezählt, sondern konzentriert die Straßenverkehrsführung beobachtet.

Als er vor dem Agentureingang begann, mein Dekolleté konzentriert zu beobachten, verabschiedete ich mich rasch.

Meine Wohnung kam mir irgendwie zu klein vor für meinen neuen Körper. Er hätte besser in ein riesiges Loft, eine Landhausvilla, in ein Schloss gar gepasst.

Als ich die Tür hinter mir zu drückte, wurde mir klar, dass ich das Wochenende wie in einem Gefängnis verbringen musste, damit mich möglichst niemand sah. Egal, im Moment war mir sowieso nur nach schlafen. Ich naschte nicht einmal mehr mein Schoko-Betthupferl, sondern fiel gleich in die weichen, rosigen Kissen, die mein Bett in Massen bevölkerten. Sanft schmiegte sich meine silbergraue Satin-Bettwäsche an meine schmalen Glieder und ich war überzeugt, dieser schöne Körper würde garantiert schöne Träume produzieren.

8. Sich verstecken

Verbrauch: 89 Kalorien

Ich erwachte am nächsten Morgen durch lautes Klingeln an meiner Tür. Irritiert öffnete ich die Augen nur halb und sah ein sehr langes und sehr schlankes Bein unter meiner Bettdecke hervorlugen. War ich etwa lesbisch geworden und hatte eine Bäckermeisterin verführt? Bäcker, Jahrestagung – gestern. Blitzeinschlag! Endlich wusste ich wieder, was passiert war. Und als meine Hand langsam über den flachen, ja geradezu extrem konkaven, seidig weichen Bauch wanderte, den ich unter meinem ausgesprochen labbrigen Schlafanzugoberteil fühlte, wusste ich auch, dass sich an meinem Zustand nichts geändert hatte. Keine Frage – ich steckte noch immer in Lis Körper. Der schöne Traum war echte Realität. In dieser Realität störte allerdings das nun laut werdende Pochen an der Tür.

»Natascha«, rief mich jemand drängend von draußen. Dann hörte ich ein Kind weinen. Verdammt. Mit einem eleganten Sprung stand ich neben dem Bett. Es strengte mich nicht an. Nur meine Augen juckten etwas und ich sah meine Umgebung irgendwie verschleiert. Ich hatte Maja versprochen, heute Morgen auf Natalie aufzupassen. Scheiße – nun wurde gegen die Tür geklopft – Mist – das Rufen wurde lauter – Kacke – Natalie trampelte auf den Boden – es half alles nichts. Ich musste so tun, als sei ich nicht da. Ich würde Maja nachher anrufen und erklären ... anrufen? Von wegen. »Ich rufe im Auftrag von Natascha

Döpke an«, würde ich mit dieser völlig fremden Stimme sagen. Nicht sehr glaubhaft. Das Einzige, was mir blieb, war eine SMS zu schicken. Während ich in meinem Leinenbeutel nach meinem Handy wühlte, nahm das Getobe vor meiner Wohnung glücklicherweise ab. Maja sah wohl ein, dass es keinen Sinn hatte.

›Sorry, bin beim Notdienst‹, simste ich ihr. ›Verdacht auf Kehlkopfentzündung. Ansteckend und darf nicht sprechen. Bussi, N.‹ Das musste genügen. Maja hatte immer furchtbare Angst, dass sich Natalie irgendeine ansteckende Krankheit einfangen würde, weniger aus Sorge um ihr Kind als mehr um ihren Job.

Während des Simsens hatten meine Augen immer stärker zu jucken angefangen und ich wischte immer stärker. Soll man nicht, ich weiß. Plötzlich hatte ich das Gefühl, ich hätte einen riesigen Fussel im Auge – und dieser Fussel wanderte ganz schnell unter mein oberes Augenlid. Noch mehr jucken und drücken und wischen machte es nur schlimmer. Ich rannte leicht panisch ins Bad, ignorierte den ungewohnten Blick auf das selbst morgenmüde so schöne Gesicht und riss mein Augenlid nach oben. Nichts zu sehen. Das andere Auge juckte genauso. Ich wischte. Fest. Verdammt. Das gleiche Gefühl im rechten Auge, irgendwas rutschte. Jetzt hatte ich kein Auge mehr, mit dem ich ins andere hineinschauen konnte. Alles wurde unscharf, schmerzhaft. Ich versuchte es mit einem nassen Waschlappen und endlich wurde das linke Auge frei. Etwas klebte auf meiner linken Wange. Bläulich schimmernd, glitschig aussehend, rund und sehr dünn. Ich, Idiot! Li war Kontaktlinsenträgerin. Es dauerte nur noch kurz, bis ich die andere ebenfalls aus dem Auge gewurstelt hatte. Aber wohin mit den Dingern? Ohne ging gar nichts – das merkte ich sofort. Wäre meine Mutter zur Tür hereingekommen und hätte sich 50 Zentimeter entfernt vor mir aufgebaut – ich hätte sie nicht erkannt. Wieso hatte mir Li keine Gebrauchsanweisung für ihren Körper gegeben. ›Mund bitte nur zum Sprechen öffnen, Füße nach Entfernen der Stilettos in ursprünglicher Position arretieren lassen, zum Schlafen Augen von Fremdkörpern befreien‹ oder so ähnlich. Okay, ich hatte ihr ja auch keine für meinen Körper hinterlassen: ›Bauch kann nicht abgeschnallt werden, regelmäßig alle zwei Stunden füttern, bitte Bonbonvorräte vor dem Schlafengehen aus den Hamsterbacken entfernen‹.

Ich spülte die Kontaktlinsen mit kaltem Wasser ab, keine Ahnung, ob das als Hygienemaßnahme genügte. Dann versuchte ich, sie wieder einzusetzen. Eine dreiviertel Stunde später ließ ich die Linsen entnervt in ein Wasserglas gleiten und entschloss mich, das Frühstück maulwurfartig umher tastend zu mir zu nehmen. Ich hatte nicht einmal eine Telefonnummer von Li, um sie anzurufen. Und selbst wenn – sicher würde sie sich, genauso wenig wie ich, trauen ans Telefon zu gehen. Vielleicht fand ich irgendein Wickelkleid und konnte mir nachher beim Optiker in den Riemarkaden erklären lassen, wie man Kontaktlinsen richtig handhabte.

Erst einmal stieg ich unter die Dusche. Als das Wasser an dieser weichen Haut hinab perlte, kam ich mir vor wie in einem Duschgel-Spot. Keiner müsste irgendeine Delle im Oberschenkel retuschieren, den Hals länger morphen oder die Brüste nach oben anheben – dieser Körper bot all das ganz von selbst. Er war wirklich perfekt. Es war mir fast peinlich, mich zwischen den Beinen zu waschen – schließlich berührte ich zum ersten Mal in meinem Leben die intimste Stelle einer anderen Frau. Gut, sie bekam es nicht mit und meine Gefühle waren alles andere als erotisch aufgeheizt. Sie waren eher ... durcheinandergewirbelt. Als ich langsam meinen Blick in Richtung Scham senkte, bedauerte ich doch, dass ich so schlecht sehen konnte. Denn meine Finger vermittelten mir, sie berührten den Körper einer 10-Jährigen. Einer voll ausgereiften 10-Jährigen allerdings. Li war da unten beinah komplett haarlos. Vom Venushügel ausgehend spürte ich eine sehr schmale Linie kurzer, pieksiger Haare, die zwischen den Beinen verschwand. Ansonsten: alles glatt. Ich hörte jemanden kichern, fuhr erschrocken zusammen und lugte hinterm Duschvorhang hervor ins Bad. Ich war allein. Es war schlicht und einfach meine neue Stimme gewesen, die da so gekichert hatte. Seufzend stellte ich den Wasserhahn ab und schaffte es, diesen schlanken Körper mit einem kaum mehr als waschlappengroßen Handtuch komplett abzutrocknen. Für meinen eigenen Körper war ein Sauna-Familienhandtuch gerade mal eben ausreichend. Ich wickelte mich mehrmals in meinen Bademantel ein und beschloss, zu frühstücken. Doch nach drei Bissen ließ ich mein Marmeladenbrot sinken. Wenn etwas ein Fremdwort für diesen Körper war, dann war es ...

... Hunger, brüllte mein schwerer Körper. Wie ein Nilpferd wälzte ich mich aus dem Bett. Die Haare fielen mir ins Gesicht. Mühsam stemmte ich mich hoch. Schon heute Nacht hatte mich eine Hungerattacke aus dem Schlaf gerissen. Grauenhaft. Und ich wusste genau, was mich in der Küche erwartete: Ein gähnend leerer Kühlschrank. Ich würde einkaufen gehen müssen. Ätzend. In wirren Träumen hatte ich mich die ganze Nacht fressen gesehen. Hatte anschauen müssen, wie mein schöner, hart erarbeiteter Körper immer fetter geworden war. Plötzlich war von Li nichts mehr übrig gewesen. Plötzlich hatte Li das Gesicht von Natascha bekommen. Und ihren Körper. Wie groß war der Schock gewesen, als ich aufwachte. Und feststellte: Der Albtraum war weniger schlimm gewesen als die Realität. Ich schrie. So richtig laut. Und richtig lange. Als mir der Hals wehtat, beschloss ich, nicht länger zu jammern. Ich würde diesen Körper formen, so wie ich meinen geformt hatte. Ich wusste ja aus jahrelanger Erfahrung, dass ich das konnte.

Ich würde Natascha Döpke in einem Fitnessstudio anmelden, ich würde gleich mit meinen Übungen anfangen, ich würde den ganzen Tag nichts essen. Mein Magen schmerzte vor Hunger. Er schrie zurück. Okay, vielleicht sollte ich langsam vorgehen. Nicht das ganze Programm auf einmal durchziehen.

Ich ließ mich auf dem Boden nieder und streckte die Beine aus. Das Beugen des Oberkörpers wurde sehr schnell durch den Zusammenprall von Bauch und Oberschenkeln gestoppt. Meine Finger berührten gerade mal die untere Kante meiner Knie. Es würde ein Jahrhundertprojekt werden. Vielleicht sollte ich meine Energie doch lieber darauf verschwenden, im Internet nachzuforschen, ob es einen Fall wie unseren schon mal gegeben hatte. Und was man dagegen tun konnte. Vielleicht fressen, bis ich platzte. Und hoffen, dass die freiwerdenden Atome meinen Geist aus Nataschas Körper heraus saugten und meinen eigenen, richtigen, verdammt gut aussehenden Körper neu formten. Zugegeben, die Aussichten dafür standen schlecht. Sehr schlecht. Ich könnte mich in irgend so einem Laber-Forum anmelden. ›Hey, wer hat Tipps zum Körpertausch? Bitte schnell antworten.‹ Ich würde überflutet werden mit guten Tipps, da war ich sicher.

Nein, vorerst würde ich mich arrangieren müssen. Und eine Menge SMS verschicken. An meinen Vater, dass ich ihn heute Nachmittag doch nicht besuchen könnte. An Franz, dass er mich heute Abend nicht besuchen könnte. Ach, Franz … Ob sie mit diesem Körper überhaupt je Sex gehabt hatte? Garantiert nicht. Ich würde in diesem Körper bestimmt keinen haben wollen. Diese Haare überall. Unter den Armen, zwischen den Beinen. Igitt. Ich hätte nie gedacht, dass aus Fremdschämen so schnell eigene Scham werden konnte.

Ein lautes Poltern aus dem Wohnzimmer ließ mich hoch schrecken. Ich zog mich an meinem Bett hoch und schlurfte in Richtung Lärm. Ich ahnte, was geschehen war. Kaltes Wasser umspülte plötzlich meine Füße. Der Eimer, den ich im Wohnzimmer aufgestellt hatte, war in Schieflage geraten. Komplett voll, wie er gewesen sein musste, war er umgekippt. Alles schwamm. Wütend griff ich nach meinem Telefon und rief diesen miesen Architekten an. Glücklicherweise kannte er mich ja nur in diesem Fetti-Look.

»Ja«, sagte eine verschlafene Stimme.

»Das Loch ist nicht gestopft«, schrie ich sofort los.

»Schade«, antwortete er verwirrt. »Welches Loch?«

»Das in der Decke über meinem Wohnzimmer«, belferte ich. »Sie wollten jemanden schicken, der das repariert.«

»Stimmt.« Schweigen.

»Und?«

»Okay, ich komm vorbei, geben Sie mir 20 Minuten«, beeilte er sich nun zu sagen. »Manchmal verstehen mich die polnischen Arbeiter nicht ganz richtig.«

»Beeilen Sie sich. Und bringen Sie einen Wischmopp mit!« Ich legte auf. Ich hatte zwanzig Minuten, um irgend etwas zum Anziehen zu finden. Die grüne Tunika und die braune Hose waren ziemlich verdreckt, stanken nach Schweiß und waren einfach nur grauenerregend. Ihn wieder im Handtuch zu empfangen kam nicht in Frage.

Ein Wickelrock fiel mir ein.

In irgendeinem Thailand-Urlaub hatte ich mir mal so ein Ding zugelegt. In quietschpink mit grünen Fischen bedruckt. Das ging sonst wirklich nur im Urlaub, wo mich niemand kannte. In der Schublade mit den Schultertüchern fand ich den Rock. Das Band konnte ich tatsächlich dort zubinden, wo sich bei normalen Frauen die Taille befand. Ich huschte vor den Spiegel. Der Rock sprang direkt über dem Knie weit auf und gab den Blick auf wabbelige, verbeulte Oberschenkel frei. Absolut indiskutabel. Vielleicht eine alte, ausgeleierte Lümmelhose mit Gummizug. Ich fand noch eine graue, ganz unten im Wäschekorb. Die Beine sahen darin elefantös aus, der Stoff spannte gefährlich. Nachdem ich das Gummi im Bund entfernt hatte, konnte ich sie mir wenigstens bis knapp über den Po zerren. Ich war schweißgebadet. Fehlte nur noch ein Oberteil. BH konnte ich in jedem Fall vergessen. Ich fand ein babyrosa T-Shirt, unter dem sich meine Brüste abzeichneten wie Kuheuter. Es reichte bis knapp über den Bauchnabel und schnürte mir die Oberarme ab. ›Disgusting‹, wie Steve, der Fotograf, der mich bei meinem ersten Shooting fotografiert und fertig gemacht hatte, immer zu sagen pflegte.

Es klingelte.

Langsam öffnete ich die Tür und das müde Gesicht des Mannes vor mir wurde mit einem Schlag hellwach.

Er starrte auf meinen Busen und versuchte erfolglos den Wischmopp – er hatte tatsächlich einen mitgebracht! – an die Wand zu lehnen. Als wir uns beide bückten, um ihn aufzuheben, rumpelte er mit dem Kopf gegen meine Brust.

»'Tschuldigung«, quetschte ich hervor. Hoffentlich hatte er keine Beule bekommen. Er grinste leicht debil. Vielleicht eine Gehirnerschütterung?

»Pardon«, sagte auch er. »Ich bin noch nicht ganz bei mir, war etwas länger aus gestern Abend. Bin mal wieder in der ›Registratur‹ versackt. Ist einfach ein gemütlicher Schuppen.«

Ich wies mit dem Arm ins Wohnzimmer.

»Muss ich jetzt ständig mit so einer Sauerei rechnen?«, fragte ich unwirsch. Er zuckte ein wenig ratlos die Schultern.

»Ich hoffe nicht«, sagte er. »Wenn ich schon mal da bin, soll ich Ihnen dann nachher mal erläutern, was wir uns Schönes für Ihre Wohnung ausgedacht haben?« Ich nickte ergeben. Was sollte ich sonst schon heute tun?

Der Inder wischte sehr sorgfältig den Boden auf. Er machte wirklich eine gute Figur dabei. Dann ging er aufs Dach, um nach der Plane zu schauen. Ich keuchte hinterher. Nichts zu sehen von einer wie auch immer gearteten Folie. Dafür war das Loch im zum Teil schon abgedeckten Dach umso deutlicher.

»Vielleicht fortgeflogen?«, mutmaßte er. »Hat noch mal ziemlich gewittert heute Nacht.« Er zog aus einer Ecke, in der ziemlich viel Baumaterial gestapelt war, eine große, blaue Plane hervor. »Versuchen wir's mit dieser hier.« Er warf mir eine Ecke der Plane zu und wir versuchten gemeinsam, sie vor das Loch zu hängen. Ich musste mich strecken und das T-Shirt rutschte immer höher, der Bauch hing immer weiter über die viel zu enge Hose.

Warum musste jede Bewegung so verdammt unangenehm sein, überlegte ich. Kein Wunder, dass Kühe und Elefanten immer so öde rumstanden. Die taten das nicht, weil sie so langweilig waren, sondern weil alles andere zu anstrengend war. Ich streckte mich, um die Plane noch etwas fester zu spannen. Ratsch. Was war das? Die Plane sah völlig intakt aus. Sie hing jetzt bombig sicher. Ich spürte leichte Zugluft an Po und Oberschenkel. Scheiße. Die Hose war an der hinteren Naht aufgeplatzt, meine linke Pobacke quetschte sich begeistert an die frische Luft. Ich versuchte mich so zur Wand zu drehen, dass der Architekt nichts mitbekam. Aber dann wollte er den Dachboden verlassen. Dabei war es doch so … gemütlich hier oben.

»Nach Ihnen«, kam er mir zuvor. Verlegen drückte ich mich an ihm vorbei. Sollte ich die Treppe rückwärts runterlaufen?

»Wissen Sie«, ich entschloss mich, all dies irgendwie zu begründen. Und war froh, dass ich schon immer die Gabe des Verfertigens von Gedanken beim Reden gehabt hatte – wie jede Frau. »Äh, Sie müssen wissen, ich bin nur eine Freundin der Wohnungsbesitzerin. Li ist … ist übers Wochenende zu Freunden gefahren. Ich hatte Lust auf München und hab mich zu einem Blitzbesuch entschlossen. Leider ist mein Koffer nicht richtig eingecheckt worden …«

»Oh, das ist mir auch schon mal passiert!«, er fuhr sich durchs strubbelige Schwarzhaar. »Als ich das letzte Mal aus Indien zurückkam. Nervtötend, absolut. Aber machen Sie sich nichts draus, der taucht bestimmt wieder auf. Spätestens wenn Sie zurück in … wo, sagten Sie?«

»Berlin«, war das Erstbeste, was mir einfiel.

»Tolle Stadt«, fing er an zu plaudern, bester Laune. »Na, dann macht es ja wenig Sinn, Ihnen zu erklären, was mit der Wohnung passieren soll.« Warum sah er immer so spitzbübisch aus, wenn er lächelte? »Andererseits – vielleicht interessiert es Sie ja?«, und schon war er wieder mit mir in die Wohnung gedackelt. Hatte der Typ kein Zuhause?

»Hätten Sie vielleicht einen Kaffee für mich?« Na, der war ja direkt. So kleine, dralle Mäuschen konnte man leicht ausnutzen. Wahrscheinlich dachte er, ich wäre beeindruckt von ihm und müsste auf die Knie fallen, weil er mit mir redete.

»Am liebsten einen Espresso«, flötete er und begutachtete wieder ungeniert meine babyrosa Empore.

»Tut mir leid«, erklärte ich barsch. »Mein Freundin hat nichts im Haus. Außerdem wollte ich jetzt endlich in die Stadt. Was Vernünftiges zum Anziehen kaufen.«

»Nicht zu vernünftig, bitte«, lachte er.

Natürlich ging ich nicht in die Stadt. So doch nicht! Niemals! Ich wusch Nataschas fiese Klamotten und föhnte sie trocken. Dann ging ich zu Lidl um die Ecke, einkaufen. Irgendwie verirrten sich Dinge in meinem Einkaufswagen, die ich seit Jahren nicht gesehen hatte. Tiefkühlpizza. Schokolade. Fleischwurst. Weißwürste aus dem Glas. Eis. Eine große Tüte Chips. Ich musste dieser Figur doch alle Ehre machen. Verstohlen sah ich mich um, ob mich vorwurfsvolle Augen anstarren würden. Keiner nahm Notiz von mir. Schon auf dem Heimweg riss ich die Chipstüte auf. Ekelhaft gut. Ich aß drei Brötchen mit Fleischwurst, fettem Camembert und Leberwurst. Dann Eis und eine ganze Tafel Schokolade. Und zum Nachtisch drei Weißwürste. Anschließend überkam mich eine große Müdigkeit. Und zum ersten Mal seit gestern so etwas wie Ruhe.

9. Champagner
79 Kalorien

Drei Mal so lang wie üblich benötigte ich am Montag früh für die kurze Strecke ins Büro. Das Fahrrad und ich ächzten um die Wette. Am Ende waren die Reifen fast platt und ich schweißnass.

»Natascha, mein Schatz«, begrüßte mich Wim, der alte Schleimer. »Komm doch mal gleich mit, ich muss was mit dir besprechen, solang unser Claudia-Schiffer-Verschnitt noch nicht da ist.« Auch ein schönes Kosewort. Ich schwor Rache.

»Hihi«, kicherte ich kindisch, genau wie es Natascha getan hätte. »Gerne.«

Ich konnte meine Rolle schon ziemlich gut. Er wies mich an, mich hinzusetzen und lehnte sich dicht vor mir an seinen Schreibtisch.

»Hast du klasse hinbekommen mit dem Kopierraum«, lobte er nun und ohne dass ich irgend etwas dagegen tun konnte, lief ich rot an.

»Hat Spaß gemacht«, sagte die Natascha in mir. Oder besser: die, um mich herum.

Als er wissen wollte, was denn mit dem Kopierer passiert sei, improvisierte ich.

»Ja, die Handwerker haben den irgendwie nach draußen gestellt, weil sie mehr Platz brauchten, und dann haben sie vergessen, ihn zurückzuräumen, und mir hat auch keiner Bescheid gesagt, na und dann …«

»Das Gewitter, genau. Na, die bekommen einen geharnischten Brief von mir, das kannst du glauben«, er strich sich übers Kinn. »Egal. Deshalb wollte ich nicht mit dir sprechen. Pass mal auf, ich hab da so eine Idee«, fuhr er fort. Und dann eröffnete er mir, dass er mich zur Geschäftsführerin einer neuen Agentur machen wollte, die er zu gründen gedachte. Sie hatte wirklich einen Stein im Brett bei ihm.

»Nur so kleinere Events, verstehst du«, erklärte er. »Zumindest für den Anfang. Das traust du dir doch zu, oder?!« Ich nickte belämmert. Aufzustehen und zu sagen, ich hab von all dem keine Ahnung, wäre der falsche Text gewesen. Also beließ ich es beim Nicken. Nass klebte die grüne Tunika an meinem Rücken. Eiskalt war mir, trotz der Hitze, die sich über dem Gärtnerplatz ausbreitete.

»Und – äh, warum willst du eine zweite Agentur gründen?«, fiel mir noch ein. Wim lächelte und zog die Augenbrauen hoch. Wie ein Geschichtslehrer, dessen dumme Schüler einfach nicht kapieren, wie lange der 30-jährige Krieg gedauert hat.

»Na, warum wohl?« Eine rhetorische Frage. »Weil du mich damit entlasten kannst. Ich hab hier immer mehr zu tun, die Events werden immer größer, aber ich will meine alten Kunden, die nur kleine Sachen wollen, auch nicht verschrecken. Die wollen mich – ich will sie. Da ist eine zweite Agentur doch nur folgerichtig.«

So, so. Klang wenig überzeugend.

»Ach, noch eins«, schob Wim hinterher. »Äh, Gehalt bleibt erst mal das Gleiche, okay? Wir müssen sehen, wie sich das alles entwickelt. Und, ähm, erzähl Li noch nichts davon, ja? Sie fühlt sich sonst vielleicht ein bisschen … na, du weißt schon.« Nee, wusste ich nicht. Ausgeschlossen vielleicht? Verarscht? Nachher würde er mich noch zu

Nataschas Assistentin machen? Wobei – sie wäre ja dann meine. Gar nicht so schlecht. Sie wusste wenigstens, wie der Laden lief. Und sie ignorieren wie letzte Woche, das konnte ich ja jetzt sowieso nicht mehr. Dazu waren wir uns inzwischen viel zu … nahe. Herrje.

Nachdenklich ging ich in unser Büro und setzte mich an ihren Schreibtisch. Fühlte sich komisch an. Der Schreibtisch kannte sich hier besser aus als ich. Irgendwie. Ich bedauerte, dass nicht eine Welle des Wissens auf mich überschwappte und stattdessen nur das Telefon klingelte.

»Agentur wow, Natascha … äh, am Apparat«, stotterte ich. »Was kann ich für Sie tun?« Dösig? Döskop? Dörrpflaume? Ich konnte mir diesen beschissenen Namen einfach nicht merken.

»Ähm, guten Morgen«, meldete sich eine sehr sympathisch klingende Männerstimme. »Mein Name ist Oskar Semmler und ich wollte fragen, ob Sie, na ja, vielleicht …« Nur Mut, Oskar Semmler, wollte ich das Gestottere unterbinden. »Ob Sie vielleicht gelegentlich, gerne auch für kleinere Sachen …« Komm zum Punkt! Bitte! »… Moderatoren für Veranstaltungen suchen?« Da bin ich völlig überfragt, hätte ich antworten sollen.

»Bestimmt«, antwortete ich. Mir war jetzt alles egal. »Kommen Sie doch gerne mal bei uns vorbei und bringen Sie uns ein paar Bewerbungsunterlagen mit. Fotos, DVDs und so.« Hatte Natascha das neulich am Telefon nicht genauso gemacht?

»Gerne«, strahlte der Möchte-gern-Moderator durchs Telefon. »Egal wann?« Ich bestätigte und wünschte noch einen schönen Tag. Vielleicht könnte ich ihn ja für MEINE Agentur gebrauchen.

»Bist du verrückt, einen von diesen Millionen arbeitslosen Schauspielern hierher zu bestellen«, hörte ich meine Stimme und sie klang ziemlich entsetzt. Verblüfft starrte ich sie an. Sie trug mein Kleid vom Freitag. Es sah grandios aus. Nur – was sollte diese bescheuerte orange-farbene Strickjacke? Original aus den frühen 90ern. Schrecklich. Bevor ich etwas sagen konnte, schrie Wim schon wieder aus dem Nebenzimmer. Diesmal nach ihr-mir. Natascha drehte sich um und folgte Wim …

… hüftwackelnd in sein Büro, was sich überaus gut anfühlte. Über das Wochenende hatte ich das schwarze Kleid gewaschen und den Riss einigermaßen mit der Hand genäht. In einer Ecke des Kleiderschranks hatte ich eine dünne orangene Strickjacke gefunden, die mal eine Li-förmige Freundin aus Hannover vor Urzeiten vergessen hatte und die ich nun gut gebrauchen konnte. Mein Outfit war also einigermaßen unauffällig. Missachtete man die High Heels.

»Setz dich, Li, bitte«, sagte Wim, während er sich selbst hinter seinen breiten Schreibtisch fallen ließ, der wie immer merkwürdig steril aufgeräumt war. Entweder, Wim war ein Ordnungsfanatiker, was ich bisher nicht hatte beobachten können, oder es gab einfach nichts, womit er Unordnung anrichten konnte – das vermutete ich schon eher. Wims wichtigstes Arbeitsgerät war sein Telefon, inzwischen natürlich sein I-Phone, das schon beinahe an seiner Hand festgewachsen zu sein schien. Wim erledigte alles per Telefon – wenn er eine Freundin gehabt hätte (was ich hoffnungsvoll bezweifelte), hätte er sicher nur Telefonsex mit ihr gehabt.

Wim lächelte ein wenig schalkhaft, lehnte sich zurück und verkreuzte die Hände hinter seinem Nacken.

»Li«, wiederholte er meinen Namen, nein, ihren Namen,

und dennoch fühlte ich mich tatsächlich angesprochen. Ich zog meinen Rocksaum glatt und sah ihn erwartungsvoll an.

»Reinhard hat mir erzählt, dass es ganz gut ging mit dir am Freitag.« Kaum zu glauben, hätte ich am liebsten geantwortet. Nach all den Blamagen, nicht ausgeführten Aufträgen, dem kaputten Kleid und was sonst so alles anfiel.

»Na ja, weißt du«, Wim lehnte sich vertraulich nach vorne. »Wir testen am Anfang manchmal ganz gerne, wie stressresistent unsere Mitarbeiterinnen sind. Zum Beispiel diese Kindergenehmigung – das hast du super hinbekommen. Wirklich! Respekt!«

Ich war sprachlos! Wim und Reinhard hatten Li absichtlich uninformiert gelassen, nur um sie zu testen?

»Aber …«, stotterte ich. »Die Liste lag doch auf ihrem … auf meinem Schreibtisch und ich hab sie übersehen.« Wim kicherte kindisch.

»Nicht böse sein, Liebes«, sagte er. »Die hab ich da hingelegt, nachdem du Freitagmorgen zum Waldheim gefahren bist.«

Und beinahe hätten sie mich als Schuldige hingestellt! Natascha ist schuld, sie hat Lis Schreibtisch mit Dingen zugemüllt, die da nicht hingehören. Bah! Das war ja ekelhaft!

»Jedenfalls«, Wim kratzte sich ausgiebig den Haaransatz. »Jedenfalls wollte ich dir gerne ein Angebot machen.« Das ging ja schnell!

»Ich beabsichtige eine zweite Agentur aufzumachen. Das Tagesgeschäft wird mir hier ein bisschen viel, verstehst du?«

Ich nickte, verstand aber nicht wirklich.

»Eine kleinere Agentur, die die kleineren Events übernimmt. Geburtstagsfeiern, schlichte Seminare, so Sachen. Und ich dachte – du würdest dich hervorragend als Geschäftsführerin machen.«

Wäre ich noch Natascha gewesen, wäre mir vor Wut der Hals bis zum Brustansatz rot angelaufen. Als Li spürte ich, wie sich mir der Schweiß auf die Kopfhaut ergoss.

Er machte Li, diese unerfahrene Schlampe, dieses Möchte-gern-Event-Luder zur Geschäftsführerin! Das war unglaublich! Die konnte doch gar nichts, die hatte nicht den leisesten Schimmer, bestellte sogar orangefarbene Blumen zu rosa Kostümen, dieses verwöhnte Töchterchen. Ich war sprachlos!

»Ich kann verstehen, wenn du über dieses Angebot nach so kurzer Zeit nachdenken möchtest«, sagte Wim verständnisvoll. »Aber ich würde mich sehr freuen, wenn du ja sagst.«

»Ich, ähm«, stammelte ich, völlig überfordert. »Danke, danke für dein Vertrauen. Ich weiß gar nicht, ob ich …«

»Li, na klar«, unterbrach mich Wim. »Klar, kannst du das, mit deinem Aussehen glänzt jedes Event! Kein Thema. Komm, bei uns wird doch auch heißer gekocht als gegessen, alles warme Luft, lass dich nicht blenden. Die Kunden sind letztlich immer die Gleichen.«

Da hatte er natürlich nicht unrecht. Und außerdem – ich – ICH, Natascha, ich konnte den Job ja, kein Thema.

»Hmm, na ja, wenn du das so siehst«, sagte ich also brav.

»Eben«, machte mir Wim Mut. »Also, überleg noch ein Stündchen, und dann sagst du mir Bescheid. Ach, eins noch: Sag Natascha bitte nichts davon, okay? Muss ja nicht jeder gleich mitbekommen.«

»Fat-Tascha?«

Er nickte vergnügt und kicherte albern, dann legte er verschwörerisch den Finger auf den Mund. Ich versprach es unterwürfigst und ging. Ich brauchte frische Luft. Ganz viel! Ab auf die Dachterrasse.

Im Kopierraum hockte mittlerweile Li und stapelte Aktenordner in die neuen Regale. Das Zimmer sah richtig gut aus. Li dagegen weniger. Auch sie hatte wohl über das Wochenende meine Wäsche gewaschen und trug wieder die grüne Tunika und die braune Hose. Was – so von außen betrachtet – wirklich nicht sehr schmeichelhaft wirkte. Die kurzen Ärmel der Tunika schnürten die Oberarme ab, die Hosenbeine waren ebenfalls viel zu eng. Allerdings hatte sie die Haare hoch gesteckt und das stand mir richtig gut. Ich sah mich weiter im Zimmer um. Wo vorher der Kopierer gestanden hatte, klaffte jetzt eine Lücke. Ich wagte nicht nachzufragen, warum, und wollte auf die Dachterrasse verschwinden.

»Was wollte er von mir?«, fragte Li mit dieser tiefen, warmen Stimmen und folgte hinaus. Ich zuckte mit den Schultern.

»Nur noch mal über Freitag sprechen. Er hat dich, na ja, gelobt irgendwie. Fürs erste Mal … also, war schon okay, glaub ich«, sagte ich. Wäre sie noch Li, hätte sie mich sicher böse angefunkelt. So schaute sie eher grimmig, was die kleinen Augen noch kleiner machte, sehr unschön. Nicht so gucken, hätte ich ihr am liebsten zugerufen.

»Dich hat er weniger gelobt«, sagte sie nun. »Er hat wegen des Kopierers gemeckert und wollte wissen, wie das passieren konnte. Ich hab's erst mal auf die Handwerker geschoben. Jedenfalls ist das Ding total im Eimer. Er muss einen neuen kaufen.«

»Scheiße«, entfuhr es mir. »Hat ihm wenigstens das Zimmer so gefallen?«

»Keine Ahnung, hat er nichts zu gesagt.«

Ich konnte nicht erkennen, ob sie log. Wie sah mein Gesicht aus, wenn ich log? Da meinte man sich zu kennen ...

»Und was sollen wir jetzt machen?«, fragte Li.

»Ich weiß nicht. Wir können nicht viel machen, fürchte ich.«

»Fürchtest du? Lüg doch nicht!« Sie schien sich besser zu kennen als ich mich.

»Na, meinst du, ich will mein altes Ich nicht wieder haben?«, wollte ich schreien, aber die genesene Tracy ging gerade mit Reinhard in die Teeküche gegenüber und so zischte ich bloß melodiös.

»Dein Ich, das hast du doch noch«, antwortete Li. »Und deinen Körper – ich kann mir ehrlich gesagt nicht vorstellen, dass du den noch willst. Ich jedenfalls will ihn nicht, um keinen Preis.«

Ich starrte auf die Betonfliesen. Hier hatten wir am Freitag um den Kopierer gekämpft. Hier hatte es gedonnert und geblitzt. Kaum zu glauben. Wer würde uns diese Geschichte abnehmen?

»Ich habe es das ganze beschissene, lange Wochenende hin und her überlegt«, sagte Li nun wieder. »Es gibt im Moment keine andere Lösung – wir müssen auch unsere Wohnungen tauschen, unser ganzes Leben. Sonst halten uns alle für völlig bekloppt.« Ich nickte, ich wusste sofort, was sie meinte. Ihr standen Tränen in den Augen und spontan tätschelte ich ihren Arm.

»Lass das«, fuhr sie mich an. »Das ist Wut. Blanke Wut.«

»Ich kann doch nichts dafür«, schrie nun ich und im Normalfall wären mir die Tränen gelaufen, aber meine Augen fühlten sich sehr trocken an.

»Okay«, sie fasste sich wieder. »Du bekommst meine Wohnungsschlüssel, mein Fahrrad …«

»… und du meinen Autoschlüssel«, seufzte ich.

»Den kannste behalten«, sagte sie. Und fügte leise an: »Ich hab keinen Führerschein.«

»Wie, du hast keinen Führerschein?« Sie winkte knapp ab.

»Altes Trauma. Kein Thema. Fahrrad ist viel besser, auch für die Gesundheit.« Plötzlich kniff sie die Augen wieder so unschön zusammen und fixierte mich starr.

»Übrigens – wenn wir gerade bei dem Thema sind: Wenn du ein Gramm zunimmst – dann kill ich dich! Ich walz' dich platt, kapiert?«

Ich nickte langsam, ein wenig schuldbewusst. Es war sicher besser, ihr nicht zu erzählen, dass ich mich das Wochenende über von den Vorräten in meinem Kühlschrank ernährt hatte. Und so hatte ich von Pasta mit Sahnesoße, Pizza und Käsekräckern, Eis und Schokolade gelebt. Ich hatte nicht so große Portionen gegessen wie sie mein alter Körper verlangt hätte, aber ich hatte es mir richtig schmecken lassen. Das erste Wochenende meines gesamten Lebens – soweit ich denken konnte –, an dem ich ohne schlechtes Gewissen einfach gegessen hatte, wonach mir der Sinn stand. Es war herrlich. Auch wenn mir zwischendurch mal, offen gestanden, ein Apfel, ein paar Erdbeeren oder eine Gurke recht gewesen wären. Aber es war auch ganz gut ohne gegangen.

Ich versprach also hoch und heilig, nicht zu viel zu essen und kreuzte unauffällig die Finger hinter dem Rücken. Wie als kleines Mädchen, wenn meine Mutter mich darauf einschwören wollte, dass ich brav zum Turnen ging, ohne mir an der Eisdiele ein Eis zu holen. Ich nickte schon damals treuherzig, kreuzte die Finger und ging nur zur Eisdiele. Und freute mich, wie einfach sie auszutricksen gewesen war. Sollte mir dieses Training, gepaart mit beinahe 20 Jahren Lebenserfahrung, nicht helfen, auch Li essenstechnisch hinters Licht zu führen?

»Du wirst vor meinen Augen alle zwei Tage auf die Waage steigen«, drohte sie mir nun. »Ich hab mich doch nicht auf Size Zero runtergehungert, damit du dir die Wampe vollschlagen kannst.« Ihr verächtlicher Gesichtsausdruck wirkte nicht sehr einschüchternd. Ich hatte einfach ein von Grund auf gutmütiges Gesicht.

»Li, Natascha«, rief nun Wim von der Tür. »Scheint, ihr habt euch schon angefreundet, richtig konspirativ seht ihr aus.« Ich hörte, wie Li verächtlich Luft aus der Nase blies. »Wie wär's mal wieder mit arbeiten?« Ergeben dackelten wir zurück an unsere Plätze.

Lis Perspektive auf das Büro war für mich ungewohnt, ihr Schreibtisch fühlte sich fremd an.

»Tauschen wir auch die Aufgaben?«, zischte sie mir zu. Ob ich wollte oder nicht, ich würde ihr von nun ab helfen müssen, damit die arme Natascha nicht von einem Tag auf den anderen nicht nur äußerlich eine schlechte Figur machen würde.

Ich nickte und begann, die E-Mails zu checken. Wim hatte einen Vertragsentwurf geschickt für den neuen Job als Geschäftsführerin. Die neue Agentur sollte »Ja und Amen« heißen, und ich stellte mir vor, wie ich mich mit diesem Namen am Telefon würde melden müssen, was keine allzu verlockende Aussicht war. Andererseits war es natürlich eine riesige Chance – wenn es mit dem Zweigunternehmen gut lief, würde ich vielleicht wirklich eine Gehaltserhöhung bekommen. Und dann eine Schlemmerreise in das Piemont buchen. Blitzlichtartig erschien mein neues, in greifbare Nähe gerücktes Leben vor mir: Ich, im Cabrio, ein sexy Kleid, bequeme Schuhe und ein gut aussehender Mann an meiner Seite. Hügelige Landschaft, übersät von Zypressen und Pinien, romantische Hotels mit Meeresblick und ein Acht-Gänge-Menü, bei dem ich jeden Bissen genießen konnte. Ich zögerte nicht länger und druckte die Vertragsvereinbarung aus. Normalerweise benötigte ich immer eine gewisse Zeit, bis ich eine Entscheidung treffen konnte. Manchmal quälte ich mich nächtelang mit allen Fürs und Widers und zerdehnte und zermahlte sie und setzte sie neu zusammen und wusste am Ende immer noch nicht, was ich wollte. Aber jetzt – jetzt nahm ich beherzt einen Kugelschreiber und unterschrieb. Elisabeth Graska. Mist, Quatsch. Sie hieß doch ›Kraska‹. So ganz war mir mein neues Dasein noch nicht in das wenige Fleisch und Blut übergegangen.Schnell machte ich aus dem ›G‹ ein ›K‹. Dann legte ich den Vertrag auf Wims Schreibtisch und hüftwackelte zurück durch den Flur in Richtung Büro.

»Entschuldigung?«, rief mich eine Stimme an. Ein warme, weiche Männerstimme, die mir nur allzu bekannt vorkam. Ich zuckte zusammen und drehte mich langsam um. Und da stand er. Mir schoss das Blut ins Gesicht. Wie kam dieser Mann in unsere Agentur? Gab es vielleicht irgendwo ein Zauberwesen, das es sich zur Aufgabe gemacht hatte, Natascha Döpke in den Himmel des Glücks zu verfrachten? Und zwar ohne dass sie selbst das Geringste dazu tun musste?

»Kann ich Ihnen helfen?«, fand ich wieder zu mir. Er lächelte ein wenig schüchtern, hielt meinem Blick aber stand.

»Haben wir vorhin telefoniert?«, fragte er. Ich verneinte und jubelte innerlich, als ich kapierte, dass Li heute Morgen aus Unwissenheit ausgerechnet ihn hierher gebeten hatte.

»Ihre Kollegin meinte, ich solle mal vorbeikommen, um meine Unterlagen abzugeben.« Ich nickte und hatte das Gefühl, mein Lächeln brachte den Raum zum Leuchten. Ich bat ihn, mir in unser Büro zu folgen, während er ein wenig umständlich in einer alten, abgegriffenen Ledertasche herumwurstelte und einen Packen mit DVDs und Schnellheftern herauszog. Hinter uns taperte nun auch Li an.

Mist, sonst hätte ich ihn gleich für meine – hach, meine!! – Agentur einkaufen können, um ihn für jedes Event zu buchen. So hielt ich mich zurück und stellte die beiden einander vor. Er schüttelte Li freundlich die Hand und stellte sich mit »Oskar Semmler« vor. Ich fand, er passte perfekt in die Rolle des liebevollen, fürsorglichen Vaters, dem er bei »Klein-Hanna« seine Stimme lieh. Er hatte ein weiches, schmales Gesicht. Es wirkte, als stünde zu viel Haut zur Verfügung, so dass sich breite Falten auf seinen Wangen abzeichneten, was ihm einen gutmütigen Ausdruck verlieh. Seine klaren blauen Augen mit dem schmalen, dunkleren Kreis um die Iris entwickelten einen Sog, dem ich mich nur schwer entziehen konnte. Hinter den Ohren bauschte sich welliges, dunkelblondes Haar, während die Geheimratsecken auf seiner Stirn nicht mehr zu übersehen waren. Der große Mann hatte kräftige Hände, die sicher zupacken konnten und irgendwie ging einfach etwas Vertrauenerweckendes von ihm aus. Er hätte in einen Spielfilm aus den 20er Jahren des letzten Jahrhunderts gepasst, wirkte jedoch nicht altmodisch, sondern eine Spur aristokratisch, wie man es heute nur noch selten fand. Mit einem Wort: Er war toll. Li dagegen betrachtete ihn mürrisch und fand erstaunlich schnell in ihre neue Rolle: »Legen Sie die Sachen da hin, wir schauen's uns an«, sagte sie in sehr neutralem Tonfall.

»Sicher haben Sie viele solche Bewerber wie mich«, mutmaßte Oskar Semmler. »Finde ich klasse, dass Sie mir die Gelegenheit geben, mich bei Ihnen vorzustellen.«

»Ich kenne Sie als Synchronsprecher, kann das sein?«, schaltete ich mich ein. Er sah mich erstaunt an.

»Sie haben meine Stimme erkannt? Das ist mir bisher selten passiert.« Sein breites Lächeln war wie ein Geschenk, das ich sehnsuchtsvoll in mich aufsog. Ich zuckte mit den Schultern und die ein wenig ausgeleierte Strickjacke rutschte über meine nackte Haut. Ich hörte mich kichern wie ein Schulmädchen und zog die Jacke wieder hoch. Er starrte mich an und ich hatte das Gefühl, wenn ich gesagt hätte, ›komm mit mir‹, er wäre mir überall hin gefolgt. Funken sprühten im Raum. Er räusperte sich und sagte ernst: »Leider wird die Serie, für die ich regelmäßig spreche, eingestellt.«

»Klein-Hanna wird eingestellt?«, entfuhr es mir und ich konnte gerade noch ein »um Himmels willen« unterdrücken.

»Wer ist denn ›Klein-Hanna‹?«, schaltete sich Li argwöhnisch ein.

»Ach, das ist so eine sehr süße Kinderserie«, antwortete ich. »Die hab ich ein paar Mal bei ...« Verdammt – konnte ich von einer Nachbarstochter sprechen? Jeder verkehrte

Satz könnte sich irgendwann gegen mich richten, aber ich konnte die Worte ja auch nicht in der Luft hängen lassen. »Bei der Nachbarstochter gesehen, beim Babysitten.«

»Und Sie sprechen die Klein-Hanna?«, fragte Li argwöhnisch. Wollte sie ihn vergraulen? War sie neidisch, weil sie meine Wirkung auf ihn spürte? Und nicht wahrhaben wollte, dass sie ab nun nie wieder eine andere Reaktion als den Wunsch, sich umzudrehen und hinauszugehen, bei Männern auslösen würde? So wie es mir all die Jahre ergangen war.

»Den Vater«, sagte Oskar Semmler charmant. »Außerdem habe ich natürlich Bühnenerfahrung, ich hab viel im ›... und so fort‹, als es noch drüben in der Hans-Sachs-Straße war, gespielt, am Metropol hatte ich ein paar Engagements, aber, na ja, Sie wissen ja, wie das für Schauspieler so ist. Ab einem gewissen Alter möchte man doch etwas mehr Planungssicherheit haben.« Er schickte seinen Worten ein Zusammenpressen der Lippen hinterher, und am liebsten hätte ich ihm über die Wange gestreichelt und gesagt, alles wird gut, ich geb' dir Arbeit, ich geb' dir Geld, ich geb' dir Li ... – oh Gott – nicht Li ..., Liebe, oh herrje, wirklich Liebe? Und dann fiel mir sein Wort von der »Planungssicherheit« ein, und zum ersten Mal überlegte ich, ob er vielleicht eine Familie hatte, die er zu ernähren gedachte und die ihn ausreichend mit Liebe versorgte.

Wir hätten sicher noch die ein oder andere Information aus ihm herausgequetscht, hätte nicht Wim unserem Gespräch ein jähes Ende bereitet.

»Mädels, ich brauche euch zu einer wichtigen Besprechung«, hatte er ins Zimmer gerufen und Oskar Semmler kritisch beäugt.

»Ein neuer Präsentator-Entertainer-Moderator«, stellte

ich ihn vor. »Also, wir könnten uns zumindest gut vorstellen, dass Herr Semmler für uns arbeitet.« Das Leuchten in seinem Gesicht machte mir Mut. »Sie können sicher auch singen, Herr Semmler, oder?!« Er nickte brav, aber Wim unterbrach barsch.

»Ja, das könnt ihr dann ja alles noch klären. Aber achtet bitte in Zukunft darauf, dass hier nicht ständig Hinz und Kunz auftauchen. Kommt ihr bitte beide in mein Büro. Jetzt.« Manchmal ging mir sein autoritäres Getue auf den Keks. Ich zuckte hilflos die Schultern und streckte Oskar Semmler meine langen, schmalen Fingern entgegen, die er mit seiner warmen Hand ergriff und mehr streichelte als schüttelte und dabei auch noch seinen Blick tief in meine Augen senkte.

»Ich würde mich sehr freuen, von Ihnen zu hören«, sagte er. Und dann drehte er sich zu Li.

»Und jetzt ist mir auch eingefallen, woher ich Sie kenne,« sagte er. Ich schluckte, Li schaute irritiert. »Sie sind die sportliche Autofahrerin, die mich neulich auf der Ludwigsbrücke fast vom Fahrrad geholt hätte.« Lis Augen wurden klein und schmal. Mir zog sich schon wieder die Kopfhaut zusammen.

»Ich fahr doch gar kein ...«, begann sie. »Echt?«, unterbrach sie sich dann selbst. »Na, da bin ich aber ein böses Früchtchen.« Sie grinste nun frech von einem Ohr zum andern und drehte kokett eine Haarsträhne, die sich aus der Hochsteckfrisur gelöst hatte. Oskar Semmler ließ wohlwollend seinen Blick auf ihr ruhen.

»Na, ist ja nichts passiert«, sagte er versöhnlich. »Und ich hab' vielleicht ein wenig überreagiert. Entschuldigung.« Na, so was! Ich hatte das Gefühl, er würde jede Sekunde die Hand ausstrecken und ihr die Haarsträhne hinter das Ohr streichen. Li lachte und ihr Lachen klang warm und weich wie die Sonnenstrahlen, die zum Fenster herein fielen.

»Li, Natascha«, dröhnte es von nebenan. »Ich warte!«

»Mädels«, er bat uns nebeneinander auf dem Sofa Platz zu nehmen und während sich Lis Seite beträchtlich nach unten ausbeulte, schlug ich elegant die langen, schlanken Beine übereinander. Fasziniert besah ich die feine Linie meiner Fesseln – ich hatte plötzlich Fesseln – und überhörte beinahe Wims erste Worte.

»... freu' ich mich, dass ihr beide zugestimmt habt.« Mit einem Schlag war ich wieder mitten im Raum und sah Wim verdattert ins Gesicht. Auch Li neben mir rutschte unbehaglich auf den weichen Polstern hin und her.

»Das muss gefeiert werden!« Wim zauberte nun unter dem Schreibtisch eine Champagner-Flasche hervor, stellte drei Gläser auf den Tisch, entkorkte gekonnt leise und schenkte ein. Als er sich erhob, standen wir automatisch mit auf und nahmen die Gläser in Empfang.

»Liebe Natascha, liebe Li«, sagte Wim feierlich. »Ich freue mich, dass ich euch beide als gleichberechtigte Geschäftsführerinnen meiner neuen Agentur ›Ja und Amen‹ gewinnen konnte. Ich wünsche euch florierende Geschäfte und hoffe, dass wir auch in Zukunft weiterhin so gut zusammenarbeiten. Denn natürlich ...« Er zwinkerte verschwörerisch. »Denn natürlich werdet ihr auch in Zukunft mir gegenüber Rechenschaft ablegen und mich auf dem Laufenden halten, was ihr den ganzen Tag so treibt. Nicht nur Kochrezepte lesen und Nägel maniküren, gell, ihr zwei?« Unser Lachen fiel sehr dünn aus. Schnell schluckte ich den Schampus herunter und hoffte, dass er mich zurück ins Gleichgewicht brachte, was natürlich eine völlig vergebliche Hoffnung war. Li neben mir sah aus, als würde sie jeden Moment explodieren. Wim reichte jeder von uns zum Abschied noch ein dickes Päckchen mit eigenen Visitenkarten. Unter einem hässlichen, schnell zusammen geschusterten Logo stand da ›Agentur Ja und Amen‹ und darunter mein so fremder Name. Li Kraska. Wim schien sehr zufrieden mit sich und der Agenturwelt zu sein. Und als ob er es bestellt hätte, dudelte just in diesem Moment sein I-Phone los, und während er schon »Mensch, servus, Luggi, alte Wurschthaut«, rief, wedelte er uns mit einer Handbewegung aus dem Zimmer.

Wie die weibliche Ausgabe von Pat und Patachon standen wir da, eine dämlicher guckend als die andere.

»Ich kündige«, zischte Li. »Sofort. Nein, besser: Du kündigst sofort! Du bist noch in der Probezeit!« Ihr Lächeln war beängstigend diabolisch. Ich hatte nicht geahnt, dass meine Palette an unsympathischen Gesichtsausdrücken so groß war. Hatte ich auch immer so fies, so muffig, so unglücklich, so gequält, so bedürftig geschaut? Da bekam man ja Angst! Man wollte auf die Knie fallen und flehen: »Schlag mich nicht, bitte, ich hab nichts getan.« Kein Wunder, dass jeder Mann weggelaufen war.

Bedrückt ließ ich mich auf meinen Schreibtischstuhl fallen, auf meinen alten. Oskar Semmler hatte bereits eine Mail geschickt, wie sehr er sich für das nette Gespräch bedanke und wie er auf eine Zusammenarbeit mit uns hoffe. Und da sollte ich kündigen? Niemals.

»Setz dich gefälligst auf deinen Platz«, herrschte mich Li an und ich wich erschrocken zurück. Mein Körper und Lis barsche Art – das war ein ganz schön Furcht einflößendes Kraftpaket. Gehorsam stand ich auf und verschwand hinter meinem Computerbildschirm. Ich fühlte mich zu …

… schwach, um irgend etwas zu sagen?

»Hallo!«, rief ich ihr zu. Argwöhnisch hob sie den Blick. »Was ist? Ich hab dich was gefragt? Kündigst du?«

Langsam schüttelte sie den Kopf. Es wirkte jedoch sehr unsicher. Ich stöhnte genervt auf. Sie erwartete doch nicht, dass ich mit ihr zusammen diese schwachsinnige Agentur führen würde. Worauf hatte ich mich da nur eingelassen? Einfach so schnell zu unterschreiben! ›Ach, Jo‹, sagte plötzlich eine Stimme in meinem Hinterkopf. ›Stell dir vor, sie haben mich nach acht Tagen zur Geschäftsführerin gemacht.‹ Der Clou war nur: Ich würde sein entgeistertes Gesicht niemals zu sehen bekommen. Er würde nämlich Natascha verblüfft anschauen. Wenn überhaupt. Denn meinen nonchalanten Tonfall würde sie nie, niemals so hinbekommen. Never. Wahrscheinlich würde er gar nicht hören, was sie flüsterte. Womit hatte die Kuh mich verdient? Und wie sie diesen Oskar Semmler vorhin angebaggert hatte. Apropos!

»Natascha«, zischte ich. Sie hob langsam den Kopf. »Eins sag ich dir – dieser Oskar Semmler – mit dem läuft nichts, kapiert. Der fasst meinen Körper nicht an!«

»Tut er doch gar nicht!« Ach, was konnte sie unschuldig gucken.

»Komm, ihr wärt doch am liebsten auf dem Büroschreibtisch übereinander hergefallen.«

Sie wedelte genervt mit der flachen Hand vor Stirn und Augen.

»So ein Quatsch! Und jetzt lass mich meine Arbeit machen. Ich hab hier eine Mail von deinem Innungsmeister, der im nüchternen Zustand doch noch ein paar Punkte zu bemeckern hatte. Ich leite sie mal an dich weiter.«

Ich versuchte, mich auf das Pamphlet zu konzentrieren. Schon wieder fing der Typ mit seinem Parkplatz an, der auf der falschen Seite des Hauses gelegen hatte. Ich konnte es nicht fassen. Außerdem knurrte mein Magen. Auch das konnte ich nicht fassen. Ich hatte heute Morgen sogar richtig gefrühstückt. Ein Brot mit Käse. Und zu meinem Workout hatte ich mich auch nicht aufraffen können. Nur den Sonnengruß vor dem offenen Fenster hatte ich hin bekommen. Allerdings war auch dabei meine Konzentration sehr verhalten. Im Hof unten hatten Arbeiter angefangen, Holzlatten und Steine mittels eines Krans in Richtung Dach zu hieven. Und dabei schrien sie sich unverständliche Befehle zu und drehten einen Gettoblaster mit schwerem Hip-Hop immer lauter. Als ich mich zum Fenster hinausbeugte und um Ruhe schreien wollte, grüßte mich ein Arbeiter freundlich, der etwas oberhalb meines Fensters stand und vom Gerüst aus in die Dachrinne pinkelte. Donnernd schlug ich mein Fenster zu.

»Was machen wir jetzt mit den Wohnungen?«, fiel mir da gleich wieder ein. Natascha kramte ihren Schlüssel aus dem grässlichen Leinensack.

»Selma-Lagerlöff-Straße 56. Erdgeschoss, links. An der Ecke ist eine Eisdiele.«

»Wie praktisch.« Ich verzog das Gesicht.

»Das Erdgeschoss oder die Eisdiele?« Die Frau hatte Nerven.

»Beides natürlich. Ich hab nicht vor, diesen Körper übermäßig zu bewegen. Füttern muss reichen.« Sie sah für einen Moment beinah traurig aus. Sagte aber nichts. Wie so oft.

Womit konnte ich sie noch reizen, damit sie sich endlich mal mitteilte? Stockfisch.

»Gibt's denn irgendein öffentliches Verkehrsmittel in der Nähe?«, bohrte ich weiter.

»U-Bahn. Und Bus.«

Okay, ich gab's auf. Ich würde mir selbst die Verbindung im Internet heraussuchen. Und ab jetzt würden meine Infos ebenso knapp ausfallen.

»Du kannst mein Fahrrad nehmen, solltest du sogar. Schließlich kennt mich jeder nur radelnd.«

»Und was mach ich dann mit meinem Auto?«, maulte sie. Mir doch egal.

»Mir doch egal«, sagte ich pampig. »Verkaufen. Oder irgendwo abstellen, bis wieder bessere Zeiten kommen.«

»Ich könnte auch für dich den Führerschein machen«, ging plötzlich ein Leuchten über ihr Gesicht. »Dann wäre ich wieder mobil.«

Diese Schlussfolgerung verstand ich nicht ganz.

»Wieso? In der Innenstadt bist du mit dem Fahrrad doch viel beweglicher. In der Dreimühlenstraße gibt's eh keine Parkplätze. Und hierher radelst du maximal zehn Minuten.« Andererseits – vielleicht wäre das gar keine schlechte Idee, um doch irgendwie an einen gültigen Führerschein zu kommen. Vielleicht, eines Tages, wenn ich wieder in MEINEM Körper lebte.

»Das musst du aber selbst zahlen«, sagte ich. Sie sah mich fragend an. »Den Führerschein!«

»Okay, vergiss es«, war ihre knappe Antwort. Dann wandte sie sich wieder dem Computer zu.

»Dreimühlenstraße 72. Oberster Stock im Vorderhaus. Ohne Lift.« Sie stöhnte auf. »Das schaffst du locker.« Ich klimperte mit dem Schlüssel und warf ihn ihr zu. Ungeschickt fing sie ihn auf. Wieso wirkte mein Gesicht auf ein Mal so matt?

10. Sinnloses Naschen

666 Kalorien

Glücklicherweise konnte ich von der Fraunhoferstraße direkt bis in die Messestadt mit der U-Bahn durchfahren. Obwohl sich die Worte »Glück« und »U-Bahn fahren« in einem Satz ausschlossen. Von der Endstation waren es dann angeblich nur wenige Gehminuten bis zu ihrer Wohnung. Wie die wohl wohnte? Sicher roch es muffig und überall lagen Berge von Essen herum. Ich würde lüften und die Berge abtragen. Mit gutem Gewissen. Zum Mittagessen hatte ich mir heute in einer Bäckerei eine Nussschnecke gekauft. Natascha hatte ich verboten, auch nur einen Blick darauf zu werfen. Ich hatte ihr ein Mango-Lassi in die Hand gedrückt und ihr befohlen nur das zu trinken. »Mehr nicht?«, hatte sie entgeistert gefragt. »Mehr nicht«, hatte ich geantwortet. Und morgen würde ich eine Waage mit ins Büro nehmen. Und sie würde sich draufstellen. Mit Klamotten. Und wehe … ich musste grinsen. Sie sollte nicht meinen, ein solcher Körper käme vom Nichtstun. Da musste man schon einiges in Kauf nehmen. Kein Essen zu kaufen, beispielsweise.

Als ich die Rolltreppe der U-Bahn-Station emporschwebte, sah ich zunächst nichts außer riesigen, hohen Betonwänden. Darüber ein Stück Himmel. Irgendwo die ersten Kanten von Hausfassaden. Ich war noch nie in dieser Ecke Münchens gewesen – was sollte ich auch hier? Die Messestadt war erst vor gut zehn Jahren erbaut worden und so sah sie auch aus. Gleichförmige quadratische, weiße Häuser, unterbrochen von länglichen Blocks, die sich über mehrere Querstraßen erstreckten. Ich wusste, dahinten musste irgendwo ein See liegen, ein Park, ein Rodelhügel. Eine U-Bahn-Station vorher gab es die Riemarkaden, ein überdachtes Shoppingparadies für spießige Stadtrandbewohner. Ich würde abends lange arbeiten, dann würde ich wenig von diesen Scheußlichkeiten sehen. Und wo sollte nun die Selma-Lagerlöff-Straße sein? Vor mir tat sich Brachland auf, mittendrin eine überdachte Bushaltestelle. Ein grünlich schimmernder Glaskomplex zog sich hinter mir die Straße entlang. Dahinter erahnte ich Bäume. Von einer Eisdiele keine Spur.

Eine Mutter zerrte entnervt einen Kinderwagen die Treppenstufen von der U-Bahn herauf. Die Rolltreppe hatte scheinbar ihren Dienst quittiert, nachdem sich mich befördert hatte.

»Entschuldigung«, sagte ich so freundlich wie möglich. »Wo ist denn bitte die Selma-Lagerlöff-Straße?« Die Frau sah mich so entsetzt an, als hätte ich sie gefragt, ob sie mir ihre Tochter verkaufen würde.

»Guter Witz, echt«, stöhnte sie. »Kannste vielleicht mal mit anfassen? Mann!« Eine kontaktfreudige Bürgerschaft schien das hier zu sein. Ich war so verdattert, dass ich tatsächlich nach dem Buggy griff und am Gestänge zog. Im Wagen lag schlafend ein vielleicht vierjähriges Mädchen, das längst nicht mehr danach aussah, als ob es noch im Kinderwagen gefahren werden musste. Aber vielleicht hatte sie ja irgendwas mit den Beinen?

»Bleibt's dabei, dass du heute Abend Natalie nimmst?«, sagte die Frau plötzlich. »Du weißt, wie wichtig das Date für mich ist. Deine Stimme klingt wieder gesund, oder?«

Sie warf mir einen besorgten Blick zu. Eher wegen ihrer abendlichen Verabredung als wegen meines Gesundheitszustandes, schien mir. Natascha schien diese Frau zu kennen.

»Natascha, bekomm' ich noch eine Antwort? Hallo?«

»Ja, ja, klar.« Verdammt – ich sollte auf dieses bonbonrosa Mädchenmonster aufpassen?

»Und ... äh ... was machst du noch mal heute Abend?« Sie sah mich konsterniert an.

»Na, hör mal – ich treff mich doch mit Tommy. Seit Wochen red' ich von nichts anderem. Du arbeitest zu viel, Natascha. Lass dich doch von diesem alten Deppen nicht immer so ausnutzen. Mann, echt.«

»Wann kommst du wieder?«, traute ich mich zu fragen.

»Na ja, es wäre natürlich super, wenn du bei uns auf dem Sofa schlafen könntest. Nur zur Sicherheit. Ich mein, wenn's blöd läuft, dann bin ich eh um zehn wieder da. Und dann werde ich sicher jemand zum Händchenhalten brauchen.« Sie starrte sehnsuchtsvoll in den Himmel. »Aber ich glaub, es wird klasse. Er hat mir grad noch mal 'ne SMS geschickt, dass er sich freut. Hihi.« Die Frau neben mir kicherte tatsächlich wie ein Backfisch. Sehr viel älter schien sie auch nicht zu sein. Das Mädchen im Kinderwagen war bestimmt kein Wunschkind. Und ich wünschte mir auch nicht, auf es aufzupassen.

»Was meinst du, was soll ich anziehen?«, laberte die Frau neben mir weiter. ›Nimm was von Versace‹, hätte ich fast gesagt.

Sie hatte keine schlechte Figur, obwohl sich unter ihrem ärmellosen, knielangen gelben Baumwoll-Sommerkleid ein Bäuchlein abzeichnete. Ihre Beine waren eindeutig zu stark behaart. Ihre Oberarme dagegen wirkten kräftig trainiert. Vielleicht sollte ich sie allmählich in ein Gespräch über gute Workouts verwickeln. Obwohl – Natascha wusste sicher nicht mal, was ein Workout war. Also konnte sie auch nicht darüber reden.

Die Frau hatte ein recht durchschnittliches Gesicht, nicht hässlich, aber auch nichts, was zu faszinieren vermochte. Blaue Augen, blonde kurze Haare, eine kleine spitze Nase und hohe Wangenknochen. Das Kinn war leicht fliehend und der Rücken ziemlich rund. Das Kind im Wagen sah ihr ähnlich.

»... und die goldenen Sandalen sind vielleicht ein bisschen overdressed, was meinst du?«, plapperte sie. Immerhin merkte sie nicht, dass ich keine Ahnung hatte, wohin sie mich führte. Ich hoffte, dass sie in derselben Straße wie Natascha wohnte.

Beinahe wäre sie mir mit dem Kinderwagen über die Füße gefahren, als sie plötzlich nach rechts abbog auf einen Hauseingang zu. Das Gebäude war vier Stockwerke hoch, weiß wie alle anderen drum herum und sobald ich drin sein würde, hätte ich vergessen, wie es von außen aussah.

»Mann, du bist echt fertig, oder?!«, sagte sie und sah mich erwartungsvoll an. »Was ist? Kannst du mir vielleicht mal die Tür aufschließen? Oder willst du den Buggy nehmen?« Ich griff nach dem Teil und betete, dass ich das Kind nicht aus Versehen umkippte. Sie ging voran, öffnete die Tür und ich folgte ihr. Als sie sich im Hausflur zu mir umdrehte, fuhr ich ihr mit dem Buggy vors Schienbein. Sie schüttelte nur genervt den Kopf, während ich »Entschuldigung« brummte, und wuchtete das Kind aus dem Wagen. Die Kleine wachte augenblicklich auf und begann zu schreien. Es hallte enorm im Treppenhaus.

»Um fünf vor sieben? Okay! Und sei bitte pünktlich. Ich muss die U-Bahn um drei nach kriegen«, schrie sie gegen den Lärm an. Sie schloss die rechte Erdgeschoss-Tür auf und verschwand. Durch die Tür war das Geschrei nur noch gedämmt zu hören. Ich sah mich um. Ein enges, aber immerhin recht helles Treppenhaus. Neben den Briefkästen standen vier Kinderwagen. Und ein Rollator. Ob Natascha hier vielleicht auch wohnte? Es gab nur noch eine weitere Erdgeschosswohnung. Tatsächlich – da stand Döpke dran. Auf einem roten Fimo-Herz schwang sich in Weiß dieser armselige Name. Ich öffnete die Tür so vorsichtig, als sei ich ein Einbrecher, der nicht sicher ist, ob er jemanden aufschreckt. Zur Sicherheit rief ich »Hallo?«, als ich die Wohnung betrat. Nur die Stille antwortete mir. Langsam ging ich von Raum zu Raum. Bad, Küche, Schlafzimmer, Wohnzimmer. Wäre die Wohnung ein Mensch gewesen, sie wäre dick. Sehr dick.

Überall stand oder hing etwas. Eine ganze Wand voller Postkarten mit Cartoons, Landschaftsbildern, Malerei. In jedem Zimmer wucherten üppige Pflanzen, Orchideen und Palmen, ein Bonsai mit chinesischen Türmchen und Männchen, die geräumige Terrasse duftete von Kräutern und war seitlich durch Kletterpflanzen mit großen blauen Blüten vor neugierigen Blicken geschützt. Im Wohnzimmer dominierte eine riesige, hellgraue Sitzlandschaft, auf der eine fünfköpfige Familie Platz gehabt hätte. Ein großer, flacher Fernseher davor, ein ganzer Satz gläserner Beistelltischchen. Das Bücherregal nahm die Wand um den Fernseher herum komplett ein. Dabei wirkte alles sehr ordentlich, sehr adrett, gut in Schuss. Ich musste schmunzelnd an meine Altbauwohnung denken. Wenn sie bei ihrer Kleidung einen solchen Geschmack bewiesen hätte wie bei ihrer Wohnungseinrichtung, hätte man ihre Figur glatt übersehen können. Grau, Weiß und Rot dominierten das Wohnzimmer. Das Schlafzimmer war ein Traum in Blasslila, Hellblau und Zartgrau mit einem wuchtigen Eisenbett und einem erstaunlich zierlichen Kleiderschrank. Vor dem Fenster hatte noch ein antiker Schreibtisch in dunklem Holz Platz gefunden. Auch hier: Jedes Ding lag an seinem Platz. Entweder sie war eine Pedantin oder sie hatte zu viel Zeit.

Die große Küche war eindeutig das Herzstück der Wohnung. Die Wände leuchteten sonnengelb, an einer Wand klebten Wandtatoos in Form von großen weißen Margeriten. Ein honiggelber Holztisch, an dem man locker sechs Leute unterbrachte, stand vor der Tür zur Terrasse. Die vanillefarbene Küchenzeile beherbergte alles, was das Herz einer Köchin höher schlagen ließ. Sogar einen Dampfgarer gab es – ich wusste jedenfalls nicht, was das Ding unter der Mikrowelle sonst sein sollte. Erschöpft von so viel Behaglichkeit ließ ich mich auf die Sitzbank am Esstisch fallen. Mit Schrecken sah ich auf die altmodisch-verspielte Uhr, die neben dem Fenster zur Straßenseite hinaus hing. Kurz vor sieben. Das Klingeln an der Tür klang regelrecht vorwurfsvoll. Ich hechtete hin. So wie das eben ging, wenn man Kleidergröße 46 trug.

Die Frau von nebenan sah mich ernst an.

»Wo bleibst du?«, nörgelte sie. Ich hätte sie beinahe nicht erkannt, so aufgebrezelt war sie. Wie sie das in gefühlten 30 Sekunden geschafft hatte, war mir ein Rätsel. Ich brauchte für ein anständiges Styling mindestens 90 Minuten.

»Ich dachte, du wolltest dich nicht ›overdressen‹?«, rutschte es mir heraus. Sie zupfte sich eine Haarsträhne hinters Ohr und blickte an sich herunter. Vorbei am tief ausgeschnittenen Top über den ultrakurzen Jeans-Minirock zu den High Heels. Alles strahlte in Türkis. Nur ihre billige Plastikkette war lila.

»Findste? Aber, scheiße, wenn ich jetzt …«

»Los«, ich drehte sie in Richtung Tür. »Deine U-Bahn fährt gleich.« Sie schlenkerte zum Abschied mit ihrer fiesen khakifarbenen Kunstledertasche. Stürzte zum Ausgang. Kam wieder zurück. Küsste das kleine Mädchen, das ihr von der Wohnungstür aus tranig hinterher sah.

»Tschüssi, meine Süße«, flötete sie. »Tante Natascha passt gut auf dich auf. Sei brav.« Und ab.

Das Mädchen sah mich aus großen Augen an. Dann kam sie zu mir, griff nach meiner Hand und wollte mich in ihre Wohnung zerren. Gerade noch fiel mir ein, meinen Schlüssel mitzunehmen.

»Komm, wir gucken Klein-Hanna«, sagte sie. »Das kommt jetzt. Zum letzten Mal hat die Mama gesagt.« Der Fernseher lief bereits. Erleichtert ließ ich mich neben dem Mädchen in eine speckige cognacfarbene Ledercouch fallen und atmete erst mal tief durch. Mein Magen grummelte schon wieder. Kein Wunder, ich war ja nicht mal zum Abendessen gekommen. Auf dem Couchtisch, der, wie das ganze Wohnzimmer, nach Billig-Versandhaus aussah, stand eine Packung mit Duplos. Ich konnte mich kaum noch an ihren Geschmack erinnern.

»Schenkst du mir eins?«, fragte ich. Die Kleine nickte abwesend, sie war völlig von den Vorgängen im Fernsehen absorbiert. Ich mümmelte drei Duplos, das Mädchen zwei, während Klein-Hanna irgendwelche belanglosen Abenteuer mit verlorenen Puppen, vergessenen Sandelförmchen und streunenden Hunden bestand. Als ich die

Stimme ihres Vaters hörte, musste ich grinsen: Tatsächlich, Oskar Semmler.

»Und jetzt spielen wir«, befahl die Kleine, nachdem die Titelmelodie der Serie verklungen war. Sie machte den Fernseher aus und sah mich erwartungsvoll an.

»Musst du nicht ins Bett?«, fragte ich. Ich hatte gehofft, ich würde ihr die Zähne putzen und dann würde das Engelchen selig einschlafen.

»Nö«, antwortete sie und machte halsbrecherische Kunststücke auf der Couchlehne. Mit einem Satz sprang sie auf den wegrutschenden Teppich, fing sich geschickt ab und verschwand in ihrem Zimmer.

»Ko-omm«, schrie sie und ich dackelte hinterher. Was sollte ich auch tun? An der Kinderzimmertür prangte, Gott sei Dank, der Name des Mädchens: Natalie. Ach ja. Das Zimmer verschwand in einer unaufgeräumten rosa Wolke. Ich sah auf den ersten Blick vier Puppenwagen, drei Schaukelpferde, fünf Barbiehäuser und einen unbezwingbaren Berg von Kuscheltieren.

»Hast du mir was mitgebracht?«, fragte Natalie nun und sah mich frech an. Göre!

»Nö«, sagte ich.

»Aber du bringst mir doch sonst immer was mit«, sagte sie.

»Ja? Wann ist denn immer?« Sie dachte kurz nach.

»Na, immer wenn du kommst. Jeden Tag!«

Ich schluckte. Kam Natascha wirklich jeden Tag zum Babysitten? Wie grauenhaft. Eine bleierne Müdigkeit überkam mich. Natalie zerrte mich auf den Boden herunter und ich ließ mich ächzend auf einem Prinzessin-Lillifee-Teppich in Herzform fallen. Sie legte mir drei Barbiepuppen quer über den Schoß.

»Im Spiel wär' ich jetzt die Mama und du wärst das Kind und das wär' der Papa und das wär' unser Auto und das da wär' unser Ponyhof und da wär' unser Pferd, ein großes schwarzes und das wär' ...«

»Soll ich dir nicht ein Buch vorlesen?«

»Nö. Das wär' unser Haus und da wär' unsere Küche ...«, und so ging es in einem fort. Das Kind wirkte so munter wie ich, wenn ich 45 Minuten Jogging oder guten Sex hinter mir hatte. Ich beschloss, sie reden zu lassen. Sie brauchte mich sowieso nicht. Versank in ihrer Spielwelt, so wie ich in meiner Trübsalwelt.

Vor einer Woche noch war ich eine strahlende Schönheit mit Verehrern und Liebhaber, mit Abendvergnügungen und Aussicht auf eine gute Partie eines Tages. Und ich hätte bestimmen können, wie das Leben der Partie und mir verlaufen wäre. Ich würde mir keine Kinder aufschwatzen lassen müssen, die mir nur die Figur versauen würden. Ich könnte arbeiten, wenn ich Lust dazu hätte und wenn ich keine hätte, würde die Partie für mich zahlen. Schließlich war ich ein Alphamädchen, das sagte, wo's lang geht. Jeder Mann würde sich mir aus Dankbarkeit, dass ich ihn erwählt hatte, unterordnen. Zumindest bis zu meinem 45. Geburstag. Dann würde ich durch eine Jüngere ersetzt werden. Ich würde mir daraufhin den besten und besterhaltensten mittfünfziger Rechtsanwalt nehmen und er würde mir einen phänomenalen Unterhalt erkämpfen und mich anschließend gleich noch heiraten.

Stattdessen hockte ich auf dem Fußboden eines albtraumhaften Kinderzimmers und ließ mich von Barbiepuppen bespringen. Ich war fett und hässlich und würde so weder Karriere machen noch einen Mann bekommen. Mir blieb nur, mir bei einer holländischen Samenbank ein

Kind machen zu lassen. Schwangerschaftsstreifen würden eh nicht weiter auffallen und ich hätte wenigstens einen Menschen, der mich liebte. Womit hatte ich das bloß verdient? Mein Blick fiel in einen herzförmigen, erdbeerrosa gerahmten Spiegel über Natalies Bett. Ich sah mein müdes, blasses, aufgedunsenes Gesicht. Verdammt! Es war nicht meines! Es war ihres! Sie hatte meines geklaut! Ich wollte es zurückhaben. Sofort. Beinahe hätte ich zu weinen angefangen. Oder weinte ich tatsächlich? Jedenfalls strich mir Natalie nun sehr zärtlich über den Kopf.

»Bist du traurig, weil Klein-Hanna nicht mehr kommt?«, fragte sie. Ich nickte. Sie schlang ihre zarten Arme um meinen Hals.

»Aber wir können doch Devaude gucken«, versuchte sie mich aufzumuntern. »Wollen wir?«

Ich schmiegte mich hilflos an das Kind. Sein kleiner, zarter Körper gab mir die Kraft, mich schwerfällig hochzurappeln und diesem Hüpfball von Mädchen zurück ins Wohnzimmer zu folgen.

Nach zwei Geschichten von »Klein-Hanna« war ich eingeschlafen. Natalie musste es noch etwas länger ausgehalten haben.

»Natascha«, quäkte eine verdruckst weinerliche Stimme irgendwann direkt neben meinem Ohr. Ich fuhr hoch. Die Frau, deren Namen ich noch immer nicht wusste, stand mit zerlaufenem Make-up direkt vor mir. Jetzt würde sie sicher gleich losmeckern, weil Natalie schlafend neben mir vor dem Fernseher lag. Auf dem Bildschirm dudelte die DVD-Endlosschleife der Menüauswahl. Die Mutter schob das Kind auf die andere Hälfte des Sofas, deckte sie mit einer fleckigen, lachsfarbenen Decke zu und hockte sich dicht neben mich aufs Sofa. Sie roch nach einer abenteuerlichen Mischung aus Zigarettenqualm, Gaststättenfett, Alkohol und Billig-Parfüm. Immer noch liefen ihr Tränen über die Wangen. Es konnte nicht gut gelaufen sein mit diesem Tommy.

»Er hat mich nur ausgenutzt«, fing sie an. »Ich musste das Essen zahlen. In dieser miesen Kaschemme. Ich dachte, wir gehen mal richtig schick essen zum Italiener oder so. Hat behauptet, er hätte sein Geld vergessen. Nicht mal nach Hause hat er mich gefahren. Nur zur U-Bahn. Und auf dem Parkplatz vor dem U-Bahn-Eingang fing er dann zu Fummeln an. Stell dir mal vor! Grapscht mir einfach an den Busen.«

»Die Sau«, sagte ich ziemlich kühl. »Hast du ihm eine gescheuert?«

»Ich bin einfach abgehauen. Der wollte doch nur …«

... Sex? Mit meinem Chef? Ich war verwirrt.

Einerseits träumte ich seit ewigen Zeiten davon, wie es wäre, wenn Wim und ich ... Andererseits war das das Problem. Nach den Pünktchen kam nicht mehr viel. Wenn wir was? Eine Beziehung eingehen würden? Eine Nacht miteinander verbringen würden? Ein Haus, zwei Kinder, drei Jachten hätten?

Wim hatte vor etwa 30 Sekunden plötzlich den Arm um meine Schulter gelegt und fing an, zärtlich über meinen Oberarm zu streicheln. Eine Gänsehaut perlte meinen Rücken hinunter. Ich spürte, wie er mein Profil betrachtete.

»Du bist gar nicht so kühl, wie du immer wirkst«, säuselte er in mein Ohr. Er beugte sich vor, griff nach seinem Cocktailglas und saugte am Strohhalm. Er hielt mir das Glas hin und beobachtete, wie sich meine Lippen um das

Plastikröhrchen schlossen. ›Tokyopolitan‹ floss bittersanft durch meine Kehle. Als er das Glas zurück auf den Tisch stellte, berührten seine Lippen sanft meine Wange. Die feinen Härchen auf meinen Armen richteten sich steil auf. Ich wusste nicht, was ich sagen sollte.

»So wortkarg heute?« Ich hob die Augenbrauen und lächelte ein wenig.

»Manchmal sind Worte einfach ... überflüssig.«

»Du machst mich verrückt«, zischte er und rückte näher auf, seine Nase mein Ohr kitzelnd. Schließ' die Augen und genieß' es, dachte Li. Dieses Schwein, dachte Natascha. Nur weil sie gut aussieht, baggert er sie an. Ich schufte seit Jahren hart für ihn und bekomme gerade mal ein Oberarmtätscheln der allerväterlichsten Sorte ab.

»Lass uns gehen«, sagte Wim nun und zog seine Krawatte in die richtige Richtung. Als Pfeil nach unten. Entscheide dich, dachte ich. Jetzt oder nie. Vergiss Natascha. Du bist Li. Du kannst alle haben. Auch deinen Chef. Willst du ihn? Ja. Ja!! Jaaa!!! Verdammt.

Der Abend hatte damit begonnen, dass ich Wim – zufällig? – im Aufzug traf, als ich Feierabend machen wollte. Li war schon fort gewesen. Wim hatte mich mit einer Spur Ironie gemustert.

»Heute mal nicht die Treppe?«, hatte er gefragt.

»Die Treppe ist außer Betrieb«, hatte ich geantwortet und er hatte schallend gelacht. Vor dem Büro traten wir auf die sommerwarme Straße, vom Gärtnerplatz hallten die Stimmen der Passanten hinüber, die Luft fühlte sich weich und einschmeichelnd an. Ich musste unwillkürlich seufzen. Darauf hatte Wim anscheinend nur gewartet.

»Kein Abend um alleine in der Wohnung zu verschwinden, oder?« Ich nickte.

»Wollen wir irgendwo noch ein Gläschen nehmen? Wir stoßen auf deine Beförderung an. Ich lad' dich ein.« Mein Mund war schneller als mein Gehirn.

»Gerne.«

Wir bummelten die Klenzestraße entlang bis zum Sushi&Soul und Wims Handy klingelte unterwegs nur drei Mal. Während er telefonierte besah ich mir die schönen Dinge, die es in den schönen Läden in dieser schönen Ecke der Stadt zu kaufen gab. Irgendwie freute ich mich, dass ich nachher nur kurz hinüber in die Dreimühlenstraße musste.

Das Sushi&Soul war noch einigermaßen leer und wir bekamen einen Eckplatz zugewiesen. Sushis waren sicher erlaubt, selbst bei Li, dachte ich, während ich die wohlklingende Speisekarte studierte. Wim telefonierte noch einmal mit irgendeinem seiner zahlreichen Spezln und orderte währenddessen nach einem kurzen Blick auf die Karte ein Bento-Menü für zwei. Gab's um die Uhrzeit noch zum halben Preis. Ich hätte zwar lieber in Tempurateig gebackene Garnelen gehabt, aber vielleicht war der Verzicht auf eine fette Panade doch sinnvoll. Ich ahnte, dass mir Schlimmes bevorstand, wenn mich Li auf die Waage zerren würde und ich zugenommen hätte. Na ja, wenn ich länger drüber nachdachte – mehr als rumzetern konnte sie eigentlich nicht. Und wenn … Wim steckte das Handy in seine Anzugtasche und strahlte mich aus seinen blauen Augen herzerwärmend an.

»Wir hatten sowieso noch gar keine Zeit, uns ein bisschen näher kennenzulernen«, sagte er. »Ich weiß so wenig über dich. Wo hast du dich denn überall so auf dem Erdball rumgetrieben? Dein Vater erzählte, du hast auch Modeljobs gemacht? War sicher spannend.«

»Och, ja«. Ich fuhr mir durch die Haare, immer noch irritiert, dass sie nach etwa zwanzig Zentimetern einfach aufhörten.

»Erzähl doch mal.«

»Ach.« Herrje. ›Ach‹ war keine gute Antwort. »Ähm«. ›Ähm‹ auch nicht. »Ich red' nicht so gerne über die Zeit. Ist natürlich schon interessant mit all den verschiedenen Leuten zusammenzuarbeiten, die vielen schönen Menschen ...«

»... so wie du.«

Ich beschloss, huldvolles Lächeln musste als Antwort genügen.

»Aber?«, insistierte er.

Und ich dachte immer, Männer hörten sich am liebsten selbst reden. Der Kellner brachte einen Gruß des Hauses – speziell für die schöne Frau, wie er sich zu sagen beeilte. Ich wurde ein paar Zentimeter größer in meinem Sitz. Noch größer als sowieso schon. Es war schon schön, so schön zu sein.

»Na ja«, nahm ich den Faden wieder auf und war froh, vor Kurzem ein Buch über die Karriere eines erfolgreichen Plussize-Models gelesen zu haben, das irgendwann einmal ein dünner Hungerhaken gewesen war. »Man ist halt auch sehr viel alleine, die Begegnungen sind sehr oberflächlich. Manchmal weißt du nicht, in welcher Stadt du morgens aufwachst. Aber erzähl du doch mal, Agenturinhaber wird man doch auch nicht von heute auf morgen.«

Ich konnte in Ruhe meine Hälfte des Bento-Menüs verspeisen. Die etwas größere Hälfte.

Wim fing ganz von vorne an. Von den Studentenjobs als Messebau-Helfer oder Promoter, von schrecklichen Praktika und verunglückten Erstversuchen. Er redete, und weil ich die Geschichten schon kannte, konnte ich an den richtigen Stellen ›ach, nee, echt‹ und ›schrecklich‹ oder ›toll‹ sagen, während ich die Cocktailkarte erneut studierte. Ich bestellte nach dem wirklich sehr beschwingenden ›Ming sling‹ gleich noch einen ›Melon miyabe‹, der als ›leichter Sommerdrink für laue Nächte‹ beschrieben wurde. Genau danach war mir zumute. Ich spürte den Alkohol schnell in meinem Körper herumwandern und im Kopf rasten. Wim redete immer noch und mein Blick – so hatte ich das Gefühl – wurde leicht glasig. Oder war wieder eine dieser schrecklichen Kontaktlinsen verrutscht?

Jedenfalls war der Abend angenehm mit dem Plätschern von Wims Gerede und dem der Cocktails vergangen und ich hatte gar nicht gemerkt, dass mein Chef irgendwann direkt neben mir saß und dann also sein Arm über meiner Schulter hing.

Als wir vor dem Sushi&Soul standen, war mir klar, dass ich eine Entscheidung treffen musste. Zu ihm oder zu mir? Oder er zu sich und ich zu mir?

»Komm, wir nehmen noch einen kleinen Absacker am Isarstrand vorne«, schlug er vor und hakte sich bei mir ein. Wir waren beinahe gleich groß. Alle Männer, die uns auf dem Weg zur Isar entgegen kamen, starrten mich an. Alle. Fast wurde mir das ein bisschen unheimlich. So sichtbar war ich noch nie gewesen. Dass musste frau erst mal aushalten.

Die Strandbar, die alljährlich an der Corneliusbrücke unter freiem Himmel aufgebaut wird, lud mit grooviger Musik, einer großen Menge Liegestühlen und feinstem Sand zu einem Mondscheinbad ein. Ich ließ meinen Luxuskörper in einen freien Stuhl gleiten, während sich Wim neben mich in den Sand setzte. Er grinste schelmisch und begann meine Knöchel zu liebkosen. Mir wurde heiß.

Verdammt heiß. Was konnte ich dafür, dass ich diesen Mann so sexy fand. Ich würde Li einfach nichts davon sagen. Sie hatte ja auch nur gesagt, ich sollte die Finger von Oskar Semmler lassen. Oskar ... Schnell sah ich wieder Wim an. Vielleicht wäre es nur für eine Nacht. Ein One-Night-Stand. So was war in meinem Leben noch nie vorgekommen. Überhaupt war in den letzten fünf Jahren sehr wenig in meinem Leben vorgekommen. Ich beugte mich nach vorne und küsste Wims weiche Lippen. Sanft erwiderte er den Kuss. Ich sah, wie sich der Sand unter meinen Füßen entfernte, sah die steinerne Brückenbrüstung, die glitzernde Isar, die Linden, die ihre Ufer säumten, ich schwebte empor zum Vollmond und rekelte mich in seinem Licht. Ich glitt mehr hinter Wim her, als dass ich schritt. Wie von selbst nahmen wir den Weg an der Isar entlang in Richtung Dreimühlenstraße. Mein benebeltes Hirn dachte nicht darüber nach, dass ich ja nicht einmal wusste, wo genau ich hin sollte. Hausnummer – Hausnummer, überlegte ich, während Wim schon wieder stehen blieb und mit seiner Zunge über meinen Hals leckte, bis er die Lippen erreichte, sie mit seiner Zunge sanft öffnete und hinein fuhr, über meine Zähne, jeden einzelnen berührte er ganz leicht. Ich hätte mich ihm hier schon hingegeben. Ganz und gar. Dann hätten wir uns wenigstens das Drama mit der Wohnung erspart.

Weil aber Radfahrer und Hundebesitzer diesen Isar-Highway in Massen benutzten, zügelten wir unsere Lust und schritten beherzten Schrittes voran.

Endlich kam der Spielplatz am Roecklplatz in Sicht. Hier war ich irgendwann schon einmal mit Klein-Natalie gewesen, während Maja in einer der umliegenden Straßen irgendeinen Mann besucht hatte. Wir hatten im Eiscafé anständig Eis gegessen und ich hatte Natalie etwa eine dreiviertel Stunde lang auf der Schaukel angeschubst.

Wim bemerkte nicht, wie meine Schritte zögerlich wurden. An der Ecke Dreimühlen- Ehrengutstraße küsste ich ihn stürmisch und drehte ihn dabei so, dass ich die Hausnummern über den Eingangstüren erkennen konnte. Nummer 62 lag an der Ecke. 72 war mir wieder eingefallen, das Geburtsjahr von Wim. Auf gut Glück zog ich ihn am Drogeriemarkt vorbei und war zutiefst erleichtert, dass nach der 62 tatsächlich die 64 kam. Hatte nicht Li etwas von einer Baustelle gesagt? Dort war ein eingerüstetes Haus und ich betete einfach, dass es die 72 war.

»Hey, Li«, rief mir ein freundlicher Kellner aus dem Restaurant direkt daneben zu. »Lange nicht gesehen. Für dich haben wir immer einen Tisch, komm mal wieder vorbei!« Er warf mir eine Kusshand zu und ich winkte grinsend. Hoffentlich nicht zu debil grinsend. Wim sah mich von der Seite an.

»Du hast viele Verehrer, oder?«

»Kann sein.« Ich zog den Schlüssel, den mir Li wortlos auf den Tisch gelegt hatte aus dieser seltsamen Handtasche. Es hingen mindestens zehn Schlüssel am Bund. Während ich den ersten ausprobierte, drängte sich Wim von hinten an mich heran. Ich spürte, wie erregt auch er war. Seine Hände wanderten über meine Brüste. Er keuchte laut in mein Ohr. Ich seufzte tief. Auch der zweite Schlüssel passte nicht. In diesem Moment öffnete sich die Tür von innen. Gott sei Dank. Scheiße. Ein verdammt gut aussehender Mann mit schwarzen Haaren und aristokratisch schmaler Nase sah uns irritiert an. Hoffentlich kannte ich den nicht. Hoffentlich hatte ich nicht etwas mit dem. Wim ließ mich los.

»'n Abend«, brachte ich hervor und der Mann – vielleicht war er indischer Abstammung? – sah mich kurz irritiert an, nickte dann und verschwand rasch im Dunkeln.

»Hier sieht's ja fein aus«, lachte Wim, während wir durch das mit Planen verhangene Treppenhaus nach oben gingen. In den fünften Stock, ohne Aufzug. Doch mein Körper machte gut mit. Kein Schnaufen, kein Stöhnen, nur beschwingtes Tänzeln. Wim mühte sich ein wenig mehr, er war eben doch knapp zehn Jahre älter. Das gab mir den Vorsprung um mich oben schnell zu orientieren, wo meine Wohnung überhaupt war. Ein mikroskopisch kleiner weißer Aufkleber war mit ›Kraska‹ bedruckt. Ich nahm den mit einem bunten Ring ummantelten Schlüssel, drehte ihn vorsichtig – und die Tür öffnete sich.

»Willkommen in meinem Reich«, sagte ich, als Wim neben mir stand. Dann betraten wir die Wohnung. Dunkel war's, nur etwas Straßenlicht fiel durch eine Tür zur Rechten. Wo mochte der Lichtschalter sein?

»Lass es aus«, bat Wim und dann fiel er über mich her. Wir knutschen uns in den Flur hinein, der nach einem Knick noch etwa zehn Meter weiter ging. Wir rempelten gegen dort stehende Bücherregale und an mindestens fünf Schuhschränke. Im Vorbeiknutschen meinte ich eine spärlich eingerichtete Küche zu erkennen. Wim trieb mich mit seinen Händen, mit seiner Zunge, mit seinem ganzen Körper vor sich her bis der Gang in ein Zimmer mündete, das wohl ein begehbarer Kleiderschrank war. Dahinter war das Schlafzimmer. Nichts als ein Bett. Ein riesiges, rundes Bett. Wir fielen darauf. Mein Kleid war hochgerutscht. Seine Hand fuhr an den Innenseiten meiner Oberschenkel entlang. Ich fuhr mit der Hand unter sein Hemd, in seine Hose. Ein Männerpo in meiner Hand. Beinahe hätte ich mich wieder wegen der Haare darauf erschreckt, wie als 15-Jährige, als ich das erste Mal einen Jungspo angefasst hatte. Wims Hintern fühlte sich kraftvoll und fest an. Meine Hände tasteten nach seinem Gürtel, er zog mir die Unterhose herunter. Den Stringtanga, besser gesagt. Mit Leopardenmuster. Glücklicherweise interessierte ihn das Design nicht und er half mir, seine Hose auszuziehen. Kaum hing sie an seinen Füßen, kaum drängte ich meinen Unterkörper gegen seinen – war alles vorbei. Schicht im Schacht. Von einer Sekunde auf die andere hing sein Gemächt schlapp herunter wie ein toter Hering. Ich wollte Wim küssen, wollte meine Hand um seinen Schwanz legen, dafür sorgen, dass er sich wieder aufrichtete, aber Wim ließ sich seufzend aufs Bett fallen.

»Tut mir leid«, raunte er. »Es geht nicht.« Er starrte auf das Fischgrät-Parkett. Langsam hob er den Kopf.

»Du bist zu schön«, sagte er leise. »Ich kann einfach nicht ... es, es ... Scheiße.« Er sprang auf, versuchte seine Hose so würdevoll wie möglich wieder nach oben zu ziehen, der Gürtel war noch nicht zu und er schon zum Zimmer hinaus. Gleich darauf hörte ich, wie er die Wohnungstür hinter sich zuzog. Langsam ließ ich mich auf Lis großes, wunderbares Lotterbett fallen. Ein verstoßenes Mädchen, mal wieder. Zu schön. Was für ein Witz.

Ich streckte mich lang aus, die Arme über dem Kopf ablegend. Meine Erregung ebbte langsam ab, Wehmut überkam mich. Anscheinend hatte ich es nicht verdient, das Glück in den Armen eines Mannes zu finden – wer auch immer das beschlossen haben mochte. Vielleicht war ich es einfach nicht wert. Und dieser schöne Körper hier, der an mir hing wie ein Kleid in der falschen Größe und in der falschen Farbe – der schien auch nichts besser zu machen. So gerne hätte ich geweint, aber es kamen keine Tränen.

Ich setzte mich wieder auf, fand den Schalter einer kleinen, grazilen Nachttischlampe und sah mich zum ersten Mal bewusst um. Schließlich war dies hier mein neues Domizil, für unbestimmte Zeit. Karg wäre für dieses Zimmer noch geschmeichelt gewesen. Außer dem riesigen Bett, einem schlichten Holzkasten, auf dem ein paar Modezeitschriften lagen und die zierliche Lampe stand, war der Raum so gut wie leer. An der Wand gegenüber des Fensters stand ein alufarbener Kleiderständer, auf dem sich Bügel an Bügel quetschte. Röcke, Hosen, Blusen, alles kunterbunt. Die Wände waren weiß und nackt. Unter der Decke baumelte eine Glühbirne. Vielleicht war sie erst vor Kurzem hier eingezogen? Ich beschloss, die restliche Wohnung zu inspizieren.

Das Zimmer nebenan war tatsächlich so etwas wie ein Ankleidezimmer. Es war ringsum mit Schränken vollgestellt, in denen sich Berge von Hosen, Kleidern, Blusen, Tops, Röcken, Strickjacken, Pullovern und was sonst noch so erfunden worden war, damit der Mensch nicht frieren musste, türmten. Immerhin gab es eine gewisse Ordnung – die Kleidungsstücke waren farblich sortiert. Beige, schwarz, Grau- und kühle Blautöne auf der einen Seite, blaustichige Rottöne bis zu Lila auf der anderen, dazwischen Meeresgrün in allen Schattierungen. Dazu jede Menge Accessoires wie Modeschmuck, Gürtel, Handtaschen und Mützen. Ich fragte mich, wann ich morgen früh aufstehen sollte, um hier etwas zum Anziehen zu finden. Ich hatte mich noch nie für Mode interessiert. Mir schien das so belanglos. Ob ich nun einen türkisblauen oder einen marineblauen Pullover anzog – who cares? Meist griff ich morgens irgend etwas aus dem Schrank oder vom Wäscheständer und zog es über. Hauptsache, es verdeckte meinen Bauch und meinen Po. Manchmal beneidete ich Harry Potter um seinen Tarnumhang. Das wäre mein Kleidungsstück gewesen! Hier aber …! Ein Graus! Viel zu viel Auswahl!

Ich wagte mich in den Flur, den ich vorhin nur sehr flüchtig wahrgenommen hatte. Zugegeben, der Flur war sehr lang und sehr schmal und nur schwierig einzurichten. So hatte Li einfach ein Bücherregal und sage und schreibe zehn Schuhregale hintereinander aufgereiht. Als erwartete ich lebende Schlangen, öffnete ich vorsichtig eine Klappe. Ich hatte beinahe richtig gelegen: Schlangenlederpumps. Mindestens vier Paar. Außerdem Pumps in allen gängigen Modefarben, vier Schränke voll. Stiefelletten und hohe Stiefel füllten drei Schränke. Irgendwo fanden sich Sandalen, mit höheren Absätzen selbstredend, und – zu meiner großen Überraschung – ein ganzer Schrank voller Turnschuhe. Zog sie zwei Paar auf einmal an, wenn sie joggen ging? Gab es für jeden Wochentag eine andere Marke? Oder traf sich hier ein Laufclub und parkte seine Schuhe bei ihr?

Das winzige Badezimmer in fiesem Olivgrün war nicht weiter der Rede wert und so traute ich mich in das, was bei mir ein Wohnzimmer gewesen wäre. Unter dem Fenster stand ein Sofa, auf dem Berge von Klamotten lagen, daneben ein voller Wäscheständer. Auf einem wackelig wirkenden Beistelltischchen kämpfte ein kleiner Fernseher ums Überleben und auf einer Glas-Schreibtischplatte, die von chromfarbenen Böcken getragen wurde, hatte sie eine Altpapier-Sammelstelle eingerichtet, die allmählich auf einen kleinen Rollcontainer überschwappte. Auf dem Fußboden lagen verstreut Übungsgeräte – Hanteln, ein

Gummiband, ein Expander, ein Stepper, eine Gymnastikmatte. An den Wänden hingen Plakate mit Übungen für den Rücken, Bauch-Beine-Po und mit Yogastellungen.

Ich war froh, dass Wim dieses Zimmer nicht gesehen hatte, dass er die ganze Wohnung zunächst hormonbedingt blind und dann voller Fluchtinstinkt missachtet hatte. Vielleicht war es besser so. Ein romantisches Tête-à-Tête konnte ich mir hier wirklich nicht vorstellen.

Das Dreimühlenviertel war offenbar nur an der Fassade so prächtig. Fünfgeschossige Häuser aus der Zeit um 1900 säumten die Straßen ringsum, eines inzwischen hübscher angestrichen als das andere, in den Häusern schicke kleine Modeateliers, Wohnstudios mit handverlesenen Einrichtungsgegenständen, an jeder Straßenecke ein Café, eine coole Bar oder ein gutes Restaurant. Nur in den Wohnungen, da hatte man bisher wohl wenig gemacht. Ungünstige Altbau-Schnitte mit Durchgangszimmern, langen Fluren, zugigen Doppelfenstern, die man nicht mal kippen konnte, teure Gasheizungen und natürlich sämtlich ohne Lift und Parkplatz. Und trotzdem zahlte Li vermutlich eine horrende Summe, um hier wohnen zu dürfen. Kaum verließ man die Häuser, wurde man ja auch eingelullt von Großstadtflair wie aus dem Bilderbuch – irgendwie war es ganz beschaulich, man kannte die meisten Leute vom Sehen, mit dem Fahrrad war man blitzschnell am Marienplatz, die Isar lag gleich um die Ecke und in den Isarauen und am Flaucher konnte man joggen, sonnenbaden, grillen und Fußball spielen. Erstaunt war ich gewesen, wie viele Kinder sich auf dem Spielplatz getummelt hatten, als ich mit Klein-Natalie hier gewesen war. Der Stadtteil mit der zweithöchsten Kinderdichte in ganz München, hatte man mir gesagt, gleich nach der Messestadt.

Müde trottete ich in die kleine Küche. Li schien ein sehr sachlicher Mensch zu sein. Auch hier gab es nichts Persönliches, ein Tisch, vier Stühle, eine Spüle, ein alter Elektroherd, ein Kühlschrank und ein Geschirrspüler, der so aussah, als sei er noch nie benutzt worden. Über dem Küchentisch hing als einziges Bild ein Frauengesicht von Andy Warhol. Ich erwartete nichts, als ich den Kühlschrank öffnete. Und war dennoch schockiert. Sechs Fläschchen Mango-Lassi und ein angebrochener 500-Gramm-Becher Naturjoghurt. Das war's. Ich ließ mich auf einen der harten Stühle fallen. Der Ausblick aus dem Küchenfenster war von einem Gerüst versperrt. Schon halb zwei leuchtete mir ein Radiowecker entgegen, der auf dem Kühlschrank stand. Und um neun musste ich in der Agentur sein. Und Wim in die Augen schauen. Au weia!

11. Morgengymnastik
Verbrauch: 0 Kalorien

Japanische Cocktails war dieser Körper jedenfalls nicht gewohnt. Als mich um fünf nach sechs ein Wecker aus dem Tiefschlaf riss, setzten sofort dröhnende Kopfschmerzen ein. Benommen blickte ich mich um. Warum stand diese Frau so früh auf, wenn sie erst um neun bei der Arbeit sein musste? Ich versetzte dem Wecker einen Schlag und drehte mich zur Seite, igelte mich wieder ein in dieses Luxusbett. Kaum gewannen meine Gedanken eine schöne Form von Absurdität und Zusammenhanglosigkeit, klingelte das Handy. Der Kopfschmerz war nun hämmernd. Ich zog das Kissen über meinen Kopf. Das Handy dröhnte wie eine Motorsäge. Warum war ich immer so schrecklich pflichtbewusst? Ich ging ran.

»Hallo«, nuschelte ich in das schwarze Ding in meiner Hand.

»Ah, du bist schon wach. Sehr gut«, dröhnte meine eigene Stimme in meinen Ohren. »Ich wollte nur sichergehen, dass du das Programm machst.«

»Welches Programm?«

»Scheiße, Natascha, das ist nicht fair. Wenn du schon diesen Körper hast, dann musst du ihn auch anständig behandeln. Er will nicht bis halb acht morgens schlafen«, donnerte sie. Nein, bis halb elf.

»Du stehst jetzt auf, ziehst die Joggingklamotten an, die hängen im Bad hinter der Tür, dann die ›asics‹-Laufschuhe, nicht die ›Adidas‹, die ›asics‹, die blauen mit den silbernen Streifen, wichtig, okay? Dann läufst du im Flaucher, bis zum Tierpark und auf der anderen Seite wieder zurück. Über die Brudermühlbrücke, alles klar?« Ich kam nicht einmal zum Luft holen, um zu antworten.

»Vor dem Duschen – das ist auch wichtig! – machst du erst noch die Power-Pilates-Übungen, das Plakat mit den Übungen hängt an der Wohnzimmerwand, zum Abschluss kannst du dir noch so vier, fünf Yogaübungen aussuchen. Dann kannst du duschen. Und dann …«

»Frühstücken.«

»Ach, so, ja, müsste noch etwas Joghurt da sein. Und dann losfahren. Mit dem Fahrrad! Okay? Bitte, es ist wichtig, dass du dich daran hältst.«

Du mich auch, dachte ich und sagte: »Das Fahrrad steht noch an der Agentur.« Woraufhin ich mir am liebsten die Zunge abgebissen hätte.

»Wieso?« Wie konnte meine Stimme so misstrauisch klingen? »Was hast du gemacht gestern Abend?« Mein Kopfschmerz wechselte vom Kreuzstich zum Nadelstich.

»Ach, ich bin hierher gelaufen. Wollte die Gegend ein bisschen besser kennenlernen.«

»Sicher?«

»Ja.«

»Ganz sicher?«

»Klar! Was hast du überhaupt gemacht gestern Abend?« Sie hängte ein.

Ich stellte den Handywecker auf acht und kuschelte mich unter die Bettdecke.

Ich war um zehn nach neun in der Agentur und nahm den Aufzug. Als ich ausstieg, fing mich Li ab. Sie trug tatsächlich eines dieser Tops, die ich mich nie in die Arbeit anzuziehen getraut hatte, und präsentierte einen ziemlich eindrucksvollen Ausschnitt. Darüber hatte sie lässig eine cremefarbene Lochstickerei-Stola gelegt, die die Oberarme kaschierte und mit einem Gürtel um die Taille an ihrem Platz gehalten wurde, so dass sie fast wie eine Wickelstrickjacke aussah. Sie hatte wohl auch das Make-up gefunden, denn ihre Augen schimmerten dunkel, die Wangen blassrosa.

»So flott heute, Natascha«, kam der prompte Kommentar von Reinhard, der gerade die Agentur betrat. Li sah mich dagegen sprachlos an. Sie zerrte mich zur Eingangstür und in das gleich daneben liegende Damenklo.

»Der Aufzug ist für dich defekt – immer! Verstanden?«, keifte sie. »Und was hast du da an?« Ich sah an mir herunter. Ich hatte gedacht, ich sähe umwerfend aus. Zugegeben, ihr Ankleidezimmer war heute Morgen in der Eile sicher ein wenig durcheinander geraten, aber insgesamt hatte ich die Sache ganz gut hinbekommen. Oder nicht?

Sie zerrte sofort an der schwarzen Leggins.

»Niemals über den Knöchel runterziehen, kapiert! Eine Leggins – die ich normalerweise höchstens auf dem Weg zu und vom Fitnessstudio anziehen würde – eine Leggins darf nie ganz runtergezogen werden. Höchstens bis fingerbreit über die Knöchel. Das ist doch sonst total assig. Und wie kannst du weinrote Sandalen dazu anziehen? Noch dazu so flache!«

Ich fand die etwa fünf Zentimeter hohen Absätze schon ziemlich verwegen. Und die Farbe hatte mir einfach gefallen.

»Und wo hast du diese Bluse gefunden? Zwischen den Putzlappen?« Ich sah an mir herunter. Die Bluse war blaulila changierend, hatte vorne einen Reißverschluss und statt Ärmeln wölbte sich der Stoff leicht über die Oberarme. Lässig, fand ich.

»Scheiße«, sagte sie. »Die kannst du zu einem XS-Mini-Rock anziehen, aber nicht zu einer Leggins. Und das allergrößte Verbrechen ist natürlich diese Tote da.« Ich zuckte zusammen. Welche Tote? Hatte mein Aussehen vielleicht eine Putzfrau, die geräuschlos hinter mir aus der Toilette gekommen war, tot zusammenbrechen lassen? Panisch sah ich mich um. Der Fliesenboden strahlte mir nackt und glänzend entgegen. Li zog an der braunen, schmalen Handtasche mit dem kurzen Henkel, der um mein Handgelenk gewunden war.

»Eine Tooo-tiii«, sie dehnte das Wort nun in breitem US-Slang, »kann man abends bei einer Party untern Arm klemmen oder so. Aber doch nicht mit ins Office nehmen. Ich glaub, es hakt.« Ich atmete erleichtert auf. Kein unschuldiges Fashion-Victim, das auf meine Rechnung ging, da hatte ich aber echt Glück gehabt.

»Nein? Was nehme ich dann ins Office ...«, ich betonte das Wort kokett , »... mit?«

»Na, ich hab doch genug Shoulder-Bags, ist dir das nicht aufgefallen?« Ich nickte ergeben.

»Vielleicht machst du mir so Kärtchen und malst auf, was wozu passt, damit ich auch ja nichts falsch mache.«

Sie lächelte sarkastisch. »Man muss sich für das Thema Beauty schon interessieren, wenn man eine seine will. Und du hast mir den Körper geklaut, da kannst du dir die Arbeit selbst machen.«

»Ich hab ihn dir nicht geklaut!« stieß ich zornig aus.

»Schon gut«, wiegelte sie ab. »Schau, was ich für dich habe.« Und schon holte sie hinter dem Abfalleimer meine uralte Waage hervor. Ich wusste gar nicht, dass es die überhaupt noch gab.

»Draufstellen«, befahl sie in barschem Ton.

»Nein«, sagte ich. »Das ist entwürdigend, das mache ich nicht. Ich sorg' schon gut für ... für ...« Sollte ich ›meinen Körper‹ sagen, ›deinen‹? Ich fühlte mich wohl in diesem Körper, er war grazil und geschmeidig und meine Bewegungen kamen mir elegant vor. Er strahlte eine Weiblichkeit aus, die ich bisher nicht gekannt hatte. Stark in seiner Größe, verletzlich und sensibel in seiner Zartheit. Eine Mischung, die mir gut gefiel. Aber noch weniger sollte von diesem Körper nun auch nicht zu spüren sein. Ich stieg auf die Waage.

»54,2«, sagte sie. »Nach der Fünf darf nie mehr als eine Drei stehen. Hier steht eine Vier.« Ich sah sie entgeistert an.

»53,9 ist das absolute Maximum. Bis morgen steht da wieder die drei, okay?«

»Okay«, schrie ich sie nun an und wollte aus der Toilette rennen. Aber offenbar hatte sie mich noch nicht genug gedemütigt für heute.

»Halt!« Sie packte mich am Ärmel. »Und jetzt möchte ich, dass du dir das hier anschaust.« Und dann stieg sie mit Schuhen und allem drum und dran selbst auf die Waage. Mir wurde schwindelig. Ich weiß nicht, wann ich das letzte Mal in meinem eigenen Körper dieses Hölleninstrument bestiegen hatte. Seine Existenz war mir völlig aus dem Sinn gerutscht. Bilder tauchten vor mir auf, sie legten sich deutlich auf die Zahl, die ich da unten erkennen sollte und die einfach verschwamm, zerrann, deren Bedeutung nicht in mein Hirn Eingang fand. Stattdessen sah ich meine Mutter vor mir, die mich Teenager-Pummel jeden zweiten

Morgen auf die Waage gezerrt hatte, direkt aus dem Bett, verschlafen, grantig, verletzt. Und jedes Mal war sie unzufrieden, hatte das Kind wieder nicht die erhofften Gramm abgenommen. Mit Essensentzug wurde gedroht, was für mich das Gleiche bedeutete wie Liebesentzug, wo doch Essen in unserer Familie wenig mit dem Stillen von Hunger und alles mit Gemütlichkeit, Nächstenliebe, Wohlsein und Freundlichkeit zu tun hatte. Ich hasste sie und ich hasste mich, weil ich sie immerzu enttäuschte, sie, die selbst so gerne richtig schlank gewesen wäre, die sich immer den Nachtisch verkniff und trotzdem wundervolle mütterliche Rundungen besaß, an denen ich mich trösten konnte, als ich noch kleiner war, in denen ich mich geborgen und geschützt gefühlt hatte und die sie mir nun verwehrte. So dass mich keine weichen Umarmungen mehr trösteten, sondern Schokolade und Eis und Chips und Pommes und alles, was erfunden worden war, um uns glücklich zu machen, und was uns gleichzeitig für die Inanspruchnahme dieses einfachen Glücks strafte.

»91,6«, flüsterte sie mir ins Ohr. »91,6 – bei einer Größe von einem Meter 65.«

»1,67«, raunte ich und griff nun endlich nach der Türklinke. Mir war zum ...

... Kotzen! Dieses Gewicht war doch komplett gesundheitsgefährdend. Ich wunderte mich, dass ich noch nicht längst wegen Herzinfarkt, Schlaganfall, Arthrose, Fettleber und Zucker tot umgefallen war. Sie musste doch verstehen, dass es so nicht ging. Und vor allem: Wenn sie sich so wenig um ihren Körper gekümmert hatte, wie sollte sie dann meinen in Schuss halten? Wenigstens in Ansätzen! Ich war überzeugt, sie hatte heute Morgen nicht eine einzige Übung gemacht, geschweige denn, war joggen gewesen. Mein Körper – mein wunderbarer, von mir selbst geformter und geschaffener Körper – würde innerhalb kürzester Zeit ruiniert sein. Sie würde ihm Hunger und Gier antrainieren und Speckpolster. Sie würde die Macht an ihn abgeben und ihn sich selbst überlassen. Er würde träge und schwer werden, wie all das Fett, das an mir nun herunterhing. Man konnte sich selbst gar nicht spüren in diesen Massen. Vielleicht war da auch nichts, nur Leere. Das einzige, dumpfe Gefühl, was hindurchdrang, war Hunger. Immer nur Hunger. Stumpfsinniger Hunger. Aber ich würde ihn ignorieren. Ich wusste ja, wie das geht. Das hatte ich früh gelernt. Wenn meine Mutter mir früher einen Wunsch nicht erfüllen wollte, hatte ich beim Essen einfach gesagt, ich hätte keinen Hunger. Meine Wünsche wurden dann ziemlich schnell erfüllt. Bei meinem Vater funktionierte das später nicht mehr so gut. Allerdings verdiente ich da durchs Modeln schon mein eigenes Geld, saß nur noch selten an seinem Esstisch und konnte mir selbst etwas Gutes tun.

»Na, Nati«, hörte ich nun eine Stimme hinter mir und fokussierte den Blick, den ich im Spiegel auf mich gerichtet hatte, auf die Frau, die nun die Damentoilette betrat. »War Li wieder gemein zu dir?« Aha, hatte ich doch recht vermutet. Natascha heulte sich bei der Buchhalterin aus.

»Nein, nein«, beeilte ich mich zu sagen. »Im Gegenteil, ich glaube, sie fängt an, mich ins Herz zu schließen.« Ich lächelte sogar. Und versuchte unauffällig die Waage unters Waschbecken zu schieben. Die Buchhalterin – irgendwas mit A … Annegret … Adelheid …

»Annette, sag ich immer zu mir«, half sie mir nun glücklicherweise. »Annette, urteile nicht immer so schnell über die

Menschen. Und meistens habe ich recht. Diese Li muss sich sicher erst auch an uns gewöhnen.« Allerdings. Und wie!

»Aber sag mal, stimmt das«, sie kam vertraulich näher. »Übrigens, hübsch, was du heute anhast, gefällt mir gut. Ähm, hat dich Wim tatsächlich zur Geschäftsführerin einer Zweig-Agentur gemacht?« Damit nichts auffiel, strahlte ich nun.

»Ist das nicht toll?«, freute ich mich kindlich. Sie sah mich ernst an.

»Du weißt, ich arbeite gerne für Wim, auch wenn er ein Schwätzer ist.« Jetzt musste ich widersprechen, oder? Wusste sie, dass Natascha in ihn verliebt war?

»Doch, doch, doch, er ist ein Schwätzer«, meine Blicke schienen mich zu verraten. Sie fuhr fort: »Ich rate dir eins: Sei wachsam! Ich weiß nicht, ob das alles mit rechten Dingen zugeht. Mir hat er bis heute überhaupt nichts gesagt von diesem Ableger. Und auch finanztechnisch soll ich wohl nichts damit zu tun haben. Das kommt mir nicht ganz koscher vor.« Ich nickte blubberfischig.

»Annette, danke«, sagte ich und tätschelte ihren Unterarm. »Und wenn dir noch was auffällt, gib Bescheid. Ich muss jetzt nur mal dringend wieder an meinen Schreibtisch.« Ich watschelte zur Tür hinaus und sah gerade noch, wie Wim in unserem Büro verschwand. Irgend jemanden neben sich. Ein erster Kunde vielleicht? So schnell es auf diesen Entenfüßen ging, wuselte ich hinterher.

Natascha war aufgestanden und ging auf den Jemand zu. Ich bemerkte gerade noch, wie sie Wim einen sehr schnellen, unsicheren Blick zuwarf. Wim starrte auf die Hände des jungen Mannes neben sich. Ohne Natascha anzuschauen, stellte er die beiden einander vor. »Li, das ist Mathias Ofterdinger.« Nun bemerkte er mich und kam einen Schritt auf mich zu. Rote Flecken prangten an seinem Hals. »Ach, Natascha, da bist du ja. Mathias, das ist Natascha. Sie ist hier die gute Seele im Haus. Wenn was ist – sie fragen, okay?« Er sah noch einmal kurz zwischen mir und Natascha hin und her. Wippte von den Fersen auf die Ballen und zurück. Fuhr sich übers Haar. Was war der denn so nervös heute? »Ach so, Mathias ist euer Praktikant. Nützt ihn so richtig aus, lasst ihn kopieren, bis die Maschine qualmt. Und Kaffee kochen, bis der Kessel in die Luft fliegt. Ihr macht das schon, gell?« Mathias grinste und nickte zustimmend.

»Na, wir sind froh, wenn wir kopieren und Kaffee kochen dürfen«, sagte ich. »Oder hast du schon einen Auftrag für uns?« Wim lachte und drohte mir spaßhaft mit dem Zeigefinger. »Natascha, Liebes, wenn ich nicht sicher wäre, dass ihr euch eure Aufträge selbst an Land ziehen würdet, hätte ich euch nicht zu Geschäftsführerinnen gemacht, oder? Bloß nicht in meinen Gefilden fischen, gell!«

Ich setzte mich auf meinen Schreibtischstuhl und verhalf Wim mit einem »Na, dann wollen wir mal«, zu einem erfolgreichen Abgang. Mathias sah zwischen Natascha und mir hin und her.

»Äh«, sagte er. »Wer war noch mal wer von euch? Natascha? Li? So viel hab ich ja noch verstanden.«

»Li«, sagte ich und deutete auf Natascha.

»Natascha«, sagte Natascha und deutete auf mich. Damit das ein für alle Mal klar war.

»Okay, Mädels«, es fehlte nur, dass er in die Hände klatschte. »Was kann ich denn für euch so tun?« Hinsetzen, Klappe halten, hätte ich am liebsten geantwortet.

Natascha zog neben dem Tischchen, auf dem die Kaffeemaschine stand, einen Stuhl hervor und stellte ihn dicht an meinen Schreibtisch.

»Weißt du, Mathias …«

»Sagt ›Matze‹, so nennen mich alle«, unterbrach er. Sehr originell. Matze. Mütze wäre doch mal was anderes gewesen.

»Also, Matze«, ließ sich Natascha nicht beirren. »Da schaust du jetzt erst mal ein bisschen der Natascha über die Schulter, die kennt den Laden wie ihre Bauchtasche, äh, Westentasche.« Matze grinste über sein jungenhaftes Gesicht und schob seinen Stuhl ein bisschen dichter an mich heran. Er war vielleicht 20, 21 und studierte garantiert irgend etwas Schwachsinniges. Hethitologie vielleicht.

»Ich studiere Kunst und Multimedia und im Nebenfach gehe ich noch in die Ethnologie rein, Tibetologie ist mein Schwerpunkt. Krass spannend.« Und wie man Gedanken las, studierte er wohl auch.

»Und was willst du dann in einer Eventagentur?«, fragte ich.

»Geld verdienen. Ist doch cool hier, oder?«, sagte er. »Ich mach auch alles, was ihr wollt, nur nicht nackt kopieren.« Was für ein Spaßvogel. Na gut. Der zarte dunkle Flaum, der sich vorsichtig von seinem Kinn die Kieferknochen entlang hangelte, machte deutlich, wie jung er noch war. Auch im Geiste. Die schwarze, dicke Intellektuellen-Brille sollte ihn wohl älter machen. Vergebens. Aber seine breite, gerade Nase, die schön geschwungenen, vollen Lippen und die warmen braunen Augen ließen zumindest auf einen unkomplizierten, fröhlichen Menschen schließen.

»Sag doch mal«, wandte er sich jetzt an mich. »Was geht'n so ab bei so Events? Macht ihr auch so coole Sportsachen? So bei BMW oder bei so Wüstenrallyes? Darf ich mal mitfahren, wenn ihr so was macht?«

Ich finde, man muss Kindern immer die Wahrheit sagen.

»Wir organisieren hauptsächlich Geburtstage, Familienfeiern und Jahrestagungen. Alles kleine, langweilige, öde Geschichten, die uns total zum Hals raushängen.« Natascha sah mich missbilligend an.

»Ach, Quatsch. Natascha will dich nur ärgern. Ich bin ja auch noch nicht so lange hier dabei, aber ich finde, es macht total Spaß.« Dieser alte Harmoniejunkie. Hinter Matzes Rücken streckte ich ihr die Zunge raus. Matze sah sie fasziniert an. Sah MICH fasziniert an. Seltsam zu beobachten.

»Hey, Mädels«, Susan Meyer, die Catering-Spezialistin steckte den Kopf zum Büro herein. »Ich hab da was für euch.« Konspirativ leise schloss sie die Tür und setzte sich auf meine Schreibtischkante. »Wenn ihr schnell seid – hab' gehört, dass der Senior-Chef vom Klavierhaus Rehle 70 wird. Eigentlich sollte Ende der Woche ein großes Fest steigen. Die Agentur, die er dafür ausgesucht hat, die musste aber irgendwie aussteigen aus dem Deal, keine Ahnung genau, warum. Und jetzt braucht Rehle ganz schnell Ersatz. Ist nichts allzu Großes, vielleicht 100 Leute. Ziemlich schick am Starnberger See oder so.«

»Super, klingt gut«, sagte Natascha.

»Ist das nicht arg kurzfristig?«, entschlüpfte es mir. Eigentlich hätte der Dialog genau anders herum sein müssen. Kein Wunder, dass mich Susan irritiert ansah.

»Natascha, du bist doch sonst so zupackend!«

»Klar. Klar. Schaffen wir. Kriegen wir hin. Li, kannst du da vielleicht mal anrufen?«

»Mach das lieber selber«, flüsterte Susan. »Man raunt, sie sei nicht gerade die Geschickteste. Es geht ja nicht nur ums Aussehen.« Sie zwinkerte verschwörerisch und schlenderte von dannen. Ich sah ihr irritiert hinterher. Was hatte ich denn innerhalb einer Woche für einen Ruf weg? Na ja, schön ist gleich doof, war ja kein allzu neues Argument. Es lebe das Vorurteil!

Matze spuckte sich andeutungsweise in die Hände, klatschte dann tatsächlich in selbige und sprang auf: »Was kann ich tun?«

»Kaffee kochen«, sagten Natascha und ich, zum ersten Mal der selben Meinung.

Er sah uns ein kleines bisschen enttäuscht an, fügte sich dann aber ohne Widerrede. Natascha hatte bereits die Nummer des größten und renommiertesten Münchner Klavierhauses herausgesucht und ließ sich mit der Chefsekretärin verbinden. Sie stellte den Lautsprecher des Telefons an, damit ich mithören konnte. Ich kann es nicht anders sagen: Natascha war sehr geschickt. Sie bat nicht, sie stellte uns als Retter dar.

»Sie schickt der Himmel«, sagte prompt die Sekretärin. »Ich hab schon bei diversen Agenturen angerufen, aber so kurzfristig hatte niemand Zeit. Ähm, aber Sie haben doch so was schon gemacht, oder?«

»Selbstverständlich. Wir sind die kleine Schwester der Agentur wow – und genau spezialisiert auf solche Fälle.«

»Ach, Sie arbeiten für Big Wim?« Die Sekretärin lachte. »Okay, das genügt mir. Ein Problem hätten wir noch: Nicht nur die Agentur hat uns im Stich gelassen, auch unser Moderator. Hat am Sonntag so ein Wasserskirennen am Tegernsee moderiert und wohl gemeint, er müsse das unbedingt auch mal probieren. Jetzt liegt er mit Gipsbein flach.«

»Kein Problem«, machte ihr Natascha Mut und ich sah genau, wie ihre Augen zu funkeln anfingen. Ein hübscher Anblick, musste man sagen. Matze fand das wohl auch. Er sog ihr jedes Wort von den Lippen. Die Sekretärin würde uns sofort alle nötigen Infos mailen und dann konnten wir loslegen.

»Such mal die Nummer von Oskar Semmler raus«, wies sie mich an.

»Nö, mach selbst«, erwiderte ich. War sie hier die Chefin, oder was? Sie funkelte mich zornig an. Sah auch nicht schlecht aus.

»Du hast sie aber in deinem Computer gespeichert. Alles klar?«

»Und dir die Datei längst gemailt.«

Matze verfolgte das Wörterpingpong hoch konzentriert.

Natascha ließ sich, den Kopf nach hinten werfend, in den Stuhl sinken. Wie hatte sie so schnell all die Gesten drauf? Betrachtete genervt ihren E-Mail-Eingang und griff dann zum Telefon.

»Herr Semmler«, säuselte sie. »Rufen Sie uns doch bitte mal zurück, Agentur wow. Vielmehr Agentur … äh, Ja und Amen. Wir hätten ganz kurzfristig einen Auftrag für Sie. Ich hoffe, Sie können Klavier spielen.«

Als das Paper der Sekretärin kam, stürzten wir uns begierig darauf. Irgendwie kam ich mir wie in der Schultheater-AG vor. Alles selbst hinbasteln, ein bisschen improvisieren, auf die eigenen Talente vertrauen. Was sehr spannend war. Das Paper kündigte als Location das »Wirtshaus im See« an, eine Gaststätte, die romantisch auf einer kleinen Insel im Schliersee lag. Der Jubilar wünschte sich eher eine intime Feier mit der Familie und guten Freunden. Wenn ich bis zum 70. Geburtstag noch 100 enge Freunde wollte, müsste ich mich aber ins Zeug legen. Natürlich würde es ein Klavierkonzert auf einem Flügel aus dem Hause Rehle geben, der eigens auf die Insel geschafft werden musste. Das war glücklicherweise schon organisiert. Auch die Menüfolge und die Getränkeauswahl waren schon erledigt, die Gäste eingeladen. Was uns blieb, war hauptsächlich die Betreuung der Gäste vor Ort und den Ablauf des Festes zu gewährleisten. Es würde neben dem Konzert einen Film über das Leben von Heinz Rehle und sein Traditionsunternehmen in dritter Generation geben und einige Gäste hatten angekündigt, dass sie eine Rede halten, einen Sketch spielen und weitere Musikdarbietungen vorführen würden. Das klang total vielversprechend – wenn man Rentnernachmittage schätzte.

»Agentur Ja und Amen, Natascha Döpke«, ging es mir schon sehr fließend von den Lippen, als das Telefon klingelte. Oskar Semmler verlangte ausdrücklich nach Li und ich gab den Anruf knurrend weiter. Hach, wie sie gurrend gickeln konnte. Wie sie das Mündchen spitz zog, obwohl er es gar nicht sehen konnte. Wie sich die Röte bis ins Dekolleté ergoss. Und wie Matze sie anstarrte. Ich schickte ihn sofort los, irgendwelche Büromaterialien aus dem Kopierraum zusammenzusuchen.

»Super, er macht's«, strahlte mich Natascha an, als sie mit Oskar Semmler fertig war. »Wir schreiben ihm jetzt eine Dispo. Und er kommt dann morgen mal vorbei.« Ich spürte geradezu, wie mein Blick kuhäugig wurde.

»Na, so einen Plan, wann er wo zu sein hat. Wie er da hinkommt. Was er anziehen soll. Eine Disposition.

Schon mal gehört?« Ich bejahte einfach mal. Konnte ja nicht schaden.

Den ganzen Tag beschäftigten wir uns mit den Details der Veranstaltung. Und siehe da: Es gab doch noch einiges zu tun. Der wirtshauseigene Beamer war kaputt und Ersatz musste beschafft werden. An Tischkärtchen hatte noch keiner gedacht. Der Blumenschmuck für die Tafel war noch nicht abgesprochen und die Leute vom Taxiboot waren nun doch unsicher, ob sie einen leibhaftigen Konzertflügel transportieren konnten. Natascha und ich telefonierten um die Wette und schickten Matze ein leichtes Mittagessen holen – worunter er einen Salat für Natascha und eine Pizza für mich verstand. Sie war zugegebenermaßen köstlich! Natascha verließ das Zimmer, weil sie meinte, der Duft würde sie gleich ohnmächtig werden lassen. Ich ließ sie trotzdem nicht probieren. Wo kämen wir da hin!

12. Die Luft zum Knistern bringen
Verbrauch: 766 Kalorien

Matze bemühte sich sehr. Er wollte alles genau wissen. Genauer, als ich es wusste. Doch Natascha war erstaunlich kooperativ und ließ unauffällig ihr Wissen einfließen. Langsam bekam ich ein Gefühl für den Job. Der Teufel steckte im Detail, so viel hatten Matze und ich bereits verstanden. Als ich um halb acht ging, waren Matze und Natascha noch da. Als ich um fünf nach neun am nächsten Morgen wieder kam, waren sie schon da. Streber!

Von Wim sahen wir erstaunlich wenig, nur einmal pfiff er mich in sein Büro.

»Dir ist wahrscheinlich längst klar, Natascha, dass ich euch für die Nutzung der Räume und des Equipments eine Rechnung stellen werde, nicht wahr?« Ich zuckte zusammen. Was war das jetzt? Rechnungen? Geld? Wir mussten ihm was zahlen?

»Na, ja, aber ...«, stammelte ich. »Wir haben noch gar nichts eingenommen. Ich mein, jetzt kommt dieser Rehle-Auftrag, aber so viel wird das ...« Er betrachtete mich amüsiert.

»Meine kleine Natascha, bleib ganz ruhig.« Maul sonst Auge, dachte ich nur. »Diese Rechnungen stelle ich euch natürlich nur pro forma. Für die Buchhaltung, verstehst du?« Nein, ich verstand nicht, außer, dass mir das Ganze irgendwie komisch vorkam.

»Vertrau mir«, sagte er und ich wusste, dass ich das

auf keinen Fall tun sollte. Andererseits, es war ja seine Firma. Mir doch egal.

»Wie macht sich denn Li?«, fragte er noch.

»Super.« Es ging mir leicht von den Lippen. Ich hätte Loblieder singen können.

»Schön«, nickte Wim etwas abwesend. »Man weiß halt nie, ob so … so… so sehr gut aussehende Menschen auch jobtechnisch gut drauf sind. Wenn was ist – du sprichst mit mir, okay?« Ich nickte ergeben und kochte innerlich. Glücklicherweise piepste Wims I-Phone hysterisch und ich zockelte von dannen. Ich hatte es immer geahnt – war man schön, wurde man einfach für schön blöd gehalten. Man konnte machen, was man wollte. Es hatte keinen überrascht, als ich meine Promotion damals abgebrochen hatte. Am liebsten hätte mir jeder gesagt, ›ich wusste doch gleich, dass du es nicht drauf hast‹. Als ob so ein Gehirn viel Speicherplatz darauf verwenden musste, schön zu sein. Ich ließ mich genervt auf den Schreibtischstuhl fallen, der beängstigend quietschte.

Als Matze das nächste Mal das Zimmer verließ, sah mich Natascha seltsam an. In einer Mischung aus belustigt und peinlich berührt.

»Ist was?«, fragte ich.

»In was für einem Verhältnis stehst du eigentlich zu, ähm, Frank?«

»Frank?«

»Franz?«

»Franz? Wieso, woher kennst du den?«

Sie legte den Kopf nach hinten und ich hätte gerne ihren Schwanenhals gewürgt. Vielleicht hätte ihre Seele dann meinen Körper verlassen und ich hätte zurückkehren können.

»Der hat mich gestern Abend besucht. Um halb zehn.«

Oh je, war sie da etwa schon auf dem Weg in die Heia gewesen, die süße Kleine?

»Der kommt sonst noch später«, gab ich spärlich Auskunft. »Was wollte er?«

»Ist das eine ernst gemeinte Frage? Ich hatte ein wenig den Eindruck, er will immer das Gleiche von dir!« Jetzt wurde ich leicht rot. Musste ich ausgerechnet mit dieser Frau meine intimsten Geheimnisse teilen?

»Hast du …« Scheiße, diese Minderwertigkeit der Worte in manchen Situationen. »Hast du … mit ihm … geschlafen?«

»Na, ich glaube, er wäre sehr irritiert gewesen, wenn ich es nicht getan hätte.« Es war merkwürdig. Mich durchschoss ein glühendes Gefühl der Eifersucht. Des Neides. Der Verzweiflung über das Unrecht, das mir zuteil geworden war.

»Finger weg«, wollte ich schon sagen, aber sie hatte ja recht. Für ihn war alles wie immer. Hoffentlich. Wahrscheinlich eher nicht.

»Hat er was gemerkt?«

Sie zuckte indifferent mit den Schultern.

»Ich bin nicht ganz sicher. Aber, ich glaube, er war … entschuldige, wenn ich das so sagen muss, er war … positiv überrascht.«

Matze steckte den Kopf zur Tür herein, beladen mit einem Stapel Kopierpapier.

»Raus«, brüllte ich nur. »Nein, warte, komm rein.« Dann zerrte ich Natascha am Ärmel auf die Dachterrasse.

»Ich will alles wissen«, fuhr ich sie an. »Was hast du mit ihm gemacht?«

»Na, Sex.« Ich hätte sie am liebsten geschüttelt. Konnte die auch mal ausführlichere Informationen rausgeben?

»Willst du wissen, wie es war?«

Natürlich!

»Na ja, ich wusste ja überhaupt nicht, wer er war.«

Ach, nee. So einen hättest du garantiert nie kennengelernt, du innwendiger Fettwanst. Ich hing an ihren Lippen.

»Er hat mich allerdings schon zur Begrüßung so stürmisch geküsst, dass ich mir schon dachte, dass du was mit ihm hast. Er hat auch gar nicht lang rumgemacht und eh ich mich einmal umdrehen konnte, hatte ich schon keine Klamotten mehr an. Er schien ziemlichen Notstand zu haben.«

»Na, ich musste ihn letzte Woche ein paar Mal versetzen, wegen der Arbeit. Und dann hat er dich ...?«

»Ich konnte ja wohl nicht nach der Polizei schreien, oder? Wäre vielleicht verdächtig gewesen. Außerdem ... äh, zugegeben, er ist ja nicht unattraktiv.« Sie besah ein wenig ihre Schuhspitzen. Die übrigens nicht ganz zu ihrem seeblauen Minirock passten, aber immerhin einen ganz interessanten Hingucker-Effekt hatten. So in ihrem Quietschrot.

»Er ging ganz schön ran. Und ...« Mir lief ein Schauer über den Rücken.

»Hattest du die Haare weggemacht?« Sie sah mich fragend an. »Die Haare?« Ich deutete auf meinen Schritt und machte dann noch kreisende Bewegungen um meine Brustwarzen.

»Hast du da Haare?«

»Scheiße, du hast sie nicht weggemacht! Franz hasst behaarte Frauen!«

»Kennst du noch einen anderen Franz? Also, der, der da war, hat, ähm, er … er hat begeistert an den Härchen geknabbert.«

Ich ließ meinen fetten Hintern auf die kleine Betonmauer sinken, die das Blumenbeet der Dachterrasse begrenzte.

»Er hat geknabbert?«

»Ja. Es hat ihm offensichtlich Spaß gemacht. Und er hat gesagt, ich würde so appetitlich nach Schweiß riechen!«

Jetzt würde mir gleich schwarz vor Augen werden. Nach Schweiß stinken und die Haare nicht auszupfen!

»Nach dem Brazilian muss ich gar nicht fragen, oder? Weißt du überhaupt, was das ist?« Ich hatte nicht geahnt, dass ich tatsächlich so blöd gucken konnte. Sie tat es bravourös.

»Die Bikinizone! Der Landing strip! Non capisce, eh?! Da, wo alle Mädchen lockige Haare haben – wenn sie welche haben. Ich hab da normalerweise keine.«

»Das hab ich gemerkt. Das tut ja höllisch weh, wenn die nachwachsen«, stöhnte sie wehleidig.

»Deswegen liegt immer eine Großpackung Wachs im Badezimmer. Wenn man regelmäßig wachst, wächst es nicht mehr so schnell und kann sich auch nicht so entzünden. Okay, also: kein Brazillian. Hat er dazu auch nichts gesagt? Ist er noch bis zum Orgasmus geblieben, oder hast du ihn vorher mit Schweißfüßen vertrieben?«

Jetzt funkelte sie böse.

»Okay, wenn du's genau wissen willst: Wir haben es drei Mal getrieben! Drei Mal hintereinander! Es war richtig geil! Und als er ging, hat er mir ins Ohr geflüstert, dass ich eine echte Drei-Sterne-Braut sei und so anschmiegsam. Bisher hätte er immer gedacht, ich sei mehr ein Drei-

Sterne-Gefrierfach, aber er sei richtig glücklich, dass ich ihm endlich bewiesen hätte, dass ich auch ein lebendiger Mensch sei. So!« Und dann drehte sie sich um und ging wieder hinein.

Ich verwuchs mit dem Mäuerchen, auf dem ich saß. Ich wurde zu Stein und Beton und konnte kein Fingerglied rühren. Wie konnte sie nur … Etwas Feuchtes rutschte meine Wange hinunter. Tränen? Ein Drei-Sterne-Gefrierfach – so hatte er mich genannt! Dieser fiese Sack! Den würde ich nie wieder … Scheiße. Ich konnte mich nicht einmal rächen. Er würde mir kein Wort glauben. Er würde mich nicht einmal wahrnehmen. Und wie hatte ich mich so in ihm täuschen können? Wie hatte er mich so täuschen können? Natürlich wusste ich, dass wir nicht die große Liebe des jeweils anderen Lebens waren, aber wenn ihm nicht einmal der Sex mit mir Spaß gemacht hatte? Wieso war er dann immer wieder angekommen? Aus Mitleid? Aus Gewohnheit? Weil keine andere Gelegenheit da war? Weil er zu bequem war und ich immer bereitwillig Tür und Beine geöffnet hatte? Ich schlief mit einem Mann, weil der zu faul war, sich was Besseres zu suchen! Was Besseres als mich? Bisher hatte ich wirklich geglaubt – ich schwöre es hoch und heilig bei aller Bitterkeit –, jeder Mann würde mich als Gipfel des Erfolgs deklarieren. Ein Mann, der es bei mir geschafft hatte, der hätte es bei jeder geschafft. Und dann kam dieses kleine Büroflittchen, das nicht einmal wusste, wie man sich richtig anzog, und trieb es drei Mal hintereinander mit ihm. Und er hatte mehr Spaß als mit mir! Sie war doch nicht mehr Mensch als ich! Sie war doch einfach auch nur eine schöne Frau. Genau wie ich bisher.

Ich atmete tief durch. Vielleicht hatte sie alles erstunken und erlogen. Um mich zu demütigen. Weil ich sie auf die Waage zerrte. Das würde sie büßen müssen! Jede Zelle meines – ihres! – Körpers schrie nach Rache!

Als ich den Flur betrat, wusste ich sofort, wie ich mich rächen würde. Und ignorierte, dass meine Chancen vielleicht nicht allzu groß waren.

»Hallo, Herr Semmler«, rief ich in Richtung Eingangstür, die sich gerade öffnete. »Schön, dass Sie da sind, da können wir ja alles für Samstag besprechen.« Der kam mir gerade recht!

Ich umtippelte ihn und hoffte, er würde sich in der Duftwolke verfangen, die mein drohnenhafter Körper aussandte. Im Gegensatz zu Natascha hatte ich gestern Abend ja nichts zu tun gehabt und war bis Geschäftsschluss in den Riemarkaden unterwegs gewesen. Glücklicherweise gab es dort nicht nur eine Parfümerie, sondern auch einen Ulla-Popken-Laden, in dessen Fortbestand ich ein halbes Monatseinkommen investiert hatte. Es war ja ihr Geld! Und statt fürs Fressen gab ich es eben lieber fürs Anziehen aus. Gestern in der Mittagspause hatte ich ihre Unterschrift geübt und es war mir erstaunlich leicht gefallen. Schließlich konnte man ja nicht überall mit Pin-Nummer bezahlen. Die Ulla-Popken-Verkäuferinnen hatten mich sowieso sehr wohlwollend betrachtet und wären nicht auf die Idee gekommen, meine Unterschrift genauer anzuschauen. Vier vollbepackte Tüten hatte ich nach Hause geschleppt und mich den Rest des Abends daran erfreut, was für einen guten Geschmack ich einfach hatte. Ich war schließlich nicht umsonst Waage.

Und so grinste mich Oskar Semmler nun durchaus wohlwollend an und riskierte einen Blick in den Ausschnitt meiner leicht durchsichtigen Tunika mit dezentem

Pfauenfedermuster in Maigrün. Ich packte ihn am Ellenbogen und bugsierte ihn in unser Büro. Natascha wurde gleich noch mal ein paar Zentimeter größer, als sie ihn sah. Wahrscheinlich fand sie ihn total, …

… aber so was von total süß! Obwohl ich noch immer Franz' forschende, fordernde Finger auf meinem Körper spürte. Obwohl ich schon wieder total Lust auf …

»Hallo, Frau Kraska«, begrüßte mich Oskar Semmler und hielt meine Hand ein klein wenig zu lang fest.

»Kinders, wollen wir uns nicht alle duzen«, schlug Li vor. »Wir arbeiten ja jetzt enger zusammen, und da ist das doch viel einfacher. Ich bin Natascha!« Sie spurtete auf Oskar zu, schlang einen Arm um seinen Hals und drückte ihm ein Bussi auf die Wange. Er nickte etwas verstört und murmelte: »Oskar.« Dann wandte er sich an mich. »Li, nicht wahr?« Ich nickte und streckte ihm nochmals meine Hand entgegen.

»So, Oskar«, schaltete sich Li ein. »Dann gehen wir den Samstag mal durch, setz' dich doch mal hier zu mir.« Er befolgte lammfromm ihre Aufforderung und sein Gesicht verschwand hinter dem Computerbildschirm. Ich wendete mich grummelnd meinem Computer zu. Man wollte mich offensichtlich nicht dabeihaben. Auch Matze gesellte sich zu den beiden und ich fühlte mich irgendwie einsam. Meine Stunde würde noch kommen, beschloss ich. Am Samstag, auf der Insel. Und so starrte ich auf meinen Bildschirm, lauschte der Stimme von Oskar und konnte es noch immer nicht fassen, dass die Stimme von Klein-Hannas Papa leibhaftig durch mein Büro schwebte. Und es verwirrte mich gehörig. Wieder musste ich an Franz denken. Ich hätte mir nie vorstellen können, Sex mit einem wildfremden Mann zu haben, geschweige denn so guten. Na, ich hatte mit Wim ja schon ein bisschen geübt – Wim! Jahrelang hatte ich keinen einzigen Mann auch nur in meiner Wohnung gehabt, und jetzt gab es drei Kerle gleichzeitig. Na ja, obwohl – Wim, das musste ich eingestehen, Wim war eine echte Enttäuschung. Eine Niete, eine Nullnummer, ein Windei. Ein Finger-weg-Mann. Ich hatte mich jahrelang einfach von ihm einlullen lassen, dankbar für seine mikroskopisch kleinen Aufmerksamkeiten – überzeugt davon, ich hätte nicht mehr verdient. Und jetzt – nicht nur, dass er ein Schlappschwanz war, er war auch noch gemein, sprach fies über mich und irgendwie konnte ich mich des Eindrucks nicht erwehren, dass er zu einer echten Beziehung gar nicht in der Lage war.

Schade, dass mir Li nicht verraten hatte, wie intensiv ihr Verhältnis zu Franz war. Er war schon ein echter Schnuckel, aber erst Sex zu haben und sich dann kennenzulernen – wobei ja nur ich ihn kennenlernen musste, was ein gewisses Problem war –, widersprach eigentlich meiner bisherigen Vorgehensweise. Blieb noch Oskar. Den ich eigentlich noch gar nicht kannte. Der aber irgendwie mein Herz in Aufruhr brachte.

Jetzt stand er auf und kam zu mir hinüber. Mein Herz klopfte. Megalaut. Hoffentlich hörte er es nicht. Er sah mich fragend an. Wollte er wissen, ob ich mit ihm nach Kanada auswandern würde, den Himalaja besteigen oder einen Flug ins Weltall unternehmen würde? Ja, ja, ja!

»Hast du sie schon ausgedruckt?« Ich sah ihn fragend an.

»Li-i-i! Entschuldige, Oskar, sie ist noch nicht so in den Abläufen drin. Oskar braucht die Dipso!«

Dipso? Wovon redete sie? Li wedelte mit den Armen,

was einen unschönen Blick auf ihre Oberarme freigab. Komisch, als es noch meine waren, waren sie mir gar nicht so dick vorgekommen.

»Ach, die Dispo! Klar, kein Problem.« Ich klickte auf drucken und das Dokument wurde ausgespuckt.

»Wir sagen immer Dipso, kleiner Scherz«, bemühte sich Li zu erklären. Matze und Oskar warfen sich einen ›wir-müssen-das-nicht-verstehen‹-Blick zu.

»Sind Sie ... äh, bist du denn am Samstag auch dabei?«, fragte Oskar nun. Ich strahlte ihn an.

»Vielleicht könnte ich bei euch mitfahren, ich hab nämlich kein Auto.«

»Klar, gerne, kein Problem. Komm einfach zur Abfahrtszeit hierher. Natascha, wir können doch dein Auto nehmen, oder?« Scheiße, das würde schon ein Problem werden, denn ich hatte ja noch immer keinen Führerschein auf den Namen Elisabeth Kraska.

»Ich fahr auch nur Fahrrad«, sagte ich nun und war richtig stolz auf die Wahrhaftigkeit meiner Aussage. Inzwischen kannte ich den schnellsten Weg hierher und fand es sogar richtig schön, morgens an der Isar entlang bis in die Klenzestraße zu radeln. Oft standen noch Nebelschwaden über den Isarauen, der mächtige Turm der St.-Maximilian-Kirche leuchtete rot in der Morgensonne und am Kiosk an der Reichenbachbrücke stand die Schlange der Kaffeesüchtigen bis auf den Fahrradweg, was mehr oder minder melodische Klingelkonzerte zur Folge hatte.

»Eigentlich fahr ich auch gerne. Aber mein Fahrrad ist kaputt«, schaltete sich nun Li ins Gespräch ein. »Ich krieg den blöden Platten einfach nicht repariert.« Und sie zog die typische Li-Schnute, nur mit meinen Lippen. Was eher nach Schweinchen Dick aussah, als nach Sexy-Unschuld.

Oskar sprang trotzdem drauf an: »Wo wohnst du denn? Vielleicht kann ich es mir mal anschauen.« Ich wusste nicht, ob Li wusste, dass ich überhaupt kein Fahrrad hatte. Nicht mal ein kaputtes. Aber ich schwieg. Und spürte es ein wenig in mir brodeln. Wieso versuchte sie jetzt, den Typen anzubaggern? Der gehörte mir. Sie lächelte mich schlangenhaft an und sagte zu ihm: »In der Messestadt draußen.« Gleich würde er antworten, dass sei aber arg weit und da käme er nie vorbei.

»Ach, da wohnt ein Freund von mir. Ich fahr da öfter sonntags raus, ist eine gute Strecke und von der Au aus gar nicht mehr so weit.« Das dazu. Li schmunzelte siegessicher.

»Vielleicht können wir ja mal gemeinsam rausradeln und deine Freundin lädt uns auf einen Kaffee ein?«, schlug er nun mir vor. Am liebsten hätte ich mir quer über die Stirn tätowieren lassen: ›Sie ist nicht meine Freundin und wird es nie werden.‹ Aber ich nickte und murmelte »gerne«. Und unterwegs würde ich einen Platten fingieren, damit wir auch nie bei ihr ankämen. Hey, überlegte ich dann: Er will nicht alleine zu ihr. Er will mit mir was unternehmen. Und das besserte meine Laune sichtlich.

»Übrigens, Kaffee – magst du einen?« Oskar ließ sich nicht lange bitten und so setzten wir uns in die Teeküche. Li kam auch mit und wir hingen ein wenig an seinen Lippen, als er von seinem Berufsleben erzählte. Seinen Hang zur Schauspielerei hatte er entdeckt, als er mit 16 bei einer Schultheateraufführung einsprang. Sieben Mal war er an einer Schauspielschule dann abgelehnt worden, hatte aber privaten Unterricht genommen und sich nebenher zum Sprecher ausbilden lassen. Dann hatte er noch Germanistik und Theaterwissenschaften studiert und sich später an der Filmhochschule beworben, allerdings vergebens. Durch Zufall war er über Werbejobs dann doch an einem kleinen Münchener Off-Theater gelandet, hatte endlich spielen können, sich sein Geld aber immer mit dem Sprechen verdient, auch als Sprecher für den Bayerischen Rundfunk. Er gab offen zu, dass er sich gerade so über Wasser halten konnte und dass ihn ein Freund vor Kurzem auf die Idee gebracht hätte, sich bei Eventagenturen zu bewerben. Überall sei seine Bewerbung wohl in den Aktenschränken verschwunden – und er war wirklich froh, dass er sich bei uns hatte persönlich vorstellen dürfen.

Ich wartete immer drauf, dass er etwas wie ›seit meiner Eheschließung‹ oder ›seit ich Vater bin‹ sagen würde, aber es kam nichts. Oskar nippte zufrieden an seinem Kaffee, sah paritätisch Li und mich an und ich hätte bis weit nach Sonnenuntergang hier mit ihm sitzen mögen. Er erzählte ruhig und konzentriert, wortgewandt und witzig. Als Schwätzer konnte man ihn nicht bezeichnen, dafür als angenehmen Erzähler. Und dann wollte er unbedingt wissen, wie wir an unsere Jobs gekommen seien.

»Li erzählt das nicht so gerne«, antwortete Li, bevor ich irgend etwas sagen konnte. »Ihr Papi hat sie hier eingeschleust. Ihr ist das ein bisschen peinlich, aber ich denke, warum soll man Kontakte nicht nützen, gerade heutzutage. Na, und mit einer abgebrochenen Promotion hat man ja sonst so mit Vorurteilen zu kämpfen.« Sie lächelte kokett.

Ich holte zum Gegenschlag aus.

»Wie sieht es eigentlich mit deinen Karriereplänen aus, Natascha? Du meckerst doch immer, dass du seit drei Jahren hier versauerst und keiner deine Leistung anerkennt.«

»Immerhin hat Wim mich gerade zur Geschäftsführerin gemacht«, antwortete Li auftrumpfend.

»Uns, meine Liebe, uns«, sagte ich und beobachtete besorgt, wie Oskar diesen Zickenkrieg eher irritiert als amüsiert verfolgte.

»Ich hole noch schnell meine Dispo, dann muss ich mal wieder los«, sagte er auch prompt und verließ die Teeküche. Matze eilte ihm mit dem Ausdruck entgegen und wir verabschiedeten uns alle artig von ihm.

»Tolle Freundin, echt«, raunte ich, als er die Tür geschlossen hatte.

»Ich habe nicht behauptet, dass du meine Freundin bist«, schnappte sie zurück und ging ins Büro. Müde kam ich hinterher. Die letzte aufregende Nacht forderte doch ihren Tribut. Ich beobachtete Li, wie sie an meinem Schreibtisch herumwuselte. Die neuen Klamotten, die sie gekauft hatte, standen ihr wirklich gut. War es tatsächlich so einfach? Brauchte man nur ein paar neue Hosen, Blusen, Röcke, und schon war man ein neuer Mensch? Nein, es war nicht nur die Optik. Sie war es gewohnt, selbstbewusst und dominant aufzutreten. Und das hatte sie trotz Körpertausch nicht verlernt. Sie sprach aus, was ihr auf der Zunge lag, sie getraute sich, frech zu sein. Etwas, das ich nie getan hatte. Lieber hätte ich mir die Zunge abgebissen, als meine nicht konforme Meinung kundzutun. Ich war schon immer konfliktscheu gewesen und oft den Weg des geringsten Widerstands gegangen. Ich wollte das nicht, aber es war so in mir. Meine Großmutter, die mich immer liebevoll verwöhnt hatte, stellte nur einen Anspruch an mich: ›Sei lieb und brav und ruhig‹. Dann bekam ich Schokohäppchen und Salzletten und Cola, bis mir schlecht wurde. Ich war zwar immer nur in den Ferien bei ihr gewesen, gemeinsam mit meinem jüngeren Bruder Bernd, aber sie hatte in dieser Zeit meinen Charakter, der zugegebenermaßen zum Phlegma neigte, nachhaltig geformt. Meine Eltern, beide in unserer hauseigenen Wäscherei völlig eingespannt, hatten gar keine Zeit, uns Erziehungszielen näher zu bringen. Daheim mussten wir einfach spuren, und gut war. Das war weniger schlimm, als es sich anhört, da wir die meiste Zeit des Tages uns selbst überlassen blieben und die Stunden des Gehorsams sowieso nur sehr beschränkt waren. Wir fühlten uns nicht vernachlässigt, wir wussten ja, nebenan im Anbau waren Vater und Mutter und wir bräuchten nur hinüberzugehen. Als Kinder fanden wir es herrlich, Verstecken zwischen den Wäschebergen zu spielen, als Jugendliche war uns das uncoole Metier der Eltern eher peinlich. Ab dem Beginn der Pubertät beschränkte ich meine Wortzahl ungefähr auf 100 pro Tag und später hatte ich mich so an meine eigene Wortkargheit gewöhnt, dass es mir gar nicht mehr auffiel. »Du redest halt nicht, weil du immer den Mund voll hast«, frotzelte mein Vater damals schon. Was mein Vokabular noch mehr beschnitt.

13. Meckern
Verbrauch: 34 Kalorien

So langsam war es mir gelungen, mich in Lis Wohnung einigermaßen wohl zu fühlen. Ich hatte die Wäscheberge im Wohnzimmer abgetragen, ignorierte das Ankleidezimmer so gut es ging und hatte mir im Schlafzimmer meine kleine Kuschelinsel eingerichtet. Den Fernseher hatte ich dorthin geschleppt, alle verfügbaren Kissen wohnlich drapiert und natürlich den Kühlschrank aufgefüllt. Wobei, ich musste es zugeben, zu Fernsehen und Essen fehlten mir ein wenig die Zeit. Die Abende in der Agentur wurden wieder lang und wenn ich dann gegen halb zehn nach Hause kam, hatte ich schon keinen Hunger mehr und wollte nur noch ins Bett.

Endlich hatte ich es auch geschafft, den ziemlich antiquierten Radiowecker von kurz nach sechs auf kurz vor acht umzustellen. Selbst wenn dieser mein Körper jetzt schlank und drahtig war – ich schaffte es nicht, ihn so früh am Morgen zum Joggen oder Turnen zu bewegen. Irgendwie kribbelte es nach einem langen Bürotag schon in den Beinen, aber jetzt war eben einfach nicht der richtige Zeitpunkt für Sport, sagte ich mir. Li dagegen quälte mich jeden Morgen mit der Waage, mit bohrenden Fragen über meine Fitnesserfolge. Sie hätte am liebsten ein Essenstagebuch von mir gehabt. Doch ich wählte die Teenager-Taktik: Ich schwieg.

Am Donnerstag Morgen allerdings klingelte es um kurz

nach sieben an der Tür, während ich mich gerade einem wohligen Traum voller fast nackter Männer hingab, zwischen denen ich allerdings mit einem altmodischen, superengen und neongelben Skianzug bekleidet herumlief. Außerdem hatte ich im Traum meinen alten Körper. Trotzdem war mir klar, dass die Männer mich alle begehrten, und ich ... Es klingelte erneut, Sturm diesmal. Ich wankte zur Tür und blickte in das bärtige Gesicht eines Mannes Ende 50, der einen grauen Kittel über seiner Kleidung trug und eine große schwarze Tasche in der Hand hielt.

»Servus«, sagte er fröhlich. »I' komm zum alljährlichen Check von Ihrem Warmwasserboiler.« Und dafür musste ich meine Träume aufgeben ...

Ich führte ihn in die Küche, ließ ihn wursteln und verschwand im Bad. Ich hatte die Zähne noch nicht fertig geputzt, da klopfte der Handwerker an die Tür.

»Sie, kommen's amal«, sagte er und sah etwas besorgt aus. Ich schlüpfte in den Bademantel und folgte ihm in die Küche.

»Wissen's was«, er deutete auf den Boiler. »Sie ham hier einen 20.000-fach erhöhten CO-2-Wert in der Küchen.« Ich blickte ihn ratlos an. Ging nachts der Schwerlastverkehr durch meine Wohnung?

»'s is' a' Wunder, dass Sie noch ned erstickt san!«

Ich war schlagartig hellwach.

»Wie kann das denn kommen?« Der Fachmann hob ein wenig ratlos die Schultern.

»Sie ham hier doch agrad' Bauarbeiten im Haus. San die auch auf'm Dach?« Ich nickte, noch immer geschockt.

»Vielleicht ...« Er unterbrach sich und mit einem kurzen »bin glei' wieder da« verschwand er Richtung Tür. Ich riss das Küchenfenster weit auf und atmete konzentriert die frische Morgenluft. Im Hof unten polterten schon wieder Handwerker, die irgendwelche Materialien mit dem Kran gen Dachgeschoss transportierten. Keine drei Minuten später war der Heizungsmensch wieder da. Er schwenkte ein kurzes, breites Holzbrett.

»Wissen's wo des lag?« Sein Gesicht war rot angelaufen, sicher auch vor Empörung. »Des lag auf'm Kamin! Da wurde das CO-2 direkt zurück in Ihre Wohnung gedrückt, jetzt amal so laienhaft ausgedrückt.« Ich schluckte. Li hatte erzählt, dass es einen neuen Besitzer gab, der die Wohnungen wohl alle gerne in Eigentumswohnungen umwandeln würde, um sie teuer zu verkaufen. Beging der jetzt schon Anschläge, um seine Mieter loszuwerden? Immerhin war dies hier München, Dreimühlenviertel, und das war in den letzten zwei, drei Jahren sehr hipp geworden.

»Aber jetzt kann nichts mehr passieren?«, fragte ich verunsichert. Der Handwerker nickte beruhigend.

»I' mess' jetzt gleich noch amal, aber eigentlich müsst' wieder alles in Ordnung sein. Des san Burschen, Kreizsacklzement. Noch dazu bei a'm so feschen Deandl wie Ihna! Schönen Gruß an den Herrn Hausbesitzer, der soll da mal ein bessers Aug' ham' auf solchana Rindviecha.«

Mit einem beruhigenden Blick verabschiedete er sich fünf Minuten später – »Schöna Tag noch, Pfiagod«, – und ließ mich allein zurück.

Als ich Li später davon erzählte, rastete sie beinahe aus.

»Du rufst jetzt diesen Architekten an, zitierst ihn für heute Abend in deine Wohnung und dann bläst du ihm mal gehörig den Marsch, diesem ...« Sie schnappte nach Luft.

»Ach, Li«, sagte ich. »Der kann doch auch nichts dafür. Was soll das bringen?«

»Was das bringen soll? Na, der soll den ganzen Tag hinter seinen Handwerkern stehen und die beaufsichtigen! Wenn die sich schon den Bauleiter sparen. Das kann doch nicht sein, dass die jemanden beinahe vergiften! Das ist doch mehr als fahrlässig! Aber denen machen wir die Hölle heiß, wenn die meinen, sie können uns so loswerden, na, der hat sich geschnitten. Ich werde sofort allen Baumaßnahmen in meiner Wohnung widersprechen – DU wirst widersprechen.« Sie kreuzte die Arme über dem Bauch und starrte missmutig auf ihre Füße. So viel Temperament stand mir gar nicht schlecht.

»Dann komm mit dazu, ich kann das nicht«, machte ich einen zaghaften Versuch, ihre Anweisungen abzuwehren. Sie grummelte irgend etwas Unverständliches und sagte dann zu.

»Aber ich assistiere dir nur«, erklärte sie barsch.

Um die Mittagszeit erreichte ich den Architekten, der sein Kommen für halb acht heute Abend versprach.

Es wurde natürlich wieder knapp, denn der Geburtstagsevent nahm immer größere Ausmaße an. Wir hatten vorgeschlagen, 140 mit Helium gefüllte Ballons, an denen Wunderkerzen und kleine Wunschzettel für den Jubilar hingen, ins Programm mit einzubauen, was begeistert aufgenommen worden war. Dazu würde es Klaviermusik geben und wir mussten die Möglichkeit prüfen, ob der Flügel unaufwendig nach draußen transportiert werden konnte. Ehrlich gesagt waren wir froh, dass sich Matze tatsächlich als große Hilfe entpuppte, der fleißig herumtelefonierte und uns so manche Arbeit abnahm. Außerdem schmeckte sein Kaffee wirklich gut und er hatte schnell kapiert, wie der neue Kopierer so tickte.

Wir kamen um fünf vor halb acht in der Dreimühlenstraße an. Li hatte den Bus genommen, ich war geradelt. Ich wartete vor der Haustür auf sie und beobachtete, wie sie langsam näher kam. Sie trug heute ein ausgeschnittenes, kornblumenblaues Wickelkleid, das von einem flamingoroten Tuch in der Taille gehalten wurde. Graue spitze Schuhe mit einem kleinen, kräftigen Absatz (»Ach, das sind nur ganz normale Wedges«, klärte sie mich auf) gaben ihrem Gang etwas Weiches und Kraftvolles zugleich. Das Haar hatte sie weich nach oben gesteckt und die heraushängende Strähne, die ihr Gesicht optisch verlängerte, gab ihr etwas richtig Romantisches. Ich war beeindruckt.

Gerade als wir die Wohnungstür aufschließen wollten, hörten wir Schritte die Treppe hinaufkommen, dann sahen wir in ein etwas dunkleres, schmal geschnittenes, sehr schönes Männergesicht. Ich spürte, wie ich rot anlief. Dem Kerl war ich doch neulich Abend beinahe in die Arme gefallen, während Wim irgendwie von hinten an mich Hand angelegt hatte. Dieser Typ war doch wohl nicht ...

»Hallo, sind Sie doch noch in der Stadt? Wie nett!«, begrüßte er Li und reichte ihr eine schmalgliedrige Hand. Sie nickte und bemühte sich um einen strengen Gesichtsausdruck.

»Und Sie sind die Mieterin, Frau ... äh, Kraska, nicht wahr?«, wandte er sich dann an mich. Ich lächelte ihn huldvoll an und wir gingen in die Wohnung. Wahrscheinlich hatte er Li an dem Wochenende gesehen, das wir beide noch in unseren eigenen Wohnungen verbracht hatten. Wir setzten uns in die Küche und ich erläuterte dem Architekten, der sich mir als Kiran Devi vorgestellt hatte, was heute Morgen vorgefallen war. Er schüttelte betrübt den Kopf zu meinen Worten.

»Nun tun Sie mal nicht so bedröppelt«, fuhr ihn Li genervt an. »Für mich klingt das nicht nach einem Missgeschick – ich habe den Eindruck, Ihr Herr Hausbesitzer will die Mieter loswerden!«

Er zupfte den Kragen seines lila-weißen kleinkarierten Hemdes zurecht und sah sie mit einem entwaffnenden Lächeln an.

»Nein, bitte, das dürfen Sie nicht glauben. Ich weiß, dass es diese Entmietungsgeschichten hier in München gibt. Genug sogar! Aber wir versuchen nur, dieses kleine Juwel von einem Haus wieder in einen vorzeigbaren Zustand zu versetzen. Kein einziger Mieter soll vertrieben werden, das können Sie uns glauben.«

»Tu ich aber nicht«, sagte Li mit funkelnden Augen. »Für Sie ist es doch viel lukrativer, wenn wir alle ausziehen und Sie die Wohnungen einzeln verkaufen können. Aber ich weiche hier nicht!« Kiran Devi sah sie verwundert an.

»Ich dachte, Sie wohnen in Berlin?«, fragte er. Li biss sich auf die Unterlippe.

»Besondere Umstände haben dafür gesorgt, dass ich noch ein wenig länger in München bleibe. Und Li ist so nett ...«

»... ich lasse sie gelegentlich hier übernachten«, fiel ich ihr ins Wort.

»Wenn Ihr Freund nicht da ist?«, fragte er. »Wissen Sie, wenn Sie länger einen Untermieter hier haben, müssten Sie schon ...«

»Was für ein Freund?«, unterbrach ihn Li unhöflich. Kiran Devi sah interessiert von Li zu mir und wieder zurück. Mir brach der Schweiß aus.

»Was zu trinken?«, fragte ich mühsam ruhig und füllte an der Spüle drei Gläser mit Wasser.

»So ein großer, grau melierter«, half der Architekt Li weiter. »Irgendwie ein bisschen ein Teddybär-Typ.«

»Wim?«, schrie sie nun. »Du warst mit Wim hier?«

Die Gläser klirrten, als ich sie auf dem Tisch abstellte.

»Er hat mich nur heim gebracht, bis an die Tür«, log ich.

»Wenn ich Sie störe, kann ich gerne gehen«, unterbrach Kiran Devi schmunzelnd.

»Sie bleiben«, donnerte Li. »Okay, darüber reden wir später. Was gedenken Sie wegen der Bauarbeiter zu tun? Damit so etwas nie wieder vorkommt. Erst der Wasserschaden, jetzt das! Ganz zu schweigen von all dem Dreck und dem Lärm! Li sagt, sie wird jeden Morgen um sieben aus dem Bett gerissen.«

»Das war nur heute ...«, wollte ich widersprechen.

»Jeden Morgen!«, insistierte Li kampfeslustig. Der Architekt nahm einen großen Schluck aus seinem Wasserglas und lehnte sich entspannt zurück. Ich hatte den Eindruck, er fühlte sich ganz wohl hier.

»Also, wenn ich schon hier bin«, er klang völlig ruhig, als wäre das hier ein nettes Gespräch unter Freunden. »Soll ich Ihnen denn mal erklären, was wir mit Ihrer Wohnung vorhaben?«

»Ja«, bellte Li, noch ehe ich etwas sagen konnte. Kiran Devi zog aus seiner quietschgrünen LKW-Planen-Tasche, auf der ein paar fette Hühner prangten, einen dicken Stapel Papier. Er griff zielsicher nach einem einzelnen Blatt, auf dem ein Wohnungsplan aufgezeichnet war.

»Schauen Sie«, wir rutschten näher an ihn heran und blickten gespannt auf das Papier. Links Li, er in der Mitte, ich rechts.

»Hier ist die Eingangstür, die bleibt«, ließ er vertrauenerweckend hören. »Dann werden hier die ganzen Wände komplett rausgerissen – von Bad, Küche, Durchgangszimmer. Davor kommt ein Balkon, hier bodentiefe französische Fenster. Die Wand zum Wohnzimmer bleibt und hier bauen wir einen Quader ein, in dem das Badezimmer untergebracht ist, mit schwarzen Granitfliesen, das sieht richtig edel aus.« Ich beobachtete Lis Gesicht. Sie pumpte die Wangen auf. Sie holte tief Luft. Sie knallte die Faust auf den Tisch.

»Da ist ja nichts mehr von der alten Wohnung vorhanden! Das kommt nicht in Frage.«

Er schien sich mit störrischen Mietern auszukennen. Er ignorierte sie einfach.

»Wie sehen Sie das, Li?« fragte er mich. Ich hob die Schultern und ließ sie wieder fallen. Er betrachtete meine nackten Arme interessiert.

»Na ja, ...«, hob ich an.

»Und was kostet das alles, wenn es fertig ist?«, fragte Li. »Sie können mir nicht weismachen, dass Sie die Umbaukosten nicht auf die Miete drauflegen! Wer zahlt eine neue Küche? Die braucht man ja, wenn der Grundriss komplett neu ist.«

Zum ersten Mal zögerte er ein wenig.

»Da kann man sich sicher einigen. Die meisten hier aus dem Haus freuen sich sehr auf die neuen Grundrisse. Es wird alles viel heller, der Raum wird besser ausgenutzt, wir dämmen die Wände, da sparen Sie Heizkosten.«

»Weißt du was, Li«, sagte sie und meinte eher sich als mich. »Wir verweigern den Handwerkern einfach den Zugang zur Wohnung. Wo steht denn geschrieben, dass wir die rein lassen müssen?«

Jetzt sah Kiran Devi etwas traurig aus. Seine dunklen

Augen verschatteten sich, die scharfen Falten neben den Mundwinkeln wurden noch ein wenig tiefer.

»Ach, wissen Sie, das geht dann vor Gericht und die entscheiden, dass Sie die Handwerker doch reinlassen müssen.«

»Aber das dauert!«, sagte Li triumphierend.

»Das stimmt«, er tat den nächsten Zug. »Aber so lange sitzen Sie dann hier auch auf einer dreckigen, lauten Baustelle. Und im schlimmsten Fall müssen Sie die Kosten zahlen – also, Sie müssen die Kosten zahlen, Frau Kraska, wenn Sie eine ungerechtfertigte Verzögerung der Bauarbeiten herbeiführen.«

Ich fühlte mich dermaßen unwohl bei diesem Gespräch, dass ich am liebsten gesagt hätte, macht's euch gemütlich, nehmt euch was aus dem Kühlschrank, ich geh schon mal ins Bett. Kiran Devi dagegen lehnte sich bequem im Stuhl zurück und betrachtete die Küchenwand.

»Ach, das wird so schön werden – hier mit dem großen Fenster, überall mehr Platz, eine Großzügigkeit, von der Sie nur träumen können. Ich überlege ja, ob ich mir nicht selbst – falls jemand doch ausziehen wollte – eine Wohnung hier kaufen soll. Das Viertel ist einfach traumhaft. So unverdorben lebendig, so bunt. So gute Restaurants – waren Sie schon bei Monsieur Hu? Super-lecker!«

»Ja, und die Nachbarn sind auch ganz nett«, getraute ich mich zu sagen. Li funkelte mich wiederum böse an. Dann fixierte sie den Architekten.

»Monsieur Hu – genau!«, sie stieß mir ihren Ellenbogen in die Seite. Das schmerzte ziemlich. Wenn man so dünn ist … »Li, du hast mir doch erzählt, weißt du noch? Dein schönes, rotgelbes Lianen-Kleid, über das dir irgend so ein Idiot bei Monsieur Hu das ganze Essen gekippt hat …!«

Ich sah sie ratlos an. Kiran Devi blickte leicht bedröppelt zwischen ihr und mir hin und her.

»War das so vor – na ja, Anfang letzter Woche?«, fragte er.

»Genau«, Li nickte und grinste schadenfroh. Der Architekt sah betreten auf seine Schuhspitzen. Er räusperte sich. Dann sah er mir in die Augen, dieser indische Gott.

»Sie waren das? Das ... das tut mir leid ...« Er fummelte an seiner Tasche herum.

»Oh«, unterbrach ihn Li. »Waren Sie etwa der Übeltäter? Nein, so etwas!« Ich hatte keine Ahnung, wovon die beiden sprachen.

»Ach, ist schon gut«, versuchte ich das Thema abzubrechen. »Ich wollte es sowieso aussortieren.«

»Nein, bitte. Das Kleid stand Ihnen fantastisch. Geben Sie es in die Reinigung. Ich komme dafür natürlich auf. Selbstverständlich«, sagte er. »Wissen Sie, jetzt erinnere ich mich wieder, gerade als ich mich bei Ihnen entschuldigen wollte, bekam ich einen Anruf. Auf einer anderen Baustelle war ein Bauarbeiter vom Gerüst gefallen. Ich musste sofort hin ...«

»Mitten am Abend? Dürfen Ihre Bauarbeiter so lange arbeiten?«, zischte Li dazwischen.

»Ja, für manche Baustellen haben wir 24-Stunden-Genehmigungen. Nicht hier in der Innenstadt, aber in Gewerbegebieten zum Beispiel. Oh je, das ist mir wirklich peinlich.«

»Das muss es nicht«, sagte ich.

»Das sollte es aber«, sagte Li.

»Sie haben etwas bei mir gut«, sagte Kiran Devi und ließ offen, wen von uns beiden er meinte.

»Ja, ich weiß auch was«, antwortete Li. »Dass Sie die

Wohnung hier einfach in Ruhe lassen und nicht luxussanieren.«

»Dafür bin ich nicht verantwortlich. Außerdem ist das keine Luxussanierung. Goldene Wasserhähne gibt's nicht. Wie lange wohnen Sie hier denn eigentlich schon?«, versuchte er vom Thema abzulenken.

»Tja, wie lange?«, stotterte ich und warf einen Hilfe heischenden Blick auf Li. Die kniff die Lippen zusammen. »Ich muss mal nachrechnen ...«, zögerte ich.

»Es sind sechs Jahre«, sagte Li endlich. »Als du mit dem Modeln aufgehört hast, weißt du nicht mehr?« Ich nickte begeistert.

»Stimmt, mein Gott, die Zeit geht so schnell rum.« Mein Lachen klang deutlich übertrieben.

»Ach, Sie haben auch mal gemodelt?« Ich nickte und hoffte, er würde nicht weiter nachfragen.

»Meine Schwestern haben alle als Models gearbeitet. Ist auch schon ein Weilchen her. Sie fanden das immer ziemlich ätzend, aber es war wohl doch eine gute Sache zum Geld verdienen. Vielleicht sind Sie ja mal einer von ihnen begegnet? Bala, Chanda und Tanika heißen sie. Drei ziemlich auffallende Mädels, damals zumindest.«

Ich schüttelte bedauernd den Kopf.

»Inderinnen haben es nicht so einfach in der Branche«, sagte Li. Kiran Devi sah sie lange an.

»Na ja, meine Schwestern – das soll jetzt nicht angeberisch klingen – sind so dermaßen schön, da spielte das keine Rolle. Und unsere deutsche Mutter hat ja immerhin auch einen kleinen Einfluss auf unser Aussehen gehabt.«

»Wie ist das, mit drei so schönen Schwestern aufzuwachsen? Sind Sie der Älteste?«, wollte ich wissen.

»Nein, ich bin der Jüngste. Na ja, ehrlich gesagt – es war nicht ganz unanstrengend. Ich bin zwar, ich gebe es zu, von den dreien ziemlich verhätschelt worden, sie haben mich immer als kleinen indischen Prinzen angezogen und mich dann im Kinderwagen durch die Nachbarschaft geschoben, aber manchmal ging mir das ganze Schönheitstheater ziemlich auf den Keks. Vor allem, als sie dann so in die Pubertät kamen. Manchmal kam ich mir vor wie in Bollywood. Und immer dieses ›nein, das ess ich nicht‹ und ›das kann ich unmöglich anziehen‹ und so. Na, Sie kennen das sicher, oder?« Er zwinkerte.

»Was machen Ihre Schwestern jetzt?«

»Die älteste ist Ärztin, hat drei Kinder und keine Zeit mehr, sich großartig um ihr Aussehen zu kümmern, die mittlere schreibt Bücher und hat zwei Kinder und die Jüngste ist nach Indien gegangen und arbeitet für eine NGO. Sie sind immer noch alle ziemlich schön – aber, seit sie sich nicht mehr drum kümmern, auf eine irgendwie entspanntere Art. Wir haben alle ein sehr inniges Verhältnis.« Ich warf einen Seitenblick auf Li, die sich hinter ihren verschränkten Armen verschanzte.

»Haben Sie Geschwister?«, fragte er mich. Li schüttelte sacht den Kopf.

»Nein«, antwortete ich. »Natascha hat einen Bruder, aber die zwei stehen sich nicht sonderlich nah. Er hat lange in der Basketball-Bundesliga gespielt, bis er zu oft Verletzungen hatte und es immer länger dauerte, bis er wieder auf die Beine kam. Da gab es wenig ... Berührungspunkte.«

»Sie kennen sich sehr gut, Sie zwei. Sind wahrscheinlich so richtig dicke Freundinnen!« Er sah zu Li und presste die Hand vor den Mund. »Pardon«, murmelte er. »So hab ich das nicht gemeint.«

»Kein Problem«, sagte Li. »Ich sage selbst gerne, ich bin Lis dickste Freundin«, und sie lächelte kokett. Der Architekt fiel wohltönend in ihr Lachen ein. Ich verzog mich aufs Klo. Wollte der nicht mal endlich gehen? Ich war todmüde und sehnte mich nach Lis kuscheligem Bett.

»Ich mach mich jetzt mal auf den Heimweg«, sagte Li, als ich zurück in die Küche kam. »Ich übernachte heute bei einer anderen Freundin von uns, in der Messestadt draußen.«

»Soll ich Sie schnell bringen?«, fragte Kiran Devi. »Ich muss eh in den Osten raus, das wäre kein Umweg.«

Ich war ehrlich verblüfft: Sie war ihn den ganzen Abend über heftig angegangen und trotzdem lud er sie ein, mit ihm zu fahren? Auch Li zögerte. Vielleicht ...

... war das reine Berechnung! Will gute Stimmung machen. Andererseits konnte ich ihn noch etwas aushorchen. Was für Pläne es in Wahrheit für dieses Haus gab.

»Okay«, willigte ich ein.

Ich war erstaunt, als ich sein Auto sah. Kein Angeber-SUV, sondern so ein alter, riesiger VW-Kombi. CDs, ein Schlafsack, ein paar Aktenordner, jede Menge leere Papp-Kaffeebecher und ausgelesene Zeitungen führten darin ein Eigenleben. Vielleicht war dies gar sein Zuhause? Es schien dem Architekten nicht weiter peinlich zu sein, mich in diese fahrende Müllkippe einsteigen zu lassen.

»Ich heiß' übrigens Kiran«, sagte er nun. »Wir haben ja nichts Geschäftliches miteinander zu tun, oder – Natascha?« Ich nickte.

Schweigend fuhren wir los. Die Fenster weit geöffnet, denn noch immer war es sehr warm. Auf dem mittleren Ring war um diese Uhrzeit nicht mehr viel Verkehr.

»Fiel es deinen Schwestern leicht, mit dem Modeln aufzuhören?«, fragte ich. Ich hatte keinen Kontakt mehr in die Modelbranche, alle Bekannten von damals hatten sich in Luft aufgelöst. Die Freundschaften waren alle sehr oberflächlich und kurzfristig gewesen. Mich störte das wenig. Ich war schon immer eher eine Einzelgängerin.

»Ich glaube«, überlegte Kiran. »Sie haben das gar nicht so bewusst gemacht. Andere Interessen wurden wichtiger, sie hatten immer weniger Zeit zu Castings zu gehen, haben plötzlich auch mit anderen Sachen Geld verdient. Für sie war das eh immer nur ein kleiner Spaß am Rande.« Schön, wenn man es so sehen konnte.

»Und bei Li?« Wie war es bei dir – hieß die Frage, eigentlich.

»Li hatte schon ihre Probleme damit, glaub ich.« Nur nicht zu konkret werden.

»Aber sie hätte doch sicher noch weitermachen können – sie sieht ja jetzt noch fantastisch aus. Wie alt ist sie? 33, 34?« Ich schluckte. Sah ich tatsächlich so alt aus?

»Sie ist 31.« Er lächelte schief.

»Gut, dass ich dich gefragt habe. Aber erzähl mir lieber was von dir. Vielleicht ist es ja familiär bedingt, aber so arg schöne Frauen finde ich immer ein bisschen – langweilig. Vor allem wenn sie so wortkarg sind wie Li. Bist du eigentlich beruflich in München?« Ein Mann, der einer Frau Fragen stellte! Und zwar nicht die, ob sie mit ihm ins Bett wollte. Nein, er wollte etwas über mich erfahren. Blöd nur, dass ich so wenig über mich wusste.

»Ja, ähm, das ist ein bisschen kompliziert. Ich war quasi nur für befristete Zeit in Berlin und orientiere mich jetzt wieder zurück nach München. Li arbeitet ja bei einer Eventagentur hier und da hat man mir jetzt auch einen

Job angeboten. Und Berlin ... da kann man ja nicht mehr wohnen, find' ich.«

»Nee? Warum? Ist doch eine spannende Stadt.«

»Ach, von wegen spannend. Um alles, was tatsächlich spannend sein könnte, wird so ein Hype veranstaltet, dass es gleich wieder total nervtötend ist.« Ich hoffte, er kannte Berlin nicht näher. Keine Ahnung, ob ich nicht gerade einen irgendwie cool klingenden Schmarrn erzählte. »Ich mag's ein bisschen ...«

»... gemütlicher? Biergarten und so?« Sollte er glauben, ich liebte Biergärten. Auch recht. Konnten wir nicht über was anderes reden? Über Li zum Beispiel.

»Wieso findest du schöne Frauen eigentlich langweilig?«

»Vielleicht weil ich sie im Überfluss immer um mich herum hatte? Meine Mutter sieht auch nicht gerade schlecht aus, und du müsstest mal meine indische Großmutter sehen! Wow! Und wie viel Würde und Eleganz die mit 83 hat. Sehr beeindruckend. Mit jeder Falte wird sie noch schöner, finde ich. Leider sehe ich sie nur so ein, zwei Mal im Jahr, wenn ich nach Delhi fliege. Ich finde, auf eine gerade Nase oder lange Beine kommt es nicht so an – Hauptsache, man spürt, dass jemand lebendig ist.« Wollte der sich anschleimen?

Wir fuhren auf die Passauer Autobahn auf. Kiran geriet ins Philosophieren: »Und dann dieser ganze Schönheits- und Schlankheitswahn – das ist doch absurd. Frauen glauben, es sei ein Zeichen von Selbstbewusstsein und Coolness, wenn sie sich sexy anziehen. Und viele, die ich kenne, sagen auch, sie machen das bloß für sich. Aber wie wollen sie vermeiden, dass dann in Männerköpfen nicht doch der Porno abgeht? Und das wollen sie ja eigentlich auch wieder nicht. Ihr macht's euch und uns echt nicht leicht.«

Es war was dran, das musste ich zugeben. Als ich noch Li war – was mir schon Lichtjahre entfernt vorkam –, hatte ich mich mit mir nur wohl gefühlt, wenn ich ›richtig‹ angezogen war. Mit hohen Schuhen, mit engen Röcken oder Kleidern, Oberteilen, die viel Haut zeigten, mit den richtigen Accessoires, geschminkt, epiliert, frisiert und gut duftend – wenn ich also zeigte, dass ich eine Frau war. Mehr noch: Eine schöne, begehrenswerte Frau. Und gleichzeitig war ich total genervt, wenn die falschen Männer auf mich reagierten. Die Bauarbeiter, die einem nachpfeifen, der aufdringliche Kellner im Lokal, der anzügliche Postbote. Ekelhaft war das. Wenn ich ehrlich war: Auf den etwas zu netten Arzt oder einen entgegenkommenden Uni-Dozenten war ich längst nicht so sauer. Ganz schön fies. Jetzt erst, wo ich das Gefühl hatte, ich war für Männer unsichtbar geworden, wurde mir klar, dass mein vorheriges Sichtbar-Sein, mein Ausrufezeichen ›hier komm ich‹, mir nur scheinbar mehr Selbstvertrauen gegeben hatte. Denn bei jedem, der mich sah, und das waren viele, war ich überzeugt, er sah nur meine Außenseite. Was dahinter war, hat selten einen Mann interessiert, unterstellte ich zumindest. Weswegen ich mich auch immer nur schwer auf eine Beziehung einlassen konnte.

»So nachdenklich?«, riss mich Kiran aus meinen Gedanken. »Muss ich hier abbiegen?« Mist, ich hatte ihn überhaupt nicht wegen des Hauses ausgehorcht.

»Komm, jetzt mal Karten auf den Tisch«, tat ich locker. »Ihr wollt die Wohnungen garantiert verkaufen, oder?« Er legte den Kopf ein wenig schräg und seine dunklen Augen leuchteten.

»Ich will gar nichts«, stellte er klar. »Ich mach meinen Job. Und den mach ich gerne. Solche Renovierungen sind klasse, man muss keinen öden Neubau hochziehen, sondern kann den Charme des lieb gewonnenen Alten heraufbeschwören. Das ist sehr befriedigend. Und man hat schneller Ergebnisse als bei einem Bau, der ein, zwei Jahre dauern kann.«

»Du hast meine Frage nicht beantwortet. Li kann garantiert nicht sehr viel mehr Miete zahlen, auch wenn ihr Vater sie unterstützt.«

»Dann soll sie weniger für Klamotten und Friseur ausgeben. Warum zerbrichst du dir eigentlich ihren Kopf?«

Das Auto hielt langsam vor der Nummer 56.

»Grausig hier«, sagte Kiran kopfschüttelnd. »Gesichtslose Einheitsarchitektur. Das Schlimmste sind diese Mäuerchen vor jedem Haus. Und dann meinen sie, farbige Laubengänge reißen es raus.«

»Na, ich würde hier auch nicht herziehen. Obwohl andererseits – es ist etwas entspannter als in der Innenstadt. In Lis Viertel passen eigentlich nur Leute, die aussehen wie Li.«

»Stimmt. Und das ist auch wieder langweilig«, ergänzte Kiran. »Vielleicht kaufe ich mir dort doch keine Wohnung.«

Irgendwie sollte ich jetzt aus diesem Auto aussteigen. Schlafen gehen. Nicht nach lauer Nachtluft schnappen. Meine Hand hatte nicht die Absicht, die Türe zu öffnen. Kiran hatte die Arme entspannt übers Lenkrad gelegt und betrachtete mich von der Seite.

»Tja«, hob ich an. »Danke fürs nach Hause Bringen.« Er nickte.

»Ich krieg das noch raus mit den Wohnungen«, grinste ich.

»Meine Schwestern«, sagte Kiran nachdenklich. »Die haben immer erzählt, was für kaputte Mädchen bei den Shootings rumgehangen sind. Magersüchtige, Drogenabhängige, beziehungsunfähig, die ganze Palette. Und dass Leute sie für ihr Aussehen bewundern, das kriegen die doch letztlich gar nicht mit. Die Zeitschriften mit ihren Bildern sind ganz weit weg.«

»Stimmt. Man hört nur den meckernden Agenten: ›An der Taille musst du zwei Zentimeter abnehmen‹, ›deine Oberschenkel sind schon wieder zu fett‹, lauter so Zeug. Hat mir Li erzählt.«

»Sie hat sicher auch Appetitzügler, Drogen und so etwas genommen, oder?«

»Ich glaube, nur mal ausprobiert. Bisschen gekokst. Aber es war nicht ihrs.«

»Mit den falschen Männern im Bett gelandet?«

»Oh, ja, das schon eher.« Hey, wieso erzählte ich ihm das? Weil ich dachte, es ginge nicht um mich? Es ginge um eine andere? Es ging verdammt um mich. Und ich war froh, dass er es nicht merkte. Und gleichzeitig spürte ich, wie er mein Komplize wurde. Ich konnte ihm Dinge erzählen, die ich noch nie jemandem erzählt hatte.

»Einmal, da hat sie wohl neben den üblichen Appetitzüglern auch noch gekokst und war völlig überdreht. Die Leute am Set fanden das natürlich nicht lustig und irgendein Typ wurde geschickt, um sie zurück in die Unterkunft zu bringen. So eine billige Absteige, irgendwo in New York. Unterwegs haben sie noch einen Freund aufgegabelt, der auch mit ist. Sie hat sich von beiden vögeln lassen, sie hat es gar nicht richtig mitbekommen. Sie wurde erst wieder klar, als sie aufs Klo wollte und die beiden Typen gerade gemeinsam drin standen und ins Waschbecken gepinkelt haben. ›Kannste abhaken‹ hat der eine wohl gesagt und der andere: ›Schon Scheiße, wenn man nur gut aussieht und sonst wie 'n totes Stück Fleisch rumhängt. Na ja, solche Tussen haben es nicht besser verdient, Dreckfotze.‹ Es war ihnen nicht mal peinlich, als sie Li in der Tür gesehen haben. Sie sind einfach lachend abgehauen.« Ich dachte erst, ich täuschte mich. Aber dann spürte ich genau, wie mir eine Träne die Wange hinunter lief. Auf der anderen Seite gleich noch eine. Kiran hatte den Arm hinter meiner Kopfstütze abgelegt und betrachtete mich ernst. Verlegen wischte ich die Tränen weg.

»Brauchst du dich nicht für zu schämen. Ich find's toll, wie sehr du mit deiner Freundin mitfühlst. Du magst sie sehr, oder?« Ich nickte.

»Bewunderst du sie? Weil sie so schön ist?« Ich zuckte mit den Schultern. Ich wäre gerne komplett in Tränen ausgebrochen. Sie war schön und ich nicht und die Scheiß-Erfahrungen hatte ich trotzdem. Gleich würde ich in diese leere Wohnung gehen und mich einsam fühlen, wie ich mich immer einsam gefühlt hatte. Es war, als hängte ich mein Aussehen an der Garderobe auf, wenn ich die Tür hinter mir schloss. Und dann war da nur noch ein Haufen Knochen, der nur etwas spürte, wenn man ihn hart anfasste. Ihn fest trat. Jetzt hockte ich in all dem Fett, es war weich und warm und sehr lebendig. Sehr sichtbar auf den ersten Blick. Und doch konnte man sich genau so darin verstecken wie in der Kleidung, die um einen schönen Körper gehüllt war. Zeigten wir alle nie unser wahres Gesicht? Das mal schön und mal hässlich war, aber keinen Tag gleich?

Es musste doch auch einen Weg geben, sich einfach ganz wahrhaftig zu zeigen, egal ob dick oder dünn.

»Natascha?« Er streichelte über meinen Oberarm. Ich sah ihn müde an.

»Es ist alles ein bisschen … viel … zur Zeit«, sagte ich leise. »Gute Nacht.« Meine Hand fand den Griff. Ich hievte mich hoch und winkte ihm noch einmal zu.

»Übrigens, dieses blaue Kleid«, in seinen braunen Augen konnte man wahrlich abtauchen. »Das steht dir verdammt gut!«

Noch nie – ich schwöre es – noch nie habe ich mich so sehr über ein Kompliment gefreut. Fast wären mir wieder die Tränen gekommen. Ich nickte und entschwand.

Der gesichtslose Bau verschluckte meinen …

… Körper alles antat! Eigentlich wollte ich ja schon längst schlafen, aber dann war mir eine von Lis unzähligen Frauenzeitschriften, in denen ich abends gelegentlich blätterte, um gut einschlafen zu können, vom Bett gerutscht. Ich hatte mich hinunter gebeugt, um sie wieder aufzuheben und dabei war mir ein Schubkasten aufgefallen, der unter dem Bett stand. Ich schwöre: Ich wollte Lis Sachen nicht neugierig durchstöbern, aber aus irgendeinem Impuls rollte ich den Schubkasten hervor. Darin waren Bücher, Tagebücher, wie es schien. Ich hatte nur ein leicht schlechtes Gewissen, als ich eines öffnete. Irgendwie musste ich mir Lis Identität ja einverleiben. Solche Wissenslücken wie heute Abend waren extrem peinlich. Wäre ich allein mit diesem Herrn Devi gewesen – wer weiß, was für einen Quatsch ich zusammengelogen hätte.

Ich schlug wahllos eines der Bücher auf. Es war ziemlich dick, hatte einen festen pinkfarbenen Umschlag mit indischen Motiven darauf, elefantenrüsselige Gottheiten, reiche Ornamente und goldene Schriftzeichen.

Irgendwie hatte ich erwartet, dass ähnliches darin stehen würde wie in meinen Tagebüchern, als ich 14, 15, 16 war. In wen ich gerade – natürlich unglücklich – verliebt war. Weswegen ich mich – natürlich völlig schuldlos – mit meinen Eltern gestritten hatte. Warum ich mir – natürlich nur im Traum – das Leben nehmen wollte. Ich fand stattdessen Auflistungen. ›17.9.: 51,2. Morgens: 75g Magerjoghurt. Mittags: eine halbe Tütensuppe. Nachmittags: ein halber Apfel. Abends: 125 g Hühnerbrust, gekocht. 18.9.: 50,8!!! Morgens: 75g Magerquark. Vormittags: ein Riegel Kinderschokolade (Scheiße! Scheiße! Scheiße!). Mittags: nichts! Hurra! Nachmittags: nichts!!! Abends: eine Tüte Chips (Scheiße! Scheiße! Scheiße!) Ich bin eine fette Sau!! 19.9.: 51.5! Morgens: nichts. Mittags: eine halbe Brezel. Nachmittags: eine halbe Banane. Abends: einen Kopf Salat mit Essig und 125 g Hühnerbrust, gekocht. Ganz okay. Mein Hintern ist immer noch fett. 20.9.: 52,4! Schluck! Morgens: 50g Müsli. Vormittags: hab meine Tage bekommen. Hossa! Nachmittags: ein Eisbecher mit Sahne und Schokosoße. Ich Riesenarsch. Was bin ich blöd! Abends: nichts!!!!‹

Und so ging das Seite über Seite, Buch über Buch. Dazwischen ein paar andere Listen: Welche Klamotten zueinander passen könnten. Welche Farbkombinationen. Dann ein Versuch, ein Fitness-Work-Out auszuarbeiten. Schon beim Lesen bekam ich Schweißausbrüche. Armes Mädchen, durchfuhr es mich unwillkürlich. Armes, schönes Mädchen. Ich sah an diesem herrlichen Körper herunter. Die sanften, harmonischen Schwünge der Arme. Die ebenmäßige Linie der glatten Oberschenkel. Dieses perfekte Verhältnis von Taille zu Hüften. Der absolut flache Bauch. Diese glatte, weiche Haut, wie die einer 16-Jährigen. Mir fiel der Badezimmerschrank ein: voller Cremes, Tiegel, Salben, Peelings, Bäder, Spülungen, Packungen, Antiage und Proage, Anticellulite und Schimmer-Make-ups, Cooling-Masken, Facelift-Produkte, Lippenpflege und Augenserum, Linefiller gegen Falten. Sie hatte Cremes, die angeblich den Abbau von Fettablagerungen unterstützen konnte – warum musste sie dann auch noch Sport machen? Ach, dachte ich, hätte ich mich vielleicht doch mal für das Thema interessiert – ich hätte meine Fettpölsterchen in Fettabbaucreme gebadet, sie darin ein für allemal ersaufen lassen. Wie konnte man an so etwas tatsächlich glauben? Wenn es so einfach wäre – niemand von uns hätte Probleme mit dem Gewicht. Einen Lachkrampf hatte ich bekommen, als ich zwischen den ganzen Tiegeln und Döschen eine unbenutzte, scheinbar niegelnagelneue Haarbürste fand, auf deren Verpackung die perfekte »Ich-seh-schlanker-aus-Frisur« prophezeit wurde. Durch Haarebürsten abnehmen – eine Sensation!

Und doch war mir eher zum Heulen zumute. Wenn man so viel Zeit auf sein Äußeres verwandte, wie konnte man dann noch Zeit zum Leben haben? Zum richtigen Leben? Mit einem Mal tat mir Li leid. Und ich tat mir auch leid. Weil ich so blind gewesen war. Wonach hatte ich mich da nur gesehnt, immer, ein Leben lang? Ja, ich hatte schön sein wollen. Ich wollte einmal beachtet werden – nicht weil ich etwas irgendwie Kluges gesagt oder getan hatte, nein, einfach weil ich so umwerfend schön aussah. Ich hatte mir nie Gedanken darüber gemacht, was geschah, wenn der Schönheit gehuldigt worden war. Was kam dann? »Du bist so wunderschön«, würde vielleicht ein toller Mann zu mir sagen und ich wäre für eine sehr einfach zu überblickende Zeitspanne glücklich. Und dann? Dann würde ich zur Arbeit gehen und mich über maßlose Kunden ärgern. Ich würde mit der Telefonhotline der Handygesellschaft streiten. Ich würde eine Delle in mein Auto gefahren bekommen und würde in Hundescheiße treten. Egal, ob ich nun schön war oder nicht. Warum war mir das eigentlich früher nie aufgefallen? Maja hatte mir erzählt, dass sie nach Natalies Geburt völlig erstaunt gewesen sei, als ihr klar wurde, dass es jetzt erst so richtig losgehen würde. Sie hatte sich so auf den Moment der Geburt konzentriert, dass sie nie daran gedacht hatte, wie es dann mit dem Baby selbst wäre. So ähnlich war das mit der Schönheit. Ich hatte sie so sehr haben wollen. Und jetzt, wo ich sie hatte, wusste ich nicht mehr so recht, wozu sie gut sein sollte. Nur dafür, zweifelhafte Männer rumzubekommen? Um leichter die Treppe hoch zu sprinten, wenn man auch einen Aufzug nehmen konnte? Und ob man tatsächlich gesünder älter würde, nur weil man schlank war, darüber stritten die Forscher heftig.

War es nicht viel schlimmer zu ertragen, wenn man die Falten in einem schönen Gesicht, an einem schönen Körper irgendwann nicht mehr wegcremen konnte? Eines Tages wäre es so weit, egal wie lange man den Alterungsprozess auch aufhielte. War es nicht egal, ob man hässlich oder schön starb – denn tun mussten wir es alle. Und wenn in der allerletzten Sekunde tatsächlich das Leben an einem vorbeirauschte – dann würde man doch wohl Szenen seines Lebens sehen und nicht nur das eigene Gesicht, das in Zeitrafferoptik vom Baby zum Greis mutierte. Geschweige denn, dass man eine Fernbedienung hatte, auf der man am Höhepunkt seiner Schönheit auf den Pausenknopf drücken konnte. Nein, wirklich: Schönsein war nicht alles im Leben.

Irgendwann schlief ich zwischen all diesen Zeugnissen der Selbstzerfleischung ein. Ich träumte von riesigen Torten, gefüllt und umhüllt mit Buttercreme und Schlagsahne und ich schlang sie in meinen schönen Körper, ich saugte sie auf und von jedem Bissen wurde der Körper noch schöner und noch schöner und immer größer und immer runder und irgendwann schwebte ich wie ein Luftballon über der Stadt und fühlte mich prall und prächtig.

14. Ins Wasser fallen
Verbrauch: 1004 Kalorien

Endlich kam der Samstag. Obwohl ich auf genügend Events dabei gewesen war, war ich nervöser als sonst. Heute wäre ich verantwortlich für den Ablauf. Ich und Li. In den letzten zwei Tagen hatten wir uns erstaunlich gut verstanden. Bereitwillig hatte ich ihr erklärt, was sie noch nicht wusste, und wir hatten beide gemeinsam tolle Ideen entwickelt, wie das Fest noch schöner werden konnte. Auch wenn man es uns nicht ansah: Wir passten hervorragend zusammen. Sie hatte ein gutes Gespür für das Arrangement und ich eines dafür, wie man dieses Arrangement herstellen konnte. Eigentlich perfekt! Unser erstes Event sollte glanzvoll werden, man sollte darüber sprechen und jeder sollte ahnen: Hier ist ein kleines, aber feines Unternehmen entstanden, das sich hinter dem großen Bruder nicht verstecken muss.

Pünktlich um halb zehn stand ich an der Agentur. Der Himmel über mir war von einem bleiernen Grau und ich hatte brav meinen kargen Frühstücksjoghurt leer gelöffelt, damit das Wetter besser würde. Bitte kein Platzregen! Zum Beispiel genau in dem Moment, in dem wir die Ballons steigen lassen wollten. Und der Flügel im Freien stünde. Alles konnten wir planen – nur das Wetter nicht.

Wir hatten beschlossen, dass ich fahren würde und wir nicht weiter darüber nachdenken würden, ob nun mit oder ohne Führerschein. Das Auto hatte Matze dankenswerterweise schon am Vorabend mit allem vollgeräumt, was wir mitnehmen mussten.

Li hatte mir genaue Anweisungen gegeben, was ich anzuziehen hätte, und sie bestand sogar darauf, mich zu schminken. »Insel, See, Berge, Klaviermusik, Romantik«, hatte sie gesagt und so wartete ich nun mit pochendem Herzen, dass Oskar auftauchen und in Ohnmacht fallen würde, so bald er mich sah. Li hatte schon ein Mode-Händchen: Ich trug ein weißes ärmelloses, glänzendes Top mit großem Kragen und einer lässig gebundenen schwarzen Schleife um den Hals. Ein schwarzer Gürtel betonte meine schlanke Taille und die ebenso weiß schillernde Marlene-Hose zeigte, wie flach mein Bauch war. Dazu trug ich – »ach, nur ein paar Sling Backs von Marc Jacobs«. Dass damit Schuhe, besser: zarte Sandalen mit Riemchen, und ebenfalls mit Schleifen garniert, gemeint waren, verstand ich erst, als sie sich um meine Füße schmiegten. Obwohl sie natürlich einen beachtlichen Absatz hatten, konnte ich ganz gut darin laufen. Ich hoffte nur, dass sich die Insel bei Regen nicht in ein matschiges Dschungelcamp verwandeln würde. Die Wolken sahen schon etwas weniger kompakt aus, bildete ich mir ein.

Mein Make-up war dezent, nur der glühend rot geschminkte Mund schrie geradezu »Küss mich«. Und ich wäre nicht abgeneigt gewesen, falls Oskar diese wortlose Aufforderung sofort verstanden hätte und ihr nachgekommen …

»Wo bleibt denn der Herr Moderator?«, riss mich Li aus meinen Überlegungen. Eigentlich hätte er schon vor fünf Minuten eintreffen müssen. Matze feixte, Oskar hätte vielleicht zu starkes Lampenfieber und sei daher nicht von der Toilette gekommen. Eine Überlegung, der ich nicht folgen wollte.

»Ruf ihn doch bitte mal auf dem Handy an«, bat ich Matze, der dies auch brav tat.

»Nichts«, kam er jedoch gleich wieder. »Nur die Mailbox.«

Wir gingen vor dem Haus hin und her, Li zupfte an ein paar Strähnchen in meiner Frisur herum (›du musst dringend einen Friseurtermin machen!‹), Matze rauchte zwei Zigaretten, wählte im Dreiminutentakt Oskars Handynummer und als nach zwanzig Minuten von ihm immer noch nichts zu sehen war, entschied ich, dass wir jetzt so losfahren würden. Li schrieb Oskar einen Zettel, dass er sich melden und gefälligst die BOB nehmen sollte, wir würden ihn dann in Schliersee abholen. Sie malte ein paar Blitze dazu und einen Totenkopf. Mit einem unguten Gefühl im Magen fuhren wir los.

»Haben wir auch alles?«, nervte ich Matze. Gemeinsam zählten wir auf, was wir brauchen würden, und Matze hakte eins nach dem anderen auf seiner Gedankenliste ab. Okay, dann müsste eigentlich alles passen.

Das Inseltaxi, ein solarbetriebenes Schifflein, würde uns in Schliersee abholen und uns mit Sack und Pack hinübertransportieren zum Wirtshaus im See und später auch die Gäste übersetzen. Nur der Jubilar und seine Familie würden im eigenen Segelboot kommen.

Als wir durch Miesbach fuhren, klingelte mein Handy.

»Wo seid ihr? Und wieso soll ich mit dem Zug fahren?«, blaffte Oskar und er klang schwer genervt.

»Äh, wir haben zwanzig Minuten auf dich gewartet. Auf dem Handy warst du nicht zu erreichen«, verteidigte ich uns. Kurze Stille, dann ein Rascheln.

»Hier auf der Dispo steht 10 Uhr 30 Abfahrt vor der Agentur. Es ist fünf vor halb elf. Wo ist das Problem?« Mir brach der Schweiß aus.

»Abfahrt war um halb zehn, nicht um halb elf.« Wieder Schweigen.

»Ich bin doch kein Analphabet! Hier steht halb elf!«

»Okay, das müssen wir nachher klären. Nimm ein Taxi zum Bahnhof und ...«

Ein Polizeiauto scherte direkt vor mir ein. Ich trat hart auf die Bremse.

»Scheiße, Polizei!«, entfuhr es mir. »Ich ruf dich gleich zurück.«

Während ich die Scheibe runterkurbelte, trommelte die Polizistin schon mit ihren Fingern ungeduldig auf das Dach meines Autos. Ein Blick in ihr aufgedunsenes, von Muttermalen und kleinen Wärzchen übersätes Gesicht ließ mich schlimmstes befürchten.

»Grüß Gott«, sagte sie beinahe jeden Buchstaben einzeln artikulierend. »Fahrzeugschein und Führerschein bitte.« Während Li in dem Portemonnaie wühlte, das bis vor acht Tagen noch meines gewesen war und den Fahrzeugschein hervorholte, tat ich, als suchte ich in Lis pinkstrassbesetztem Täschchen nach dem Führerschein.

Die Polizistin sah zum Fenster herein. Ihr Doppelkinn wurde böse vom zu engen Kragen ihres Diensthemdes malträtiert. Da hätte ich auch schlechte Laune gehabt.

»Ist das Ihr Fahrzeug?« Sie sah Li an. Diese nickte.

»Ähm, so was Blödes«, stammelte ich. »Ich glaub, ich hab' meinen Führerschein daheim liegen lassen. In meiner anderen Tasche.«

»Na, das lohnt sich ja. Hat die Dame vielleicht ihren Personalausweis dabei?« Ich kramte weiter und reichte ihr den Ausweis, der sich in der Seitentasche eines Kosmetiktäschchens befand. Mit einer zackigen Bewegung riss sie ihn mir aus der Hand.

»Na, dann schauen wir mal«, verabschiedete sie sich und ging zu ihrem Dienstfahrzeug, in dem ein Kollege saß und uns desinteressiert zuschaute.

»Scheiße«, schimpfte ich. »Die kann bestimmt sehen, dass du gar keinen Führerschein hast. Was dann?«

»Hä? Wer von euch hat denn nun keinen Führerschein«, ließ sich Matze mit einer Spur Belustigung von hinten vernehmen. »Kann übrigens bis zu einem Jahr Gefängnis geben, wenn man keinen Lappen hat.« Wir drehten uns beide zu ihm um und sagten einhellig: »Schnauze!« Er hob abwehrend die Hände.

Die Polizistin schleppte ihren trägen Körper wieder zu uns zurück und ihr madenhaft weißes Gesicht näherte sich meinem.

»Äh, Frau Kraska, so wie das unsere Datenbank sieht, haben Sie gar keinen Führerschein. Auch nicht in der anderen Tasche. Da kommt langsam einiges zusammen: Telefonieren ohne Freisprechanlage – 40 Euro und ein Punkt in Flensburg. Der Sie ja nicht weiter stört, so ohne Führerschein. Fahren ohne Führerschein – das kann schon ein paar Tagessätze kosten. Und Ihre Freundin da – wussten Sie, dass Sie jemandem Ihr Fahrzeug überlassen, der keine Fahrerlaubnis hat? Da kommt auf Sie auch einiges zu.«

Li schüttelte sehr langsam den Kopf. Sie sah richtig bestürzt aus.

»Ähm, Frau, ähm, Polizeimeisterin, wissen Sie, es war letztlich meine Schuld«, improvisierte sie. »Meine Freundin hier wollte nicht fahren. Aber wir haben einen dringenden Termin am Schliersee. Wir führen da einen riesigen Event durch – es ist unser erster Auftrag. Und mir war so schlecht vorhin – ich konnte mir nicht vorstellen, das Auto auch nur zwei Meter zu bewegen. Und Li …« Ihr Gesicht hellte sich ein klein wenig auf. »Li hat natürlich einen Führerschein. Allerdings einen aus den USA. Und weil wir aber so viel Stress die letzten Wochen hatten, hat sie es einfach noch nicht geschafft, ihn hier anerkennen zu lassen. Das wird sie garantiert nächste Woche machen. Versprochen! Von Frau zu Frau! Ehrenwort!« Mein Kopf war zwischen Li und der Polizistin hin und her geschnellt. Die Mimik der Polizistin wandelte sich von Abwehrhaltung über Langeweile bis zu verhaltenem Interesse mit einer Spur Erstaunen. Li riss mir das pinke Täschchen, das ich fest umklammert hielt, aus der Hand und wühlte darin herum. Tatsächlich fand sie im Seitenfach des Kosmetiktäschchens ein rosa Plastikkärtchen mit einem entzückenden Foto von einer deutlich jüngeren Li darauf, das sie der Polizistin reichte. Diese drehte und wendete es, zuckte schließlich die Schultern und ging erneut zu ihrem Fahrzeug zurück. Mir schien, als ticke die Uhr auf dem Armaturenbrett infernalisch laut. Li trommelte nervös von außen auf die Beifahrertür.

Mein Handy klingelte. Frau Rehle höchstpersönlich.

»Wir stehen hier am Bootssteg und kein Mensch ist da!« Sie klang nicht so, als würde sie irgendeine Erklärung akzeptieren.

»Wir hatten einen Autounfall«, sagte ich kühl. »Wir sind aber gleich da.« Und ich drückte die rote Taste.

»Du bist aber eine Optimistin«, sagte Matze düster. Endlich kam die Polizistin zurück.

»Okay«, fing sie an. »Da Ihr Aufenthalt in den USA, so wie

wir das hier auf die Schnelle prüfen können, schon mehr als drei Jahre zurückliegt, müssen Sie hier noch mal eine komplett neue Prüfung machen. Und jetzt steigen Sie ganz schnell aus und lassen Ihre Freundin hier ... Frau ... Döpke fahren. Den Bußgeldbescheid schicken wir Ihnen nach Hause. Und die Prüfung müssen Sie baldmöglichst nachweisen! Sonst kommt ein Strafverfahren wegen Fahrens ohne Fahrerlaubnis auf Sie zu. Verstanden? Und da wird Ihnen Ihr hübsches Näschen auch nichts nutzen. Einen schönen Tag noch!«

Wir stiegen beide aus und tauschten unter der strengen Beobachtung der Polizistin die Plätze. Li hatte mit einem Mal rote Flecken am Hals.

»Ich kann nicht fahren«, zischte sie so leise es ging. Ich schnallte mich an und legte ihr beruhigend die Hand auf den Unterarm.

»Tu, was ich dir sage«, flüsterte ich zurück. Matze verfolgte unser Gewisper interessiert.

»Schlüssel ganz umdrehen, Kupplung durchdrücken«, sagte ich, weiterhin eher zischend als sprechend.

»Das weiß ich schon noch«, antwortete Li. Wir grinsten der Polizistin durch die hoch gekurbelte Scheibe freundlich zu und ich winkte höflich. Matze ließ sich gegen die Rückenlehne seines Sitzes fallen und applaudierte.

»Na, das kann ja was werden«, feixte er. »Den nächsten Auftrag von Familie Rehle habt ihr schon so gut wie in der Tasche. Das wird die After-Gerichts-Party, nachdem sie euch erfolgreich verklagt haben. Wegen Festvereitelung oder so was.«

»Danke, du machst uns Mut«, erwiderte Li und funkelte ihn böse an.

»Schau nach vorne«, schrie ich und Li, die das Auto

tatsächlich mit ein paar dezenten Hopsern zum Fahren gebracht hatte, tat einen Schlenker. In Richtung Mittellinie. Ich fasste ihr ins Lenkrad und dirigierte das Auto zurück in die richtige Spur.

»Du kannst echt nicht fahren«, staunte Matze. »Aber wieso hast du dann ein Auto? Und einen Führerschein?«

»Ist ’ne lange Geschichte. Und kompliziert. Zu kompliziert für Jungs wie dich«, antwortete Li scharf.

»Konzentrier dich jetzt«, befahl ich ihr streng und spürte, wie sich meine schweißnassen Hände in meine Oberschenkel krallten. Was hässliche Knüllfalten im Stoff der Hose hinterließ.

Ich weiß nicht, wie wir es schafften. Aber um zwanzig nach elf standen wir tatsächlich am Bootssteg, an dem das Inseltaxi schon sehnsüchtig auf uns wartete. Oskar hatte mir mittlerweile eine SMS geschickt, dass er um 12.01 Uhr am Bahnhof ankommen würde. Ich simste zurück, er solle zum Bootssteg kommen, wo das Inseltaxi auf ihn warten würde.

Li hatte das Auto ziemlich schief in eine glücklicherweise ziemlich breite Parklücke bugsiert, nachdem sie unterwegs mindestens sechs Mal gesagt hatte, »parken kann ich aber gar nicht, das du das gleich weißt!« Ich war erstaunt, wie hektisch und unsouverän sie mit einem Mal war. Sonst hatte sie nichts aus der Ruhe bringen können, aber das Lenkrad schien ihr eine todbringende Gift- und Würgeschlange in einem zu sein. Immerhin hatte sie brav an jeder roten Ampel gehalten, von denen es nicht mehr allzu viele gegeben hatte. Und nach dem vierten Versuch war das Auto beim Anfahren auch nicht mehr ausgegangen.

Ein paar Sonnenstrahlen stießen durch die graue Wolkendecke und ich versuchte, kurz Kraft zu tanken, während uns das Schiffchen über den Schliersee brachte. Die Insel Wörth lag inmitten des Sees, ein kleines, grün schimmerndes Perlchen, auf dem es außer dem Wirtshaus nur einen hölzernen Bootssteg, ein Wäldchen und einen Aussichtsturm gab. Das Panorama war unglaublich. Hinter der Insel ragte der Brecherspitz auf, weiter links der Nagelspitz, wie uns der Bootsführer erklärte. Die Hänge schimmerten, genau wie die ganze Insel, in zartem Frühsommergrün und die sanften Hügel des Alpenvorlandes direkt am Seeufer gaben dem ganzen den Anschein einer Modelleisenbahn-Kulisse. Kurze Zeit vergaß ich den schlechten Start in diesen Tag und stellte mir vor, wie ich – ja, ich gestehe es – wie ich mit Oskar zwischen den Laubbäumen ein neckisches, kleines Versteckspiel spielen würde. Oder mit Franz. Oder mit diesem schnuckeligen Architekten. Den ich im Gegensatz zu Li ja eigentlich recht nett fand. Er konnte ja nichts dafür, dass der Hausbesitzer die Mieter vergraulen wollte und schlechte Handwerker beauftragt hatte.

Am lang gestreckten Stamm einer Birke, die direkt am Anlegesteg entlang wuchs, lehnte eine Frau in einem pastellgelben Kostüm und mit einem Schleier verzierten Hütchen auf schon von Weitem sichtbar hochtoupiertem Haar. Als wir anlegten, konnte ich ihre schmalen, zusammengekniffenen Lippen erkennen.

»Frau Rehle?«, fragte ich, während ich den ersten Fuß auf den Anlegesteg setzte. Was mit Sechszentimeterabsätzen nicht allzu elegant aussah. Ich überragte die Frau unseres Auftraggebers um gut 20 Zentimeter, was sie nicht daran hinderte, mich giftig anzubellen: »Na, sind Sie auch schon da? Das geht ja gut los! Wo ist denn Ihr Moderator? Dem muss ich gleich ein paar wichtige Dinge sagen!« Sie gehörte zu den Menschen, die es nicht für nötig befinden, einen Mindestabstand zu anderen Menschen einzuhalten. Ich befürchtete, ich würde gleich vom Bootssteg fallen, weil ich immer ein wenig zur Seite auswich, während sie mir viel zu eng auf den Fersen blieb. Li wurde von ihr nicht weiter beachtet, ebenso wenig Matze, der nun die Kartons mit unseren Utensilien vom Boot auslud und in Richtung Gasthaus schleppte.

Das Kribbeln in meinem Magen beruhigte sich erst, als ich den Festsaal betrat. Der gediegene und gleichzeitig überraschend modern gehaltene Raum war wunderschön geschmückt, dezent und festlich zugleich. Die warmen Töne der Holzpaneele an den Wänden sowie die hübsch geschwungenen Tische und Stühle harmonierten gut mit den zurückhaltenden Leuchtern an den Wänden. Am hinteren Ende des Saals fand sich ein alter, weißer Kamin aus Meißener Porzellan, der von einem üppigen Hirschgeweih überragt wurde. Weiches Licht rann durch die vielen bodentiefen Fenster in den Saal. Der Flügel war im Übergang zum Biergarten aufgestellt, so dass man ihn später unkompliziert durch die breiten Flügeltüren auf die – glücklicherweise überdachte – Terrasse schieben konnte. Der cremegelbe Blumenschmuck und die elfenbeinfarbenen Kerzen passten schon mal hervorragend zum Kostüm unserer Auftraggeberin. Ich atmete auf.

»Ja, aber wo können wir denn die Einlagen machen?«, fragte Frau Rehle und zog mitsamt der Augenbrauen ihre Hochfrisur empor.

»Oben auf der Galerie wird mein Kollege gleich den

Beamer und eine Leinwand aufbauen. Wir dachten, es ist für alle Vorführenden befriedigender, wenn sie so eine Art Bühne bekommen und ihnen jeder seine volle Aufmerksamkeit schenken kann. Wenn dazwischen immer mit dem Besteck geklappert wird, ist das doch nicht wirklich schön, oder?« Wieder zog sie die schmalen Lippen noch schmäler, aber schließlich nickte sie zustimmend.

»Wo ist denn eigentlich der Jubilar?«, fragte ich nun und sie geleitete mich zu einem älteren Herrn, der unter einem der weißen Sonnenschirme im Biergarten Platz genommen hatte. Um ihn herum tobten vier der etwa sieben Enkelkindern zwischen schätzungsweise eineinhalb und sechs Jahren. Herr Rehle sah seltsam unbeeindruckt aus.

»Mein Mann«, stellte Frau Rehle den Mann im schwarzen Anzug schlicht vor. »Hans, das ist die Dame, die deinen Geburtstag organisiert. Sag mal ›Guten Tag‹.« Seine kleinen hellblauen Äuglein gingen in dem runden Gesicht beinahe verloren. Er sah wie durch mich hindurch und murmelte das Gewünschte. Ich gratulierte ihm, aber er schien mich gar nicht zu hören.

»Sind Sie denn nicht die Gabriele? Wo ist denn die Gabriele?«, fragte er kopfschüttelnd. Seine Frau legte ihm beruhigend die Hand auf den Rücken und führte ihn in Richtung des Festsaals.

»Die Gabriele ist doch in Rio. Die kann doch gar nicht kommen«, wiederholte sie ihre Sätze mehrmals. Sie setzte ihren Mann behutsam an einen der geschmückten Tische und bat die Bedienung um ein Glas stilles Wasser.

»Mein Mann«, wandte sie sich dann sehr ernst an mich, »leidet an Altersdemenz. Es war aber immer sein Wunsch, seinen 70sten Geburtstag noch richtig groß zu feiern. Diesen Wunsch wollte ich ihm gerne erfüllen. Auch wenn solche Tage, die nicht in der gewohnten Form verlaufen, für ihn sehr anstrengend sind. Bitte behalten Sie das im Kopf!« Ich nickte und drückte spontan ihre Hand. Aus der etwas überkandidelten Dame war in meinen Augen plötzlich eine fürsorgliche und liebevolle Ehefrau geworden, deren Haltung ich mit einem Mal bewunderte.

»Wir werden diesen Tag zu einem wunderschönen, unvergesslichen Erlebnis werden lassen«, antwortete ich regelrecht gerührt – und lief dann rasch rot an. Einem Demenzkranken konnte man sicherlich nur schwer einen unvergesslichen Tag bereiten ...

Glücklicherweise legte sich eine Männerhand auf meine Schulter und als ich mich mit einem »Sie entschuldigen mich« umdrehte, sah ich in Oskars blaue Augen, die zwar wunderhübsch waren, aber leider auch etwas ärgerlich schauten.

»Hallo, Li«, grüßte er kühl. Er hielt mir die Dispo unter die Nase, auf der ich tatsächlich 10 Uhr 30 als Abfahrtszeit lesen konnte. Ich schüttelte verwirrt den Kopf und zog meine Dispo aus der Tasche. Dort war 9 Uhr 30 zu lesen. Wir sahen uns ratlos an.

»Okay«, versuchte ich eine Entschuldigung. »Da ist von unserer Seite wohl irgend etwas schief gelaufen. Du bekommst natürlich alle Auslagen ersetzt und einen kleinen Bonus für die Unannehmlichkeit. Ist das okay?«

»Ach, darum geht es gar nicht«, antwortete er und seine Stimme klang schon wieder eher wie die von Klein-Hannas Papa. »Ich fand es bloß keinen guten Einstand, wenn ihr beim ersten Mal das Gefühl haben müsst, ich sei unzuverlässig. Das ist nämlich ein Wesenszug, der mir völlig fremd ist.« Ich strahlte ihn an und endlich sagte er die magischen Worte: »Du siehst toll aus!« Arme um den Hals schlingen, abknutschen, gemeinsam im Schilf verschwinden, das war mein Plan für die nächsten zwanzig Minuten.

Stattdessen kam Li hektischen Schrittes auf uns zu. Sie winkte mich herbei und zog mich am Arm in Richtung der Galerie. Oskar folgte.

»Scheiße, der Beamer, den wir mitgebracht haben, funktioniert irgendwie nicht«, japste sie. »Matze macht schon seit zehn Minuten daran herum, aber er bringt ihn einfach nicht zum Laufen.« Schweiß zeichnete sich unter ihren Achselhöhlen ab, als sie vor mir die Treppe hinaufschnaufte. Ihr Popo wackelte in einem asymmetrisch geschnittenen weiten Rock, der in allen Regenbogenfarben schillerte. Darüber trug sie ein schwarzes, schlichtes Strickoberteil mit einem großen U-Boot-Ausschnitt. Sie duftete verführerisch und tänzelte in ähnlichen Riemchensandalen, wie ich sie trug, die Galerie entlang.

Matze hatte die Ärmel seines karierten Hemdes weit nach oben gekrempelt und schraubte an dem Beamer herum.

»Tut nichts«, sagte er lapidar. »Hab ihn gestern noch in der Agentur ausprobiert, da war alles paletti.«

Durchs Fenster konnte ich beobachten, wie das Inseltaxi mit der ersten Ladung Gäste anlegte.

»Okay«, dirigierte ich. »Matze, du tust dein bestes, Natascha, wir zwei gehen in Position unten und nehmen die Gäste in Empfang. Oskar – du … äh …«

»Ich weiß Bescheid«, lächelte er. »Gleich kommt das Begrüßungsständchen, mit dem Pianisten habe ich mich schon abgesprochen. Ein alter Bekannter von mir übrigens. Wir haben uns im Zug getroffen. Wenn das Dessert serviert wird, mache ich weiter. Und falls das mit dem Beamer nichts wird – der Flügel gibt sicher nicht so schnell den Geist auf.«

Er verschwand nach unten und Li und ich folgten. Kaum hatten die Gäste den festlichen Saal betreten, schwand meine Aufregung. Und das konnte sie auch.

Der Pianist spielte zur Begrüßung ein paar Lieder von Schubert und forderte mit einer Geburtstagsmelodie die Gäste zum Ergreifen der Champagner-Gläser auf. Der Jubilar saß rotwangig und mit feuchten Augen dazwischen. Es war nicht ganz klar, ob er verstand, was hier nun so genau passierte, aber er wirkte zumindest ganz zufrieden.

Das Essen war sensationell, zumindest der Nachtisch, von dem ich ein kleines Schälchen probieren durfte. Heute drückte sogar Li ein Auge zu. Schwesterlich teilten wir uns einen Eis-Marillenknödel auf Waldbeeren-Ragout. Und dann war Oskar an der Reihe. Er wusste bereits, dass es Matze nicht geschafft hatte, den Beamer in Gang zu bringen. So konnte der Film, den ein Familienmitglied zusammengeschnitten hatte, natürlich nicht gezeigt werden. Entgegen unserer Pläne, die Einlagen an einem anderen Ort stattfinden zu lassen, bat Oskar die älteren Kinder, die für ihren Großvater ein Blockflöten-Ständchen eingeübt hatten, zu sich an den Kamin. Tränen der Rührung schimmerten in den Augen der vielen, zum größten Teil älteren Gäste. Herr Rehle klopfte begeistert mit dem Fuß den Takt und summte die Melodie der kleinen Volkslieder fröhlich mit. Auch ein Sketch, den sein Neffe und eine Cousine zweiten Grades zum Besten gab und der an die berühmte Orchesterprobe von Karl Valentin erinnerte, brachte die

Gäste in Hochstimmung. Nur der jüngere Bruder des Jubilars war verstimmt, weil eben sein Film nicht gezeigt werden konnte. Stattdessen kündigte Oskar einen musikalischen Querschnitt durch das Leben von Hans Rehle an. Er schritt – in seinem schwarzen Smoking konnte er gar nicht anders als schreiten – zum Flügel und gab dem Pianisten ein Zeichen. Und dann begann er zu singen. Mir kribbelten die Hände und in meinem Magen zog es. Ich konnte die Augen nicht abwenden und der Applaus der Gäste drang nur gedämpft in mein Bewusstsein. Oskar hatte witzige Lieder wie »Was macht der Mayer auf dem Himalaja« oder »Geh'n Se' mit der Konjunktur« von Hazy Osterwald aus den sechziger Jahren parat, brachte die Damen zum Schwelgen durch 70er-Jahre-Schlager von Rex Gildo und die jüngeren Gäste zum Mitsingen bei einem Potpourri der neuen deutschen Welle aus den 80ern. Egal was geplant gewesen war, den Gästen war es einerlei. Hans Rehle wagte sogar ein Tänzchen mit seiner Gattin und die Musik schien seine Krankheit geradezu wegzubeamen.

Li und ich gaben uns ein kräftiges Highfive, als wir gemeinsam die Damentoilette besuchten.

»Ist er nicht unglaublich?«, fragte ich mit verträumter Stimme.

»Der Jubilar?«, entgegnete Li sarkastisch. »Ja, Oskar macht seine Sache gut, keine Frage. Obwohl er mir ein kleines bisschen zu schmalzig ist.«

Dann war es ja …

… gut gelogen, dachte ich. Eigentlich war er tatsächlich ganz knuffig. Und auf Musiker hatte ich schon immer gestanden. Wobei, wenn ich so an mir herunter sah – ob er auf mollige Eventagentur-Geschäftsführerinnen stand, blieb dahingestellt. Aber – wer nicht wagt, der nicht gewinnt. Wenn ich wollte, konnte ich ja schon charmant sein. Falls er mir trotzdem einen Korb geben würde, könnte ich das locker wegstecken. Sooo toll war er nun auch nicht. Und Natascha hätte ich in jedem Fall eins ausgewischt. Sollte sie doch glauben, nur weil sie jetzt so schön war, wäre es mit den Männern einfacher. Der würde ich's zeigen!

Ich wanzte mich an Oskar heran, der gerade versuchte, ein Glas Bier in einem Zug auszutrinken. Er und der Pianist hatten sich auf eine Pause verständigt. Das Publikum dagegen wollte noch mehr hören. Oskar vertröstete sie auf später.

Draußen legte sich die Abenddämmerung über den See und die Insel. Die Sonne verschwand majestätisch hinter barocken, grauen Wolken. Genau die richtige Zeit für unsere Luftballonaktion.

Matze und der Pianist rollten das Klavier vorsichtig durch die großen Flügeltüren nach draußen.

»Hilfst du mir, die Kärtchen an die Gäste zu verteilen?«, fragte ich Oskar und fasste ihn am Ellenbogen.

»Gerne«, antwortete er und gemeinsam gingen wir in den Nebenraum, wo unser Equipment lag.

»Du bist wirklich ein toller Sänger«, lächelte ich ihn an. »Du hast unser Programm gerettet.«

»Man tut, was man kann«, gab er bescheiden zurück. Ich drückte ihm einen Stapel Kärtchen sowie Kugelschreiber in die Hand. Jeder sollte einen Wunsch für Hans Rehle darauf schreiben. Ich sah mich nach Matze um.

»Fängst du schon mal an, die Luftballons aufzublasen«, wies ich ihn an. »Li hilft dir bestimmt gerne.«

Natascha, die gerade zur Tür hereinkam, sah erstaunt Oskar neben mir stehen.

»Du warst klasse«, strahlte sie ihn an und ich hatte den Eindruck, sie würde ihm gleich um den Hals fallen.

»Kommst du mit?«, forderte ich ihn eine Spur zu streng auf. Er lächelte Natascha höflich an und folgte mir.

Wir verteilten Kärtchen, Stifte und Erläuterungen und gingen dann auf die Terrasse. Von den Luftballons war noch nichts zu sehen. Nur die Gasflasche zum Befüllen stand einsam herum.

Natascha stürzte mit hochrotem Gesicht auf uns zu.

»Er hat die Luftballons nicht eingepackt!«, raunte sie. Matze trottete mit zerknirschtem Gesicht hinter ihr her.

»Und jetzt?«

»Jetzt schießen wir ihn auf den Mond«, sagte ich. »Mitsamt der Wunderkerzen.«

»Ich bin ganz sicher, dass ich die Dinger eingepackt habe«, winselte der Delinquent.

»Gibt's hier nicht Teelichter?«, fiel mir plötzlich ein. Natascha gewann das Strahlen in ihrem Gesicht zurück. Sie verstand sofort, was ich meinte, und stürzte in Richtung Küche davon. Kurz darauf kam sie mit einem großen Beutel kleiner Kerzen zurück.

Es sah fantastisch aus. Nachdem die ersten Teelichter, in die wir die Wunderkerzen gepiekst hatten, nach wenigen Metern abgesoffen waren, hatten wir nun den Trick raus. Oskar war nicht nur ein guter Sänger, sondern hatte auch Ingenieursqualitäten. Über den See schwammen nun kleine brennende Wunderkerzenschiffchen. Die

Wünsche hatten wir kurzerhand mit ein paar Schleifen in einen üppigen Oleanderbusch drapiert, der auf der Terrasse stand. Frau Rehle schimmerten Tränen in den Augen. Der Jubilar dagegen hielt auf einem der Liegestühle, die auf der Terrasse standen, ein kleines Nickerchen.

Oskar stand zwischen Natascha und mir. Plötzlich legte er seine Arme um unsere Schultern.

»Das habt ihr toll hinbekommen«, sagte er. So eine Lobhudelei den ganzen Tag.

»Ja, aber Matze hat trotzdem noch ein Bad im See verdient«, lachte ich. Oskar sah mich mit breitem Lausbubengrinsen an.

»Na, dann komm«, sagte er und wir machten uns auf die Suche nach ihm. Er kauerte brav am Seeufer gleich neben dem Anlegesteg und präparierte die letzten Teelichter mit Wunderkerzen. Natascha folgte mit ein paar Schritten Abstand.

Wir erwischten ihn von hinten. Jede Gegenwehr war zwecklos. Oskar und ich packten jeweils einen Arm und ein Bein von ihm und bevor Matze auch nur »Hilfe« rufen konnte, lag er schon im Wasser. Er prustete und gab affenartige Schreie von sich. Oskar und ich lachten laut. Natascha wusste offenbar nicht so recht, wie sie reagieren sollte. Dann holte Matze zum Gegenschlag aus. Er versuchte, uns nass zu spritzen, kam krokodilsartig wieder zurück ans Ufer und packte mich am Bein. In letzter Sekunde konnte mich Oskar festhalten und diesem menschlichen Seeungeheuer entreißen. Wir johlten vor Vergnügen und kippten einfach um. Sein Arm lagen unter meiner Taille. Mein Bein hing quer über seinem.

»Hab ich dich zerquetscht?«, fragte ich vorsichtshalber. Was einen Lachanfall auslöste.

»Natascha, bitte«, zischte Natascha. »Man wartet drinnen auf uns!« Matze kam mit Algen behängt aus dem Wasser heraus. Er breitete die Arme aus und ging steif und schwankend wie ein Golem. Ich kicherte immer noch vergnügt.

»Du Spaßbremse«, rief ich Natascha zu.

»Na, es könnte ja Lis schicker Hosenanzug ruiniert werden«, lachte Oskar.

Natascha drehte sich um und verschwand in Richtung Haus.

»Ich such mal ein Handtuch für Matze«, behauptete sie. Unser Praktikant folgte ihr Wasserlachen hinterlassend. Wir waren allein. Und mit einem Mal fand ich alles gar nicht mehr lustig. Ich rappelte mich hoch und starrte auf die glatte Wasseroberfläche, die inzwischen wieder ganz im Dunkeln lag. Die Wolken verdichteten sich immer mehr. Ein kühler Wind kam vom See. Jetzt erst bemerkte ich, dass ich nicht ganz trocken geblieben war.

»Kalt«, sagt Oskar und legte sanft einen Arm um mich. Mir schauderte. Ich war verwirrt. Ausnahmsweise wusste ich einmal nicht, was ich sagen sollte.

Irgendwie war ich stolz, dass ich hier mit ihm saß. Ich, die dicke Li. Nicht Li, die Schöne. Offenbar war ich auch ohne schöne Hülle ganz attraktiv. Er streichelte sanft über meinen Oberarm. Wir genossen die Stille. Vom Wirtshaus her hörte man gelegentlich ein Lachen, das leise Spiel des Klaviers, das nun wieder im Gastraum stand. Natascha und ich wurden offensichtlich nicht mehr gebraucht, der Abend nahm einfach seinen Gang. Ich lehnte meinen Kopf gegen Oskars Schulter.

»Ich glaube, sie ist ein bisschen verliebt in mich«, sagte er nun. Ich richtete mich abrupt auf.

»Li?«, fragte ich. Er nickte.

»Und du?«

Oskar ließ mich los, hob ein Steinchen auf und warf es in Richtung See. Es platschte leise und die Ringe auf der Oberfläche des Wassers wurden von einer Windbö verweht.

»Ich weiß nicht. Sie verwirrt mich. Ehrlich gesagt, ihr verwirrt mich beide ziemlich.«

»Inwiefern?«

Er zuckte ratlos mit den Schultern. »Mir wird langsam zu kalt.«

»Mir auch«, nickte ich und stand auf. Er überragte mich um gut einen Kopf. Er sah mir lange in die Augen. Alles war möglich. Und ich wusste nicht, was ich tun sollte. Er offenbar auch nicht. Ein Tropfen fiel. Er glitt in meinen Ausschnitt. Eine Gänsehaut überlief mich. Sein Gesicht kam ein wenig näher. Mein Magen zog sich zusammen.

»Natascha«, rief mich eine Frauenstimme. Damit war nicht ich gemeint. Ich war nicht Natascha. Ich trug nur ihren Körper. Was sich im Moment gar nicht mal so schlecht anfühlte. Oskar drehte sich zu Natascha um. Natürlich sah er Li. Ihre schlanke Gestalt wurde vom Licht des Gasthauses hinter ihr perfekt illuminiert. Wie ein Schilfrohr schwankte sie ein wenig. So zart wirkte sie, wie ein kleines Mädchen. Am liebsten hätte ich ihren Anblick weggezappt. Ich hatte nur keine passende Fernbedienung. Oskar betrachtete sie über meinen Kopf hinweg.

»Ist sie nicht wunderschön?«, hörte ich mich sagen. Bin

ich nicht wunderschön, wollte ich sagen. Oskar nickte nur. Natascha kam näher. Ihr Blick war finster.

»Unsere Arbeit hier ist noch nicht beendet«, sagte sie scharf, biestig. Oskar sah betreten auf seine Schuhspitzen.

»Das war unprofessionell, Entschuldigung«, sagte er zu meinem großen Erstaunen. »Ich such mir auch ein Handtuch.« Er ließ uns einfach stehen.

»Du bist doch nur sauer, weil Oskar auf mich abfährt«, sagte ich, sobald ich sicher war, dass er uns nicht mehr hören konnte. Der Regen fiel dichter. Natascha schien das egal zu sein.

»Es ist ekelhaft, wie du dich Männern aufdrängst«, entgegnete sie nun. »Musst du in jeder Sekunde bewiesen bekommen, dass du eine Frau bist? Weißt du das nicht auch so?«

»Du bist doch nur neidisch, weil du jetzt merkst, dass es eben nicht nur am Gewicht liegt, ob dich ein Mann wahrnimmt oder nicht«, gab ich zurück. »Man muss auch Persönlichkeit haben und nicht nur so dumpfbackig vor sich hin brüten wie du immer. Mit dir langweilt sich doch jeder Mann zu Tode, egal ob du schön bist oder nicht.«

Der Wind rauschte mit einem Mal laut in den Bäumen. Über den Berggipfeln zuckte der erste Blitz. Natascha packte mich am Arm.

»Na, dann komm«, schrie sie. »Wir gehen jetzt da auf den Aussichtsturm. Wir stellen uns auf sein Dach! Und wenn uns der Blitz wieder trifft, dann bekommst du deinen dürren Körper gerne zurück. Ich will ihn nicht mehr haben!«

»Ich will ihn auch nicht mehr haben«, schrie ich zurück. Was redete ich da? Nichts wollte ich lieber. Aber dann? Würde mich Kiran nicht mehr anschauen, weil ich ihm zu schön war. Würde mich Oskar zwar vielleicht wollen, wäre aber vollends verwirrt und ich … keine Ahnung.

Natascha zog an meinem Arm und ich stolperte durch den Regen und die Dunkelheit hinter ihr her in Richtung des hölzernen Aussichtsturms. Gute sechs Meter ragte er neben dem Gasthaus empor. Sie zerrte mich die Stufen hoch, während der Donner grollte und es kurz darauf für Sekunden taghell war.

»Lass mich los«, schrie ich, aber sie war wie besessen und umklammerte mein Handgelenk. »Wir könnten auch ganz einfach sterben, wenn uns der Blitz trifft! Schon mal daran gedacht?«

Sie zuckte die Schultern und mit einem Schlenkern schleuderte sie die Schuhe von ihren Füßen. Barfuß hatte sie noch besseren Stand als ich mit meinen dicken Beinen in den zierlichen Sandalen. Wie ein Furie riss sie an mir und ich folgte ihr widerwillig. Die Gedanken fuhren Karussell in meinem Schädel. Ich hörte, wie ich schnaufte, wie mir die Puste ausging. Wer wollte ich sein? Ich wusste es nicht. Wie erschreckend!

Vielleicht war ja wirklich eine Radikallösung notwendig. Vielleicht konnten wir so zurück kehren und alles würde sich auflösen. Plötzlich war ich mir ganz sicher. Wir mussten uns dem Blitz stellen. Es gab keine andere Lösung.

Gegenseitig halfen wir uns, über die Brüstung des Aussichtsturms auf das nur leicht schräge Dach hinaufzuklettern. Natascha lächelte mich mit einem Mal freundschaftlich an. Beinah liebevoll.

Das Gewitter war nun direkt über uns. Ein Blitz zuckte

ganz nah vorbei. Natascha richtete sich in ihrer ganzen, derzeitigen Größe auf und streckte die Arme in den Nachthimmel.

»Blitz«, schrie sie. »Hier sind wir! Triff uns! Ich will meinen Körper zurück! Ich will wieder ich sein!« Sie packte meine Hand und riss meinen Arm ebenfalls nach oben. Der Regen durchweichte unsere Kleidung endgültig. Mein schwarzes Oberteil hing wie ein Sack an mir herunter. Meine Brüste zeichneten sich deutlich darunter ab. Nataschas weiße Bluse wirkte durchsichtig. Ein Blitz fuhr direkt in den Baum neben uns. Der Donner grollte nur Bruchteile später über unsere Köpfe. Wir klammerten uns aneinander und gingen in die Hocke. Das Schindeldach war mittlerweile nass und glitschig. Ehe uns der Blitz traf, würden wir abstürzen.

»Hören wir auf mit dem Quatsch«, befahl ich daher Natascha. Sie blickte mich völlig geistesabwesend an. »Das bringt doch nichts. Das ist doch totaler Irrsinn. Lass uns runterklettern.«

Aber es ging nicht. Sobald wir versuchten, einen Fuß aufzusetzen, gerieten wir ins Rutschen. Die Schräge des Daches hielt uns nicht. Wir legten uns flach hin, mit den Füßen in die entgegengesetzte Richtung und versuchten, uns an den Händen festzuhalten.

»Matze«, schrie ich.

»Oskar«, schrie Natascha. Die dicken Regentropfen wurden langsam feiner. Das nächste Donnergrollen kam von weiter fort. Der dazugehörige Blitz war schon wie ein ferner Gruß.

»Vielleicht lassen wir einfach los und tauschen im Sturz unsere Körper«, schlug ich nicht wirklich ernsthaft vor.

»Und landen beide im Rollstuhl, super Idee«, antwortete Natascha. »Oskar!« Es klang eher kläglich. »Lange halte ich das nicht mehr aus.« Unsere Füße fanden einfach keinen Halt auf dem glitschigen Dach. Endlich hörte ich unter uns Rascheln.

»Oskar, Matze«, rief ich sicherheitshalber.

»Wo seid ihr?«, antwortete eine Stimme von unten. Schade, dass wir ihre Gesichter nicht sehen konnten, als sie uns auf dem Dach des Aussichtsturms entdeckten.

»Seid ihr verrückt?«, brüllte Oskar. Dann stürmten die beiden Männer die Stufen hoch. Es wurde allerhöchste Zeit. Ich hatte das Gefühl, man kugelte mir ganz langsam die Arme aus. Endlich spürte ich eine Hand, die mein Bein umklammerte.

»Lasst euch langsam los«, kommandierte Matze. »Wir versuchen, euch aufzufangen.« Ich hatte keine Zeit zu überlegen, ob das überhaupt funktionieren konnte. Glücklicherweise rutschten wir nicht wie Pinguine über eine Eisscholle, sondern nur Stückchen für Stückchen. Matze umklammerte meine Beine und dirigierte sie auf die Brüstung. Endlich hatte ich wieder festen Stand. Ich ging langsam in die Hocke, während Matze mir beide Hände reichte. Ein kleiner Sprung – und ich stand wieder im Aussichtsturm. Natascha hatte es mit Oskars Hilfe ebenfalls geschafft. Wir ließen uns erschöpft auf den Boden fallen und lehnten uns gegen die Holzwand.

»Was um alles in der Welt habt ihr dort oben gemacht?« Oskar klang richtig wütend. »Ihr hättet abstürzen und tot sein können, Mensch!«

»Ein Wunder, dass euch kein Blitz getroffen hat«, ergänzte Matze, der schon wieder ziemlich nass aussah. Ich hob ratlos die Schultern.

»Ich wollte … irgendwie … also …«, stotterte Natascha.

»Sie ist da raufgeklettert und ich wollte sie wieder runterholen«, unterbrach ich sie.

»Wolltest du dich umbringen, oder was?«, fragte Oskar bestürzt.

»Quatsch. Ich …« Sie schüttelte den Kopf, so dass Wassertropfen aus ihren Haaren sprühten. »Ich würde gerne nach Hause fahren.«

»Und das Fest?«, fragte ich besorgt.

Matze setzte sich nun neben mich.

»Ist eh in Auflösung begriffen. Der Jubilar schläft schon und der Rest will wohl auch gehen.« Ich atmete erleichtert auf.

»Und es haben euch alle sehr gelobt«, fügte Oskar an.

Glücklicherweise besaß Oskar einen richtigen, echten, gültigen Führerschein und brachte uns nun nach München zurück. Einigermaßen in Würde hatten wir alles eingepackt und per Inseltaxi zurück an Land befördert. Natascha hatte ein trockenes Ersatz-Jackett von Oskar über die Schultern gelegt bekommen. Ich hatte mich in eine Decke gehüllt, die im Kofferraum des Wagens gelegen hatte. Nun schlummerte Natascha auf dem Rücksitz und Matze starrte schweigsam in die Nacht hinaus. Ich saß neben Oskar. »Mein dicker Hintern passt besser auf den Beifahrersitz«, hatte ich selbstbewusst erklärt – und jetzt sangen wir beide ein Lied im Radio mit und schunkelten andeutungsweise dazu. Hatte Peter Fox den Song für mich geschrieben?

»Schüttel deinen Speck – schüttel deinen Speck«, grölten wir ausgelassen.

»Hey, ich hätte tierisch Lust, noch tanzen zu gehen«, rief ich. »Ich war schon ewig nicht mehr im P1.« Sein knapper Seitenblick irritierte mich nur kurz. Als wolle er sagen – du im P1?

»Och nee«, schaltete sich Matze von hinten ein. »Das P1 ist dermaßen uncool.«

»Musst ja nicht mit«, schnitt ich ihm das Wort ab.

»Ich will nur noch heim«, stöhnte Natascha. Oskar drehte sich kurz zu ihr um.

»Na, hör mal, es ist gerade mal elf und morgen ist Sonntag!« Ihr und mein Blick trafen sich. Sie wusste, was ich nicht aussprechen musste. Kommst du jetzt nicht mit, gehört er mir.

»Okay«, willigte sie ein und Oskar fädelte sich auf dem Altstadtring ein, auf dem Verkehr wie zur Rushhour herrschte. Glücklicherweise bekamen wir in einer Seitenstraße der Prinzregentenstraße tatsächlich einen Parkplatz.

Ich konnte nicht behaupten, dass das P1 meine Lieblingsdisco war. Ich war eher hingegangen, weil die Leute, mit denen ich gelegentlich unterwegs war, auch dort hingingen. Und die gingen hin, weil sie wieder Leute kannten, die dort hingingen. Wir waren alle jung und schön und die meisten immer ein bisschen gelangweilt. Deshalb war es ganz lustig, im P1 zu stehen und zu beobachten, wie ältere Herren versuchten, junge Mädels von der Prallheit ihrer Hosentaschen zu überzeugen. Was sich selbstverständlich nur auf den Inhalt ihrer Geldbeutel bezog. Ich war immer so etwas wie immun gewesen. Meist hatte ich Franz mitgenommen, der mich vor blöder Anmache beschützte. Außerdem konnte ich gut durch Leute hindurch schauen, wenn ich sie nicht sehen wollte.

Der Türsteher war neu. Ein bulliger Typ mit einem sehr schmal rasierten Kinnbart, der bis in die Koteletten überging. Ganz in schwarz gekleidet, nur sein Basecap leuchtete orange. Das Auffälligste waren seine basedowschen Glubschaugen. Er wollte uns schon hinein winken, als er mich entdeckte.

»Die nicht«, sagte er nur und sah demonstrativ von mir weg zum Eingang hinein.

»Wie – sie nicht?«, empörte sich Oskar. Immerhin sahen wir alle etwas ramponiert aus. Nur Natascha sah als einzige schön ramponiert aus.

»Nee, is' nicht«, maunzte der Türsteher. »Zu fett.« Ich schnappte nach Luft. Und Natascha rastete aus. Einen Moment lang sah es so aus, als würde sie ihm mit ihren langen Fingern die Augen ausstechen wollen.

»Du aufgeblasener Frosch«, brüllte sie ihn an. »Du wagst es, meine Freundin zu beleidigen? Geh, und spül dir dein dreckiges, böses Maul aus. Was glaubst du eigentlich …«

»Li«, Oskar legte ihr besänftigend die Hand auf den Arm. Sie stieß ihn verärgert weg. Der Türsteher tat, als würde er sie gar nicht hören. Natascha war nicht zu bremsen.

»Du siehst aus wie eine zertrampelte Kröte und wagst es über andere Menschen …«

»Schluss jetzt«, schrie er plötzlich sie an. Dann macht er eine scheuchende Bewegung mit den Fingern – in Richtung Eingang. »Geht, los geht«, wies er uns an.

»Nee«, triumphierte Natascha. »Auf euren Scheiß-Club haben wir überhaupt keinen Bock. Echt nicht.« Sie drehte sich mit königlich hochgerecktem Haupt um und stolzierte von dannen. Und wir folgten kichernd.

»Wow«, sagte Oskar. »Starker Auftritt.« Er holte Li ein und schob seinen Arm unter ihren.

»Wir könnten's ja in der ›Registratur‹ probieren«, schlug Matze vor. Und das taten wir auch.

Problemlos.

15. Ekstatisch Tanzen
Verbrauch: 7981 Kalorien

Als Erstes stolperten wir über Kiran Devi. In einem weinroten Seidenhemd, das ihm so gut stand, dass mir – wäre ich ein männerliebender Mann – gleich auch etwas stehen würde.

»Hey, Natascha«, freute er sich und küsste mich auf die Wangen. Wie das prickelte. Natascha selbst beobachtete uns verwundert und verzog sich dann auf die Tanzfläche. Durch die ziemlich lauten Beats hindurch war ein Gespräch nur schwer möglich. Kiran nahm mich einfach an der Hand und wir begannen zu tanzen. Alles verschmolz. Der Elektrosound fuhr durch meinen Körper und bewegte ihn. Ich musste nichts tun, als mich hinzugeben. Kiran machte schlangenartige Bewegungen. Rechts und links neben meinem Körper, von oben nach unten, von vorne nach hinten. Gleich würden ihm weitere Arme wachsen wie einem indischen Gott. ›Schüttel deinen Speck, schüttel deinen Speck‹, flüsterte mir der Rhythmus ins Ohr. Ich presste alles Runde, alles Weiche, alles Warme, meine ganze Weiblichkeit nach außen. Ich spürte jede Faser mitschwingen und reckte die Arme weit über den Kopf. Ich war selbst eine Gottheit, eine Göttin der Fruchtbarkeit, eine …

… Männer verschlingende Wanze! Wie sie sich da produzierte! Jedem ihr Fett nicht nur zeigte, sondern geradezu aufs Auge drückte. Ich hätte das nie gewagt. Ein Kreis bildete sich um sie und Kiran und alle klatschten, während Li wie eine Bauchtänzerin herumhoppelte. Sie machte sich zum Affen, wollte ich denken, aber es ging eine solche Energie von ihr aus, die ich bis in die Fußspitzen spürte und der auch ich mich hingeben wollte. Ohne zu überlegen zog ich den neben mir mitwippenden Oskar auf die Tanzfläche und nun kreisten wir zu viert umeinander, belauerten einander wie Steppentiere, und die Menge fing zu johlen und zu pfeifen an. Mal spürte ich Kirans warmen Atem im Nacken, mal rieb ich meinen nackten Oberarm an Oskars Hals. Dann umschlang ich Li, ich umschlang mich selbst und wurde von ihr aufgesogen und wir drehten uns schneller und schneller und unsere Körper gingen ineinander auf und ich wusste nicht mehr, welcher Arm, welches Bein, welche Brust zu mir gehörte. Alles um uns tanzte nun, war Bewegung, die Grenzen der Körper hatten sich aufgelöst und alle Hemmungen. Vielleicht lag es auch an dem Gin Tonic, den ich, nachdem wir hier angekommen waren, auf beinahe nüchternen Magen heruntergekippt hatte.

Im ersten Moment dachte ich, die Hand, die sich nun auf meinen Hintern legte, gehörte Oskar. Aber da sah ich, wie er sich am andern Ende des Raums zu Li hinunter beugte und mit ihr redete. Ich drehte mich irritiert um und erblickte das fiese Grinsen eines juvenilen Volldeppen, den ich nie zuvor gesehen hatte. Er konnte sicher eher meinen aufgerissenen Mund und meine zornige Mimik sehen, als dass er meine Beschimpfungen verstand. Zumindest kümmerte er sich nicht weiter darum, sondern tanzte mich mit vorgeschobenem Unterleib an und fuhr sich mit der Zunge obszön über die Oberlippe. Ich drehte mich fort und schon spürte ich, wie er meine Hüften umfasste und versuchte, mich an sich zu ziehen.

Auftritt: Mein Retter. Kiran sprang einfach zwischen uns, trat seinem Hintermann kräftig auf den Fuß und brachte mich in die benachbarte Lounge, wo es deutlich chilliger zuging. Ich ließ mich in eine der kuscheligen Sitzecken gleiten und hatte keine Ahnung, was nun kommen würde. Als Erstes kam ein Cocktail. »Geht aufs Haus«, grinste Kiran und ließ sich neben mich fallen. Ich spürte mit einem Mal, wie müde ich war, und trank den kühlen, fruchtigen Cocktail viel zu schnell.

»Öfter hier?«, fragte Kiran. Ich schüttelte den Kopf. Und aus den Augenwinkeln sah ich, wie Oskar und Li in der Tür erschienen. Es schien nicht so, als seien sie uns absichtlich gefolgt. Sie reckte den Kopf zu ihm nach oben, um ihm etwas ins Ohr zu flüstern. Er beugte sich ihr entgegen und legte seine Hand auf ihren Rücken. Sein Blick versank eindeutig in ihrem Ausschnitt. Und sie reckte sich ihm geradezu entgegen. ›Hör auf, ihm meine Brüste unter die Nase zu reiben‹, hätte ich am liebsten geschrien. Kiran war etwas dichter an mich gerutscht und sagte etwas. Ich verstand es nicht ganz. Oskars Kinn berührte Lis Haare. Sie sah zu ihm hoch. Ihre Münder dicht beieinander. Kirans Mund dicht an meinem Ohr. In meinem Kopf brummten und summten Alkohol und Müdigkeit und Eifersucht und Sehnsucht und ja, Gier. Gier nach einem fremden Körper, den ich mir zu eigen machen konnte, der mir vertraut werden würde. Ich sah Kiran fest an. Er wich nicht aus. Ich näherte mein Gesicht noch weiter seinem. Er kam mir entgegen. In der Mitte trafen sich ganz kurz unsere Nasen. Dann unsere Münder. Oh Gott, was für weiche Lippen. Ich schloss die Augen und er mich in seine Arme. Ich wollte die

Lippen aus seinem Gesicht saugen, knabbern, ich wollte ihn einsaugen mit meinen Küssen. Er küsste deutlich besser als Wim, als Franz, als ... die wenigen anderen, an die ich mich nie wieder erinnern würde. Wie küsste wohl Oskar, dachte ich kurz und hoffte, dass es Li nicht wusste. Doch als ich nach gefühlten zwei Stunden die Augen öffnete, mich ein wenig von Kiran löste, nur um Luft zu holen, um ihn gleich wieder küssen zu können, da standen die beiden noch immer in der Tür und taten exakt, was ich und Kiran gerade getan hatten. Ich sah schnell weg und Kiran nahm mein Gesicht in beide Hände und küsste mich überall hin, seine Küsse flatterten wie Schmetterlinge über meine Wangen, mein Kinn, meine Nase, meine Schläfen, ich wusste nicht, dass ich so viele Stellen hatte im Gesicht. Dazwischen tranken wir seinen Cocktail leer und ich überlegte ...

... ob er sehr weit weg wohnte? Eigentlich hatte ich die Knutscherei nur angefangen, weil Natascha mit Kiran knutschte. Aber dann hatte sich das irgendwie verselbstständigt und nun wollte ich nicht mehr wirklich allein nach Hause fahren. Außerdem hatte ich inzwischen schon ein paar Wochen keinen Sex mehr gehabt. Oskar erschien mir durchaus talentiert. Wenn man von den Küssen auf das Ganze schließen konnte. Oskars Hände ruhten ein wenig abwartend auf meinem Hintern. Ich grinste ihn an.

»Zu mir ist zu weit«, sagte ich.

»Zu mir nicht«, sagte er.

Auf dem Weg in die Au holten wir an der Agentur sein Fahrrad ab. Was ein wenig dauerte. Wir mussten uns immer wieder vergewissern, dass wir tatsächlich aus

Fleisch und Blut waren. Einander mit den Lippen zu betasten, war dafür ein sehr probates Mittel.

Ohne mit der Wimper zu zucken, zog mich Oskar an der Agentur auf die Stange seines Fahrrades. Die ersten Meter schwankte der Drahtesel heftig, dann endlich bekamen wir Fahrt und ich kuschelte mich an Oskars Oberkörper. Schnell waren wir über die Reichenbachbrücke auf die andere Isarseite geradelt, ein Stück die Eduard-Schmid-Straße entlang und an der Ecke Schlotthauer-Sommerstraße ging er in den Landeanflug über.

Er klapperte mit dem Schlüssel …

… und ich schloss die Haustür auf.

»Du kennst dich hier ja aus«, sagte ich lachend zu Kiran.

»Pscht«, er legte einen schmalgliedrigen Finger über seine Lippen. »Heute nicht.« Ich spürte seinen Arm eng um meine Taille und ich küsste im Gehen seinen Hals. Am liebsten hätte ich auf der Treppe schon angefangen mich auszuziehen. Ihn auszuziehen. Ihn mir überzustülpen, ihn in mich hineinkriechen zu lassen. Als sich endlich die Wohnungstür öffnete …

… wurde mir plötzlich etwas mulmig. Ich sollte mich jetzt ausziehen und ihn wirklich all meine pralle Fülle ansehen lassen? Auf der Tanzfläche hatte es sich so gut angefühlt. Aber im kalten Licht, das von den Straßenlaternen in den ersten Stock hineinschien, musste ich doch einfach nur hässlich und abstoßend aussehen. Oskars Hand, die sich an meinem Rock zu schaffen machte, ließ mich die Gedanken schnell …

... beiseite schieben, und wir fielen aufs Bett. Hände, die Knöpfe öffneten, Reißverschlüsse nach unten zogen, Stoff raschelte, Füße, die an meinen Schenkeln rieben, ein Mund, der über mein Dekolleté wanderte, ein Rücken, in den ich meine Finger krallte, eine Zunge, die mir Gänsehaut verursachte, Haare, die nach Mann dufteten, und meine Schreie ...

... die ihn anspornten und ihn dazu brachten, seine Hände noch tiefer in mein Fleisch zu graben. Einem Menschenknäuel gleich rutschten wir vom Sofa, versuchten uns ganz zu öffnen für den andern, zu versinken ineinander, ich spürte wie er ...

... kam, wie ich kam, wir schrien beide, sein Körper hüllte mich wie eine lichte Decke, als er sich entspannte und ruhig wurde, ganz ruhig, und wir ...

... lagen lange so da, keiner sagte etwas, alle Worte hatten wir aus unserem Körper herausgeschrien, an unserer Lust waren sie verdampft und zerstoben und ließen uns in einer geräumigen Stille zurück, vollkommen bedürfnislos.

Bis ich an Kiran dachte. Der sich gerade meinen schönen Leib einverleibt hatte. Sie wären ein hübsches Paar, sein und mein Körper, das musste man zugeben. Zu schön vielleicht? Unecht schön, unlebendig, unwirklich?

Mein Bauch, der sich auch im Liegen eindeutig nach außen wölbte, wirkte dagegen so echt. So wahrhaftig. Als wollte er sagen: Das ist das Leben. Oskars Finger fuhren zärtlich und begierdefrei über meine Speckfalten. Ehe ich überlegen konnte, fragte ich: »Stört dich das nicht?« Er schüttelte sacht den Kopf und küsste meinen Bauchnabel.

»Nein«, sagte er. »Ich mag es ganz gerne, wenn ich was zum Anfassen hab. Wenn ich mir keine blauen Flecken an irgendwelchen hervorstehenden Knochen hole.«

»So wie bei Li?«

»Ja, die könnte ein paar Kilo mehr vertragen.«

»Zunehmen ist auch nicht immer einfach«, sagte ich. »Man weiß schließlich nicht, ob man den richtigen Zeitpunkt zum Aufhören erwischt.« Er lachte.

»Du hast doch bestimmt noch nie eine Diät gemacht, oder?«, fragte er dann. War das jetzt eine Beleidigung?

»Na ja, es wundert mich eher, dass man noch keine nach mir benannt hat«, entgegnete ich, um Leichtigkeit in der Stimme bemüht.

»Echt? Dabei wirkst du so entspannt, so eins mit deinem Körper. Dein Tanzen heute Abend – wow, das war einfach … total sexy. Da hättest du jeden Mann mit nach Hause nehmen können.« Mein Lachen klang mehr wie ein Gurren. Ich setzte mich auf und sah mich das erste Mal bewusst in dem Raum um, in dem ich hier lag. Oskars Schlafzimmer war kein typisches Männerschlafzimmer. Keine schwarzen Möbel, keine Kargheit und keine Unordnung. Ich war neugierig, wie der Rest der Wohnung aussah.

»Ich hol mir mal ein Glas Wasser«, verkündete ich und stand auf. »Du auch?« Er streckte sich lang aus, faltete die Arme über dem Kopf und nickte lächelnd. Dann schloss er die Augen. Ich ging durch den Flur, der mit Büchern vollgestopft war, hinüber in die kleine Küche. An einem alten, weiß getünchten Holztisch standen vier völlig verschiedene Stühle, die mit Sicherheit alle vom Flohmarkt kamen. Daneben ragte ein riesiger, silberner ultramoderner Kühlschrank empor. Der Spülstein, über dem auf einem Brett Gläser standen, war schwarz und marmorn und hatte eine altmodische Exklusivität. Mit zwei Wassergläsern kehrte ich zurück ins Schlafzimmer, aber mein Liebhaber war schon sanft entschlummert. Langweiler! Ich kauerte mich neben ihn und schüttete vorsichtig ein wenig Wasser in seinen Bauchnabel. Mit einem spitzen Schrei fuhr er hoch.

»Hast du mich erschreckt«, sagte er und lächelte sehr gequält. Dann rollte er sich zur Seite und zog die Bettdecke über sich. Ich grinste. Der Herr verstand nicht so arg viel Spaß, wie's schien. Eigentlich wollte ich schon den Mund ...

... mal aufmachen. Aber ich wusste kaum, was ich denken sollte, wie konnte ich da reden? Gerade eben war es mir noch so vollkommen selbstverständlich vorgekommen, neben ihm zu liegen, aber nun dachte ich nur noch, ich habe den falschen Mann im Bett.

Es war mir peinlich und unangenehm, aber ich konnte es nicht ändern. Ich betrachtete irritiert mein so fremdes Zimmer, sah den Knäuel hastig abgeworfener Klamotten und mein Blick blieb an einem Foto hängen, dass aus Kirans Geldbeutel, der neben seiner Hose lag, gerutscht war. Auf einem Tennisplatz war ein Mann im Tennisdress zu sehen, dem eine ziemliche Wampe über die Hose hing. Er machte ein griesgrämiges Gesicht, was ich angesichts des üppigen Doppelkinns wahrscheinlich auch getan hätte. Er musste wie Kiran Inder sein. Ein Cousin vielleicht? Kiran robbte neben mich und fingerte nach dem Bild.

»Ist noch gar nicht lange her«, sagte er. »Letzten Sommer.« Ich sah ihn erstaunt an.

»Das bist nicht du, oder?« Er grinste.

»Ich bin ein Jojoist«, sagte er.

»Ein was?«

»Ein Jojo-ist. Ich spiele mit meinem Gewicht Jojo. Mal geht es rauf, mal runter. Als das Foto gemacht wurde, habe ich Tennis spielen gehasst. Im Moment liebe ich es. Und mein Gewicht ist unten. Aber ich kann dir nicht versprechen, dass es nicht auch wieder rauf geht. Wenn ich zu viel Stress habe, dann nehme ich gnadenlos zu. So was kennst du natürlich nicht. Das Bild ist mein Talisman – um mich daran zu erinnern, nett zu mir zu sein.«

Er kuschelte sich an mich und und mir fiel auf, dass es nicht unangenehm war. Ich musste grinsen. Der schöne Inder als kleiner Moppel? Kaum vorstellbar. Wie Li das wohl fände? Li – eigentlich müsste sie hier liegen. Nicht er war der Falsche, sondern ich war die Falsche. Ich hatte das Gefühl, ich hätte ihn arglistig und gemein getäuscht, ich hätte ihm Tatsachen vorgespielt, die gar nicht stimmten. Was ja letztlich auch so war. Ich war kurz davor zu sagen: ‚Ich bin auch nicht die, für die du mich hältst. Ich bin gar nicht so schön. Ich hab mich einfach verlaufen in diesem Körper und jetzt komm ich nicht mehr raus.' Ich musste an den Moment denken, als ich auf dem Dach des Aussichtsturms gestanden hatte – rasend wie eine Furie, jenseits all meiner Sinne. Und doch – ganz klar. Ich wollte meinen Körper zurückbekommen. Ich wollte wieder eins mit mir selbst werden. Der Gedanke, dass ich vielleicht nie wieder zurückfinden würde, stand bedrohlich wie eine Gewitterwolke über meinem Gemüt.

»Was ist mit dir?«, fragte Kiran besorgt. »War es nicht schön?« Ich küsste ihn schnell und beteuerte, wie gut es gewesen sei, und war froh, ehrlich sein zu können.

»Ich glaub nur, dass ich im Moment nicht so ganz ... so ganz eins mit mir selbst bin«, versuchte ich es. »Ich weiß nicht, ob gerade ein Mann einen Platz in meinem Leben hat.« Am liebsten hätte ich losgeheult. Endlich, endlich, nach so vielen Jahren der Dürre waren in meiner Oase wieder Knospen erblüht, hatte das Wasser zu sprudeln begonnen und waren Menschen aufgetaucht – und schon hatte ich das Gefühl, es war nicht richtig. Ich hätte mir alles nur ergaunert.

»Das weiß ich natürlich auch nicht«, sagte Kiran. »Aber ich brauch' gar nicht so viel Platz – zumindest im Moment.«

Ich lachte. Seine weiche Haut fühlte sich so unverschämt gut an. Meine Finger fuhren über diese kleine knöcherne Erhebung zwischen Schultern und Hals, die ich so ungeheuer sexy fand. Es wäre schön, aber ... Das ›Aber‹ wurde immer größer, ohne dass ich es näher bestimmen konnte. Dieses ›Aber‹ war einfach ein ungutes Gefühl.

»Nimm es als Vergnügen und es ist Vergnügen, nimm es als Qual und es ist Qual«, sagte Kiran. »Indisches Sprichwort.« Und er drehte sich zur Seite und begann ganz leise zu schnarchen. Während ich den – gefühlten – Rest der Nacht wach lag.

Ganz wach blieb ich wohl nicht, denn am nächsten Morgen kehrte ich von tiefsten Trauminseln in die Gegenwart zurück. Aufgeschreckt vom Klingeln an der Wohnungstür. Ich griff nach Lis seidigem Morgenmantel und schlich aus dem Schlafzimmer. Hingegossen lag Kiran zwischen den zerwühlten Decken und schlummerte noch immer selig.

Im Vorübergehen konnte ich erkennen, dass es halb elf war. Viel zu früh nach einer solchen Nacht.

Ich öffnete die Tür nur einen Spalt breit und sah in das vorwurfsvolle Gesicht eines schlanken, älteren Herrn im Anzug. Er hatte eine Brötchentüte unter den Arm geklemmt und sagte deutlich artikuliert »Guten Morgen«.

»Kann ich Ihnen helfen?«, fragte ich ahnungslos. Sein Blick verfinsterte sich noch mehr. Ich hatte die falsche Textzeile erwischt. In meinem Hirn ratterte es. Hatte Li vielleicht einen älteren Liebhaber? Ein Verhältnis mit ihrem Onkel? Verdammt, warum hatten wir uns nie die Zeit genommen, uns über unsere Lebensinhalte etwas ausführlicher auszutauschen. Hatten wir gehofft, wenn wir einander ignorieren würden, könnten wir doch wieder in unsere eigenen Körper zurückkehren? Der Mann kam einen Schritt auf mich zu und ich öffnete unwillkürlich die Tür ein wenig. Ich roch sein Parfum, es roch sehr teuer und sehr exklusiv.

»Hast du wenigstens schon einen Kaffee gekocht? Deine Linsen hast du jedenfalls noch nicht drin« stellte er fest und drängelte an mir vorbei in die Wohnung. »Wenigstens muss man Sonntag Morgens nicht ganz so lange nach einem Parkplatz suchen wie sonst.« Er war wohl wirklich öfter hier. »Und wenn du dich schon nicht bei mir blicken lässt, komme ich halt vorbei«, redete er weiter und bog um die Ecke des Ganges. Wenn jetzt bloß nicht Kiran ...

»Oh! Verstehe!« Sein Gesicht lief sanftrot an. »Herrenbesuch hat die Dame, hätte ich mir ja denken können.« Ich brachte immer noch keinen Ton hervor.

»Möchtest du mir den Herrn vielleicht vorstellen, falls er von der Toilette wieder auftaucht und nicht durchs Fenster abhaut?«

Scheiße, Scheiße, Scheiße! Li, was hast du nur für komplizierte Verhältnisse, dachte ich.

»Hallo, Stockfisch!« Er schüttelte irritiert den Kopf. »Bist du wieder zum Teenager mutiert, oder warum sprichst du nicht mit mir?« Kannte er mich seit Teenagertagen? War er vielleicht ...? Er stolzierte in die Küche und legte die Brötchentüte auf den Frühstückstisch. Dann setzte er sich erwartungsvoll auf einen der Stühle. Währenddessen verließ Kiran die Toilette, er war nackt. Und so schön.

»Wer ist das?«, zischte er. Ich konnte unmöglich die Achseln zucken.

»Am besten, du gehst jetzt«, flüsterte ich zurück. »Ich erklär's dir ein anderes Mal.« Er legte die glatte Stirn in Falten. Dann begann er zu grinsen.

»Ich habe aber großen Hunger auf ein leckeres Brötchen«, sagte er leichthin. Ohne meine Antwort abzuwarten, verschwand er im Schlafzimmer und schlüpfte in Jeans und Hemd. Dann legte er den Arm um mich und dirigierte mich in die Küche.

»Kiran Devi, nett Sie kennenzulernen«, sagte er fröhlich und reichte dem alten Herrn die Hand.

»Kraska«, kam die Antwort und ich beschloss, dass dies tatsächlich und leibhaftig Lis Vater sein musste. Oder doch ihr Onkel?

»Sind Sie schon länger mit meiner Tochter ...«, fragte er sehr direkt. »Sie hat noch nie von Ihnen erzählt.«

»Seit gestern«, gab Kiran ebenso direkt zurück. »Wir sind uns allerdings noch nicht ganz einig, wie eng unsere Beziehung tatsächlich sein wird.«

»Ja, das ist typisch für Elisabeth«, psalmodierte der alte Kraska los. »Sie kann sich einfach nicht festlegen. Keiner ist ihr gut genug, nicht wahr, Betti?«

Sie würde mir nicht erklären müssen, dass sie eine schwierige Beziehung zu ihrem Vater hatte.

»Wahrscheinlich pubertäres Trauma. Meine Frau – meine Exfrau – hat uns damals einfach im Stich gelassen. Über Nacht – auf und davon. Da kann ein so sensibles Kind wie meine Betti schon mal ein Bindungstrauma bekommen. Noch dazu bei ihrem Aussehen.«

»Papa«, warf ich einfach mal so in den Raum. Konnte ja nicht schaden. »Lass doch.«

»Immer wenn du mir Vorwürfe machen willst, nennst du mich ›Papa‹«, fauchte er. »Ist es schon wieder so weit?«

Ich ignorierte ihn, verteilte ein paar der wenigen Teller, die in Lis Küchenschrank standen und musste kurz überlegen, wo sie Messer aufbewahrte. Und wo waren Tassen?

»Wie alt warst du, 13 oder 14 als deine Mutter uns verließ?«

Ich räusperte mich. Tja, wie alt war Li wohl gewesen?

»Das weißt du doch selbst!«

»Ja, es war kurz vor deinem 14. Geburtstag, nicht wahr? Und weißt du noch, was du gesagt hast, als ich dir erklärt habe, dass deine Mutter nun weg ist? Komm, erzähl es deinem Gast, dann weiß er gleich aus welchem Holz du bist.«

»Bitte, das langweilt Kiran doch. Das ist doch ewig her.«

»Elisabeth, was ist denn heute los mit dir? Du hättest

dir doch am liebsten ein T-Shirt bedrucken lassen mit dem Satz. Wenn du jemals T-Shirts getragen hättest. Also?«

Würde sie sich so vorführen lassen von ihm? Ich konnte mir das nicht recht vorstellen. Sie war doch sonst so schlagfertig, geradezu kaltblütig. Vielleicht wegen dieses Vaters?

»Brauchst du Zucker für den Espresso?«, fragte ich Kiran. Sein Blick verunsicherte mich. Lag Mitleid darin? Entsetzen? Fluchtinstinkt?

»Elisabeth! Ich warte!« Der Alte konnte penetrant sein.

»Das ist doch ewig her. Kiran ist übrigens der Architekt, der unser Haus umbaut«, versuchte ich es.

»Ja, ein lohnenswertes Objekt«, assistierte Kiran mir. Er schien sich entschlossen zu haben, die ganze Situation amüsant zu finden. Er hatte sich relaxt in seinem Stuhl zurückgelehnt und beide Männer beobachteten mein wenig geschäftiges Gewurschtel. Immerhin hatte ich auf Anhieb die Espressotässchen gefunden. Wenn ich nur wüsste, wie diese Luxus-Maschine funktionierte?

»Hab' ich Sie hier im Haus schon mal gesehen? Irgendwie kommen Sie mir so bekannt vor.« ›Mein‹ Vater musterte ihn grübelnd.

»Ich gestehe, ich war der Knilch, der Ihrer Tochter neulich bei ›Monsieur Hu‹ das Kleid versaut hat.« Kraska brach in schallendes Gelächter aus. Er rieb sich die blauen Äuglein und zupfte an seiner Halsfalte.

»Ach ja, meine Kleine – so modeversessen! Und dann ruiniert ihr einer das Kleid! Ein Wunder, dass Sie dennoch bei ihr landen konnten.«

»Papa!«

»Bekomm' ich jetzt eigentlich meinen Kaffee?« Er legte ein Brötchen auf seinen Teller und eines auf Kirans. Mein

Teller blieb leer. Er schien nicht davon auszugehen, dass Li ein echter Mensch mit echten Bedürfnissen und echten Gefühlen war. Ein kleines, dummes Püppchen war sie, nur existent, um Kleider anzuziehen und schön auszusehen. Und wenn sie nicht funktionierte, wie der Herr Papa das wünschte, dann war die Exfrau schuld. Ein widerlicher Kerl.

»Ich glaube, wir müssen unsere Brötchen so essen«, sagte er nun. »Elisabeth hat ja nie was im Kühlschrank. Als Frau ist sie sich das ja auch schuldig.«

»Die Kaffeemaschine ist kaputt, fällt mir gerade ein«, sagte ich und spürte wie eine Wutwelle in mir anstieg. »Am besten du gehst zu Tomaso Kaffee trinken. Kiran kommt sicher gerne mit. Dann kannst du ihm noch ein paar schöne Geschichten über mich erzählen. Damit er gleich weiß, woran er bei mir ist.«

»Mein Püppchen, so empfindsam heute Morgen. Hast du schlecht geschlafen? Früher hast du die Geschichte mit deiner Mutter immer gerne erzählt.« Ich glaubte ihm kein Wort.

»Muss ich mir Sorgen um dich machen? Vielleicht gehst du mal wieder zu Dr. Wolff«, und mit einem Seitenblick zu Kiran. »Ihr Psychiater.«

»Den kenn ich, interessanter Mann«, sagte Kiran. Ich hätte ihn abküssen können.

»Ach, Sie auch …?«

»Nein, nein. Meine Mutter war viele Jahre bei ihm. Es war wirklich erstaunlich, wie er sie bei der Stange gehalten hat. Um ihr das Geld aus der Tasche zu ziehen. Meine Meinung.«

Und nun hätte ich ihm gerne eine gesemmelt.

»Macht doch, was ihr wollt«, rief ich nun und rannte ins

Badezimmer. Endlich verstand ich, warum Li so viel joggen ging. Um fortzulaufen. Vor den Männern.

Ich zog mir eine Jogginghose und ein T-Shirt über, griff nach irgendeinem der unzähligen Paare Turnschuhe und knallte die Haustür richtig laut hinter mir zu.

Und dann rannte ich los. Es war so leicht, so befreiend, so wohltuend.

16. Kaffee und Kuchen
435 Kalorien

An der Isar entlang wimmelte es von Sonntagsspaziergängern, von Kindern, die Fahrrad fahren übten, von anderen Läufern, die einem gelegentlich ein komplizenhaftes Lächeln schenkten, und Familien, die Kinderwagen schoben. Ich fühlte mich keiner dieser Gruppen zugehörig. Ich war einzigartig – ohne es sein zu wollen. Nur Li war genauso wie ich. Wir steckten in unseren falschen Körpern fest wie Aale in der Reuse. Wir konnten uns winden, konnten um uns schlagen, konnten nach Sauerstoff schnappen und nach unseren Mitmenschen – aber nichts geschah. Wir blieben gefangen und hatten uns nun sogar in den falschen Männern verfangen, so kam es mir zumindest vor. Der feine Kies spritzte unter meinen Füßen fort, jeder Schritt wurde noch zorniger und aggressiver und ich immer schneller. Schon hatte ich den Flauchersteg erreicht, wo ich mich zwischen den Leibern der Menschen durchdrängte. Die Nackten lagen dutzendweise auf den Sandbänken unterhalb der Brücke. Jeder genoss die Sonne, die seinen Körper wärmte, und jeder von ihnen konnte sicher sein, dass, wenn schon sonst nichts im Leben sicher war, dann wenigstens die Identität des eigenen Körpers. Mein Körper trug Spuren, von deren Entstehung ich nichts wusste. Er erzählte eine Geschichte, die ich nicht kannte. Er barg Gefühle, die ich nicht einordnen konnte. Ich hörte das Gelächter, das der Wind an meine

Ohren trug – hörte ich dasselbe wie meine Ohren? Hätte ich mit meinen ureigensten Ohren etwas anderes gehört? Ich versuchte, nicht mehr zu denken. Ich konzentrierte mich auf meine Schritte, auf meinen Atem und beinahe hätte ich sie umgerannt.

Aber ich erkannte sie im letzten Moment, dicht vor mir. Sie liefen nebeneinander her, sie berührten sich nicht und sie sprachen auch nicht miteinander. Oskar entdeckte mich als Erster.

»Schon wieder so fit?«, fragte er und ich konnte nicht ganz entscheiden, ob es bewundernd klang oder eher verächtlich. Li schien sich über unser Treffen nicht allzu sehr zu freuen. Sie wirkte irgendwie peinlich berührt.

»Na ja, man tut, was man kann«, gab ich einen Allgemeinplatz von mir. Die Tatsache, dass Li hier in den Isarauen spazieren ging, machte mir in diesem Moment erst bewusst, dass sie die Nacht unmöglich in der Messestadt verbracht haben konnte. Kalter Schweiß lief mir den Rücken herunter, aus jeder Pore drang bittere Eifersucht. Sie hatte die Nacht mit Oskar verbracht. Definitiv. Wir wussten alle nicht so recht, was wir sagen sollten.

»Ich hatte heute Morgen schon Frühstücksbesuch«, sagte ich schließlich und fixierte meinen Blick auf Li. »Mein Vater war so nett und kam mit einem Brötchen für sich vorbei.«

»Das sieht ihm ähnlich«, sagte Li tonlos. Sie trug eine dunkle Jogginghose, die ihr deutlich zu lang war und darüber ein großes grün-orange kariertes Herrenhemd, das mit Sicherheit Oskar gehörte. Sie hatte die Hosenbeine lässig nach oben bis zu den Waden gekrempelt, das Hemd in der Taille geknotet, sodass es den Bauch verdeckte. In die Haare hatte sie ein orangenes Tuch gebunden, ihr

Teint wirkte frisch und rosig. Kurzum: Sie war absolut stylish. Dick, schick und schön.

»Wir wollten Richtung Götterspeise und dort Kuchen essen«, erklärte Oskar. »Hat es Sinn dich zu fragen, ob du mitkommen magst?« Lis und mein Blick trafen sich wie zwei Laserschwerter. Ich schüttelte den Kopf.

»Nein, ein anderes Mal gerne. Natascha, du bist morgen ja sicher pünktlich in der Agentur. Wir haben einiges zu bereden«, setzte ich hinterher. Sie nickte, hob die Hand zum Gruß und schob sie dann demonstrativ …

… in Oskars Hand. Uns war beiden nicht danach. Wirklich nicht. Gleich würde er sie abschütteln wie etwas besonders Ekliges. Doch er hielt sie fest. Brüderchen und Schwesterchen liefen ja auch so durch den dunklen Wald. Die schlanke Silhouette, die sich Natascha angeeignet hatte, entfernte sich.

»Willst du wirklich in der ›Götterspeise‹ Kuchen essen gehen?«, fragte ich. Er nickte.

»Klar, die haben den leckersten Kuchen von ganz München.«

»Und den kalorienreichsten.«

»Ja, genau. Deshalb ja.« Er grinste. Und ließ meine Hand los.

Das Aufwachen heute Morgen war ziemlich merkwürdig gewesen. Er war weder mürrisch, noch abweisend gewesen. Gar nicht. Aber vollkommen unverbindlich. Brüderlich eben. Die Vertrautheit, die uns gestern Abend hinterrücks angefallen hatte, war verschwunden. Und eigentlich war ich froh darüber. Auf den Spaziergang hatte ich mich nur eingelassen, weil ich den Tag nicht allein in der Messestadt verbringen wollte. Nachher hätte ich wieder Klein-Natalie angehängt bekommen, zum Hüten. Ihre Mutter hatte mir in den letzten Tagen immer wieder Zettel an die Tür gehängt, wann ich denn mal wieder sitten könnte. Ich hatte alle zerknüllt und fortgeworfen. Hieß ich Mutter Teresa?

Der Weg bis zur ›Götterspeise‹ kam mir auf einmal unbezwingbar lang vor. Mir fiel einfach nichts ein, worüber ich mit Oskar reden sollte. Er war nett, freundlich. Aber ich konnte mich nicht verfangen in ihm. Und nach romantischem Gesäusel stand mir sowieso nicht der Sinn. Während ich mich immer mehr verkrampfte, genoss er offensichtlich das Schweigen zwischen uns. Warum war ich gestern Abend nicht in Kirans Armen gelandet? Vielleicht war er doch nur wieder so ein oberflächlicher Depp, der sich von einer schlanken Taille und langen Beinen verführen ließ. Im Gegensatz zu uns, hatten sich Nataschas und sein Weg bereits wieder getrennt, was doch eher nach One-Night-Stand klang. Wobei – daran könnte auch mein Vater Schuld sein. Ohne es unterdrücken zu können, stöhnte ich plötzlich laut auf.

»Was ist?«, fragte Oskar.

»Nichts«, antwortete ich lahm. »Hab nur gerade an was gedacht. Unwichtig.« Von wegen. Hoffentlich war Kiran nicht meinem Vater begegnet. Der hatte keinen der wenigen Männer leiden können, die ich irgendwann einmal unvorsichtigerweise angebracht hatte. Er hatte sich immer wie ein eifersüchtiger Terrier aufgeführt. Und mich monatelang mit den angeblichen Schwächen meiner Bettgenossen, wie er sie abwertend nannte, aufgezogen. Und dass er mir gleich hätte sagen können, dass mein ›Bewerber‹ zu dumm, zu hässlich, zu arm, zu intelligent, zu klein, zu groß, zu altklug, zu lahm, zu nachgiebig oder sonst irgend etwas für mich sei. Deshalb hatte ich ihm in den letzten fünf Jahren niemanden mehr vorgestellt. Wenn ich ehrlich war auch deshalb, weil keiner dabei gewesen war, den ich ernsthaft hätte verteidigen wollen.

»Meinst du, eure Auftraggeber waren mit unserer Festdurchführung gestern zufrieden?«, fragte nun Oskar. Anscheinend wurde es ihm doch etwas zu still. Ich nickte.

»Bestimmt.« Ich mutierte immer mehr zu Natascha. Ich war schon genauso einsilbig wie sie.

»Ihr habt die Pannen klasse gerettet«, fuhr er fort. »Aber irgendwie – weißt du, das mit der Dispo zum Beispiel, mit den verschiedenen Abfahrtszeiten. Das war ziemlich seltsam. Kannst du dir das irgendwie erklären? Hattet ihr irgendwann eine andere Zeit geplant und dann vergessen, sie auf meinem Ausdruck zu ändern?« Ich sah ihn erstaunt an. Darüber hatte ich in all der emotionalen Hektik noch gar nicht nachgedacht.

»Nein, haben wir nicht«, antwortete ich. »Ganz sicher. Von wem hast du die Dispo bekommen?«

»Von Matze, wenn ich mich richtig erinnere.«

»Stimmt. Und er hat auch die Luftballons vergessen. Und am Beamer rumgeschraubt.«

»Du meinst, das war kein Zufall? Aber welchen Grund könnte er haben? Ich meine, als Praktikant ist man schnell weg vom Fenster.« Ich nickte zustimmend. Und brannte plötzlich darauf, mit Natascha morgen ein sehr intensives Vieraugengespräch zu führen.

Es wurde unsere erste richtige Unterhaltung. Wir hatten uns in das Besprechungszimmer gesetzt, damit kein Telefon und nichts uns stören konnte. Wir redeten zwei Stunden miteinander. Offen und ehrlich. Und respektvoll. Ich entschuldigte mich bei ihr, weil ich sie am Anfang allein nach ihrem Äußeren beurteilt – oder besser – abgeurteilt hatte. Sie entschuldigte sich, weil sie mich nur als Eindringling und Konkurrentin wahrgenommen hatte. Und sie erzählte mir, was mit Wim gelaufen war. Ich verzieh ihr großzügig. Was in Matze gefahren war, konnten wir uns allerdings nicht wirklich vorstellen. Wir überlegten, ob wir ihn zur Rede stellen sollten, beschlossen aber, ihn erst noch eine Weile genauer zu beobachten und zu kontrollieren.

Wie es mit Kiran und Oskar weitergehen sollte – darüber ließ sich nicht so einfach ein Beschluss fassen. Beide waren wir noch immer ziemlich verwirrt. Von mir selbst erstaunt gab ich unumwunden zu, dass das Kaffeetrinken und Kuchenessen mit Oskar gestern Nachmittag nicht wirklich erhebend gewesen war. Natascha schien erleichtert. Sie wiederum erzählte mir ausführlich, wie sich mein Vater und auch Kiran aufgeführt hatten. Ich konnte es mir lebhaft vorstellen. Sie war froh gewesen, dass beide verschwunden gewesen waren, als sie vom Joggen zurückgekommen war. Kiran hatte ihr immerhin einen Zettel mit der Aufforderung, sich zu melden, hinterlassen. Sie zögerte, ob sie ihn anrufen sollte.

»Oskar ist eigentlich viel mehr mein Typ«, gab sie zu. »Kiran ist mir zu … zu …«

»… widerspenstig? Nicht so der Schmusetyp?«, fragte ich nach. Sie nickte.

»Er wirkt immer so wahnsinnig gelassen, wie wenn ihn nichts verunsichern könnte. Und dann kommen manchmal so Bemerkungen aus der Hüfte, als ob er einen einfach mal ein bisschen ärgern will. Mal testen, wie man so reagiert.«

»Ist doch witzig«, warf ich ein. »So Wortgefechte sind doch erst die rechte Würze.«

»Na ja, mich verunsichert das. Ich mein immer, solche Männer müssen mich für ein pubertäres Hühnchen halten. So schnell aus dem Gleichgewicht zu bringen. So unsouverän, … unrelaxt, irgendwie.«

»Na, bei Oskar brauchst du solche Attacken nicht zu erwarten«, erklärte ich. »Aber das ist doch fad irgendwie. Aber sag mal …« Ich senkte meine Stimme ein wenig. »War er denn gut im Bett?« Sie kicherte. Wäre ich ein Mann, würde ich sie sofort für ein pubertäres Hühnchen halten.

»Och. Schon. Ja. Durchaus.«

Mei, war sie wieder ausführlich!

»Und Oskar?«

Na, warte …

»Auch.«

Sie nickte. »Und?«

»Was und?«

»Na ja, ›auch‹ klingt nicht gerade euphorisch.«

Nun grinste ich. »Doch, doch, es war gut. Bin auf meine Kosten gekommen. Mann, du erzählst hier ja auch nicht gerade die prickelnden Details.«

»Ich kann das nicht, mir ist das peinlich.«

Heimlich gab ich ihr recht. Ich war es ebenso wenig gewohnt, mich mit Freundinnen über Intimitäten auszutauschen. So nah war mir nie jemand gewesen.

»Immerhin hat Kiran an meinem Körper rumgespielt, da möchte ich schon wissen, wie das so war«, versuchte ich es noch einmal.

»Wohl schon sehr vergnüglich. Waren denn deine … meine … äh, Rundungen für Oskar okay?«, fragte sie nun.

»Ja, sehr sogar«, antwortete ich. »Und ehrlich gesagt – ab einem gewissen Punkt habe ich völlig vergessen, dass da Stellen sind, die nicht ganz den üblichen Modelmaßen entsprechen. Da war nur noch gieriges, geiles Fleisch.«

Und – rums – flog die Tür auf.

»Ach, gut, dass ich die Damen hier antreffe«, feixte Wim und setzte sich lässig zwischen uns auf die Tischkante.

»Wie lief's denn so am Samstag? Hoffe, ihr habt der neuen Agentur – und mir natürlich auch – alle Ehre gemacht.«

Wir wechselten einen ganz kurzen Blick und Natascha antwortete.

»Ich würde mal sagen, es war super. Es hat alles großartig geklappt und die Auftraggeber waren rundum zufrieden.«

»Und abseits des Werbetextes?«

Natascha sah Hilfe suchend zu mir.

»Frag sie selbst«, gab ich zurück. »Oder frag Oskar. Der hat ja schon große Erfahrungen mit Events. Er war auch beeindruckt und sehr angetan.«

Wim lächelte sardonisch und stand dann wieder auf.

»Na, dann ist es ja gut.« Er schlenderte zur Tür. »Und jetzt sollte das gierige Fleisch vielleicht mal wieder weiterarbeiten, wenn's beliebt.« Die Tür knallte. Natascha und ich sahen uns einen Moment verwirrt an. Ich lachte zuerst los. Dann sie.

»Dem werden wir's zeigen«, sagte ich. Als wir aufstanden, umarmten wir uns spontan. Immerhin hatten wir vorgestern Abend schon sehr innig miteinander getanzt. Was ziemlichen Spaß gemacht hatte. Alles konnte an der Frau nicht verkehrt sein.

»Li, eins noch«, ihre Stimme klang ernst. »Können wir

die Waage nicht mal weglassen? Ich komme eh kaum zum Essen, wenn das hier so weitergeht.«

»Na gut, aber wenn ich sehe, dass ein Rockbund spannt oder so …«

»Ich pass gut auf deinen flachen Bauch auf, versprochen! Ich hab mich schon richtig an ihn gewöhnt!«

17. Sich wundern
Verbrauch: 81 Kalorien

Die nächsten Wochen pendelten zwischen Ereignislosigkeit, Ärger und Erstaunen. Ich hatte tatsächlich nicht den Eindruck, dass irgendein Kleiderbund in Nataschas Verantwortungsbereich zu spannen begann. Sie verhielt sich vorbildlich. Oder die Ereignisse verschlugen ihr den Appetit. Während es mir von Tag zu Tag besser schmeckte und ich mein schlechtes Gewissen diesbezüglich einfach mit aufaß. Es funktionierte und stabilisierte meine Laune erheblich. Während Natascha immer dünnhäutiger wurde und ihr Nervenkostüm kaum noch zu den strengen Businesskostümen passte, die in ihrem Schrank hingen, wurde ich der ruhende Pol, bei welcher Katastrophe auch immer.

Es gab einige. Kleinere und größere. Alle nervten gewaltig. Nach ein paar Tagen, in denen nicht einmal das Telefon geklingelt hatte, war es uns durch penetrantes Herumtelefonieren gelungen, vier, fünf weitere Aufträge an Land zu ziehen. Nach wie vor nichts Großes, aber so war es ja auch gewünscht. Hier eine weitere Geburtstagsparty, dort das Jubiläum einer kleinen Versicherungsagentur, eine unglaublich spießige Hochzeit und die Eröffnung einer winzigen Galerie. Immer wieder konnten wir uns Oskars Mitarbeit erfreuen, allerdings blieben unsere Begegnungen seltsam empfindungslos. Er schien nicht wirklich daran interessiert, mich privat wiederzusehen. Natascha schien sich nicht zu trauen, auf ihn zuzugehen. Sie bekam einen schmachtenden Blick, wenn er zur Tür hereinkam, aber sie blieb stumm wie ein Fisch. Trotz ihrer Schönheit wurde sie geradezu unsichtbar. Er ging ungezwungen mit uns um und bald hatten wir das Gefühl, er sei unser großer Bruder. Was auch nicht schlecht war.

Schlecht dagegen war, dass keiner der Events so richtig zündete. Wir machten uns voller Leidenschaft an die Planung, durchdachten alles bis ins letzte Detail (Parkplatzfragen! Blumenschmuck!). Und trotzdem ging immer wieder etwas schief. Das Gesangstrio für die Hochzeit stand vor der falschen Kirche. Statt weißer Tauben flogen kackbraune in die Luft. Dem Mini-Bräutigam auf der Hochzeitstorte fehlte plötzlich der Kopf. Bei der Versicherungsagentur war auf den Jubiläumsplakaten das Logo der Konkurrenz aufgedruckt. Der Koch hatte für 25 statt für 40 Personen gekocht und die Tischdekoration stank nach verfaulten Eiern. Natascha und ich bemühten uns, jeden Schritt, den Matze tat, zu kontrollieren. Wir hatten den Eindruck, es gelang uns. Und doch geschahen all diese Missgeschicke. Wir konnten ihm nichts nachweisen. Oder war er am Ende gar nicht schuld? Er war nach wie vor fleißig, freundlich und hilfsbereit – und glitschig wie ein Regenwurm. Man bekam ihn nicht zu packen. Die von uns beauftragten Menschen konnten uns auch nicht weiterhelfen. Der Koch sagte, eine von uns beiden hätte ihn angeblich angemailt, dass weniger Gäste als geplant kämen. Die Druckerei hatte eine E-Mail mit meinem Absender bekommen, die Sänger konnten sich nicht einigen, wer ihnen was gesagt hatte. Es blieb nebulös.

Nach dem Desaster mit den Plakaten wollten wir uns mit Wim besprechen, aber wie immer war er erst zu beschäftigt mit unaufschiebbaren Telefonaten und dann verschwunden. Am nächsten Tag hatten wir den Eindruck, wir würden nur unser Unvermögen zementieren, wenn wir ihn einweihten. Solange sich niemand über uns beschwerte, so lange hatten wir nichts zu befürchten – glaubten wir.

Seltsam war, dass Matze jeden Tag einen Bund mit einer von uns beiden einzugehen schien, aber nie mit uns beiden. Mal verhielt er sich Natascha gegenüber geradezu devot und nahm ihr jede Aufgabe aus der Hand. Mal klammerte er bei mir und hätte sich am liebsten die E-Mails diktieren lassen, die ich zu schreiben hatte. Wir verstanden seine Taktik nicht ganz und oft blieb in der Hektik des Tagesgeschäfts auch zu wenig Zeit, um sich über all seine Anwandlungen den Kopf zu zerbrechen.

Als die mehr oder minder erfolgreichen Events über die Bühnen gegangen waren, geschah – nichts. Okay, es ging langsam auf die Sommerferienzeit zu, aber – Hochzeiten und Geburtstage wurden immer gefeiert. Wir bekamen nur Körbe. Und saßen herum. Einigermaßen frustriert. Furchtbar gelangweilt. Meist rief nicht einmal jemand zurück, wenn wir eine Anfrage gestartet hatten. Waren wir wirklich so schlecht? Hatte es sich so schnell herumgesprochen, dass wir, na ja, unschöne Missgeschicke zu verantworten hatten? Wim schien es nicht weiter zu interessieren. Er ließ uns in Ruhe, steckte selten einmal den Kopf zur Tür herein und machte einen blöden Spruch. Von wegen, unser Budget sei schon ganz schön überzogen. Unsere unbezahlten Rechnungen häuften sich auf seinem Schreibtisch. Wie wir das nur in den Griff bekommen wollten? Aber er würde uns großzügig noch etwas Anlaufzeit schenken. Im Herbst müssten wir dann aber soweit sein mit dem richtigen Geldverdienen. Wir nickten ergeben und stöhnten innerlich laut.

»Was ist eigentlich der Nutzen unserer Agentur?«, fragte Natascha, nachdem Wim das Zimmer verlassen hatte. »Warum übergibt er uns nicht einfach so die Aufgaben?«

»Na ja, immerhin hat er mit uns Ausgaben, aber nur wenig Einnahmen. Und das spart doch bekanntlich Steuern, oder?« Ich hatte das Gefühl, mir war da gerade ein sehr erhellender Gedanke gekommen. Natascha nickte nachdenklich.

»Okay, und weil er dachte, wir beide würden uns eher zerfleischen als gemeinsam erfolgreiche Events hinzulegen …«

»Cleveres Bürschchen.«

»Wer? Ich?«, fragte Matze, der gerade zur Tür hereinkam. Ich grinste ihn an.

»Ja, genau du, mein Lieber.«

Er strahlte erfreut. Vor ihm sollten wir das Gespräch nicht unbedingt fortsetzen.

Er strich sich wie so oft mit Daumen und Zeigefinger über seine Backenbartstoppeln. Er hatte ein so unschuldiges Gesicht. Und auf einmal fragte ich mich, warum er wohl mit uns arbeitete. War seine Aufgabe wirklich bloß, uns Kaffee zu kochen?

»Ich muss mal kurz zu Annette«, sagte ich. »Da gab es eine Unklarheit wegen einer Rechnung.«

Annette, die sich leicht echauffiert zeigte, weil ich sie in letzter Zeit so selten bezüglich meiner beruflichen und privaten Befindlichkeiten ins Vertrauen gezogen hatte, war zunächst etwas abweisend.

»Das muss ich erst mit Wim bereden, ob ich dir das sagen darf«, maulte sie.

»Aber Annette, bitte, du kannst mir doch sagen, was

mein Praktikant monatlich hier verdient. Er hat gerade um eine kleine Gehaltserhöhung gebeten – schließlich seien wir ja so zufrieden mit ihm, hat er argumentiert«, improvisierte ich. Annette wackelte die Brille auf ihrer Nase zurecht und wandte sich dann ihrem Computer zu.

»Von mir weißt du das nicht«, flüsterte sie, obwohl außer uns beiden sowieso niemand im Zimmer war. Sie klickte eine Datei an und eine längere Zahlenreihe erschien. Mit dem Cursor markierte sie eine Zahl. Mir stockte der Atem.

»Der bekommt 2400 Euro im Monat? Das ist aber ein üppiges Praktikantengehalt!«

»Das habe ich Wim auch gesagt, aber er meinte, Matze sei nun mal der Sohn eines guten Freundes von ihm, da dürfe man nicht so knauserig sein«, erläuterte Annette. Schnell schloss sie die Datei wieder.

»Also, die Gehaltserhöhung kann er sich in den Wind schieben«, sagte ich der Vollständigkeit halber. Ich bedankte mich und ging zurück in unser Büro.

Matze durchforstete an seinem Computer die Kundendaten unserer großen Übermutter wow. Wir hatten überlegt, jeden Kunden herauszufiltern, der in naher Zukunft einen runden Geburtstag hatte. Dem würden wir einfach mal ein Angebot für eine kleine Feier zukommen lassen. Vielleicht reagierte ja jemand darauf. Matze wirkte sehr konzentriert und gewissenhaft. Sein Profil wirkte so kindlich, dachte man sich den Bart weg. Dabei – wer weiß – vielleicht war er ein Maulwurf, der unsere Arbeit sabotierte?

»Devi?«, sagte ich erstaunt, als mein Blick auf einen Namen in der Liste fiel. Mohit Devi, Bauunternehmer, las ich.

»Li«, rief ich hinüber zu meiner Kollegin, die ganz in die Abgründe ihres Bildschirms vertieft zu sein schien. »Weißt du, was wir mit einem Mohit Devi zu tun hatten?« Überrascht sah sie auf.

»Mohit Devi? Keine Ahnung. War sicher vor meiner Zeit. Matze, lass uns doch mal die Kundendaten genauer anschauen.«

»Na, die Wahrscheinlichkeit ist groß, dass es vor deiner Zeit war. Bist ja gerade mal ein paar Wochen länger dabei als ich«, sagte er verwundert. Natascha lief rot an und legte Matze die schlanken Finger auf die Schultern, als wolle sie ihn massieren. Er nahm automatisch eine ›ja-gib's-mir‹-Haltung ein und insistierte nicht weiter.

Vor sechs Jahren war es gewesen, da hatte sich Mohit Devi für sein kleines, aber wie es schien sehr feines Bauunternehmen ein rasend teures Incentive organisieren lassen – inklusive eines indischen Festes mit Feuerspuckern, Elefanten und anderem pseudo-folkloristischem Ulk, der seine Angestellten garantiert zum Staunen gebracht hatte.

»Was ist mit dem?« fragte Natascha. Mir fiel auf, dass der Name Kiran schon lange nicht mehr gefallen war.

»Seht ihr euch eigentlich noch?«, fragte ich. Sie zuckte nichtssagend die Schultern.

»Vielleicht ist das sein Vater. Vom Alter her könnte das hinkommen – Mohit Devi wird demnächst 65.«

»Na, ruf Kiran doch mal an«, schlug ich vor. Natascha zögerte.

»Ich hab mich die letzten Wochen nicht bei ihm gemeldet. Er sich allerdings auch nicht. Und im Haus habe ich ihn auch nicht gesehen.«

»Soll ich?«, fragte ich und griff zum Hörer. »Sind zwar

nicht mal mehr zwei Wochen bis zu dem Geburtstag, aber das schaffen wir schon.« Mir war es keineswegs unangenehm, Kiran anzurufen. Im Gegenteil, ich spürte, dass ich ein kleines Wortgefecht mit ihm geradezu …

… vermisste ihn nicht gerade. Ehrlich gesagt, hatte ich mich immer versteckt, wenn ich gehört hatte, dass er durch den Hausflur ging. Ein paar Mal hatte er sogar geklingelt, aber ich hatte nicht aufgemacht. Ich weiß nicht wieso. Mir war das alles so peinlich – diese Nacht, dieses bekloppte Frühstück mit Lis schrecklichem Vater, meine widersprüchlichen Gefühle und vor allem die weichen Knie, die ich bekam, wenn Oskar bei uns auftauchte. Er war nett zu mir, keine Frage. Er unterhielt sich mit mir, erkundigte sich, wie es mir ging. Aber er flirtete nicht mehr mit mir. Er behandelte mich wie eine Frau, die einen Freund hat, die vergeben ist. Er schien ganz selbstverständlich davon auszugehen, dass ich mit Kiran liiert war. Kein Wunder – wir waren ja auch ein äußerst attraktives Paar. Außerdem schien Oskar selbst völlig verunsichert zu sein, wenn er Li traf. Er bemühte sich um einen lässigen, flapsigen Ton, aber die Art, wie er sie ansah, ließ große Verwirrung erahnen.

Ich schlief schlecht zur Zeit – ich wusste gar nicht, um welches Problem sich meine Gedanken zuerst drehen sollten. Wenn ich die Männerfragen im Rhythmus mit meinem Körper hin und her gewälzt hatte, dachte ich an die Agentur. Die Situation dort kam auch mir sehr suspekt vor. Natürlich konnte uns mal eine Kleinigkeit in der Organisation durchrutschen, das war ganz klar. Aber so viele Fehler auf einmal? Meine Arbeit hatte mir immer Spaß gemacht, aber nun ging ich morgens mit einem klammen Gefühl im Magen dorthin. Manchmal war mir richtig schlecht. Ich versuchte, ein Müsli zu essen, aber davon wurde mir meist noch schlechter. Ich ließ es also wieder. War vielleicht auch besser, denn ich hatte seit ein paar Tagen das Gefühl, mein Hosenbund würde doch ein wenig zu kneifen anfangen. Ich stieg auf die Mango-Lassi-Kur um, die Li immer so diszipliniert durchgezogen hatte. Es fiel mir schwer. Stumm und mit gierigen Augen beobachtete ich, wenn Li sich etwas Ordentliches zwischen die Kiemen schob. Matze war ich dankbar, dass er nie mit uns zusammen aß. So junge Männer hauten ja immer ungeniert rein. Mittlerweile schaffte ich es, drei Mal die Woche nach der Arbeit – die wir zur Zeit ja einigermaßen pünktlich beenden konnten, weil es so wenig zu tun gab – joggen zu gehen. Ich spürte, wie gut es mir tat. Dieser Körper freute sich über Bewegung – während meiner schon als Couch Potato zur Welt gekommen war.

Einmal hatte Franz angerufen und sich für drei Wochen in den Urlaub verabschiedet. Er hätte wohl gerne noch einen kleinen Abschiedsquickie eingelegt, aber ich hatte mit einem Hinweis auf so ›unglaublich viel Arbeit‹ dankend abgelehnt. Er hatte glücklicherweise nicht weiter insistiert.

Die Aussicht, nun ein Fest für Kirans Vater auszurichten, schien mir nicht gerade glänzend. Nicht wegen des Festes, nicht wegen des Vaters. Ich würde öfter mit Kiran zusammentreffen – und hatte keine Ahnung, wie ich mich verhalten sollte. Aber: Wir brauchten dringend einen Job.

Li säuselte am Telefon. Sie beschimpfte Kiran zwar gerade, dass er eine treulose Tomate sei, die sich nie blicken lasse, aber es klang trotzdem nach Gesäusel. Sie kicherte und gurrte und schließlich legte sie mit hochrotem Gesicht auf. Mit einer kräftigen Bewegung warf sie die Haare nach hinten und strahlte mich an: »Kiran war begeistert. Er sagt, sein Vater sei total am Hadern, ob und wie er den Geburtstag feiern soll, und jetzt wird ihm Kiran mit unserer Hilfe ein richtiges Überraschungsfest bereiten. Er kommt heute Nachmittag vorbei, dann können wir erste Ideen spinnen.« Sie öffnete die Schreibtischschublade und holte ein Milky Way hervor.

»Das hab ich mir jetzt verdient«, sagte sie überzeugt und biss herzhaft hinein. Mein Magen knurrte. Ich hätte es ihr am liebsten aus der Hand gerissen. Speichel sammelte sich in meinem Mund – Zucker, Zucker, Zucker schrien alle meine Körperzellen. Selbst Li schien es zu hören. Sie legte den Kopf schief, überlegte kurz, öffnete erneut die Schublade und warf mir ein Minipäckchen Gummibärchen zu. »Bin heut' spendabel«, grinste sie schmatzend.

Fast wäre ich in Tränen ausgebrochen. Ich würde jetzt aus der Tür rennen, die Klenzestraße beinahe bis zu ihrem Ende in Richtung Glockenbach hindurch wetzen und würde erst stoppen, wenn ich neben dem ›Café Maria‹ und der ›Bar Josef‹ am Eistresen vom ›Jessas‹ stehen würde. Dann würde ich mir eine fette Kugel Türkischer-Honig-Eis, eine Schoko-Ingwer und eine Milch-Minze genehmigen. Ohne den Hauch eines schlechten Gewissens. Ich spürte schon den Impuls aufzustehen, ich atmete schon tief durch für den Spurt, als mich Lis durchdringender Blick traf. ›Denk gar nicht dran‹, sagte der, als kenne sie nicht nur diesen Körper in- und auswendig, sondern seine Gedanken gleich mit. Ich sank ein wenig in mich zusammen.

»Lass uns lieber über das Fest nachdenken«, sagte sie, und ich schob mir alle Gummibärchen auf einmal in den Mund. Was für eine unglaublich lahme Geschmacksexplosion.

18. Großereignisse planen
Verbrauch: 709 Kalorien

Als Kiran am Nachmittag kam, hatten wir schon ein dreiseitiges Konzept entwickelt. Er begrüßte uns beide lässig mit Küsschen auf die Wange und setzte sich zwischen uns. Er wirkte nicht sonderlich verlegen, während ich mir mal wieder lieber die Zunge abgebissen hätte, als in belanglosen Small Talk zu verfallen. Li lenkte ihn direkt zu unserem Konzept und trug es sehr charmant und witzig vor. Kern des Festes war eine schicke Motorjacht, die wir auf dem Starnberger See cruisen lassen wollten. Wir würden sechs Anlegestellen anfahren, an denen dann immer wieder ein besonderes Highlight über die Bühne gehen würde. Jede Anlegestelle stand für ein Lebensjahrzehnt des Jubilars und war entsprechend dekoriert. Am Ende würden wir die Jacht mit ›Throwies‹ illuminieren. Auf diese Idee war ich besonders stolz. Kleine, bunte LED-Lämpchen wurden mit einer Batterie und einem Magneten verklebt, dann warf man sie einfach an metallische Oberflächen und da strahlten sie dann in allen Regenbogenfarben vor sich hin. Ich war überglücklich, als ich im Internet sogar LED-Floaties entdeckte, mit denen wir den See um die Jacht herum ebenfalls illuminieren konnten. Kiran schien sehr angetan von unseren Ideen. Wir diskutierten konzentriert über die Größe der Feier, das Essen, die Show-Acts, die an den verschiedenen Stationen stattfinden sollten. Geld schien keine Rolle zu spielen. Allerdings protzte Kiran nun auch nicht gerade herum mit dem Familienvermögen – und Li hatte mir neulich von seinem schäbigen, alten Auto erzählt. Kiran lieferte uns genug Stoff aus dem Leben seines Vaters, so dass die Stationen immer deutlicher wurden. Ein indischer Straßenmarkt mit Karussell und allerlei Leckereien sollte für die Kindheitsjahre aufgebaut werden (Kirans kleine Neffen und Nichten würden es uns danken). Wie ein Freiluft-Klassenzimmer sollte die nächste Station wirken. Hier würde Kiran selbst eine Rede zu Ehren seines Vaters halten. Dann würden wir ein großes Zelt aufbauen, in dem zwischen skurrilen deutsch-indischen 70er-Jahre-Raritäten eine bollywoodartige Tanzgruppe auftreten würde – eine Reminiszenz an die bewegte Studienzeit von Mohit Devi in Indien und München. Die nächsten zwei Stationen waren den Themen Familie – mit vielen Fotos und Super-Acht-Film-Dokumenten aus dieser Zeit – und dem Aufbau des Bauunternehmens gewidmet. Hier würden wir aus Pappmaschee sowohl das Taj Mahal als auch eine Grünwalder Villa nachbauen lassen, die Devi in seinen ersten Jahren hier realisiert hatte.

»Seit er Großvater ist, kümmert er sich immer weniger um die Arbeit«, erzählte Kiran. »Er lässt seinen Nachfolger immer öfter ans Ruder und das klappt auch ganz gut.«

»Und das bist natürlich du, du verzogener indischer Prinz«, schnappte Li. Kiran grinste und deutete einen Handkantenschlag auf ihren Hinterkopf an.

»Quatsch. Ich habe kein Interesse an der Firma. War aber auch nie ein Thema zwischen uns. Und mit der Architektur bin ich ja zumindest in ähnlichem Fahrwasser unterwegs wie er.«

»Ach, du bist der brotlose Künstler, den man sich in der Familie leistet?«, stichelte Li weiter.

»Hey, meine Eltern haben uns beigebracht, dass Geld nicht alles im Leben ist.«

»Das kann man gut, wenn man genug davon hat, gell?«

Ich versetzte ihr einen leichten Tritt unterm Tisch. Sie würde uns noch den einzigen Kunden vergraulen, den wir derzeit hatten.

»Ach, Kiran, was mir noch einfällt«, schaltete ich mich rasch ins Gespräch ein. »Es wäre toll, wenn wir alle Absprachen persönlich treffen könnten. Nicht nur per E-Mail oder per Telefon.«

»Hast du doch Sehnsucht nach mir?«, fragte er und seine Augen wurden schmal. Mein Herz pochte mit einem Mal heftig und ich schluckte, bevor ich antworten konnte: »Darum geht es nicht.« Das war vielleicht nicht die charmanteste Argumentationslinie. »Ähm, also, wir haben den Verdacht, also, ...« Sollte ich ausplaudern, dass wir vermuteten in unserem eigenen Büro bespitzelt zu werden?

»Was Li meint,« schaltete sich Li ein. »Unser Praktikant, der heute einen freien Nachmittag hat, scheint die Angewohnheit zu haben, unsere Arbeit zu sabotieren. Keine Ahnung warum. Bisher können wir ihm auch nichts nachweisen. Daher möchten wir gerne auf Nummer sicher gehen, damit auch alles klappt.« Kiran sah uns erstaunt an.

»Aber da müsst ihr doch was tun – was sagt denn euer Chef dazu?«

»Na ja,« sagte ich. »Solange wir nichts in der Hand haben, können wir ja nicht einfach etwas behaupten.«

»Wisst ihr was«, schlug Kiran vor und er wirkte wie ein Junge, der sich gerade zum Detektivspielen verabredet hatte. »Wir testen es aus. Ihr schickt mir eine Mail mit

Daten und Terminen drin und dann schauen wir, was bei mir ankommt. Dann können wir diesen Halunken vielleicht erwischen.« Wir erzählten ihm noch genauer, was in den letzten Wochen alles vorgefallen war und Kiran teilte unsere Überlegungen.

»Ich wette, da steckt sogar eine höhere Stelle dahinter«, mutmaßte er.

»Der Stelle werden wir's zeigen«, sagte Li kampfeslustig. »An die Arbeit also!«

›Die Stelle‹ kümmerte sich die nächsten Tage nicht großartig um uns. Und so konnten wir fieberhaft an die Vorbereitungen gehen – zumal die Zeit ziemlich knapp war. Je glücklicher wir von Tag zu Tag angesichts aller umschifften Klippen wurden, umso länger wurden die Tage auch. Oskar würde als Conférencier natürlich mit an Bord sein, was mir ein großes Gefühl der Sicherheit gab. Zudem war es uns tatsächlich gelungen, sechs wunderbare Locations rund um den Starnberger See zu buchen, an denen wir zum Feiern anlegen konnten. Dazu gehörten so exquisite Adressen wie der Park des Schlosses Berg im gleichnamigen Ort, ebenso hatten uns die Evangelische Akademie in Tutzing, das Schloss Ammerland, Schloss Possenhofen und das Buchheim Museum ihr ›Okay‹ gegeben, dass wir bei ihnen Station machen konnten. Es würde einiges kosten – aber es war ja nicht unsere Tasche, in die gegriffen wurde. Kiran war mit allem einverstanden und unsere Absprachen funktionierten. Für alle anderen Ansprechpartner hatten wir das gute alte Faxgerät reaktiviert, denn unsere Test-E-Mail, die wir an Kiran am nächsten Morgen, als Matze wieder neben uns lauerte, verschickt hatten, hatte schon erstaunliche Dinge zum Vorschein gebracht.

Die Mail war erst mit 20-minütiger Verspätung bei Kiran eingetroffen. Im Programm, das wir aufgestellt hatten, stand als Abfahrtsort nicht mehr »Starnberg«, sondern »Percha«, etwa fünf Kilometer entfernt. Etliche schöne Details unserer Planung – etwa die Throwies – waren herausgelöscht, dafür war unsere Kostenkalkulation erheblich nach unten manipuliert. So hätten wir am Ende garantiert Ärger bekommen, wenn wir eine sehr viel höhere Rechnungen gestellt hätten, und wären am Ende gar auf den Kosten sitzengeblieben. Da pfuschte uns jemand aber sehr deutlich ins Handwerk.

Matze spürte wohl unsere bohrenden Blicke, denn er verabschiedete sich mit dem Hinweis, Wim habe ihn gebeten, eine Besorgung für ihn zu machen. Wir ließen ihn gerne ziehen.

»Was tun wir?«, fragte ich etwas ratlos. »Mit Wim reden?« Li kniff die Lippen zusammen und legte den Kopf schräg.

»Meinst du wirklich, wir können ihm vertrauen? Was, wenn er dahintersteckt?«

»Aber warum?«

»Na, weil er will, dass wir Miese machen. Das spart ihm letztlich Geld.«

Ich seufzte. Wie hatten wir uns nur so naiv in dieses Schlamassel hereinziehen lassen können? Hatte ich wirklich gedacht, Wim würde uns ohne Hintergedanken zu Geschäftsführerinnen seiner neuen Agentur machen? Da gab es doch viel erfahrenere Kollegen und Kolleginnen.

»Komm, egal«, lenkte mich Li ab. »Wir ziehen das Ding jetzt einfach durch – der wird noch sehen, wie wir ihm die Kohle scheffeln!«

Natürlich gelang es uns nicht ganz, Matze im Ungewissen zu lassen. Schließlich saß er in unserem Zimmer und bekam ziemlich viel mit. In unseren E-Mails schrieben wir nur noch Belanglosigkeiten, schickten stattdessen Faxe und trafen uns direkt mit unseren Ansprechpartnern.

19. Schokoeis mit Foccacia
878 Kalorien

Das Fest war rasend schnell näher gekommen. Morgen würde es so weit sein. Ich war ziemlich nervös, mein Magen war regelrecht zugeknöpft und ich kämpfte morgens immer öfter mit Übelkeit, die sich im Laufe des Tages glücklicherweise gab. Li war so fröhlich, wie ich sie noch nie erlebt hatte.

»Dieser Stress fängt an, mir Spaß zu machen«, sagte sie ganz ernsthaft. »Von diesem Fest wird die Agentur noch in zehn Jahren reden! Es wird Maßstäbe setzen!« Ich war da nicht so sicher. Matze war seit letzter Woche ziemlich in sich gekehrt. Er redete nur noch das Nötigste mit uns und wirkte bedrückt. Es war zur Gewohnheit geworden, dass Li jeden Abend mit Kiran telefonierte und sie sich gegenseitig auf den aktuellen Stand brachten. Die Telefonate wurden immer länger und manchmal zog ich mich nach Hause zurück, um die beiden nicht zu stören.

In der Dreimühlenstraße war es ziemlich ungemütlich. Die Fenster zur Straße waren mit einer Plane verhängt, vor den Innenhoffenstern stand nach wie vor das Gerüst, das ebenfalls viel Tageslicht schluckte. Zudem staubte es zu jeder Ritze herein und beinahe jeden Morgen wurde ich von Handwerkerlärm geweckt. Immerhin regnete es nicht mehr rein und vergiftet worden war ich auch nicht wieder.

Statt mich also in meine Wohnhöhle zurückzuziehen, beschloss ich am Abend vor dem großen Tag, mir endlich einmal selbst ein angemessenes Festtagsgewand für diese tolle Figur zu erstehen. Da ich mich mit den großen Boutique nicht anfreunden konnte, ging ich direkt in den ›7.Himmel‹ in der Hans-Sachs-Straße. Die Inhaberin hätte rein optisch auch eine Tankstelle betreiben können, so völlig normal wirkte sie selbst – aber auf den Kleiderständern in ihrem engen Laden drängelten sich die ausgefallensten und witzigsten Klamotten. Ein bisschen freakig, ein bisschen underground – auf jeden Fall sehr individuell. Und für einen Event im Indien-Look hatte sie allemal etwas, ohne dass man sich wie ein vergessenes Flower-Power-Kind aus den 70ern vorkommen musste. Ich wurde ziemlich schnell fündig.

Ich musste tief durchatmen, als ich in das Kleid schlüpfte. So etwas hätte ich mich früher nicht einmal anzuschauen getraut. Und jetzt: Ich sah großartig aus. Das Kleid war ultrakurz, im Spitzenlook und metallisch silbern. Unter der durchsichtigen Spitze trug man ein lavendelfarbenes Unterkleid, das einen tiefen Ausschnitt hatte. Die Arme und das Dekolleté sah man unter der Spitze hindurch schimmern. Gleich nebenan, im Schuhhimmel, bekam ich dazu passende graue Leinen-Pumps mit Absätzen, die in zartem Lila gehalten waren. Ich spürte nicht nur wohlwollende Blicke auf mir, sondern auch neidische. Die Kassiererin an der Kasse kam mir ziemlich schnippisch vor. Aber ich strahlte so entwaffnend, dass sie sich am Ende sogar ein Lächeln abrang. Vielleicht aber auch nur wegen der 275 Euro, die ich in ihre Kasse spülte.

Ich hatte früher nie viel Geld für Mode ausgegeben. Okay – für Mode hatte ich gar kein Geld ausgegeben, ich hatte Kleidung gekauft. Damit ich nicht nackt rumrennen musste. Damit ich nicht fror. Damit ich meine Speckringe verstecken konnte. Ich hatte es gehasst. Nun hätte ich noch stundenlang weiter shoppen können, aber die Erinnerung an mein Bankkonto gebot Mäßigung. Und die war mir ja mittlerweile beinahe zur zweiten Natur geworden. Heute Abend aber, da würde ich mir bei Tomaso einen Prosecco mit einer kleinen Kugel Zitroneneis genehmigen. Eine Sondergenehmigung zum Entspannen. Es war ein samtiger Abend mit letzten roséfarbenen Sonnenstrahlen. Die vielen Restaurants, die sich hier alle paar Meter angesiedelt hatten, waren gut besucht. Gesprächsfetzen, Gläserklirren, appetitlicher Essensduft. Auch bei Tomaso erwischte ich gerade mal den letzten Platz. Um mich herum saßen Pärchen und Cliquen. Auf dem Spielplatz tobten noch ein paar größere Kinder und ich kam mir vor wie in Italien. Wenn auch etwas einsam.

»Ein ›Nero è bianco‹ mit extra viel Sahne«, sagte ich und glaubte, meinen Ohren nicht zu trauen. Elio, Tomasos kleiner Bruder, machte wie immer einen dummen Scherz, der mich wie immer zum Schmunzeln brachte. Ich wusste wirklich nicht, wie ich dazu kam, ein Eis zu bestellen. Aber ich spürte genau, mein Körper sehnte sich nicht einfach danach, er würde zu Staub verfallen, wenn er es nicht bekäme. Sofort. Auf der Stelle. Ich riss Elio den Eisbecher geradezu aus der Hand und aß ihn gierig auf. Ich vergaß die Menschen um mich herum, ich tauchte ein in den Eisbecher, wurde eins mit dem Eis, ich inhalierte es, absorbierte es und kratzte die allerletzten Reste zusammen, so dass man sich den Spülmaschinengang sparen konnte. »Gibt's noch eine Tomaten-Mozzarella-Foccacia?« fragte ich ohne zu zögern und Elio brachte nach kürzester Zeit grinsend das Bestellte.

»Schwanger, èh?«, frotzelte er und ich sah ihm sprachlos hinterher. Schwanger? Ich musste einen Moment überlegen, was das Wort bedeutete. Er hatte gefragt, ob ich ein Kind erwartete! Ein Kind! In Lis Bauch! Oh Gott! Das könnte tatsächlich ... Wie war es da hinein ... ich meine, wer hat es da ... um Gottes willen! Mir brach kalter Schweiß aus. Angeekelt schob ich das Foccacia von mir. Ich machte mir jetzt erst klar, dass ich noch nicht ein Mal meine Tage bekommen hatte, seit ich in Lis Körper steckte. Ich hatte nicht darüber nachgedacht, es hätte mich nicht gewundert, wenn Li – dünn wie sie war – gar keine Periode hatte. Und, ähm tja, ich musste es zugeben, trotz der Weisheit meiner 26 Jahre hatte ich nicht an Verhütung gedacht. Kiran auch nicht. Und Franz erst recht nicht – herrje, hoffentlich war das Kind nicht von Franz! Aber wieso denn? Welches Kind denn? Da hatte ein Kellner einen dummen Witz gemacht und ich glaubte ihm sofort. Weil mir morgens öfter übel gewesen war. Weil ich zugeben musste, dass meine Brüste seit einigen Tagen spannten. Aber das kam doch vom Joggen, oder? Von falsch durchgeführten Yogaübungen. Weil ich Heißhunger auf Eis und Schokolade und Sandwiches hatte. Weil ... es mir so plausibel erschien.

Kiran und ich waren ehrlich gesagt zu betrunken gewesen, um uns über Verhütung Gedanken zu machen. Und Franz ging wahrscheinlich ganz selbstverständlich davon aus, dass Li die Pille oder sonst was nahm. Schließlich war sie ja eine sexuell aktive Frau. Im Gegensatz zu mir. Ich hatte mit 17 acht Monate die Pille genommen und die übrige Zeit wäre das Geldverschwendung gewesen. Ich hatte früher immer Kondome im Haus, die ich nach dem Ablauf des Haltbarkeitsdatums ordentlich und ordentlich frustriert ordnungsgemäß entsorgt hatte. Von zehn Stück waren genau zwei benutzt worden. Ich stöhnte und zahlte schnell. Ich musste raus aus dieser Menschenmenge. Ich musste einen Schwangerschaftstest machen, am besten sofort. Ich überschlug, wie viel Zeit vergangen war, seit ich mit Franz und Kiran geschlafen hatte – und war für Sekunden überglücklich, dass nicht auch noch Wim zu den potentiellen Vätern gehörte – ein Hoch auf die Impotenz! Ich wusste natürlich nicht, wann Li das letzte Mal ihre Tage gehabt hatte, und so blieb alles Rechnen Spekulation. Ich lief noch ein kleines Stück an der Isar entlang und versuchte, mich zu beruhigen. Um halb neun machte morgen früh die Apotheke auf. Dann würde ich sofort den Test machen und wäre hoffentlich einigermaßen pünktlich und einigermaßen erleichtert über den garantierten Fehlalarm in der Agentur. Um zehn war Abfahrt, gepackt hatten wir schon heute das meiste.

Ich schlief die ganze Nacht nicht. Ich wälzte mich hin und her und legte immer wieder die Hand auf meinen Bauch, auf ihren Bauch, auf den Bauch des Kindes. Ich konnte nichts erspüren. Gar nichts, wie auch? Eine leichte Beule vielleicht, von den Eiskugeln natürlich. Meine Brüste fühlten sich ziemlich fest an. Aber taten sie das nicht immer? Manchmal sehnte ich mich nach meinen eigenen Brüsten, die viel größer, aber auch weicher waren und die ich immer viel stärker gespürt hatte. Diese kleinen Hüpfer hier konnte man schnell aus den Augen verlieren.

Um sieben hatte ich das Bett verlassen, die Übelkeit verdrängend. Ich hatte alle Übungen auf den Postern im Wohnzimmer gemacht, in der Hoffnung, sie würden mich beruhigen. Ich beschloss zu duschen, aber es kam nur eiskaltes Wasser, das gänzlich zu fließen aufhörte, als ich gerade meine Haare einschamponieren wollte. »Scheiß

Handwerker«, schrie ich und trommelte mit den Fäusten an die Kacheln. Das Wasser war trotzdem versiegt.

Ich versuchte die Haare mit viel Gel zu stylen, was ziemlich misslang. Ich hoffte, Li hätte heute nur Augen für Kiran und nicht für ihr altes Ich.

Jede Sekunde dauerte gefühlte fünf. Als ich mit meinem mordsmäßigen Aufgerüsche fertig war, war es immer noch erst viertel nach Acht. Ich ging trotzdem los. Der Weg zur Apotheke dauerte keine zwei Minuten.

Im Hausflur trugen stoische Arbeiter Zementsäcke auf den Schultern in den Hof. Zwischen ihnen wuselte Kiran herum. Er trug bereits einen festlichen, anthrazitfarbenen Anzug mit einem fliederfarbenen Hemd und einer rosa-weiß gepunkteten Krawatte. Er sah umwerfend aus, abgesehen von seinem wutverzerrten Gesicht, das sich nicht einmal entspannte, als er mich erblickte.

»Morgen«, sagte ich kraftlos und vermied den Blick in seine Augen. Er sah mich und sah mich doch nicht. Er rannte den Arbeitern in den Hof hinterher und streckte den Arm nach mir aus.

»Diese Idioten«, fluchte er. »Bohren die Wasserrohre an.«

»Bis nachher«, rief ich ihm hinterher.

»Hoffentlich«, hörte ich ihn.

Als wären sie Statisten und hätten nun den Einsatz des Regisseurs bekommen, kreuzten nur Eltern mit Kindern meinen kurzen Weg bis zur Apotheke. Kleine Kinder im Kinderwagen, größere auf dem Laufrad oder einem Roller. Schulkinder, die schon alleine unterwegs waren und mittelalterliche Muttis mit pausbäckigen Babys vor den Bauch geknotet. Alle wirkten fröhlich und entspannt und mir war, als bewegten sie sich in Zeitlupe. Ich konnte das

Glück in den Gesichtern der Mütter ablesen, den Stolz in denen der Väter. Und ich sollte bald zu ihnen gehören? Nein, bestimmt nicht. Es konnte gar nicht sein. In meinem Kopf fuhren Fragen wild Karussell: Bin ich wirklich schwanger? Was wird Li sagen? Wer ist bloß der Vater? Wie soll ich das schaffen? Was wird Li sagen? Und wenn ich es einfach nicht bekomme? Ich bin doch nicht wirklich schwanger? Was wird Li sagen?

»Was hätten Sie gerne?«, fragte die Apothekerin und mit dem größtmöglichen Abstand zu den Buchstaben in meinem Mund sagte ich explosionsartig: »Schwngrschftstst.« Wunderbarer Weise verstand sie mich.

Fünf nach halb neun. Ich rannte zurück, preschte mich an Kiran vorbei, der noch immer im Hausflur herumfluchte und glücklicherweise nicht sehen konnte, was in meinem Tütchen versteckt war.

Jetzt würde ich pinkeln müssen. Natürlich kam nichts. Ich schüttete ein paar Gläser Wasser in mich hinein. Sieben nach halb neun. Ich drehte den Wasserhahn in der Toilette auf, hockte mich über die Klobrille und konzentrierte mich auf das Plätschern des Wassers. Ich presste. Der Teststab in meiner Hand zitterte. Hoffentlich pinkelte ich nicht daneben. Ich spürte etwas Nasses auf meiner Hand. Neun nach halb neun. Ich rannte in die Küche und kramte nach einem Plastikbecher. Ich fand keinen. Elf nach halb neun. Ich nahm ein Wasserglas und spurtete zurück aufs Klo. Endlich hatte ich das Gefühl, ich würde pinkeln können. Die ersten Tropfen gingen daneben, dann traf ich das Glas. Es war vielleicht zu einem Viertel gefüllt. Schnell versenkte ich den Teststab, sorgte dafür, dass der Urin ihn gut benetzte, dann hockte ich mich auf die Klobrille und fixierte den Teststab. Eine kleine Eieruhr leuchtete spöttisch im

Display. 17 vor neun. ›Nicht schwanger, nicht schwanger, nicht schwanger‹, betete ich mantramäßig. Der untere Teil der Sanduhr schien mir immer dicker zu werden. Runder, schwangerer. Ich kniff die Augen zusammen. Zählte innerlich die Sekunden. Bing. 15 vor neun. Schwanger. Seit zwei Wochen. Das stand im Display! ›Hätten Sie mal besser mit der Verhütung aufgepasst, Sie blöde Kuh!‹, stand darunter. Nein, Quatsch. Nichts anderes stand da. Nur ›schwanger‹ und ›zwei Wochen‹. Ich las die Buchstaben immer wieder, nahm sie auseinander, versuchte sie zu einem ›nicht schwanger‹ zusammenzufügen, aber es gelang mir nicht. Speichel lief in meinem Mund zusammen, schnell und bitter, und eh ich etwas tun konnte, hatte ich das Ergebnis und meine morgendliche Übelkeit und das Frühstück, das ich gar nicht gegessen hatte, in die Kloschüssel gespuckt und ich fühlte mich erbärmlich. Ich war schwanger! Lis Körper bebrütete ein Ei. Und eine Samenzelle. Die sich prächtig miteinander verstanden, so gut, dass sie gleich verschmolzen waren und sich heftig vermehrten und jetzt kasperten sie täglich aus, welche Zelle was werden sollte: »Hach, die da wird ein Arm und die eine Blutbahn und die machen wir zu einem kleinen Penis.« »Nein, zu einer kleinen Muschi«, »nein Penis«, »nein Muschi«, »nein …« und so ging das da unten den ganzen Tag und es war kein Wunder, dass mir schlecht war und ich alles zum Kotzen fand.

Fünf vor neun. Irgendwie fand ich den Weg zur Tür, ich schnappte meine Tasche, die ich wohlweislich schon gepackt hatte, ich hangelte mich treppab durchs Treppenhaus, weißer als die Wand hinter mir, vermutete ich. Ich drängelte mich an Kiran vorbei, der den Vorarbeiter anschrie, und griff nach dem Fahrrad und irgendwie schafften es meine Füße, sich mit den Pedalen zu synchronisieren und um etwa neun Minuten nach neun stand ich vor der Agentur.

Sollte ich es ihr gleich sagen? Oder lieber erst nach dem Fest? Sollte ich es Kiran und Li gemeinsam sagen? Sollte ich mich in der Isar ertränken?

Im zweiten Stock nahm ich den Aufzug. Ich fühlte mich schon jetzt, als hätte ich an einem einzigen Tag die Fußballweltmeisterschaft zu organisieren. Oder meine eigene Hinrichtung. Vielleicht sollte ich gar nichts sagen. Sollte einfach hingehen und diese Zellansammlung, die da nicht hingehörte, entfernen lassen. Genau. Ich würde einfach ... Lis Kind, schoss es mir durch den Sinn. Ich konnte doch so etwas nicht über ihren Kopf hinweg entscheiden. Wenn sie es jemals herausfinden würde ... wenn sie doch eines Tages ihren Körper zurückbekommen ...

»Li, wir warten schon auf dich«, sagte Wim und seine Stimme klang so kalt und brutal wie das Knirschen eines Eisbrechers. Irritiert starrte ich ihn an.

Er lotste mich in den Konferenzsaal, wo schon Li und Matze saßen. Matze hatte sich entspannt zurückgelehnt. Lis Gesicht wirkte versteinert, als habe man sie durch eine Puppe ersetzt, die erste mollige Schaufensterpuppe der Welt.

»Setz dich«, sagte Wim und ich ließ mich neben Li fallen. In meinem Magen begann es unangenehm zu wummern.

Wim zog die Stirn in Falten und schüttelte den Kopf. Meine Hände waren schweißnass. Li neben mir hatte mich noch nicht einmal angeschaut.

»Natascha, Li«, fing Wim an. »Es fällt mir sehr schwer, euch das zu sagen. Wärt ihr Polizisten, würde ich sagen, ihr seid vom Dienst suspendiert.« Ich sah auf den Saum meines Kleides. Das konnte doch nicht wahr sein!

»Wie bitte?«, stieß Li hervor. »Wieso das denn?«

»Ich glaube nicht«, fuhr Wim fort und begann, im Zimmer auf und ab zu patrouillieren. »Ich glaube nicht, dass ihr die Richtigen seid, um dieses ... gewaltige Fest heute durchzuführen. Ich glaube auch nicht, dass ihr in der Zukunft noch irgendein Fest durchführen solltet. Vielleicht ist es allein meine Schuld – vielleicht ist meine Menschenkenntnis doch nicht so gut, wie ich dachte.«

»Was soll der Scheiß?«, entfuhr es Li, aber Wim ging einfach darüber hinweg.

»Ich habe gedacht, ich hätte hoch motivierte Mitarbeiterinnen, denen ich vertrauen kann und die die Geschicke meines kleinen, aber feinen Zweitunternehmens klug und umsichtig lenken werden. Aber dem ist nicht so. Ihr habt mich – innerhalb so weniger Wochen – einfach nur maßlos enttäuscht. Ihr habt noch keinen Cent eingefahren, nur Miese gemacht und jetzt ist es bereits so weit – die ersten Kunden wollen auch mit wow nichts mehr zu tun haben. Ihr werdet verstehen – ich muss mich vor euch schützen. Ich unterstelle ja nicht einmal, dass ihr absichtlich ...«

»Moment«, Li war aufgesprungen. Ihre Stimme klang klar und fest. »So nicht! Das lassen wir nicht mit uns machen! Wir haben alle Aufträge ordentlich durchgeführt und kein Mensch hat sich beschwert...«

»...bei euch vielleicht nicht«, konterte Wim. »Aber bei mir. Ich hatte gehofft, ich kann es uns ersparen, aber ihr zwingt mich, euch mit euren Missetaten zu konfrontieren.«

»Was denn für Missetaten?« Li schrie geradezu. Wims

Augen wurden ganz schmal. Dann zog er ein Blatt Papier aus der Jacketttasche. Es war eng beschrieben.

»Freitag, 11. Juni: Falsche Dispo an den Moderator Oskar Semmler ausgegeben, dadurch Verzögerungen im Ablauf. Zusammenstoß mit der Staatsgewalt, infolgedessen Strafverfahren gegen Elisabeth Kraska wegen Fahrens ohne Fahrerlaubnis eingeleitet – allein das ist schon ein Kündigungsgrund.«

»Moment, das ist doch totaler Quatsch«, schrie nun ich. »Ich kann das erklären, das war ein Miss...«

»Ein Mist, genau!«, fuhr Wim unbarmherzig fort. »Am Freitag, den 11. Juni gab es noch mehrere Ausfälle wie etwa ein nicht-funktionierender Beamer, vergessene Luftballons ...«

»Die hat Matze vergessen«, sagte Li.

»Ich bitte euch«, Wim war nicht zu bremsen. »Mathias ist euer Praktikant! Ihr müsst jeden Schritt selbst kontrollieren! Ihr könnt ihn doch nicht verantwortlich machen, wo kämen wir denn da hin! Und weiter geht's: 16 Juni: Sänger zur falschen Kirche geschickt, falsche Tauben bestellt, verunstaltete Hochzeitstorte. 18 Juni: Falsche Plakate aufgehängt – unverzeihlich! Zu wenig Essen, stinkende Tischdeko. 22. Juni: Falsch gehängte Bilder, falsche Ankündigung der Veranstaltung in der Presse. Und eure Auftraggeber – die haben keine Lust, für so schlechte Leistung die Rechnung zu bezahlen.«

Es schnürte mir den Hals ab. Ich bekam beinahe keine Luft mehr. Kurz spürte ich Lis Hand auf meinem Oberschenkel. Dann stand sie auf.

»Behaupten kannst du viel, Wim Otto Werner«, sagte sie sachlich. »Aber ich glaube dir kein Wort! Ich werde alle unsere Kunden gerne anrufen und noch einmal mit ihnen reden. Wir hatten vor Ort alles geklärt, alle waren zufrieden. Diese angeblich gekürzten Rechnungen möchte ich sehen!«

»Halt dein Maul«, entfuhr es Wim skrupellos und Li verschlug es tatsächlich die Sprache. Ich wusste, dass ich etwas hätte sagen müssen, aber wie so oft, klemmten sich die Worte in meinem Hals fest, sie behinderten sich gegenseitig, weil sie alle auf einmal hinaus wollten, und so konnte ich nur schweigen.

»Ich bin euch keine Rechenschaft schuldig«, erklärte Wim. »Ihr seid bei mir angestellt. Nicht anders herum. Und deswegen sage ich auch, dass ihr dieses Fest heute nicht ausrichten werdet! Das werden Mathias und ich übernehmen. Damit wir noch retten können, was zu retten ist. Ihr schafft es und versenkt die komplette Festgesellschaft im Starnberger See! Das werde ich nicht dulden. Da schaue ich nicht einfach zu. Ich lass mir meine Agentur von euch zwei Idiotinnen doch nicht kaputt machen! Und jetzt raus. Räumt bitte Euer Büro, am Montag möchte ich euch nicht mehr sehen. Euer Gehalt bekommt ihr noch bis zum Ende des Monats. Wenn ihr meint, ihr müsst gegen die Kündigung vorgehen, bitte! Aber ich werde dafür sorgen, dass ihr in dieser ganzen gottverdammten Branche nie wieder einen Fuß auf den Boden bekommt. Und jetzt entschuldigt uns, wir haben einen großen Event durchzuführen.« Und er rauschte davon, Matze im Schlepptau.

Wir starrten auf die donnernd zugeschlagene Tür und ihr Weiß füllte das Zimmer und unsere Gehirne. Zwei Minuten sagte niemand von uns etwas.

20. Ertrinken
Verbrauch: 17.311 Kalorien

»Scheiße«, entfuhr es mir dann. »Der hat wohl einen Knall, das kann er doch nicht machen, so ein fieser...«

»Reiß dich zusammen«, unterbrach mich Li kalt. »Nimm dein Handy und ruf Oskar an. Sag ihm, was passiert ist. Er soll abwarten, wir instruieren ihn, wie's weitergeht. Ich ruf Kiran an.« Es klang, als hätte sie einen Plan.

»Plan? Nee, aber hier rumsitzen geht auch nicht. So einfach machen wir es dem Arsch nicht. Uns wird schon etwas einfallen.« Sie zog das Handy heraus, stellte sich ans Fenster und wählte Kirans Nummer.

Ich musste mich wahnsinnig konzentrieren, damit ich nicht in Tränen ausbrach, als ich Oskar am Apparat hatte.

»Bleib ruhig«, riet er mir und seine Stimme klang wie ein Streicheln. Klein-Hannas Papa tröstete tatsächlich mich. »Ich bin auf stand-by. Ihr haltet mich auf dem Laufenden und dann entscheiden wir, ob ich bei dem Fest mitmache oder nicht.«

»Ich würde nichts lieber haben, als dass Wim auf die Schnauze fällt – aber es ist Kirans Fest. Das können wir nicht einfach so baden gehen lassen, verstehst du?«

»Du magst ihn sehr.« Sein Satz dehnte sich im Raum und ich wollte mich davor verstecken, weil ich spürte, wie falsch er war. Und wie schwer es war, das zu widerlegen.

»Nein«, sagte ich also und hoffte einfach, Oskar glaubte

mir. »Ich mag ihn, aber das ›sehr‹ ist für einen andern bestimmt.« Ich konnte Oskars Lächeln geradezu hören.

»Natascha ... äh, Li«, er zögerte kurz. »Wir schaffen das. Ruf mich wieder an.«

Ich versprach es und wir hängten ein. Auch Li hatte zu telefonieren aufgehört.

»Kiran war genauso bestürzt wie wir«, berichtete sie. »Er hatte allerdings sofort eine Idee und sagte, wir sollten uns nicht von der Stelle rühren, er würde sich wieder melden.«

»Was sollen wir auch sonst tun?«, fragte ich. Vielleicht über das Kind in meinem Bauch reden?

Wir gingen in unser Büro. Weder von Matze noch von Wim war etwas zu sehen. Die Materialien, die wir am Vorabend neben der Agenturtür zum Mitnehmen bereitgestellt hatten, waren verschwunden. Li griff zum Telefonhörer.

»Wen rufst du an?«, fragte ich.

»Ich werde noch einmal mit allen unseren Kunden reden und sie um eine schriftliche Stellungnahme bitten. Ich lass mich von dem Kerl doch nicht einschüchtern! Keinen Job mehr bekommen – der kann mich mal. Dann machen wir eben unsere eigene Agentur auf. WIR wissen immerhin, dass es funktioniert.«

In diesem Moment bewunderte ich sie. Sie war wirklich eine Kämpferin. Ich hätte jetzt trübselig angefangen, meine wenigen privaten Utensilien einzupacken. Li aber wurde aktiv, sie versuchte zu retten, was zu retten war. Sie versuchte immer, handlungsfähig zu bleiben und das gelang ihr eindrucksvoll. Sie wäre eine wunderbare Mutter.

»Was ist?«, fragte sie, aber ich winkte nur ab. Ich könnte es ihr auch an einem der nächsten Tage sagen.

Sie erreichte nur die wenigsten unserer Kunden, bekam

aber die Zusage, dass man uns schriftlich bestätigen würde, dass wir insgesamt gute Arbeit geleistet hätten. Ich telefonierte noch einmal mit Oskar und wir beschlossen, dass er auf jeden Fall am Fest teilnehmen sollte – schon allein, damit wir einen Verbündeten vor Ort hatten, der uns berichten konnte, wie alles ablaufen würde.

Gegen elf bekam ich rasende Kopfschmerzen. Ich wollte mir von Annette, die immer Aspirin bei sich hatte, eine Tablette holen, als ein junger Typ ohne anzuklopfen unser Büro betrat. Er hatte lange, schwarze Haaren, die zu einem Zopf gebunden waren, und ebenso zarte Gesichtszüge wie Kiran. Sie hätten Brüder sein können.

»Hi, ich bin Tom. Oder Tim. Wie ihr wollt«, sagte er. »Kiran schickt mich. Er sagt, ihr hättet Probleme mit euren Computern.« Ich sah Li fragend an. Sie wiederum ihn.

»Äh ... nö«, sagte ich. Er grinste.

»Doch. Natürlich. Ich zeig's euch.« Tom-Tim scheuchte mich etwas ungalant von meinem Stuhl und ließ sich an meinem Schreibtisch nieder.

Schon eilten seine Finger über die Tastatur. Gelegentlich hörte man ein »Ähä« oder ein »Hehe« oder ein »Pfff«. Nach etwa zehn Minuten lehnte er sich im Stuhl weit zurück, drehte sich seiner Zuschauermenge zu und grinste mit strahlend weißen Zähnen.

»Okay, Mädels«, sagte er gedehnt. »Irgendeiner eurer Kollegen hat ein bisschen an euren Computern rumgespielt. Und danach sind alle E-Mails, die ihr geschrieben habt, nicht sofort an den Empfänger versendet worden, sondern erst mal bei irgendwem hier im Büro auf dem Bildschirm aufgetaucht. Der konnte dann beliebig in euren Mails rumfuhrwerken und sie dann unter euren Namen abschicken. Und auch alle an euch geschickten Mails sind erst mal bei dem kleinen Spion gelandet. Der konnte dann in Ruhe sortieren. Klaro?«

Li ließ sich polternd auf ihren Stuhl fallen. »Das erklärt einiges!«, sagte sie. »Und wer hat die Mails bekommen?«

»Oh, das könnte jeder sein, der Zugriff auf euren Firmen-Server hat. Von daher wird es vermutlich jemand aus eurem Laden hier gewesen sein.« Wir nickten zustimmend.

»Für die Zukunft habe ich mir etwas sehr Nettes einfallen lassen«, freute er sich. »Eure Mails erhält jetzt wieder der Empfänger direkt ohne Umwege. Damit aber nichts auffällt, habe ich das Ganze jetzt so eingestellt, dass euer Maulwurf nach wie vor eure Mails erhält, wenn er sie dann aber weiterschicken will, landen sie wieder bei euch auf dem Computer. Ist das fein?« Das war zwar sehr fein, aber wir bezweifelten, dass es eine Zukunft gäbe, in der wir E-Mails aus diesem Büro verschicken würden.

»Sag mal, Tom oder Tim«, überlegte Li laut. »Du bist ja ein sehr begabter Computerspezialist, wenn ich das mal so ausdrücken darf ...«

»Darfst du.« Er lachte. Dieser Typ schien ein ausgesprochen sonniges Gemüt zu haben.

»Könntest du denn hier dem Computer unseres Kollegen einen kleinen Besuch abstatten, damit wir so ein bisschen ... du verstehst?« Das ließ sich Tim-Tom nicht zwei Mal sagen. Nach wenigen Minuten hatte er sich in Matzes Computer gehackt und schon konnten wir uns sämtliche Mails anschauen. Und es dauert alles andere als lange, bis wir den kompletten Schriftverkehr der letzten Wochen gefunden hatten – komplett von Matze nachbearbeitet. Mir gefror das Blut in den Adern. Er hatte sogar Mails abgefangen, in denen man uns um Angebote zur Ausrichtung eines Events bat. Wir hatten sie nie zu sehen bekommen.

»So ein mieser Saboteur, so ein intrigantes Schwein«, knurrte ich.

»Boah – und schau mal das hier! Wie fies ist das denn?«, rief Li aus und klickte eine Mail an, die Wim an Matze geschickt hatte: »Sehr gut, Matze, Dick und Doof ahnen nichts, weiter so.« In einer anderen hieß es: »Hau rein, Matze. Das Fest MUSS ein Reinfall werden.« Wir leiteten Matzes komplette Mails auf unsere Computer weiter. Endlich hatten wir etwas in der Hand!

»Tom oder Tim, wir stehen echt in deiner Schuld«, sagte ich.

»Kein Thema! Kirans Freundinnen sind auch meine Freundinnen«, schmunzelte er. »Wichtiger wäre mir, ihr vergesst mich gleich wieder. Ich bin nur ein kleiner Spuk, der schon wieder verschwunden ist, okay?«

Das erste Mal an diesem Tag kam ein Lächeln über meine Lippen. »Alles klar, Tim-Tom.«

Als es still im Büro wurde, spürte ich wieder das Pochen unter meiner Schädeldecke. Ich wollte schon aufstehen und zu Annette gehen. Dann überlegte ich es mir anders.

»Li, kannst du Annette bitte nach einer Aspirin für mich fragen?«

»Warum ich?«

»Na ja, eigentlich habe ich – also du – ja ein fast schon freundschaftliches Verhältnis zu ihr, da könntest du doch mal anklopfen wegen der angeblich gekürzten Rechnungen.«

»Bin schon …

… unterwegs«, sagte ich und schwang mich auf. Gute Idee. Die Kleine lernte dazu.

Annette war ziemlich hektisch, kramte aber dennoch nach einer Kopfschmerztablette für mich.

»Habt ihr Ärger bekommen vorhin?«, fragte sie. Gute, alte Neugier … Ich schaltete in den Jammermodus.

»Es war schrecklich! Wim hat uns so runtergeputzt. Weißt du, was er behauptet hat?« Sie schüttelte den Kopf. Sag mir alles, sprach ihre Miene.

»Er hat gesagt, die Kunden hätten die Rechnungen gekürzt, weil wir so schlechte Arbeit geleistet hätten.«

»So ein Quatsch!« Sie riss ihr Pferdegebiss wie zum Wiehern weit auf. »Mach dir mal keine Sorgen, der will euch nur einschüchtern. Ich kann dir das nicht näher erklären, ich darf über die finanziellen Transaktionen hier ja nichts sagen. Aber das weiß ich: Ihr habt gutes Geld eingefahren die letzten Wochen. Und Wim schmeckt das gar nicht.«

»Er hat gehofft, dass wir Miese machen, damit er Steuern sparen kann, oder?«

Ihre Nasenflügel bebten wie Nüstern. ›Gutes Pferd, bekommst ein Zuckerli‹, hätte ich fast gesagt.

»Na ja, er hat sich privat finanziell ziemlich verausgabt – und jetzt versucht er das mit dubiosen Steuersparmodellen wieder reinzuholen. Ich habe versucht, ihm diese zweite Agentur auszureden. Ob das Finanzamt das so schluckt, wie er möchte, steht eh in den Sternen. Aber du kennst ihn ja: Unser kleiner Sonnenkönig hat seinen eigenen Kopf.«

»Der hält sich für besonders schlau, der Saftsack!«

»Natascha – du wirst doch nicht vom Glauben abgefallen sein?« Sie zwinkerte. »Wo ist deine Verehrung für ihn geblieben?«

Ich steckte die Tablette ein. »Ganz blöd bin ich auch nicht!«

»Endlich«, jubelte sie, als ich das Büro verließ.

Ich hätte mich Scheiße fühlen können, aber ich spürte die Kampfeslust eines Models angesichts einer Tafel Schokolade in mir. Dich würden wir fertigmachen!

»Komm, Natascha«, sagte ich und legte ihr die Tablette hin. »Schluck das Ding und dann fahren wir an den Starnberger See. Wenn wir uns beeilen, kriegen wir das Schiff noch.« Sie sah mich irritiert an.

»Alles Blöff«, erklärte ich und erzählte ihr, was Annette mir anvertraut hatte. Endlich hob sie die eingezogenen Schultern hoch und schaute mir fest in die Augen.

»Dem werden wir's zeigen«, sagte sie.

Wir hatten keinen Plan. Wir druckten die verräterischen E-Mails aus und hatten die vage Vision, wie wir diese Wim mitten im Festgetümmel vor die Füße werfen würden. Wir würden einen Eklat produzieren, alle Welt sollte mitbekommen, was für ein Schwein dieser Wim Otto Werner war. Und dann würden wir das Fest übernehmen und es zum strahlendsten im ganzen Universum machen. Wir kamen uns vor wie Piraten auf Kaperfahrt. Unsere Galeere stand in der Tiefgarage.

»Du musst fahren«, sagte Natascha.

»Du spinnst«, antwortete ich, fing aber reflexartig den Schlüssel auf, den sie mir zuwarf.

»Ich hab keinen Führerschein«, lächelte sie kokett. »Komm schon, du schaffst das.«

Seufzend ließ ich mich hinters Steuer sinken. Wie ein zuckendes Blitzlichtgewitter überfielen mich die Erinnerungen an meine Fahrprüfungen. Ich hatte vier Stück hinter mir. Die erste ein paar Tage nach meinem 18. Geburtstag. Es war der Horror gewesen. Ich war nicht so schlecht gefahren. Aber der Prüfer hatte mir während der Fahrt die Hand auf die Schultern gelegt. Die Hand war immer tiefer in meinen Ausschnitt gerutscht. ›Halt still, dann kriegst du den Lappen‹, hatte er gejapst. Mein Fahrlehrer hatte in der Zeit einfach telefoniert und nicht hingeschaut. Irgendwann hatte ich angehalten und war ausgestiegen. Und das war es gewesen. Ich hatte mich gezwungen, in einer anderen Fahrschule die Prüfung zu wiederholen. Ich wollte meine Angst selbst kurieren, mich ihr stellen. Aber ich reagierte mit Blackouts, mit tiefschwarzen Blackouts. Bei der folgenden Prüfung überfuhr ich eine rote Ampel. Beim nächsten Mal bog ich falsch herum in eine Einbahnstraße ein. Und zuletzt übersah ich beinahe ein Kind auf einem Fahrrad. Das war's dann gewesen. Ich hakte das Thema Autofahren ab – ich konnte es nicht und fertig.

Aber nun: Ich fuhr. Natascha redete die ganze Zeit, und ich war ihr dankbar dafür. Sie sagte ruhig und geduldig, was ich tun sollte. Sie machte mich auf Verkehrsschilder aufmerksam und erklärte mir Zusammenhänge. Mit jedem Meter, den das Auto rollte, wurde ich sicherer. Endlich waren wir aus der Stadt draußen. Die Autobahn war einigermaßen leer. Ich erhöhte zögerlich das Tempo. Die Häuser flogen vorbei, die Bäume, lahme LKW. Ich begann zu summen. Ich hatte die Kontrolle über diesen Wagen. Natascha sang aus vollem Herzen: »Oh Lord, won't you buy me, a Mercedes Benz, my friends all drive Porsches …«

Für einen Augenblick vergaßen wir unsere Misere und unsere Mission. Für einen Augenblick waren wir zwei Freundinnen, die in einem PKW einen Ausflug an den Starnberger See machten.

Als wir die Ausfahrt nach Starnberg nahmen, verstummten wir.

»Und was jetzt?«, fragte Natascha. Ich zuckte die Schultern.

»Lass uns auf unsere Spontaneität vertrauen«, schlug ich vor. »Jetzt suchen wir erst mal den Schiffsanlegeplatz.«

Der See glitzerte im Mittagslicht. Segelboote dümpelten träge auf der Wasseroberfläche, eine Atmosphäre von Ferien und Entspannung lag in der Luft. Die MS Starnberg, ein luxuriöser Galerie-Katamaran, sollte exklusiv von der Anlegestelle des Bayerischen Jachtklubs ablegen.

Fühlte ich mich so langsam am Steuer des kleinen Minis etwas sicherer, so brachte mich das Gekurve in den kleinen Zufahrtssträßchen beinahe wieder aus dem Tritt.

»Ruhig«, sagte Natascha. »Du machst das prima. Schau mal, da vorne ist ein Parkplatz, den Rest gehen wir zu Fuß.«

Meine Hände waren schweißnass, als ich das Auto endlich in die Parklücke bugsiert hatte. Natascha war etwas blass. Ich hoffte, dass es nicht daran lag, wie ich mit ihrem Auto gefahren war.

»Nein, nein, Quatsch«, versicherte sie mir. »Aber irgendwie … wer weiß, was als Nächstes passiert …«

Als Nächstes passierte erst mal gar nichts. Den Katamaran sahen wir schon ziemlich weit draußen auf dem Starnberger See, Kurs auf Berg am östlichen Seeufer nehmend. Ich fluchte, Natascha seufzte.

»Los, hinterher«, ordnete ich an.

»Wie denn?« Manchmal klang sie wie eine Vierjährige, wie diese Klein-Hanna auf ihren DVDs.

»Geh übers Wasser, nimm ein Ruderboot, ein Tretboot, ein U-Boot, such dir was aus.«

»Kannst du rudern?« Sie sah mich erstaunt an.

»Nee, aber treten.«

Der Tretbootverleih war schnell gefunden. Der Verleiher sah zwar etwas irritiert auf Nataschas kurzes, aber dennoch festliches Minikleidchen, aber ich stellte mich einfach vor sie, so dass sie aus seinem Blickfeld geriet. Manchmal doch ganz praktisch, wenn man etwa breiter gebaut war.

Das Schiff war kaum noch zu erkennen. Die Sonne brannte vom Himmel herunter und wir hatten natürlich weder Sonnenhut noch Sonnencreme dabei. Aber egal – für die eigene Ehre und die Karriere musste man auch mal einen Sonnenstich riskieren. Natascha konzentrierte sich ganz aufs Treten. Ihre langen, schmalen, sanft braunen Beine schimmerten im Licht. Ihre Bewegungen waren anmutig und grazil. Ich kam mir dagegen vor wie ein Schaufelraddampfer. Die Ruhe auf dem See ließ mich zum ersten Mal heute mich selbst spüren. Ich schielte auf Natascha neben mir. Sie wirkte in sich versunken, still, konzentriert. Und sie sah dabei so wunderschön aus.

»Ich will wieder zurück«, sagte ich.

»Was? Du willst so schnell aufgeben?«, fuhr sie mich an. »Da vorne ist das Schiff doch schon zu sehen.«

»Ich will zurück in meinen Körper«, sagte ich. Ich spürte, wie Tränen in mir aufstiegen. »Dein Körper und ich – wir haben uns angefreundet, okay. Aber wir werden nie eins werden.«

»Ich glaube, du hast dich enger mit ihm angefreundet, als mir das jemals gelungen ist.«

Ich blickte an dem himbeerroten Kaftan herunter,

der die Rundungen appetitlich kaschierte. Es war schon wahr – dieser Körper gab mir ein Maß an Sicherheit, das ich in meinem Körper nie gespürt hatte. Aber trotzdem: Mir fehlte die Leichtigkeit, die Freiheit.

»Li«, Natascha dehnte das I ziemlich lange.

»Hm?«

»Ich muss dir was sagen.« Ich hasste solche Ankündigungen. Mit wem war sie jetzt wieder im Bett gewesen?

»Ich … ähm, also, du … äh, dein Körper …«

»Was?«

»Schwanger.«

Leise sprach sie dies Wort aus. Schnell und leise. Ich hatte es garantiert falsch verstanden.

»Wie bitte?«

»Schwanger.«

»Quatsch nicht.«

»Doch. Hab heute Morgen einen Test gemacht.«

Ich hörte auf zu treten und die Pedale knallten gegen mein Schienbein.

»Aber … aber«, hörte ich mich stottern. »Aber hast du denn die Pille nicht genommen?«

»Welche Pille?«

»Welche Pille? Na, die, die dafür sorgt, dass man keine Kinder bekommt. Schon mal von gehört?«

»Woher hätte ich denn wissen sollen, dass du die nimmst? Du hast kein Wort davon gesagt!«

»Die lag doch ganz offen im Bad herum. Gleich neben der Intim-Enthaarungscreme.«

»Da lag nichts. Ich schwör's dir.«

Wir schwiegen. Der See glitzerte. Irgendwo fuhr ein Schiff, auf dem sich zwei Männer tummelten, die uns irgendwie mochten und die wir irgendwie mochten. Und dennoch passte alles nicht recht zusammen. Schwanger! Mein Körper würde fett werden, unglaublich fett.

»Ich will keine Kinder«, sagte ich. »Ich bin viel zu jung für Kinder.«

»Du bist 31.«

»Eben. Viel, viel, viel zu jung. Kinder sind mir suspekt. Die sind so unberechenbar.«

»Na ja, im Moment bin ja ich die Schwangere.«

»Und willst du Kinder?«

»Keine Ahnung.«

»Hast du's ihm schon gesagt?«

»Wem?«

»Na, dem Vater.«

»Wer ist denn der Vater?«

Madame machte mir immer mehr Spaß. Ich schnaubte.

»Das musst du doch wissen. Du hattest doch den Sex. Oder war es eine jungfräuliche Empfängnis?«

»Aber ich weiß doch gar nicht, wann du das letzte Mal deine Tage …«

»Mit wem warst du denn noch alles im Bett?«

»Nur mit Franz und Kiran.«

»Okay. Dann wissen wir immerhin, wer der Vater ist.«

»Wieso denn?«

»Franz hat sich schon mit 21 sterilisieren lassen.«

Sie sah mich fassungslos an.

»Ja, mei, der vögelt halt gerne durch die Gegend.«

»Und hat noch nie was von AIDS gehört, oder wie.«

Gleich würde mir der Kragen platzen.

»Hey, du hast dir ein Kind eingefangen, nicht ich! Scheiße, da pass ich jahrelang auf wie ein Luchs mit dieser blöden Verhütung. Und du …«

»Ich musste mir halt nie Gedanken drum machen. Meinst du … es ist von Kiran … ?«

»Ja, wenn du mit Wim tatsächlich nicht im Bett warst, bleibt nur noch Kiran.«

»Aber ich lieb den doch gar nicht.«

»Soll schon mal vorgekommen sein, dass Frauen von Männern schwanger sind, die sie nicht lieben.«

»Aber was soll ich denn jetzt tun?«

Wir strampelten immer schneller. Das Schiff hatte schon längst die Anlegestelle in Berg erreicht. Warum waren wir eigentlich nicht mit dem Auto dorthin gefahren? Weil wir dumme Puten waren vermutlich. Weil Natascha mir etwas zu sagen gehabt hatte vermutlich.

»Treib ab«, sagte ich.

»Das Schiff?«

»Nein, das Kind. Treib es ab.«

»Einfach so? Dein Kind? Vielleicht wird es ein Mädchen und ebenso schön wie du?«

In meinem Kopf fing sich alles zu drehen an. Kein Wunder, die Sonne bestrahlte uns erbarmungslos. Wessen Kind war das nun? Es hatte eindeutig meine Gene. Teile meiner Seele würden sich ja eher nicht weiter vererben. Oder? Wer konnte das schon wissen. Vielleicht würde es so schön wie ich und so maulfaul wie Natascha werden. Tolle Kombi. Kiran und ich bekamen ein Kind. Ohne, dass wir uns auch nur geküsst hatten. Seine Lippen hatten meine Lippen berührt, sein Körper meinen, sein Schwanz war in mir gewesen und doch auch wieder nicht. War das Ineinander-Verhaken unserer Körper nur real, wenn sich auch unsere Seelen umfingen? Bekam mein Körper ein Kind von dem Mann, den vielleicht ich liebte? Der meine Seele wohl auch irgendwie mochte? Und meinen Körper.

Und mit dem ich trotzdem nicht zusammen kam, weil ... Ich fühlte mich wie kurz vor einem Sonnenstich.

Wir hatten den Katamaran beinahe erreicht. Schon konnten wir Menschen auf seinen beiden Oberdecks erkennen. Fröhliche Kinderrufe waren das Erste, was wir hörten. Das Schiff war imposant – gleißend weiß, 56 Meter lang, 800 Personen passten an Bord, heute waren es etwa 150. Wir kamen uns vor, als würde wir mit unserer Nussschale gegen die komplette Flotte einer historischen Seemacht kämpfen wollen. Ganz in der Nähe der Anlegestelle markierte ein Kreuz den Ort, wo Ludwig II. den Kampf gegen die Welt verloren hatte. Hoffentlich kein böses Omen.

»Wo kommt ihr denn her?«, rief plötzlich eine Männerstimme von sehr weit oben. Oskar lehnte sich über die Reling. Er trug einen cremeweißen Leinenanzug und weiße Seglerschuhe.

»Werft ihr einen Enterhaken oder nehmt ihr den Steg?« Kiran grinste wie immer spöttisch. »Beeilt euch, wir legen gleich wieder ab.«

Kiran, der Vater unseres Kindes. Die Ärmel seines fliederfarbenen Hemdes hatte er weit nach oben gekrempelt und ich konnte seine muskulösen Oberarme erkennen. Ein paar Haarsträhnen fielen ihm wirr über die Stirn. Das Kind würde schwarze Haare haben.

Irgendwie gelang es uns, das Tretboot an den Anlegesteg zu lenken und auf die warmen Holzplanken zu klettern.

»Scheiße«, schrie Natascha plötzlich und ich sah, wie einer ihrer Pumps ins Wasser platschte. Ein sehr geschmackvoller Schuh.

»Komm«, schrie ich. »Scheiß auf den Schuh. Sonst verpassen wir das Schiff wieder!« Natascha sah mich einen Moment irritiert an, dann kickte sie den zweiten Schuh vom Fuß und er rutschte ebenfalls ins Wasser. Vielleicht gab es hier modebewusste Enten.

Als wir den Steg entlang eilten, sprang der Motor des Katamarans an. Kirans Gestalt tauchte hinter den Schaulustigen auf, die uns entgegen sahen. Natascha presste die Tüte an sich, in die wir unsere E-Mail-Ausdrucke auf die Schnelle gestopft hatten. Gerade als sie den nackten Fuß an Bord setzen wollte, hatten sich Wim und Matze durch die Gäste gedrängt. Wim packte Natascha am Ellenbogen und wollte sie zurück auf den Steg befördern.

»Verschwindet hier«, zischte er, so laut, dass auch ich es hören konnte. »Ihr habt hier nichts verloren.« Der Ring der Menschen hinter Wim wurde dichter. Neben Kiran stand ein kleiner, rundlicher Mann mit einer ebenso rundlichen Brille, einem grauen Haarkranz, einem dicken Schnauzbart und gutmütigen Falten um die Augen. Von ihm hatte Kiran eindeutig die Hautfarbe und die schmale Nase geerbt. Den Arm hatte sein Vater um eine Frau gelegt, die mindestens einen Kopf größer war als er. Sie war gut in den 50ern, strahlte aber die Frische eines jungen Mädchens aus. Sie hatte weizenblonde Haare, einen schmalen, aber kraftvollen Körper und trug ebenso wie Kiran Flieder. Am stärksten erkannte ich ihren Sohn in ihrem Lächeln wieder.

»Warum dürfen die denn nicht mitfahren?«, hörte man nun die klare Stimme eines vielleicht fünfjährigen Mädchens. Neugierig trat sie auf unsere seltsame Gruppe zu und zupfte Wim selbstbewusst am Ärmel. Wir nutzten die Ablenkung und enterten.

»Sind das Piratinnen?«

»Genau!«, stieß Wim aus. Nataschas Gesicht sah unter seinem Griff inzwischen schmerzverzerrt aus.

»Ja, und damit ein weiterer Überraschungsevent auf unserer heutigen Tour d'Europe et India«, rief nun plötzlich Oskar und teilte die Menschen in zwei Gruppen.

»Das sind Li und Natascha«, kündigte er uns an. »Und sie haben wir extra für euch Kinder an Bord geholt – sie wollen mit euch toben, rumalbern und diese geniale Rutsche dort hinunterrutschen. Und jetzt – Leinen los!« Neben dem kleinen Mädchen standen nun noch sechs andere Kinder, die wenigsten älter als sie. Sie alle schrien ohrenbetäubend und stürmten auf uns zu. Sie griffen wie Kraken nach meinen und Nataschas Händen und zogen uns fort in Richtung der riesigen Rutsche, die ich erst jetzt richtig wahrnahm. Sie wand sich von der höchsten Stelle des Schiffes in quietschigem Gelb und Grün in mehreren Kurven aufs Oberdeck. Garantiert würde ich darin stecken bleiben.

Wim hatte Natascha unter dem Ansturm der Kinder losgelassen und wir beeilten uns, zwischen unseren kleinen Befreiern aus Wims Sichtfeld zu verschwinden.

»Danke, Oskar, das war Rettung aus höchster Seenot«, rief Natascha ihm im Vorbeilaufen zu. Er zwinkerte und wand sich dann wieder an die Gäste.

In der nächsten halben Stunde blieb uns nichts anderes, als all diese unglaublich hübschen und lebhaften Kinder in Zaum zu halten. Sie rutschten mit Schwung in unsere Arme, sie kletterten auf uns herum und zerrten an unseren Kleidern. Ich konnte nur seltsam leblos reagieren. Mein Gesicht machte die richtige Mimik, mein Mund sprach die richtigen Worte: »Hey, super, gut gemacht.« »Nicht so wild.« »Na, du Sonnenschein.« Bei all dem hatte ich das Gefühl, neben dem Geschehen zu stehen und zuzuschauen. Sie alle waren mal eine Schreckens- oder Freudenbotschaft gewesen. Ihr Leben, ihr Auf-die-Welt-kommen war vom Willen ihrer Eltern abhängig gewesen. Wer von uns sollte was entscheiden? Ich hatte keine Ahnung, was ich wollen würde. Ein Kind? Manchmal war ich doch selbst noch eins.

»In Possenhofen verschwindet ihr wieder«, zischte plötzlich Wims Stimme in mein Ohr. »Ganz schnell.« Ich spürte Natascha neben mir. Wir waren nicht mehr zwei Frauen. Wir waren eine. Eine starke, schöne Frau. Wir würden mit einem Mund sprechen und Wim einfach wegpusten.

»Nein«, sagte Natascha. Und zog hinter ihrem Rücken die Plastiktüte hervor wie ein Zauberer das Kaninchen aus dem Hut. Die Kinder begafften uns, plötzlich mucksmäuschenstill. Vom Unterdeck hörte man Oskar durchs Mikrofon sprechen. Er erläuterte etwas zu Königin Sissi, deren Sommerresidenz das Schloss Possenhofen gewesen war. Natascha zog raschelnd die Ausdrucke aus der Tüte. Wim legte verwundert den Kopf schief.

»Du kannst aussteigen«, sagte ich. Hinter Wim erschien nun auch Matze. Zwei Feinde, die uns vernichten wollten. Ich war froh, dass Natascha so groß war.

»Wir haben hier Beweise«, sagte Natascha und ich hatte sie noch nie so klar und so selbstbewusst sprechen hören. »Dass du uns betrogen hast. Du hast unseren E-Mail-Verkehr manipuliert, so dass bei den Veranstaltungen alles Mögliche schiefgegangen ist.«

»So ein Quatsch«, brauste Wim auf. »Warum sollte ich denn so etwas tun?«

»Ganz einfach«, erklärte nun ich. »Du brauchtest jemand, der für dich Schulden macht. Du hast gedacht, Li und ich würden uns gegenseitig zerfleischen und deshalb beschissene Arbeit abliefern. Weil wir aber trotz allem gute Arbeit gemacht haben, bist du sicherheitshalber dazwischen gegangen.«

Wim lief knallrot an. Scham und Wut hielten sich die Waage.

»Ihr redet nur Mist!« Er schrie nun fast. »Wenn ich jemanden gewollt hätte, der für mich Schulden macht, hätte ich das doch mit euch diskutiert.«

»Und riskiert, dass wir nicht mitmachen«, unterbrach ihn Natascha. »Ich hätte mich nie auf so was eingelassen. Ich bin keine Betrügerin.« Den Kindern war unser unverständliches Erwachsenen-Geschwätz langweilig geworden. Mit Gebrüll gingen sie wieder auf die Rutsche los.

»Und außerdem«, ich grinste Wim siegessicher ins Gesicht. »Und außerdem hattest du ganz einfach Spaß daran, uns gegeneinander aufzuhetzen. Dick und Doof, Fat-Tascha – blöde Weiber, denen man mal zeigen kann, wie gut sie zu manipulieren sind. Haben doch eh' nichts im Hirn.«

»Ihr seid vollkommen plemplem«, assistierte Matze. Wim schnappte nur noch nach Luft.

»Hach, wie schrecklich muss es für dich gewesen sein, bei so einer dummen Tussi wie Li keinen hochzukriegen«, ließ ich es mir nicht nehmen. »Armer Kerl.«

»Du fette Kuh, halt dein Maul«, brüllte Wim und die Adern an seiner Stirn schienen gleich zu platzen. Dann machte er einen Satz auf mich zu, packte mich an den Oberarmen und drückte …

... sie gegen die Reling. Sie versuchte, ihn von sich zu schieben, aber Wim war stärker. Matze unternahm einen lahmen Versuch, Wim von Li wegzuziehen, aber Wim kickte ihm den Ellenbogen in den Magen und Matze ging jammernd zu Boden. Ich sah mich panisch nach Kiran und Oskar um, aber im Gewimmel der Menschen konnte ich sie nicht entdecken. Wim hatte seine Hände um Lis Hals gelegt und würgte sie. Sie schrie und schnaufte und ich versuchte, irgendetwas zu finden, womit ich auf Wim einschlagen konnte. Nichts – überall nur kreischende Kinder, die einen Lärmkokon um uns aufbauten, so dass unser Kampf wie in einer undurchsichtigen Blase stattfand. Alle waren aufs Unterdeck konzentriert, keiner beachtete das Geschehen hier oben. Ich versuchte zu schreien, aber es war nur ein kleines Kieksen, das niemand wahrnahm. Ich ärgerte mich, dass ich die Pumps verloren hatte – mit ihrem Absatz hätte ich Wim locker außer Gefecht setzen können. Irgendwie war es Li gelungen, sich Wims Griff zu entwinden, er rieb sich die Hand, vielleicht hatte sie ihn gebissen. Sie wollte nach unten wegtauchen, aber da packte er sie um die Hüfte und sie trat und strampelte und erwischte ihn endlich mit dem Fuß zwischen den Beinen. Während er sich seinem Schmerz hingab, kletterte Li auf die Reling, ihr roter Kaftan wehte im Fahrtwind, ihre Locken gaben ihr den Appeal einer Loreley und als Wim sich wieder aufrichtete, sprang sie einfach. Sie schrie nicht einmal und der Aufschlag aufs Wasser ging im Schiffslärm vollkommen unter. Ich stürzte an die Reling und versuchte, sie im Wirbel des Wassers zu entdecken. Wim war vollkommen außer sich. Er zögerte keine Sekunde, kletterte ebenfalls auf die Brüstung und sprang ihr hinterher. Ich erwachte endlich wie aus einer Trance und rannte nach unten. Ich musste alle alarmieren. »Li über Bord«, schrie ich und zwängte mich zwischen den Menschen hindurch. Da vorne stand Kiran, ins Gespräch vertieft mit einer seiner unglaublich schönen Schwestern. Oskar hatte mich bereits entdeckt und eilte auf mich zu. »Li ist ...«, stammelte ich und er sah mich irritiert an.

»Aber du bist doch ...« Mir fuhr es eiskalt über den Rücken. Wieso hatte ich mich jetzt verplappert?

»Wim will sie umbringen, komm!«, schrie ich nur und zerrte ihn mit mir an die Reling. Inzwischen standen schon eine ganze Menge Leute an der Brüstung und starrten ins Wasser. Alle glaubten wohl, Wim wolle Li retten, die aber wie eine Wilde um sich schlug.

»Warum will er ...«, versuchte Oskar aus mir herauszubekommen, aber ich unterbrach ihn: »Wir müssen etwas tun!« Keine Zeit für Erklärungen!

»Hinterher«, entschloss Oskar, war in Windeseile aus Hemd und Hose geschlüpft und sprang ebenfalls. Endlich war auch Kiran auf uns aufmerksam geworden.

»Jetzt schon Baden?«, fragte er, aber ich wies nur stumm ins Wasser. Die Kämpfenden waren schon ein gutes Stück vom Schiff entfernt. Wim versuchte, Li unter Wasser zu drücken. Sie schlug mühevoll um sich. Gleich würde Oskar bei den beiden ankommen. Kiran erstarrte. Dann griff er eilig nach einem der Rettungsringe, die an der Reling hingen. Er warf. Verdammt weit. Und sprang hinterher. Jetzt erst sah ich, dass sich etwas in dem Ring verfangen hatte. Es sah aus wie eine Eisenkette. Der Rettungsring verfehlte Li knapp. Die Kette traf. Direkt ihren Hinterkopf. Li tauchte erneut unter.

Oskar und Kiran zerrten nun an Wim, der versuchte, den Händen der Angreifer zu entgehen. Li schwamm mit dem Kopf nach unten im Wasser. Bewusstlos, wie ich vermutete.

Mein Körper schwamm bewusstlos im Wasser! Er drohte zu ertrinken! Eine Faust durchschlug meinen Magen. Meine Knie begannen zu zittern. Und dennoch kletterte ich ferngesteuert wie ein Roboter auf die Reling. Ich blickte in das glitzernde Wasser unter mir. Und ließ mich fallen. Der Aufprall war ein Schock. Das Wasser kälter, als ich vermutet hatte. Und härter. Ich atmete tief durch und begann zu schwimmen. Wim kämpfte noch immer mit Oskar und Kiran. Blind droschen sie aufeinander ein. Li trieb schon ein Stück entfernt. Ich war froh, dass ich so gut in Form war. Jeder Schwimmzug brachte mich mir näher. Der Rettungsring war in die andere Richtung geschwommen. Li war kurz unter der Wasseroberfläche verschwunden. Ich spürte jeden meiner Muskeln, jeder Atemzug ging schneller als der vorherige. Ich hatte keine Kraft zu schreien. Ich konnte nur schwimmen. Als ich an der Stelle war, wo ich sie bis gerade eben noch gesehen hatte, war sie fort. Ich holte tief Luft und tauchte unter. Glücklicherweise war das Wasser ziemlich klar. Ich sah sie – unter mir. Leblos trieb ihr Körper im Wasser. Ich verwandelte mich in eine Meerjungfrau. Meine Beine brachten mich fischschnell voran, meine Arme stießen kraftvoll durchs Wasser. Gleich war ich bei ihr. Ich erwischte ihre Haare, die nach oben trieben. Ich zog daran. Wie an Algen. Ich konnte ihren Arm packen, ich hatte noch nie einen Menschen aus dem Wasser gerettet, ich wusste gar nicht, was ich tun sollte, wusste nur, dass ich nach oben streben musste, in Richtung Wasseroberfläche. Gleich würde ich den Mund aufmachen und atmen und das Wasser würde in meine Lungen schwappen und etwas …

… zog an meinem Arm, ich spürte es, obwohl ich sonst nicht viel spürte, nur die Wärme und Weichheit des Wassers und ich wollte nicht weg aus diesem warmen Fluidum und ich entschloss mich schwer zu sein wie ein …

… Stein, so schwer kam sie mir vor und meine Kräfte wichen rasant aus meinem Körper und jetzt, ja jetzt, würde ich den Mund aufmachen und das Wasser ließ mich husten und ich dachte, meine Lunge würde sofort zerplatzen und mit meinen letzten ….

… Kräften, zog ich nach unten, dem dunklen Blau der verführerischen Ewigkeit entgegen und mit einem Mal war ich ganz leicht, mein Körper …

… schwamm ganz alleine, ohne mich, ich konnte plötzlich zwei Körper sehen, wie sie durchs Wasser trieben, so leicht und so einfach und mir war nicht klar, dass einer davon meiner war und ich wollte die Augen …

… nicht schließen‹, dachte ich. ›Nicht die Augen schließen.‹ Denn von ganz weit oben sah ich etwas auf uns zukommen. Zwei Körper, Fischkörper, Männerkörper, schnell und scharfkantig und sie …

… kamen auf uns zu. Ein Mann mit einem fliederfarbenen Hemd und sein schwarzes Haar umgab seinen Kopf wie ein Fischernetz und er schwamm genau auf mich zu – nein, er schwamm auf Lis Körper zu. Aber ich bin doch hier, wollte ich schreien, aber nur ein Gurgeln drang aus meiner Kehle und das schien ihn abzulenken, er zögerte, er wusste nicht genau wohin, aber dann schwamm er zu mir und packte meine Hand und zog mich nach oben, fest und sicher und ich konnte schon die Sonnenstrahlen fühlen und endlich, endlich konnte ich den Mund aufreißen und Luft, gute, klare, kühle Luft in meine Lungen fahren lassen. Ich versuchte, den pochenden Schmerz im Hinterkopf zu ignorieren, konzentrierte mich auf Kiran, der mich umschlang, sein Mund schluchzte meinen Namen – »Natascha, Natascha« – in mein Ohr und ich ließ mich von ihm durchs Wasser ziehen und ich spürte die Schwere des roten Kaftans und die Leichtigkeit meines Körpers. Meines Körpers. Meines runden, weichen, wunderbaren …

… lebendigen Körpers – soviel verstand ich. Ich konnte nichts sagen. Ich konnte die Augen nicht öffnen. Ich war gefangen in meinem Körper, dessen Lunge schmerzte, der zitterte vor Kälte und Anstrengung. Aber es war mein Körper. MEINER! Na ja, und der des Babys. Egal, ich würde ihn nie wieder hergeben! Niemals! Selbst so nass und schwach fühlte er sich gut an. Eine Stimme wisperte in mein Ohr: »Li, wach auf, bitte.« Meine Brüste schmerzten, meine Lunge, und mir war schlecht. »Bitte, Li, du kannst noch nicht gehen.«

»Hör auf mit dem Gesäusel und bring mich aus dem Wasser«, japste ich und sah ihn an. Oskars Augen schwammen voller Tränen oder Wassertropfen. Ich schob ihn von mir. Er sah mich unsicher an. Bubenhaft sah er aus, unwissend. Er zog mich wieder an sich. Ich war froh, dass er mich hielt. Ich atmete kurz und schnell. Luft – wie konnte Luft so köstlich schmecken? Endlich nahm ich wahr, wo wir waren, wo alle anderen waren. Neben uns schwammen Natascha und Kiran, ebenso ineinander verkeilt wie wir, mit einem ebenso erstaunten Gesicht. Oskar starrte verwundert Natascha an und sie ließ ihn nicht aus den Augen, obwohl sie ihren Arm eng um Kirans Hals gelegt hatte. Plötzlich ließ Oskar mich los. Ich musste mich selbst über Wasser halten. Er schwamm zu Natascha und sie löste sich ohne zu zögern von Kiran. »Es tut mir leid«, rief Oskar. »Es tut mir sehr leid.« Und verblüfft ließ Kiran Natascha los, die sofort auf Oskar zupaddelte und sich seufzend …

… in seine Arme fallen ließ. Li schaute noch benommen, aber es hing schon ein zustimmendes Lächeln in ihren Mundwinkeln. Es wurde zum Grinsen, als sich unsere Blicke begegneten.

»Wo ist Wim?«, fragte ich Oskar. Seine Arme fühlten sich ganz selbstverständlich an. Als gehörten sie uns beiden.

»Auf dem Schiff. Ich glaube, sie haben ihn in eine Toilette gesperrt und die Polizei verständigt.«

Oskars Stimme war so sanft, so zart, so einfühlsam, wie ich sie noch nie gehört hatte. Nicht einmal, wenn Klein-Hanna todesunglücklich war, hatte er so gesprochen. So sprach er nur für mich. Wir sahen uns lange in die Augen. Gleich würde ich noch einmal ertrinken. Aber er hielt mich, er hielt mich ja.

»Mir ist saukalt«, sagte er dann und ich nickte. Endlich hatten wir eine Strickleiter erreicht, die von Bord herunter hing.

»Wird es gehen?«, fragte er, während ich anfing, die ersten Sprossen hinaufzuklettern.

Ich war schwer. Ich spürte die Schwere meines Körpers, der dem Wasser entstieg. Aber ich spürte auch seine Hand, die auf meinem Hintern lag. Die mich ein wenig dirigierte und die mir Sicherheit gab. Die sich anfühlte, als läge sie gerne dort, als gehöre sie dorthin. Mit jeder Sprosse, die ich hinaufkletterte, eignete ich mir meinen Körper wieder an. Ich spürte meine starken Oberarme. Mein Bauch berührte die Leitersprossen. Das gab mir Sicherheit. Als ich oben ankam und mir Kirans Vater an Bord half, fühlte ich mich bei mir angekommen. Endlich.

Jemand warf mir eine Decke um die Schultern. Oskar führte mich zu einem Liegestuhl in der Sonne. Mit einem Mal war ich nur noch …

… müde konnte ich später sein. Ich lebte noch! Ich war lebendig. Ich atmete. Es schmerzte zwar, aber ich lebte. Kiran hatte mich im Wasser an sich gezogen. Weil meine Beine so zitterten, trug er mich – und zwar mühelos! – über das Deck. Er legte mich auf einen der Liegestühle. Decken wurden über mich gelegt, Wasser gebracht. Kiran setzte sich neben mich und streichelte meine Wange. Neben mir lag schnaufend Natascha. Sie hatte die Augen geschlossen und ihre kleine Nase zuckte ein wenig. Die langen Haare ergossen sich wie Sonnenstrahlen über ihren Körper, der sich kurvig unter der Decke abzeichnete.

Ich fand sie richtig süß. Oskar saß neben ihr und hielt ihre Hand.

»Wie konnte ich nur so blöd sein«, sagte Kiran.

»Wieso?«

»Na, nicht zu merken, dass diese Kette an dem Rettungsring hing. War eher kontraproduktiv.«

»Das würde ich nicht sagen«, antwortete ich und grinste ihn breit an. Er zog erstaunt die Augenbrauen hoch.

»Bei manchen Dingen erkennt man erst auf den zweiten Blick, wie gut sie für einen sind.«

»Du sprichst in Rätseln.«

»Und du bist ein Mann und musst das nicht verstehen.«

»Und du bist plötzlich so frech.«

»Wieder frech.«

»Wieso wieder? Du bist doch ein liebes, braves Mädchen, oder?«

»Oder vielleicht auch nicht.« Und dann wurde mir das Geplapper zu viel, ich umschlang seinen Hals und zog ihn dicht an mich heran. Wir bekamen ein Kind, da durfte ich ihn doch wohl küssen!

Es fühlte sich gut an, verdammt gut. Ich wollte mehr davon, viel mehr, ganz viel, unendlich viel.

»So besoffen habe ich mich nüchtern noch nie gefühlt«, sagte er, als ich ihm einen kurzen Moment zum Luftholen gönnte.

»Wieso?«, fragte ich. »Schmeck ich nach Schnaps?« Er schüttelte den Kopf und ein paar letzte Wassertropfen aus seinem Haar fielen in mein Dekolleté. Eine Gänsehaut lief über meinen Rücken.

»Besoffen vor Glück«, flüsterte er in mein Ohr. »Aber in der Tat – irgendwie schmeckst du anders. Letztes Mal hast du – soweit ich mich erinnern kann – mehr so nach Vollmilchschokolade geschmeckt, jetzt schmeckst du eher nach Zartbitter-Kirsche.«

»Und was ist dir lieber?«

»Eindeutig Letzteres«, sagte er.

»Das ist die Hormonumstellung.« Warum nicht gleich mit der Tür ins Haus fallen?

»Hormonumstellung? Du bist gar nicht 31, sondern 51 und kommst ins Klimakterium? Ich hab's geahnt …« Ich verpasste ihm einen Stoß in die Seite.

»Nein, Schwachkopf.«

»Du willst dich zum Mann umoperieren lassen? Dann werd' ich deine Frau, okay?«

Ich verstrubbelte ihm die Haare und zog seinen Kopf in meinen Schoß.

»Hörst du's?«, fragte ich. »Es kann schon ›Papa‹ sagen.« Kiran fuhr mit einem Ruck hoch. Sein Teint schien einige Nuancen heller.

»Nee, oder?«, stieß er aus, durchaus ambivalent klingend.

»Beruhig' dich«, sagte ich und spürte, wie ruhig ich mit einem Mal war. »Wir haben noch genug Zeit um zu entscheiden, ob wir es haben wollen oder ...

... nicht aufgeben jetzt, dachte ich. Ich wusste, in dem Moment, in dem ich die Augen wieder öffnen würde, blickte ich in Oskars Augen. Und sie würden mir, ob er wollte oder nicht, etwas verraten, von dem ich nicht sicher war, ob ich es wissen wollte. Wäre sein Blick voller Liebe und Zuneigung? Oder nur voller Mitleid?

»Natascha«, flüsterte er in mein Ohr. Ruckartig hob ich die Lider. Und sah auf seine Sonnenbrille.

»Alles okay? Sollen wir doch einen Notarzt holen? Du warst ganz schön lang unter Wasser. Und der Rettungsring...«

Ich konnte schon wieder schmunzeln. »Rettungsring hab ich selbst.« Oskar lachte laut. »Kiran ist ein ganz schön treffsicherer Werfer«, beschwerte ich mich.

»Du hast gesehen, dass Kiran geworfen hat?« Sicherheitshalber hustete ich einfach los. Oskar klopfte mir beruhigend den Rücken.

»Li hat es mir gesagt«, japste ich und Oskar reichte mir

das Wasserglas. Ich trank in großen Zügen. Es schmeckte deutlich besser als der Starnberger See.

»Ich hab immer noch nicht ganz begriffen, was da passiert ist, im Wasser …«, fing er an.

»Wir haben die Party ganz schön geschmissen, oder?«, unterbrach ich ihn.

»Ach was, schau – da unten wird schon getanzt«, erklärte Oskar und deutete auf das Unterdeck, wo man moderne bayerische Volksmusik spielte und sich Frauen in Saris dazu bewegten, als wären sie bei einer Technoparty.

»Das ist doch quasi Familie hier«, fügte er hinzu. Und schob endlich die Brille nach oben. Wir sahen uns an. Und schwiegen. Lichtjahre später griff er in meine Haare und schob eine Strähne nach hinten. Seine Finger blieben hinter meinem Ohr liegen. Wir sahen uns noch immer an. Ich spürte, wie gut es tat, nicht auszuweichen. Wie viel Kraft es mir gab. Geradezu magnetische Kraft, dachte ich noch, als seine Lippen schon meine berührten.

21. Telefonieren

Verbrauch: 10 Kalorien oder 100 oder 1000 oder 10.000 oder …wurscht

Ich kann gar nicht genau sagen, wie die Party zu Ende ging.

Kein Wunder, du hattest ja auch nur Augen für Oskar.

Und du für Kiran. Und er für dich. Komisch, oder? Meinst du, sie haben was gemerkt? Oder wenigstens geahnt?

Glaub' ich nicht. Ich konnte es ja selbst kaum glauben. Ich hab mir jedenfalls sagen lassen, dass alle sehr zufrieden waren. Hab ja den direkten Draht. Vor allem die Throwies am Ende kamen gut an. Sah ja auch geil aus, so ein glühwürmchenmäßig leuchtendes Schiff.

Wir sind gar nicht so schlecht mit unseren Ideen.

Wir sind bombastisch!

Li, du übertreibst.

Na, ist doch wahr. Mein Vater wollte uns auch einen Auftrag geben – ich bin gar nicht drauf eingegangen und hab ihm erzählt, dass wir das nicht nötig haben. Ein Freund von Kirans Vater hat nämlich auch schon gefragt, ob wir ihm nicht ein Firmenjubiläum ausrichten könnten.

Ich weiß nicht so recht. Die Abfindung von Wim reicht ja noch ein bisschen. Ich überlege, ob ich eine Sprecherinnenausbildung mache.

Dann könntet ihr die größten Liebespaare der Kinogeschichte gemeinsam synchronisieren!

So ähnlich. Und du?

Ich weiß noch gar nichts. Wenn ich ja zum Kind sage, sagt Kiran nein. Oder umgekehrt.

Das wäre mir zu anstrengend.

Ach was, wir einigen uns schon noch. Und dann werd' ich Fitnesstrainerin und er Hausmann.

Aber ich mach keinen Kurs bei dir!

Nee, klar. Aber du könntest vielleicht mal das Baby hüten, wenn wir abends ...

Falls ich nichts Besseres vorhabe.

Na, du bist 'ne Freundin!

Ja?

Ja!

ENDE

Weitere Romane finden Sie auf den folgenden Seiten und im Internet: www.gmeiner-verlag.de

BÄRBEL BÖCKER

Mit 50 hat man noch Träume

333 Seiten, Paperback.
ISBN 978-3-8392-1149-6.

DIE ZWEITE HALBZEIT Bea, Ulrike, Bruni und Caro aus Köln, alle um die 50, stellen sich die Frage aller Fragen: Soll das jetzt etwa alles gewesen sein? Im lieblichen Ahrtal starten sie noch einmal durch. Sie erfüllen sich einen lang gehegten Traum, pachten ein Restaurant und freunden sich darüber hinaus mit einer chinesischen Großfamilie an, doch die Idylle trügt. Die eingeschworene Dorfgemeinschaft macht ihnen und den Chinesen das Leben schwer, und sie sind drauf und dran, in die Großstadt zurückzukehren. Ausgerechnet Fußball hilft bei der Lösung ihrer Probleme...

SONJA LIEBSCH / NIVES MESTROVIC

Muttertier @n Rabenmutter

278 Seiten, Paperback.
ISBN 978-3-8392-1150-2.

MUTTERGLÜCK IN RHEINKULTUR Zehn Jahre haben Maxi und Hanna nichts mehr voneinander gehört. Dabei waren die beiden Rheinländerinnen bis zu Maxis Hochzeit beste Freundinnen. Damals hatte ein Tsunami in weiß für die anhaltende Funkstille gesorgt.

Ausgerechnet beim Surfen im Internet treffen sie sich wieder. Ein paar E-Mails später stellen Maxi und Hanna fest, dass sie inzwischen wieder einiges gemeinsam haben: Einen ganzen Stall voller Blagen, Dauerstress im Alltag und keine Aussicht auf ein geregeltes Einkommen. Endlich sind sich die zwei wieder einig: Für ihr Mutterglück brauchen sie ganz schnell einen Job ...

GMEINER

Wir machen's spannend

KERSTIN HOHLFELD

Glückskekssommer

420 Seiten, Paperback.
ISBN 978-3-8392-1147-2.

MACHT DES SCHICKSALS »Heute Abend hält das Schicksal etwas für Sie bereit!« Eigentlich glaubt die angehende Schneiderin Rosa Redlich kein bisschen an das Schicksal und schon gar nicht an die Prophezeiungen aus Discounter-Glückskeksen. Aber dieser Spruch hat es ihr ausnahmsweise angetan, denn im Moment scheint sie eine echte Glückssträhne zu haben. Ausgerechnet die berühmte Filmdiva Eva Andrees hat Rosas Gesellenstück entdeckt und möchte »dieses Traumkleid und kein anderes« für ihren Auftritt bei der Berliner Filmnacht. Doch kann das Schicksal wirklich in einem Keks geschrieben stehen?

EMILIA LICHT

Hotel Blaues Wunder

226 Seiten, Paperback.
ISBN 978-3-8392-1148-9.

LIEBE AUF LEISEN SOHLEN Powerfrau Josina »Josi« Hollenstein leitet das Familienhotel Anna Karolina in Dresden. Knallhart, unnahbar und perfektionistisch. Ihre schrullige Schwiegermutter hingegen möchte das Haus und vor allem Josi mit mehr Liebe füllen, während die pubertierenden Kinder ihr das Leben schwermachen und Ehemann David sie immer öfter wie eine Fremde anschaut. Völlig zurecht fragt sich Josi, wo eigentlich die Romantik in ihrer Ehe geblieben ist und greift zu ungewöhnlichen Mitteln …

GMEINER

Wir machen's spannend

ELLA DANZ

Schatz, schmeckt's dir nicht?

417 Seiten, Paperback.
ISBN 978-3-8392-1109-0.

GESCHMACKSVERIRRUNG Helene, Anfang 40, ist überaus zufrieden mit ihrem perfekt eingerichteten Leben im beschaulichen Berlin-Charlottenburg: Auch nach zwanzig Jahren führt sie eine glückliche Ehe mit Architekt Jan und frönt mit Hingabe ihrer großen Leidenschaft – dem Kochen. Ihre kulinarischen Kreationen sind berühmt und ihre Tischgesellschaften legendär.

Unliebsame Nebenbuhlerinnen hat sie in der Vergangenheit mit Kreativität und Fantasie aus dem Weg geräumt. Bis eine neue Kollegin in Jans Büro auftaucht: Diane Blume. Ökologisch engagiert, der Esoterik verschrieben, voll Energie und positiver Ausstrahlung. Und – was das Schlimmste ist – Vegetarierin! Helene ist entsetzt und holt zum Gegenschlag aus …

ANNETTE KAST-RIEDLINGER

Liebling, ich kann auch anders

424 Seiten, Paperback.
ISBN 978-3-8392-1108-3.

SEEGEFLÜSTER MIT FATALEN FOLGEN Bei Recherchen für eine Studie der Uni Konstanz fischt die Journalistin Eva den Traummann Magnus aus dem Internet. Nach dem euphorischen Beginn einer perfekt erscheinenden Liaison erkennt sie jedoch, dass der Familienvater nur spielen will. Statt klein beizugeben, sinnt sie unter dem Motto »Liebling, ich kann auch anders!« auf Vergeltung.

Ihre Freundinnen Eliza und Sibylle unterstützen Eva mit Fantasie, Humor und Raffinesse dabei, dem Gefühlsschlamper eine unvergessliche Lektion zu erteilen.

GMEINER

Wir machen's spannend

Unsere Lesermagazine

2 x jährlich das Neueste aus der Gmeiner-Bibliothek

DIN A6, 16 S., farbig

10 x 18 cm, 16 S., farbig

24 x 35 cm, 20 S., farbig

GmeinerNewsletter

Neues aus der Welt der Gmeiner-Romane

Haben Sie schon unseren GmeinerNewsletter abonniert? Alle zwei Monate erhalten Sie per E-Mail aktuelle Informationen aus der Welt der Krimis, der historischen Romane und der Frauenromane: Buchtipps, Berichte über Autoren und ihre Arbeit, Veranstaltungshinweise, neue Krimiseiten im Internet und interessante Neuigkeiten.

Die Anmeldung zum GmeinerNewsletter ist ganz einfach. Direkt auf der Homepage des Gmeiner-Verlags (www.gmeiner-verlag.de) finden Sie das entsprechende Anmeldeformular.

Ihre Meinung ist gefragt!

Mitmachen und gewinnen

Wir möchten Ihnen mit unseren Romanen immer beste Unterhaltung bieten. Sie können uns dabei unterstützen, indem Sie uns Ihre Meinung zu den Gmeiner-Romanen sagen! Senden Sie eine E-Mail an gewinnspiel@gmeiner-verlag.de und teilen Sie uns mit, welches Buch Sie gelesen haben und wie es Ihnen gefallen hat. Alle Einsendungen nehmen automatisch am großen Jahresgewinnspiel mit ›spannenden‹ Buchpreisen teil.

GMEINER

Wir machen's spannend

Alle Gmeiner-Autoren und ihre Romane auf einen Blick

ANTHOLOGIEN: Zürich: Ausfahrt Mord • Mörderischer Erfindergeist • Secret Service 2011 • Tod am Starnberger See • Mords-Sachsen 4 • Sterbenslust • Tödliche Wasser • Gefährliche Nachbarn • Mords-Sachsen 3 • Tatort Ammersee • Campusmord • Mords-Sachsen 2 • Tod am Bodensee • Mords-Sachsen 1 • Grenzfälle • Spekulatius **ABE, REBECCA**: Im Labyrinth der Fugger **ARTMEIER, HILDEGUNDE**: Feuerross • Drachenfrau **BAUER, HERMANN**: Verschwörungsmelange • Karambolage • Fernwehträume **BAUM, BEATE**: Weltverloren • Ruchlos • Häuserkampf **BAUMANN, MANFRED**: Jedermanntod **BECK, SINJE**: Totenklang • Duftspur • Einzelkämpfer **BECKER, OLIVER**: Das Geheimnis der Krähentochter **BECKMANN, HERBERT**: Mark Twain unter den Linden • Die indiskreten Briefe des Giacomo Casanova **BEINSSEN, JAN**: Goldfrauen • Feuerfrauen **BLATTER, ULRIKE**: Vogelfrau **BODE-HOFFMANN, GRIT / HOFFMANN, MATTHIAS**: Infantizid **BODENMANN, MONA**: Mondmilchgubel **BÖCKER, BÄRBEL**: Mit 50 hat man noch Träume • Henkersmahl **BOENKE, MICHAEL**: Riedripp • Gott'sacker **BOMM, MANFRED**: Blutsauger • Kurzschluss • Glasklar • Notbremse • Schattennetz • Beweislast • Schusslinie • Mordloch • Trugschluss • Irrflug • Himmelsfelsen **BONN, SUSANNE**: Die Schule der Spielleute • Der Jahrmarkt zu Jakobi **BOSETZKY, HORST (-KY)**: Promijagd • Unterm Kirschbaum **BRÖMME, BETTINA**: Weißwurst für Elfen **BUEHRIG, DIETER**: Schattengold **BÜRKL, ANNI**: Ausgetanzt • Schwarztee **BUTTLER, MONIKA**: Dunkelzeit • Abendfrieden • Herzraub **CLAUSEN, ANKE**: Dinnerparty • Ostseegrab **DANZ, ELLA**: Ballaststoff • Schatz, schmeckt's dir nicht? • Rosenwahn • Kochwut • Nebelschleier • Steilufer • Osterfeuer **DETERING, MONIKA**: Puppenmann • Herzfrauen **DIECHLER, GABRIELE**: Glutnester • Glaub mir, es muss Liebe sein • Engpass **DÜNSCHEDE, SANDRA**: Todeswatt • Friesenrache • Solomord • Nordmord • Deichgrab **EMME, PIERRE**: Diamantenschmaus • Pizza Letale • Pasta Mortale • Schneenockerleklat • Florentinerpakt • Ballsaison • Tortenkomplott • Killerspiele • Würstelmassaker • Heurigenpassion • Schnitzelfarce • Pastetenlust **ENDERLE, MANFRED**: Nachtwanderer **ERFMEYER, KLAUS**: Endstadium • Tribunal • Geldmarie • Todeserklärung • Karrieresprung **ERWIN, BIRGIT / BUCHHORN, ULRICH**: Die Reliquie von Buchhorn • Die Gauklerin von Buchhorn • Die Herren von Buchhorn **FOHL, DAGMAR**: Der Duft von Bittermandel • Die Insel der Witwen • Das Mädchen und sein Henker **FRANZINGER, BERND**: Zehnkampf • Leidenstour • Kindspech • Jammerhalde • Bombenstimmung • Wolfsfalle • Dinotod • Ohnmacht • Goldrausch • Pilzsaison **GARDEIN, UWE**: Das Mysterium des Himmels • Die Stunde des Königs **GARDENER, EVA B.**: Lebenshunger **GEISLER, KURT**: Bädersterben **GERWIEN, MICHAEL**: Alpengrollen **GIBERT, MATTHIAS P.**: Rechtsdruck • Schmuddelkinder • Bullenhitze • Eiszeit • Zirkusluft • Kammerflimmern • Nervenflattern **GORA, AXEL**: Das Duell der Astronomen **GRAF, EDI**: Bombenspiel • Leopardenjagd • Elefantengold • Löwenriss • Nashornfieber **GUDE, CHRISTIAN**: Kontrollverlust • Homunculus • Binärcode • Mosquito **HAENNI, STEFAN**: Brahmsrösi • Narrentod **HAUG, GUNTER**: Gössenjagd • Hüttenzauber • Tauberschwarz • Höllenfahrt • Sturmwarnung • Riffhaie • Tiefenrausch **HEIM, UTA-MARIA**: Totenkuss • Wespennest • Das Rattenprinzip • Totschweigen • Dreckskind **HERELD, PETER**: Das Geheimnis des Goldmachers **HOHLFELD, KERSTIN**: Glückskekssommer **HUNOLD-REIME, SIGRID**: Janssenhaus • Schattenmorellen • Frühstückspension **IMBSWEILER, MARCUS**: Butenschön • Altstadtfest • Schlussakt • Bergfriedhof **KARNANI, FRITJOF**: Notlandung • Turnaround • Takeover **KAST-RIEDLINGER, ANNETTE**: Liebling, ich kann auch anders **KEISER, GABRIELE**: Engelskraut • Gartenschläfer • Apollofalter **KEISER, GABRIELE / POLIFKA, WOLFGANG**: Puppenjäger **KELLER, STEFAN**: Kölner Kreuzigung

GMEINER

Wir machen's spannend

Alle Gmeiner-Autoren und ihre Romane auf einen Blick

KLAUSNER, UWE: Bernstein-Connection • Die Bräute des Satans • Odessa-Komplott • Pilger des Zorns • Walhalla-Code • Die Kiliansverschwörung • Die Pforten der Hölle **KLEWE, SABINE**: Die schwarzseidene Dame • Blutsonne • Wintermärchen • Kinderspiel • Schattenriss **KLÖSEL, MATTHIAS**: Tourneekoller **KLUGMANN, NORBERT**: Die Adler von Lübeck • Die Nacht des Narren • Die Tochter des Salzhändlers • Kabinettstück • Schlüsselgewalt • Rebenblut **KÖHLER, MANFRED**: Tiefpunkt • Schreckensgletscher **KÖSTERING, BERND**: Goetheruh **KOHL, ERWIN**: Flatline • Grabtanz • Zugzwang **KOPPITZ, RAINER C.**: Machtrausch **KRAMER, VERONIKA**: Todesgeheimnis • Rachesommer **KRONENBERG, SUSANNE**: Kunstgriff • Rheingrund • Weinrache • Kultopfer • Flammenpferd **KRUG, MICHAEL**: Bahnhofsmission **KRUSE, MARGIT**: Eisaugen **KURELLA, FRANK**: Der Kodex des Bösen • Das Pergament des Todes **LASCAUX, PAUL**: Gnadenbrot • Feuerwasser • Wursthimmel • Salztränen **LEBEK, HANS**: Karteileichen • Todesschläger **LEHMKUHL, KURT**: Dreiländermord • Nürburghölle • Raffgier **LEIX, BERND**: Fächergrün • Fächertraum • Waldstadt • Hackschnitzel • Zuckerblut • Bucheckern **LETSCHE, JULIAN**: Auf der Walz **LICHT, EMILIA**: Hotel Blaues Wunder **LIEBSCH, SONJA / MESTROVIC, NIVES**: Muttertier @n Rabenmutter **LIFKA, RICHARD**: Sonnenkönig **LOIBELSBERGER, GERHARD**: Reigen des Todes • Die Naschmarkt-Morde **MADER, RAIMUND A.**: Schindlerjüdin • Glasberg **MAINKA, MARTINA**: Satanszeichen **MISKO, MONA**: Winzertochter • Kindsblut **MORF, ISABEL**: Satzfetzen • Schrottreif **MOTHWURF, ONO**: Werbevoodoo • Taubendreck **MUCHA, MARTIN**: Seelenschacher • Papierkrieg **NAUMANN, STEPHAN**: Das Werk der Bücher **NEEB, URSULA**: Madame empfängt **ÖHRI, ARMIN / TSCHIRKY, VANESSA**: Sinfonie des Todes **OTT, PAUL**: Bodensee-Blues **PARADEISER, PETER**: Himmelreich und Höllental **PELTE, REINHARD**: Inselbeichte • Kielwasser • Inselkoller **PORATH, SILKE**: Klostergeist **PUHLFÜRST, CLAUDIA**: Dunkelhaft • Eiseskälte • Leichenstarre **PUNDT, HARDY**: Friesenwut • Deichbruch **PUSCHMANN, DOROTHEA**: Zwickmühle **ROSSBACHER, CLAUDIA**: Steirerblut **RUSCH, HANS-JÜRGEN**: Neptunopfer • Gegenwende **SCHAEWEN, OLIVER VON**: Räuberblut • Schillerhöhe **SCHMITZ, INGRID**: Mordsdeal • Sündenfälle **SCHMÖE, FRIEDERIKE**: Wernievergibt • Wieweitdugehst • Bisduvergisst • Fliehganzleis • Schweigfeinstill • Spinnefeind • Pfeilgift • Januskopf • Schockstarre • Käfersterben • Fratzenmond • Kirchweihmord • Maskenspiel **SCHNEIDER, BERNWARD**: Spittelmarkt **SCHNEIDER, HARALD**: Räuberbier • Wassergeld • Erfindergeist • Schwarzkittel • Ernteopfer **SCHNYDER, MARIJKE**: Matrjoschka-Jagd **SCHRÖDER, ANGELIKA**: Mordsgier • Mordswut • Mordsliebe **SCHÜTZ, ERICH**: Judengold **SCHUKER, KLAUS**: Brudernacht **SCHULZE, GINA**: Sintflut **SCHWAB, ELKE**: Angstfalle • Großeinsatz **SCHWARZ, MAREN**: Zwiespalt • Maienfrost • Dämonenspiel • Grabeskälte **SENF, JOCHEN**: Kindswut • Knochenspiel • Nichtwisser **SPATZ, WILLIBALD**: Alpenlust • Alpendöner **STAMMKÖTTER, ANDREAS**: Messewalzer **STEINHAUER, FRANZISKA**: Spielwiese • Gurkensaat • Wortlos • Menschenfänger • Narrenspiel • Seelenqual • Racheakt **SZRAMA, BETTINA**: Die Konkubine des Mörders • Die Giftmischerin **THIEL, SEBASTIAN**: Die Hexe vom Niederrhein **THADEWALDT, ASTRID / BAUER, CARSTEN**: Blutblume • Kreuzkönig **THÖMMES, GÜNTHER**: Der Fluch des Bierzauberers • Das Erbe des Bierzauberers • Der Bierzauberer **ULLRICH, SONJA**: Fummelbunker • Teppichporsche **VALDORF, LEO**: Großstadtsumpf **VERTACNIK, HANS-PETER**: Ultimo • Abfangjäger **WARK, PETER**: Epizentrum • Ballonglühen • Albtraum **WICKENHÄUSER, RUBEN PHILLIP**: Die Magie des Falken • Die Seele des Wolfes **WILKENLOH, WIMMER**: Eidernebel • Poppenspäl • Feuermal • Hätschelkind **WÖLM, DIETER**: Mainfall **WYSS, VERENA**: Blutrunen • Todesformel **ZANDER, WOLFGANG**: Hundeleben

GMEINER

Wir machen's spannend